Stefan Nick · *Mördergold*

Herzog-Johann-Straße 2, D-55469 Simmern
Telefon (0 67 61) 71 42

www.pandion-verlag.de

Titelfoto und Fotos im Innenteil:
© Stefan Nick
Titelgestaltung: Alfred Strödicke

Druck/Weiterverarbeitung:
PRINZ-DRUCK Print Media GmbH & Co. KG
55743 Idar-Oberstein

ISBN 978-3-86911-071-4

STEFAN NICK

MÖRDERGOLD

PANDION

Für meinen Bruder,
den Schatzmeister der Familie

Inhalt

Und ruhig fliesset der Rhein

Es fließt und fließt durch Schicksalsschlucht,
was sich den Weg zum Meere sucht.
Und spült hinfort gen Niederland,
was tief im Untergrund verbannt.

Denn unten auf des Stromes Grund
die Untermutter schluckt im Schlund
Verderbtheit, Groll und tausend Tränen,
die sich schon lang vergessen wähnten.

Und kommt der Tag, da spuckt sie's aus
der Menschheit trübe Ding und Graus.
Die Ufer speit sie ohne Gnade
mit brauner trüber Schlammesgabe.

Es fließt und fließt durch Schicksalsschlucht,
was sich den Weg zum Meere sucht.
Verderbtheit, Groll und tausend Tränen,
die sich schon längst vergessen wähnten.

In Gedenken an die Matrosen, die bei der Havarie der Waldhof ihr Leben verloren haben

Prolog

St. Goar / St. Goarshausen, im Januar 2011

Das Schiff bahnte sich seinen Weg durch das aufgewühlte braune Wasser. Es rollte durch die Flussbiegungen und in der ersten engen Linkskurve schwappte die schleimige Ladung an die linke Innenwand des Tankers, erkaltete und blieb dort kleben wie zäher Honig. Das Schiff bekam eine leichte Schlagseite und weitere Flüssigkeit lagerte sich an der Backbordseite ab. Die zweite scharfe Linksbiegung ließ so viel von der Ladung nach links laufen, dass aus der Krängung eine starke Schlagseite wurde und das Schiff zu schlingern begann. 2400 Tonnen Schwefelsäure verlagerten sich nach Backbord und der Kahn ächzte und knarrte, während er binnen Minuten zu sinken begann. Das Hochwasser des Rheins drückte und zerrte an dem Stahlkoloss, vier Grad kaltes Wasser umhüllte das Schiff und die Strömung ließ nicht locker, bis es an einer Sandbank stecken blieb und am Rand der Fahrrinne zu liegen kam. Die Bronzefigur der Loreley blickte am frühen Januarmorgen auf das vor ihr liegende Heck des gekenterten Schiffes, sie erhörte die Hilferufe der Matrosen nicht, die rheinabwärts trieben und blieb fest geschmiedet auf ihrem Felsen sitzen.

Während oben an Land, auf dem Wasser und aus der Luft schon die ersten Hilfsmaßnahmen eingeleitet wurden, tobte unten auf dem Grund ein anderer Kampf. Wirbel und Strudel entstanden in der reißenden Flut, die sich unterhalb des Wracks ihren Weg suchte. Tiefer und tiefer grub sich das tobende Wasser in die Schichten aus Sand, Kies und Schlamm. Die Untermutter. Hier wohnte sie. „Kind, geh‘ nicht so nah ans Wasser, die Untermutter kommt und holt dich!“

Die Untermutter hatte im Laufe der Jahrhunderte schon viele geholt. Schiffer, Soldaten, unvorsichtige Kinder und Erwachsene. Es wühlte und wühlte im Flussbett, bis eine rund sechs Meter tiefe Mulde unter dem Schiff entstand. Und da gab der Fluss etwas preis, das er über Hunderte von Jahren vor aller Augen verstecken konnte. Langsam aber sicher lösten sich aus dem aufgewühlten Schlamm die ersten Münzen. Dann einige Schmuckstücke. Sie wurden von der braunen Flut mitgerissen aus ihrem feuchten Grab und talabwärts gespült. Noch Wochen später sollte das Schiff dort liegen und ebenso lange spülte das Wasser ein Teil nach dem anderen fort. Die Untiefen der Loreley wurden dem Dieb schon vor Urzeiten zum Verhängnis, aber er führte eine weitaus wertvollere Ladung mit sich, als die „Waldhof". Gefährlich konnte sie aber trotzdem sein für den, der mit ihr in Berührung kam. „Kind, geh' nicht so nah ans Wasser, die Untermutter kommt und holt dich!"

Kapitel I – Von Jägern und Sammlern

Es herrschte Niedrigwasser am Rhein und Frank Leffler hatte die glorreiche Idee, nach fünf Bier und drei Debova Vodka ein Fußbad zu nehmen. Wie sein Kumpel Stefan hatte er die Hose hochgekrempelt und die beiden gingen unsicher über die Steine des trockenen Flussbettes bis zum Wasser. Hier zogen sie die Schuhe aus und taten einen Schritt in den warmen Rhein. Sie grinsten sich gegenseitig an, stolz ob ihrer Verwegenheit.

Die Spaziergänger an der Bopparder Rheinpromenade schüttelten die Köpfe, wegen dieser Dummheit, was die beiden recht wenig interessierte. Es war ein schöner warmer Sonntagabend und sie hatten sich beim Grillen schon mächtig die Kanne gegeben. Sie feierten ihren Urlaubsanfang, dass endlich Sommer war und dass sie sich seit Längerem mal wieder getroffen hatten. Ob es eine kleine Welle war oder der Vodka, was Frank dazu brachte einen weiteren Schritt ins Wasser zu machen, ließ sich im Nachhinein nicht genau klären. Er schaute nach unten auf seine nasse Hose, mit der er jetzt bis über die Knie im Wasser stand. Stefan grinste noch immer.

„Da bin ich aber jetzt einen Schritt zu weit gegangen“, bemerkte Frank treffend.

„Jo, wie immer. Aber schön warm ist es hier“, meinte sein Kumpel.

„Gibt’s hier eigentlich Fische? Da ist irgendwas an meinen Füßen“, stellte Frank fest.

„Klar gibt’s hier Fische. Hier gibt es Flusswelse, fast zwei Meter groß, richtige Ungetüme“, gab Stefan zurück

Es entstand eine kleine Pause, während Frank angestrengt nach unten schaute, die damit endete, dass er mit einem Schrei zurück ans Trockene sprang.

„Ey Alter, du glaubst es nicht: Da iss ‘ne Leiche“, stammelte er ungläubig.

Sofort kam sein Freund rüber und schaute in die Richtung, wo Frank vorher gestanden hatte. Er ging ins Wasser, tauchte seine Hand ein und zog eine leblose Person aus dem Rhein. Mit einem Schlag waren beide stocknüchtern, drehten sich zum Ufer um und riefen nach Hilfe. Es dauerte nicht lange, da waren sie umzingelt von Schaulustigen und als ein Rettungswagen samt der Feuerwehr mit DLRG-Boot eintrafen, drängelte sich ein älterer Herr in die vorderste Reihe. Als er den Toten sah wurde er so bleich wie die Leiche selbst.

Zwei Wochen zuvor …

Bell, Hunsrück

„So, das ist jetzt die letzte Kiste, die ich auspacke“, meinte Doro, während sie einen Umzugskarton öffnete.

„Wird ja auch langsam Zeit, sonst ist der Karton noch zu, wenn wir wieder umziehen“, frotzelte Rainer.

Rainer und Doro waren nach Bell gezogen. Stolz hatten sie ihr Türschild befestigt, darauf stand mit großen Buchstaben: Hier wohnen Dorothea Thomas und Rainer Weingard. Doros Wohnung in Kastellaun war für die beiden auf Dauer zu klein und so hatten sie sich um das schmucke Fachwerkhaus in Bell bemüht und im November des Vorjahres die feste Zusage der Vermieter bekommen. Leider musste die Heizungsanlage erneuert werden und die Eigentümer konnten diese Investition erst im Januar tätigen.

So wurde es Februar, bis sie einziehen konnten, was Rainer und Doro eigentlich recht war, so hatten sie Zeit genug zum Packen. Außerdem kam ihnen die Affäre mit dem Wiener Ferdinand Mayerling dazwischen, der nun für die nächsten 20 Jahre in einem österreichischen Gefängnis einsaß.

Das alte kleine Haus stand etwas abseits der Hauptstraße und es hatte einen Autostellplatz davor. Das Fachwerk war vor einigen Jahren restauriert worden und man hatte Doppelglasfenster eingebaut. Im Untergeschoss befanden sich eine aus zwei Räumen zusammengelegte große Wohnküche, ein Wohnzimmer und ein Gäste-WC. Vom Wohnzimmer aus kam man über eine geflieste Terrasse in einen kleinen Garten. Im Obergeschoss waren drei Zimmer und ein Bad. So hatte Rainers und Doros neues Zuhause insgesamt etwa fünfundachtzig Quadratmeter Wohnfläche. In verschiedenen Räumen war das Fachwerk von innen freigelegt worden und verlieh den Zimmern eine wohnliche Atmosphäre. Doro hatte ein Händchen für das stilvolle Einrichten, ohne dass die beiden all zu viel Geld investieren mussten. So hatten sie es sich in den vergangenen Monaten nach und nach richtig gemütlich gemacht. Mittlerweile war der Frühsommer im Hunsrück angekommen und Rainer musste sich um den kleinen Garten kümmern. Mit Elan und Eifer hatte er ein paar Blumenbeete angelegt. Von Oma Liesel hatten sie Samen der wilden Akelei und von Tante Frieda eine ganze Tüte mit unterschiedlichem Saatgut bekommen. Rainer hatte im Frühjahr einige Blumenkästen zum Vorziehen im Wohnzimmer an der Terrassentür ins Helle gestellt. Dort schien die Sonne hinein und die Pflanzen wuchsen ziemlich gut an. So konnte er rund zehn Zentimeter hohe Zöglinge den Schnecken zum Fraß vorsetzen. An die schleimigen Widerlinge hatte er leider nicht gedacht, was ihm Doros Spott einbrachte. Also versuchte er mit Schneckenkorn und Bierschälchen der Lage Herr zu werden. Leider nur mit mäßigem Erfolg, daher kaufte er bei einer Gärtnerei in Kastellaun ein paar mehrjährige Stauden, die schon eine gewisse Größe hatten.

Er beobachtete Doro beim Auspacken eines Kartons. Sie war neulich bei Hair & Relax gewesen, einem Frisörladen in Kastellaun und hatte ihre langen braunen Haare ein gutes Stück abschneiden lassen. Die Frisur stand ihr sehr gut und verlieh ihr eine jugendliche Frische, wie Rainer fand. „Was ist denn in dem Karton?“, fragte er neugierig.

„Natürlich Krimskrams, Flohmarktsachen. Ein alter Kerzenleuchter …“, antwortete Doro beiläufig und schaute ihn mit ihren grünen Augen spitzbübisch an.

„Na endlich, gib her“, entfuhr es Rainer.

Doro gab ihm widerwillig einen großen alten Kerzenhalter, der Rainers Augen zum Leuchten brachte. „Wegen dem Ding bist du noch mal in den eingefallenen Stollen geklettert“, bemerkte sie vorwurfsvoll.

„Na und? Das ist das Vermächtnis vom Schinderhannes, der kommt hier auf das Regal“, bestimmte Rainer.

„Mach doch was du willst, zum Rest hier passt der aber nicht so wirklich“, bezweifelte Doro.

„Stilbruch ist auch ein Stil“, versuchte Rainer sie zu überzeugen.

„Musst du nicht noch in den Garten, Schnecken jagen?“, wechselte sie das Thema.

„Später, wenn der Tau fällt. Ich habe Steaks mitgebracht, ich werf' gleich mal den Grill an“, antwortete Rainer, während er draußen auf die Terrasse schaute.

Sie hatten Gartenmöbel gekauft und eine kleine Hollywoodschaukel, die am Rande der Terrasse stand. Gestern hatte Rainer den Rasen gemäht und die Beete von Unkraut befreit. Alles sah schön aufgeräumt aus, der Rittersporn und der winterfeste Hibiskus blühten in verschiedenen Blautönen. Am Lavendel machten sich etliche Insekten zu schaffen. Rainer sah Bienen, Hummeln, Schwebefliegen, die wie Wespen getarnt waren und sogar den kleinen Hummelschwärmer, ein Insekt, das ähnlich den Schmetterlingen einen Saugrüssel in der Blüte versenkt, während es wie Kolibris davor in der Luft schwebt. Ein großer Schmetterlingsflieder hatte viele Blüten angesetzt, es fehlte ihm aber noch etwas Sonne und Wärme zur vollen Entfaltung.

Rainer ging hinaus und roch den Mai. Er war süß und voller Erwartungen. Sie würden den ersten Sommer in ihrem Häuschen verleben. Rainer fühlte sich glücklich und atmete tief die blütengeschwängerte Luft ein. Die Brummer gaben im Konzert des Abends die Bässe und die Vögel zwitscherten ihre Dur-Tonleitern darüber.

Es fehlte nur noch der Geruch des leckeren Grillgutes.

Berlin, Villenviertel

Das regelmäßige Zucken des Rasensprengers verschmolz mit dem Singen der Vögel. Ein Butler brachte zwei Getränke auf einem Tablett auf den Balkon, auf dem zwei Männer auf edlen Gartenstühlen saßen. Der Rasen schien wie ein Teppich, so gleichmäßig geschnitten und makellos. Die Blumenbeete hatten etwas Barockes, alles hier war gepflegt und eingeteilt, eingezäunt und gezähmt. Die Gründerzeitvilla zeigte kaum Spuren ihres Alters.

„Wie viele … *Gesandte* haben wir zur Zeit?“, fragte der ältere der beiden Herren ruhig. Er trug einen Smoking, in dem er sich wie in einer zweiten Haut bewegte. Alles an ihm strahlte eine aristokratische Ruhe aus, selbst, wenn er sein Getränk nahm oder die Asche von seinem Zigarillo abtupfte.

„Im Moment sind fünfzig unterwegs, Eure Hoheit“, antwortete der andere Mann knapp und senkte den Blick, wie ein Hund, der vor dem Ranghöheren im Rudel den Kopf senkt.

„Und Sie meinen, das wird unserer Aufgabe gerecht, Flankenberg?“, fragte der Ältere nach.

„Von Flankenberg“, dachte sich sein Gegenüber, antwortete jedoch mit entschuldigendem Ton:

„Es ist gar nicht so einfach, entsprechendes Personal zu rekrutieren. Die Zuverlässigkeit, gerade der jüngeren Generation lässt oft zu wünschen übrig, Eure Hoheit.“

„Wenn es einfach wäre, hätte ich ja nicht Sie für diese Aufgabe ausgewählt, Flankenberg. Vor den Erfolg haben die Götter den Schweiß gestellt, Flankenberg, den Schweiß. Bei Ihnen rieche ich höchstens den Angstschweiß, aber nicht den Schweiß der Arbeit. Glauben Sie, unsere Aufgabe wäre nur ein Zeitvertreib einiger gelangweilter Adliger? Nein, Flankenberg, unsere Aufgabe dient einem höheren Ziel, einem Ideal. Und das hat nichts mit so dumpfen Parolen wie *Deutschland den Deutschen* zu tun. Deshalb, Flankenberg, deshalb kommen Sie mir nicht wieder mit den Braunen", endete der Herzog seine Ausführungen.

Von Flankenberg tastete während des Geschwafels nervös in seiner Jackentasche nach dem Dolch, den er stets bei sich trug. Dieser aufgeblasene Herzog brachte ihn zur Weißglut, aber er bekam sich in den Griff und antwortete ruhig:

„Es war ja nur eine Überlegung, diese Gruppierung mit einzubeziehen. Sie sind gut organisiert und haben überall ihre Anhänger, das hat seine *Vorzüge*, Eure Hoheit", gab von Flankenberg zurück.

„Mir ist durchaus bewusst, welche Vorzüge Sie meinen, aber haben wir nicht schon einmal den braunen Mob unterschätzt? Lernen Sie aus der Geschichte, Flankenberg, lernen Sie aus der Geschichte", antwortete der Herzog, während er aufstand.

„Und was ist mit den Reichsbürgern?", hakte von Flankenberg nach.

„Sie meinen diesen verwirrten Haufen, der die Grenzen von 1939 wiederhaben will? Haben Sie schon mal versucht, mit denen einen vernünftigen Satz zu sprechen? Was wir brauchen, ist die bürgerliche Mitte, das sind die Handwerksmeister, die Facharbeiter, die Ärzte, Apotheker", fuhr er fort. „Das sind die Arbeiter und die Unzufriedenen. Und wenn es keine Unzufriedenen gibt, dann erzeugen wir eben Unzufriedenheit. Verstehen Sie, Flankenberg? Wir gründen eine Allianz der Unzufriedenen und da können Sie die Reichsbürger meinetwegen irgendwo mit unterbringen."

„Das ist eine gute Idee, aber mit was sollen die Leute unzufrieden sein? Ich meine ganz allgemein geht es Deutschland doch gut, Eure Hoheit", erwiderte von Flankenberg.

„Das ist doch egal, lassen Sie sich was einfallen. Die Leute können nur noch zwei Mal im Jahr in Urlaub fahren, nur noch alle vier Jahre einen neuen Wagen kaufen, nur noch fünfzig Euro an Silvester in die Luft jagen und so weiter. Wichtig ist, dass wir einen Grund finden, in dem sich diese Dinge summieren."

Von Flankenberg dachte kurz nach.

„Die Islamisierung Europas vielleicht?“, schlug er vor.

„Fantastisch, Flankenberg, das ist es. Wir rufen eine bürgerliche Bewegung ins Leben, die sich für die Rettung des christlichen Abendlandes einsetzt. Da haben wir alles zusammen: Zu viele Einwanderer, Asylanten, Flüchtlinge, Moslems und das gibt zu viele Ausgaben für den Staat und zu wenig Geld in den Taschen der Deutschen. Das könnte funktionieren“, resümierte der Herzog.

„Dann fangen wir da an, wo es viele Ausländer gibt, in Köln vielleicht oder Frankfurt oder direkt hier in Berlin“, schlug von Flankenberg vor.

„Flankenberg, Flankenberg, haben Sie denn keine Ahnung von der menschlichen Natur? Wovor hat man denn Angst? Vor dem Fremden, vor dem, was man nicht kennt. In Köln oder Berlin kann man doch keinen mit Ausländern erschrecken, die sind das gewohnt. Wir müssen da anfangen, wo es am wenigsten Flüchtlinge und so weiter, aber die höchsten Ressentiments gibt. Suchen Sie mir ein Bundesland heraus, welches das alles hergibt – Ich werde auf dem Empfang erwartet, Flankenberg, wir sehen uns nächste Woche und dann hoffe ich auf Ergebnisse in dieser Frage und auch in der anderen Sache. Und wenn sich was tut, will ich umgehend benachrichtigt werden. Zur Not auch per E-Mail, ist das klar?“

Der Herzog verließ den Balkon ohne sich noch mal zu von Flankenberg umzudrehen.

Dieser murmelte leise „Von Flankenberg, von, ich bin auch von“, vor sich hin und trollte sich.

Auf dem Weg in die Innenstadt stieg die Wut in ihm hoch. Mindestens 200 *Gesandte* sollte er rekrutieren. Leute, die bereit waren für ein neues Deutschland zu arbeiten, und das für einen Hungerlohn, denn mehr Geld konnte er den geizigen Mitgliedern der *Tronjer* nicht entlocken. Und dann sollten diese Leute auch noch integer, verschwiegen und loyal sein.

So welche findet man nicht an jedem Straßenrand. „Ein höheres Ziel, ein Ideal, zum Teufel“, dachte er. „Die wollen sich wieder in Amt und Würden sehen, ein Deutschland, das von Adeligen regiert wird, eine Art neue Monarchie soll ihr neues Deutschland werden. Getragen von dem Geist der ruhmreichen deutschen Geschichte, des Heiligen Römischen Reiches Deutscher Nation. Und das ohne die Nazis? Aber immerhin würde er auch eine Rolle spielen im neuen Deutschland, eine weitaus reizvollere als seine momentane. Er würde dem neuen deutschen Ritterorden vorstehen. Macht und vor allem Reichtum wären seine Entlohnung für den Verrat an der Demokratie, die doch nichts als amerikahörige Möchtegern-Politiker hervorgebracht hatte, die Deutschland den Dolch ins Mark getrieben hatten. Allein schon sprachlich, diese ganzen Anglizismen, mit denen man sich herumschlagen musste. Und natürlich kulturell, diese kulturlosen Yankees. Außer Kuhhirten, schießwütigen Dumpfbacken und hüftwackelnden Schmalzsängern hatte diese Nation doch nichts zu Stande gebracht. Mit ihrem Machtgehabe, hinter dem die Wirtschaftmacht steht, haben die Amis in der halben Welt Regierungen gestürzt und ihnen wohl gesonnene Politiker eingesetzt. Aber die anderen Weltmächte waren auch nicht besser. Die Russen hatten sich die Krim wiedergeholt und die Chinesen halten ihren Einfluss in Nordkorea. Nein, da hatte der Herzog schon recht, ein neues Deutschland müsste für eine neue Weltordnung sorgen, koste es was es wolle.“

Boppard am Rhein

Gerhard Wagenbrecht liebte das Sammeln. Dabei ging es ihm nicht um das Sammeln bestimmter Gegenstände. Was es auch war, er hob es auf, wenn es sein musste, auch aus Schutt und Dreck. Zu Hause reinigte er die Gegenstände notdürftig und legte sie in Kisten. Er konnte sich eben nicht von den Dingen trennen. Nicht von seinem alten zerschlissenen Anzug, den er mit Würde trug und der ihn, den Altfreak mit langen weißen Haaren und dem Zottelbart um sein hageres Kinn, in seinen Augen etwas seriöser aussehen ließ. Auch nicht von alten Zeitungen, leeren Milchkartons und sonstigem Müll. Er war das, was man einen „Messie" nannte. In seiner Wohnung, die er erst seit einem Jahr bewohnte, stapelten sich gut verschnürte Müllsäcke. Wegen des Geruchs hatte er den Müll so verstaut, dass die Nachbarn ihm nicht auf die Schliche kommen konnten. Damit hatte er ja schon einmal schlechte Erfahrungen gemacht. Ebenfalls aus taktischen Gründen hatte er den Flur so gut wie frei gelassen, lediglich drei Pappkartons mit alten Zeitungen konnte ein Eindringling hier entdecken. Seine Küche war auch fast kistenfrei. Dafür quollen sein Wohn- und Schlafzimmer mit Kartons und Tüten über. Er sah oft selbst ein, dass das einfach zu viel war und dass mit ihm etwas nicht so ganz stimmte, aber der Drang oder besser gesagt, der Zwang zu sammeln, war einfach größer als die Vernunft. Er legte sich immer wieder Entschuldigungen für sein Verhalten zurecht. Das ein oder andere konnte man ja durchaus noch gebrauchen, nicht direkt, aber später irgendwann sicher einmal. So wie die vielen Schrauben und Muttern, die er im Laufe der Zeit gehortet hatte. Oder die alten Zeitungen, wenn man mal etwas nachschlagen wollte. Und sein Treibgut. Er hatte etliche Kartons voll mit Stöcken und Ästen in den seltsamsten Formen, die er am Rheinufer gefunden hatte. Das Rheinufer war sein Lieblingssammelterrain. Hier störte ihn keiner und er schien wie ein Angler oder Spaziergänger, keiner kam auf die Idee, dass hier ein Sammler am Werk war. Er hatte sogar in einer Zeitung gesehen, dass es Kunstobjekte aus Treibgut gab. Vielleicht würde er ja auch mal anfangen, etwas aus seinem Treibgut zu basteln. Man konnte alles noch mal für was gebrauchen. Einfach alles. Es war ja auch zu verführerisch, was die Leute so wegwarfen.

Oft machte er sich die Bequemlichkeit seiner Mitbürger zu nutze und sammelte die Pfandflaschen, die diese einfach in die städtischen Abfalleimer oder in die Büsche warfen, anstatt sie wieder gegen Geld einzutauschen. Da holte er sich das Pfand eben, ein leicht verdientes Zubrot für jemanden, der gelernt hatte, mit wenig auszukommen. Früher hatte er schon mal auf dem Flohmarkt ein paar Sachen verkauft, aber mittlerweile konnte er auch das nicht mehr. Er gab eben nichts für ein paar Cent weg, das mehr Wert hatte. Vor allem nicht, wenn sein Herz daran hing. Zu vielen Sachen, die in seinen Kisten schlummerten, konnte Gerhard Wagenbrecht die Geschichte erzählen, wo und wie er sie gefunden hatte. Da war zum Beispiel dieser Jesus ohne Hände.

Er war gerade nach Boppard gezogen oder vielmehr gezogen worden, nachdem man ihm seinen alten Hof weggenommen hatte, da ging er eines Abends durch die Stadt. An einer Ecke lockte ihn der bereitgestellte Sperrmüll. Leider musste man ja mittlerweile den Sperrmüll anmelden, was für Gerhard Wagenbrecht ein Gräuel war. Früher, ja früher in der guten alten Zeit, da herrschte Goldgräberstimmung, wenn in einer ganzen Stadt Sperrmüll war. Massen an Müllverwertern machten sich auf die Suche nach Sachen, die man auf dem Flohmarkt zu Geld machen konnte. Auch Gerhard Wagenbrecht fuhr mit seinem Mofa mit Anhänger von Haus zu Haus und schaute nach, was zu finden war. Aber bei dem Jesus war es anders, der fand ihn, jedenfalls erlebte Gerhard Wagenbrecht es so.

Er schlenderte damals unauffällig in Richtung des Sperrmülls an einer Ecke in Boppard und entdeckte eine große Plastikplane, in der etwas eingerollt war. Magnetisch angezogen von der Plane und in Erwartung einer Überraschung rollte er sie auf und zum Vorschein kam eine rund einen Meter hohe Jesusfigur aus Gips, der die Hände fehlten. „Wofür braucht Jesus seine Hände? Wunder kann er bestimmt auch so vollbringen", dachte Gerhard Wagenbrecht bei sich und nahm sich der Figur an.

„Man wirft keinen Jesus weg, auch wenn ich nicht in die Kirche gehe, aber einen Jesus wirft man nicht weg", erklärte er denen, die ihn fragten, was um alles in der Welt er denn mit einer kaputten Jesusfigur wolle. Und dann war da noch dieser seltsame Becher mit den Steinen drauf. Sicher eine Imitation eines Prunkbechers, dessen Original bestimmt mit Gold und lauter Edelsteinen besetzt sein musste. Er hatte ihn erst kürzlich gefunden, als der Rhein ein solches Niedrigwasser hatte, dass die Schifffahrt sogar eingeschränkt wurde. Gerhard Wagenbrecht war mal wieder am Ufer unterwegs und konnte rund zehn bis fünfzehn Meter weit ins Flussbett hineingehen, ohne nasse Füße zu bekommen. Allerlei Kram war dort zu finden, von Muscheln, Flusskrebsen und toten Fischen bis hin zu Fahrrädern und Autoreifen. Da sah er aus dem Schlick etwas Becherförmiges herausragen. Es packte ihn wieder das Fieber der frohen Erwartung und tatsächlich erbeutete er dieses scheinbar edle Teil. Der Becher war etwa 20 Zentimeter hoch, hatte einen Fuß mit Verzierungen und war ringsum mit Steinen besetzt. Es war etwas Dilettantisches an diesem Kunstwerk, die Steine waren nur roh geschliffen und es fehlten auch ein paar. Die Verzierungen sahen aus, als seien sie von Kinderhand aufgebracht worden. Wahrscheinlich ein Karnevalsartikel oder ein Theaterrequisit. Aber auf alle Fälle zu schade zum Wegwerfen. So fand auch dieser Becher den Weg in eine von Gerhard Wagenbrechts Kisten.

„Mittelalterliche Handschrift, frühes dreizehntes Jahrhundert, unbekannter Autor, Thema: Das Leben eines Hagen von Troneg, vermutlich Hagen von Tronje aus dem Nibelungenlied, Start bei fünfhundert Euro, wer bietet?“, ließ der Auktionator verlauten.

Hierauf hatte der Herzog gewartet, er hob den Arm.

„Fünfhundertfünfzig Euro“, postulierte der Mann mit dem Holzhammer.

Ein Mitbieter hob ebenfalls den Arm.

„Sechshundert, ... sechshundertfünfzig, ... siebenhundert, ... siebenhundertfünfzig, ... achthundert, ... höre ich mehr?“

Der Mitbieter hatte aufgegeben.

Das Schriftstück würde dem Herzog gehören. Wie viele Stationen hatte es in den letzten 700 Jahren durchlaufen? Geschrieben von einem unbekannten Mönch im Kloster Eberbach am Rhein, der die Geschichte von einem späteren Nachfahren eines Gefolgsmannes von Hagen von Troneg gehört hatte. Dann war es viele Jahre bis zur Zerstörung der Bibliothek im Dreißigjährigen Krieg im Archiv des Klosters sicher versteckt. Mit einem Maultier wurden alte Schriftrollen und Pergamente unsortiert in die Eifel ins Benediktinerkloster Maria Laach gebracht. Hier schlummerten die Papiere bis zur Säkularisation durch die Franzosen unter Napoleon Bonaparte. Wiederum ein Mönch rettete das Pergament vor der Verbrennung und brachte es, zusammen mit anderen alten Schriften, nach Köln. Dort ruhte es unter Bergen von anderen Schriften und Staub, bis die Bomben der Engländer die Stadt in Schutt und Asche legten. Als es nach dem Krieg nichts zu essen gab, wurde alles zu Geld beziehungsweise Brot und Speck gemacht, was nicht niet- und nagelfest war. Ein Archivar, der schon im Ersten Weltkrieg gedient hatte und zu alt für den Zweiten war, verhökerte alte Schriften als Souvenirs an englische Soldaten. Gerald Barneby, Lance Corporal Ihrer Majestät, der schon immer fasziniert vom Mittelalter war und etliche alte englische Schriften besaß, erkannte sofort, dass er mit dem Pergament einen guten Fang gemacht hatte. Er erwarb es für drei Packungen Zigaretten und ein Brot. Sein Sohn Eric verbannte aber sein Erbe auf den Speicher des alten Gutshauses in Midsomer. Dort schlummerten die alten Schriften, bis Marc Barneby, Geralds Enkel, mal wieder unter chronischem Geldmangel litt. Er erinnerte sich an die alten verstaubten Schriftstücke, die sein Opa gesammelt hatte und bot sie einem Antiquitätenhändler in London an. Von hier aus führte der Weg des deutschen Pergaments in das Berliner Auktionshaus.

„Achthundert Euro zum Ersten, zum Zweiten und zum Dritten." Der Auktionator ließ den Hammer fallen. „Die mittelalterliche Handschrift geht an den Herzog."

Der Herzog war im Auktionshaus wohlbekannt als Sammler mittelalterlicher Schriften, und da er anscheinend über genügend finanziellen Spielraum für sein Hobby verfügte, auch stets gern gesehen.

Nachdem er die finanziellen Dinge geregelt hatte, fuhr er so schnell es ging nach Hause. In seinem Arbeitszimmer öffnete er den Umschlag, der das Pergament schützte. Er hielt die Handschrift eines unbekannten Chronisten in den Händen und versuchte einzelne Worte zu entziffern, kam aber nicht weit, das Mittelhochdeutsch war schon eine Sprache für sich. Einzig die Überschriften der verschiedenen Kapitel konnte er erahnen: *Hagene ze Hammerstîne*, Hagen in Hammerstein, was schon eine Sensation für sich war. *Hagene ze Wormez*, Hagen in Worms, *Hagene ermorderôt Sigfrid*, Hagen meuchelt Siegfried und *Hagene ze Heunen*, Hagen bei den Hunnen. Da endete die Handschrift, der Rest des Pergaments war anscheinend nass geworden und abgerissen. Hier müsste Schmitz ran, sein Übersetzer.

Kapitel II – Von Müll und Trennung

Eine Woche später …

Boppard am Rhein

Gerhard Wagenbrecht willigte unwillig ein.

„Na gut, wenn es sein muss, aber dann will ich wieder in den Hunsrück", bestimmte er.

„Herr Wagenbrecht, Sie können ja wieder in den Hunsrück, aber Sie müssen doch einsehen, dass es so nicht geht. Sie haben regelrecht Müll gehortet, die Fliegen und Maden tummeln sich in Ihrer Wohnung, die Nachbarn haben keine Lust mehr, den Gestank zu ertragen und da haben die auch recht. Es muss sein", meinte Manfred Breitbach von der Kreisverwaltung. Er war zuständig für solche „Fälle" und hatte Gerhard Wagenbrecht bereits mehrfach besucht. Breitbach war leider mit seinen Bemühungen, dem Müllsammeln Wagenbrechts ein Ende zu setzten, gescheitert. Der Vermieter hatte Wagenbrecht nun gekündigt und Breitbach musste sehen, wie er den Messi umsiedeln konnte. Zur Verstärkung hatte er sich die Mitarbeiterin einer Einrichtung aus dem Hunsrück mitgebracht, die Wagenbrecht weiterbetreuen sollte, und das war Doro.

„Herr Wagenbrecht, das bekommen wir schon alles hin. Sie und ich – und für das, was wir nicht schaffen, holen wir uns Hilfe. Sie bekommen eine Wohnung in Kastellaun und ich komme zwei Mal die Woche vorbei und wir trinken einen Kaffee und ich helfe Ihnen beim Aufräumen und Saubermachen", erklärte Doro, die sich schon den Mund fransig geredet hatte, um Wagenbrecht zu überzeugen, in die kleine Wohnung in Kastellaun umzuziehen.

„Und was machen wir mit meinen Sachen?", wollte dieser wissen.

Manfred Breitbach machte einen langen Seufzer.

„Also, Ihre Sachen“, begann er vorsichtig, „Ihre Sachen müssen aussortiert werden. Zum Glück haben Sie ja das Verwertbare vom richtigen Müll getrennt aufbewahrt. Ich würde sagen, Sie besprechen mal mit Frau Thomas, wie sie das am besten machen“, endete er.

„Danke“, dachte Doro, „so war das aber nicht gedacht, eigentlich sollte ich erst ab Kastellaun übernehmen.“

„Ja, Herr Breitbach, wenn das mit der Finanzierung klappt, dann kümmere ich mich auch um den Umzug, das brauchen wir aber schriftlich“, nagelte sie Breitbach fest.

„Selbstverständlich, Frau Thomas, wir sind ja froh, dass Sie uns so kurzfristig helfen konnten.“

„Und was ist jetzt mit meinen Sachen?“, schaltete sich Gerhard Wagenbrecht wieder in das Gespräch ein.

„Was halten Sie davon, wenn wir uns morgen mal alles anschauen und dann entscheiden, was wohin kommt und was eventuell weg muss“, schlug Doro, die Worte *wegwerfen* und *entsorgen* bewusst vermeidend, vor.

„Na gut, Frau Thomas, morgen schauen wir“, willigte Gerhard Wagenbrecht, innerlich immer noch unwillig, ein.

Drei Tage lang war Doro damit beschäftigt, die Sachen von Gerhard Wagenbrecht zusammen mit ihm zu sortieren. Sie gewann immer mehr den Eindruck, dass sich Wagenbrechts anfängliche Skepsis ihr gegenüber verflüchtigte. Sie ließ ihm großen Spielraum beim Behalten von Krimskrams und es wurde erst mal nur der richtige Müll entsorgt. Sie ging systematisch vor, und fragte immer wieder nach, ob Wagenbrecht das ein oder andere wirklich noch brauchte. Dann machte sie zwei Stapel, der eine würde mitgenommen nach Kastellaun. Darin waren alle Haushaltsgegenstände und Kleidung sowie einzelne „Dekorationsstücke“, von denen sich Wagenbrecht nicht trennen mochte. Der andere Stapel war für den Flohmarkt gedacht. Doro meinte, so könnte Wagenbrecht immerhin noch ein wenig von der Sammlerei profitieren. Am Nachmittag des dritten Tages, es war Freitag, gingen sie noch mal alle Sachen durch.

„Hier der Jesus ohne Hände, Herr Wagenbrecht, vielleicht findet sich ja auf dem Flohmarkt ein Liebhaber dafür“, schlug sie vor.

„Der Jesus hat einen Liebhaber gefunden: mich“, entgegnete Wagenbrecht trotzig.

„Na gut, was ist mit dem ganzen Treibholz? Ich kenne eine Künstlerin, die kann das vielleicht gebrauchen. Oder wir nehmen es mit in unsere Einrichtung, wir haben einen Bastelkeller und unser Chef ist auch sehr kreativ, der hat oft gute Ideen. Da kann man vielleicht was Nettes draus machen.“

„Na gut, dann in den Bastelkeller“, beschloss Wagenbrecht.

Doro griff in eine Kiste und holte einen seltsamen Kelch hervor.

„Was ist hiermit?“

„Habe ich mal am Rhein gefunden, kann man vielleicht hinstellen.“

„Wohin? – Neben den Jesus? – Sie haben nur fünfundvierzig Quadratmeter.“

„Na gut, dann für den Flohmarkt, aber dann ist Schluss, ich kann nicht mehr“, meinte Wagenbrecht gähnend.

Auch Doro hatte genug, drei Tage lang Krempel, Nippes und Schrott sortieren waren ermüdend. Sie verabredeten am nächsten Samstag den Flohmarkt in Bingen zu nutzen, um möglichst viel zu verkaufen.

Doro schaute auf ihre Uhr und stellte fest, dass sie es noch nach Bad Salzig schaffen konnte, bevor Rainer Feierabend hatte. Nachdem die Druckerei im vergangenen Jahr von Ferdinand Mayerling in Brand gesteckt worden war, hatte man sie mit vereinten Kräften und dem Geld der Versicherung wieder aufgebaut. Ein neues Gebäude wurde errichtet, das besser geeignet für die große Vierfarbdruckmaschine war, die trotz der Brandschäden wieder in Gang gesetzt werden konnte. Doro parkte vor der Druckerei und ging die Treppe hoch ins Büro, wo Rainer am Schreibtisch saß und arbeitete.

„Hallo mein Schatz, ich bin gleich fertig“, begrüßte er sie.

„Mach ruhig langsam, ich schaue mich mal um“, antwortete Doro und drehte eine Runde durch das Großraumbüro. Dann ging sie wieder runter und betrat die Druckerei, in der die Maschine lief.

„Hallo Doro, kommst du auch mal vorbei?“, wurde sie von Rainers Chef begrüßt.

„Ja, ich konnte ja nicht zur Einweihung kommen, da hatte ich mal wieder Dienst. Ich wollte mal schauen, wie ihr wieder alles hinbekommen habt.“

„Guck dich ruhig um, die Maschine läuft wieder wie eine Eins“, meinte Dieter Strödicke grinsend und kontrollierte einen Druckbogen.

„Was druckt ihr gerade?“, fragte Doro neugierig.

„Einladungen für einen Geburtstag. Ein Mittelalter-Fan aus Boppard lädt seine Gäste stilecht in seine eigene private Kneipe ein. In die *Walhalla*“, erklärte Strödicke. Er zeigte ihr den Druckbogen mit mittelalterlich anmutender Schrift.

Medicus Mohrus lädt zum Gelage

Ehern sei die Zier des Kriegers
Schrecklich und schön zugleich
Rot funkelndes Erz statt glitzerndem Gold.

Der Falke in der Hand des todbringenden Heilers
Birgt das Ende des mächtigen kampfstarken Keilers

Kommt zur Walhalla und trinkt mit mir auf ein Schwert,
wie es wohl kaum jemand vorher gesehen hat ... auf dass
die Trinkhörner schallen.

„Das ist ja wirklich stilecht“, bemerkte Doro.

„Ja, der geht auch gewandet auf Mittelaltermärkte, mache ich übrigens auch“, meinte Dieter Strödicke.

Doro war überrascht, diese Seite hatte sie an Rainers Chef noch nicht gekannt.

„Demnächst ist wieder Vierthäler Markt in Bacharach. Das ist ein großer Mittelaltermarkt auf den Rheinwiesen, der findet alle zwei Jahre, abwechselnd mit dem Spectaculum in Oberwesel, statt. Echt sehenswert, vielleicht kommt ihr ja mal vom Hunsbuckel runter und schaut euch das an“, schlug er vor.

„Gute Idee, ich rede mal mit Rainer darüber, danke für den Tipp“, meinte Doro und verabschiedete sich.

Nach ein paar leckeren Hausmacher Wurstbroten saßen Rainer und Doro auf ihrer Hollywoodschaukel und genossen den warmen Abend. Doro hatte eine Flasche Rotwein aufgemacht und reichte Rainer ein Glas.

„Hör mal Rainer, kannst du mir einen Gefallen tun?“, fragte Doro zaghaft. Sie wusste, dass Rainer möglichst wenig mit ihrer Arbeit zu tun haben wollte. Nicht, dass er die Leute, die sie betreute nicht leiden konnte, aber er hatte manchmal seine Probleme mit der Art mancher Klienten. Nach Rainers Meinung gab es einige darunter, die ihre Krankheit ausnutzten, um möglichst unbehelligt von Anforderungen durchs Leben zu kommen. Außerdem konnte er mit der Distanzlosigkeit einiger Leute nicht gut umgehen. Gleich beim ersten Mal, als Rainer Doro von der Arbeit abholte, geriet er in ein Gespräch mit einem der Klienten, die dort wohnten. Rainer bekam in fünf Minuten den Lebenslauf und die Krankheitsgeschichte erzählt und konnte sich nicht erwehren, das penibel aufgeräumte Zimmer zu besichtigen, samt Kleiderschrank, in dem man die Hemden mit einem Lineal hätte abmessen können. Dafür schienen die Gedankengänge des Klienten umso ungeordneter zu sein. Ein anderer Bewohner kam dazu und drehte den Spieß um, der wollte alles von Rainer wissen, vom Geburtsort bis zur Schuhgröße. Von da an holte Rainer Doro nur ungern in der Einrichtung ab und hielt sich auch von Festen fern. Aber sie brauchte seine Hilfe bei dem Flohmarkt mit Wagenbrechts Sachen.

„Klar, was denn für einen Gefallen?“, fragte Rainer und testete den Wein.

„Ich betreue doch jetzt den einen Klienten aus Boppard, der nach Kastellaun zieht. Der hat dermaßen viel Kram, da müssen wir einige Kisten auf dem Flohmarkt zu Geld machen. Samstags ist der in Bingen, am C & C-Markt. Dabei könnte ich deine Hilfe gebrauchen“, endete sie mit ihrem Anliegen.

„Morgen?“, fragte Rainer ein wenig genervt.

„Nein, nächste Woche, morgen ist zu kurzfristig“, beruhigte Doro.

„Wie durchgeknallt ist der denn?“, wollte Rainer wissen.

„Überhaupt nicht. Der ist eigentlich ganz nett und vernünftig, sammelt halt gern alten Kram und leider auch Müll. Das wurde den Nachbarn und dem Vermieter zu viel“, erklärte Doro.

„Aber wir verkaufen keinen Müll?“

„Wir helfen ihm die Sachen zu verkaufen, die flohmarkttauglich sind. Und das ist nicht gerade wenig.“

„Okay, dann fahren wir nächste Woche auf den Flohmarkt.“

„Hör mal, dieses Wochenende sind die Jazztage in Idar-Oberstein, was hältst du davon, wenn wir mal hinfahren?“, fragte Doro beiläufig.

„Können wir morgen machen, wie lang fährt man bis Idar-Oberstein?“, wollte Rainer wissen.

„Eine gute Stunde, wir können ja so fahren, dass wir da was essen, da gibt es bestimmt leckeren Spießbraten oder die gute grobe Bratwurst vom Grill“, erklärte Doro.

Sie fuhren die ihnen bekannte Strecke über die Hunsrückhöhenstraße, wobei sie sich den Umweg um den Flughafen Hahn sparten. Mittlerweile war die Strecke von der Abzweigung nach Sohren über den Hahn bis zu den Parkplätzen neu geteert. Sie passierten die Kartbahn und den Paddock-Club und fuhren an den alten Flugzeugbunkern und dem Golfplatz vorbei, bis sie auf der B 50 und schließlich wieder auf der B 327 waren. Von dort aus ging es weiter bis zur Abzweigung nach Hinzerath, dort fuhren sie links ab in Richtung Idarwald. Sie kamen an Herrstein vorbei und etwas später erreichten sie Idar-Oberstein. Auf einem Parkplatz in Idar stellten sie Doros Mini ab und gingen zur Fußgängerzone. Dort begegneten ihnen zwei junge Damen, die Buttons für die Jazztage verkauften. Da die Veranstaltung keinen Eintritt kostete, kauften sie jeder einen Button für sechs Euro und schlenderten los. Gleich am Anfang der Fußgängerzone fanden sie eine Bühne, wo eine Band mehr Funk als Jazz spielte, aber die Sängerin schmetterte „Baby Love“ von *Mother's Finest*, als hätte sie nie etwas anderes gemacht. Rainer und Doro blieben eine Weile, bevor sie weitergingen. Als Nächstes erreichten sie eine Bühne, wo eine Gruppe Musiker Balkan-Musik mit Jazz mischten, ein Crossover von Ethno und Jazz, aber mit eingängigen Melodien durchsetzt. Langsam bekamen sie Hunger und sie fanden eine Würstchenbude, die ziemlich große grobe Bratwürste anbot. Hier schlugen sie zu und dazu gab es noch ein frisch gezapftes Kirner Pils. Nachdem sie gegessen hatten, bummelten sie weiter und hörten, wie auf einer Bühne ein paar junge Musiker offenbar ihre Instrumente stimmten. Nachdem sie fast zehn Minuten dort standen, wurde ihnen klar, dass das, was sie hörten, die Performance war – Freejazz. Rainer musste grinsen und Doro giggelte sogar ein wenig, als sie ihre Fehleinschätzung erkannten. Schnell gingen sie weiter und kamen zu einer Dixieband. Ältere Herren in weißen Hemden mit Fliege und schwarzen Westen spielten Oldtime Dixieland, natürlich durfte hier Chris Barbers Klassiker „Ice Cream“ nicht fehlen. Eine Stunde später und noch ein paar Ecken weiter hörten sie groovigen Jazzrock von einer Band, die sich nicht scheute aus Bob Marleys „Exodus“ ein zehnminütiges Stück zu zelebrieren, in dem Reggae zum Glück die kleinste Rolle spielte.

Rainer kam mal wieder aus dem Staunen nicht heraus, was die Hunsrücker so alles auf die Beine stellen konnten. Kurz nach Mitternacht machten sie sich mit vielen neuen musikalischen Eindrücken in den Ohren auf den Heimweg, immer noch amüsiert über die Band, die stundenlang ihre Instrumente „stimmte“.

BERLIN, CHARLOTTENBURG

Von Flankenberg betrachtete sein Konterfei im fahlen Licht eines Schaufensters. Das Alter schlich sich heran, er merkte es immer deutlicher. Da waren nicht nur die ersten grauen Haare, die schon seit ein paar Jahren an seinen Schläfen zu sehen waren. Das waren nur die äußerlichen Vorboten einer innerlichen Veränderung. Schlimmer war seine Krankheit. Immer wieder verdeutlichte sie ihm seine Endlichkeit, sein Vergehen auf diesem Planeten, sein Hinscheiden. Er würde verglühen wie eine Sternschnuppe. Noch nicht direkt, so schlimm stand es nicht um ihn, aber er merkte, dass es ihm öfter als früher schlecht ging, gerade morgens. Er fühlte sein Leben auseinanderfallen wie trocknen Kloßteig. Er müsste dem Schicksal trotzen, seiner Vergänglichkeit etwas Unvergängliches entgegensetzen. Nur aus diesem Grund war er dabei, er würde in die Annalen der Geschichte eingehen, noch in hundert Jahren würde sein Name in den Geschichtsbüchern zu lesen sein: Harald Freiherr von Flankenberg, Erster Großmeister des neuen Deutschen Ritterordens nach der Zeitenwende. Er öffnete die Haustür neben dem Schaufenster, dessen Auslage er in- und auswendig kannte. Morgen wäre er wieder der biedere Antiquitätenhändler, der sich mehr schlecht als recht durchs Leben schlug.

Im Arbeitszimmer schaltete er seinen Computer an, um seine E-Mails abzurufen. Neben dem üblichen Kram an Newslettern, Spam und den Geschäftsmails stach eine Nachricht heraus, die sein besonderes Interesse weckte. Sie stammte von einem Alex Schmudtke, einem Burschen, den er neulich als *Gesandten* rekrutieren wollte. Er hatte ihn getroffen, als er im Rheinland auf der Suche nach geeigneten Kandidaten war. Ein grobschlächtiger etwas übergewichtiger Kerl Mitte dreißig mit sehr kurzem Haar und einer unangenehmen, schmierigen Art. Von Flankenberg öffnete die Mail und las:

Sehr geehrter Herr von Flankenberg,
gerne nehme ich Ihr Angebot an, auf Vierhundert-Euro-Basis für Sie zu arbeiten. Bitte sagen Sie mir, was ich tun soll.
Mit freundlichen Grüßen
Alex Schmudtke

„Gut, wieder einer mehr", dachte sich von Flankenberg und antwortete:

Lieber Herr Schmudtke,
mich interessieren alle Kunst- oder auch andere Gegenstände aus dem Mittelalter, die auf Märkten und in Zeitungen in Ihrer Gegend angeboten werden. Insbesondere auf echtes Gold und Schmuckstücke, aber auch Schriften aus dem frühen Mittelalter sollten Sie achten. Bitte erstehen, die Kosten übernehme ich. Wenn möglich, vor dem Kauf ein Foto schicken.
Mit freundlichen Grüßen
Harald Freiherr von Flankenberg

Ihm war nicht ganz geheuer dabei, mit solchen Typen zusammenarbeiten zu müssen, aber er konnte es sich nicht leisten, wählerisch zu sein. Er nahm seine Medikamente und legte sich schlafen.

Eine Woche später …

Bingen am Rhein

Alex Schmudtke war auf das Angebot dieses Antiquitätenhändlers eingegangen. Er sollte vierhundert Euro im Monat dafür bekommen, dass der die Augen offen hielt und Kunstkrams aus dem Mittelalter suchte. Irgendwie wurde er das Gefühl nicht los, dass da mehr als nur Kunsthandel dahintersteckte. Jemand, der ihm vierhundert Mäuse im Monat dafür zahlte, dass er in den regionalen Zeitungen und auf Märkten mittelalterlichen Kram suchte, der musste doch Geld genug haben. Wahrscheinlich war der Typ auf der Suche nach etwas Bestimmtem. Und wenn so einer was Bestimmtes sucht, dann musste das mehr als einen Monatslohn wert sein. Alex Schmudtke machte sich samstags mittags auf den Weg von Koblenz nach Bingen. Er hatte in den letzten Wochen etliche Flohmärkte in der Region um Koblenz abgeklappert, aber jedes Mal ohne Erfolg. Mittelalterliche Kunstgegenstände wurden dort nicht angeboten. Dafür hätte er seine kleine Wohnung mit Nippes jeglicher Art vollstopfen können. Einmal hatte der dem Antiquitätenhändler ein Foto gemailt. Er hatte ein Schwert gesehen und war sich nicht sicher, ob das auch zu seinen Aufgaben gehörte, alte Waffen aufzuspüren. Aber das Schwert war gar nicht alt, es war eine Replik. Als er über den Flohmarkt in Bingen schlenderte, fiel ihm ein Stand auf, an dem ein hagerer langhaariger Mann mit Zottelbart stand. Bei ihm war noch ein Pärchen, das gar nicht zu dem Alten passte. Eigentlich verkaufte es die Sachen, der grauhaarige Alte stand eher daneben und schien jedem Teil hinterherzuweinen. Schmudtke schaute sich den Stand genauer an und entdeckte einen goldenen Kelch, verziert mit Edelsteinen. Ob das nun ein echter Kunst- oder Kultgegenstand aus dem Mittelalter war, konnte er nicht beurteilen. Aber das Teil passte in sein Beuteschema. Er zückte sein Handy und machte ein Foto davon.

Gerhard Wagenbrecht war mit gemischten Gefühlen zu dem Flohmarkt gefahren. Frau Thomas hatte ihren Freund mitgebracht, der beim Beladen des Kleintransporters und Herrichten des Standes half. Er lenkte auch den größeren Wagen und Gerhard Wagenbrecht folgte mit Frau Thomas in ihrem roten Mini. Mittlerweile hatten sie schon einiges verkauft und jedes Mal tat es Wagenbrecht leid, dass wieder ein Teil weg war. Nun war ein etwas schmieriger Typ zu ihnen gekommen und betrachtete sich den schönen Kelch, den er am Rhein gefunden hatte und fotografierte ihn sogar. Gerade wollte Gerhard Wagenbrecht den Kelch nehmen und in eine leere Kiste unter dem Tapeziertisch verstecken, da hatte der Typ das Teil schon in der Hand.

„Wie viel?", fragte Alex Schmudtke in Richtung Doro.

„Tja, sagen wir fünfzehn Euro", schlug sie vor.

„Sagen wir zehn", handelte Schmudtke.

„Sagen wir gar nichts, der Kelch ist unverkäuflich", schaltete sich Gerhard Wagenbrecht ein, und noch ehe Doro eingreifen konnte, nahm er Schmudtke den Kelch aus der Hand.

„He, so geht das aber nicht. Der Kelch stand doch hier auf dem Tisch", wehrte sich Schmudtke.

„Herr Wagenbrecht, Sie wollten den Ramsch doch verkaufen", wandte sich Doro an den älteren Mann.

„Jetzt nicht mehr, der Kelch ist kein Ramsch, den behalte ich", antwortete er.

„Ich muss darauf bestehen, Sie können doch nicht erst was zum Verkauf anbieten und es dann, mir nichts dir nichts, wieder zurücknehmen. Das ist keine Art, so geht das aber nicht", versuchte Schmudtke sich durchzusetzen.

Doro war in einer Zwickmühle. Natürlich hatte der Typ recht, aber wenn sie sich auf dessen Seite stellen würde, würde sie Wagenbrechts Vertrauen verlieren.

„Es tut mir leid, aber dass der Kelch auf den Tisch kam, war ein Versehen", versuchte sie die Situation in den Griff zu bekommen.

„Ist mir egal, ich will den Kelch aber haben", bestand Schmudtke.

Rainer war hinzugetreten, um Doro beizustehen.

„Hören Sie, es ist doch nur ein Flohmarkt hier, wir können alles draufstellen und wieder runternehmen, wie wir wollen. Wir sind hier nicht in einem Geschäft", argumentierte er.

Schmudtke war außer sich vor Wut. Wochenlang hatte er nach einem Gegenstand gesucht, der aus dem Mittelalter stammen könnte und nun, da er etwas gefunden hatte, wollte dieser alte Depp das Teil nicht hergeben. Entschlossen griff er nach dem Kelch, aber behände drehte sich Wagenbrecht zur Seite und schnellte einen Schritt zurück.

„Hallo, mal langsam", ging Rainer dazwischen.

Jetzt war auch Wagenbrecht aufgebracht.

„Lass mich in Ruhe, das ist mein Kelch, den hab' ich am Rhein gefunden. Fass mich an und ich schlag dich tot!", schrie er wütend.

Die Leute ringsum wurden auf den Streit aufmerksam und Alex Schmudtke lenkte ein.

„Ist ja gut, ist ja gut. So viel wird das Ding ja auch nicht wert sein", meinte er und schlenderte weiter, die Blicke der Menge auf sich gerichtet.

„Herr Wagenbrecht, ich glaube, das war eben ziemlich übertrieben", sprach Doro ihn an.

Er war schweißgebadet.

„Ich will jetzt nicht mehr, ich will heim", meinte er mit zittriger Stimme. Noch nie hatte er sich derart wehren müssen, noch nie war ihm jemand so auf die Pelle gerückt. Bisher war sein Leben von mehr oder weniger verständnisvollen Menschen begleitet worden und selbst die, die kein Verständnis für ihn hatten, waren immerhin höflich geblieben.

„Ist in Ordnung, ich fahre Sie nach Hause. Rainer, machst du hier alleine weiter, bis ich wieder da bin?"

„Mache ich. Fahrt ihr mal, ich habe alles im Griff", meinte

Rainer, der sah, dass es wenig Sinn hatte, Wagenbrecht noch weiter am Flohmarktstand zu halten. Obwohl sie erst eine Stunde dort gestanden hatten und noch viel hätten verkaufen können, fing er an, die Sachen wieder einzupacken.

Wagenbrecht ging, seinen Kelch fest in beiden Händen haltend, mit Doro zum Parkplatz. Als sie wegfuhren, folgte ihnen unauffällig in einigem Abstand ein weiterer Wagen.

Alex Schmudtke fuhr langsam dem roten Mini hinterher. Als sie nach Boppard abbogen und der Wagen im Einbahnstraßenlabyrinth der Perle am Rhein zu verschwinden drohte, schloss er auf. In einer engen Gasse ließ die Frau den Alten aussteigen, der in einem Hauseingang verschwand. Sie fuhr weiter und Schmudtke hielt kurz an der Haustür an. *Wagenbrecht*, den Namen hatte er auf dem Flohmarkt mitbekommen. Es war die unterste Klingel, demnach wohnte der Alte mit dem Ziegenbart im Parterre. Schmudtke machte sich auf den Heimweg nach Koblenz. Zu Hause angekommen, lud er das Foto von seinem Handy auf den Computer und schickte es als Anhang mit einer E-Mail an von Flankenberg.

Sehr geehrter Herr von Flankenberg,
nach langem Suchen bin ich auf etwas gestoßen, das Sie interessieren könnte. Bild ist im Anhang.
Mit freundlichen Grüßen
Alex Schmudtke

Prompt bekam er Antwort aus Berlin:

Hallo Herr Schmudtke,
das ist genau das, wonach ich suche. Ist das Teil schwer oder leicht? Haben Sie es schon gekauft?
Mit freundlichen Grüßen
Harald Freiherr von Flankenberg

Schmudtke hatte den Kelch in Händen gehalten. Er war schwer, also kein Kunststoff, aber nicht zu schwer, also vermutlich kein Blei mit Goldüberzug. Jetzt könnte er dem Berliner richtig viel Kohle abnehmen.
Er antwortete:

Hallo Herr von und zu,
ich habe das Ding und wenn Sie es wollen, bringen Sie viel Geld mit. Ich denke tausend Euro wären genug. Heute Abend um neun hinter der Loreley, wo die Musikkneipe ist. Da warte ich am Rheinufer auf Sie.
Hochachtungsvoll
Schmudtke

Harald von Flankenberg sah sich in seiner anfänglichen Abneigung diesem Schmudtke gegenüber bestätigt. Ein elender Erpresser war er. Aber was blieb ihm übrig. Das Foto, das ihm Schmudtke gemailt hatte, war eindeutig: Ein Prunkkelch, Gold, besetzt mit einfach gearbeiteten Edel- und Halbedelsteinen. Offensichtlich ein Stück aus dem frühen Mittelalter, wohl noch weit vor der ersten Jahrtausendwende gefertigt. Von Flankenberg schickte den letzten Teil der E-Mail mit dem Bild des Kelches im Anhang an den Herzog und eine weitere an Schmudtke. Der solle am Rhein warten, immerhin müsse er jetzt von Berlin aus starten und ob er um einundzwanzig Uhr in St. Goarshausen sein könne, könnte er nicht versprechen. Dann packte er ein paar Sachen in eine Reisetasche und machte sich direkt auf den Weg ins Rheintal.

Alex Schmudtke fuhr er wieder nach Boppard. Er parkte am Rhein und ging zur Haustür in der engen Gasse und schellte bei Wagenbrecht. Nichts tat sich. Er schellte erneut. Eine hübsche Kastanienbraune um die vierzig kam aus der Tür, sie wollte gerade ihren Hund ausführen.

„Zu wem wollen Sie denn?“, fragte sie interessiert.

„Zu Wagenbrecht, ist da keiner zu Hause?", antwortete Schmudtke mit einer Gegenfrage.

„Die haben den eben abgeholt, mit einem Transporter. Der ist ausgezogen, wohnt jetzt in Kastellaun und kann da alles vollmüllen", gab sie Auskunft und ging mit ihrem kleinen Jack Russell, den sie Lieschen nannte, in Richtung Rhein.

„Mist", dachte Schmudtke, „ich hätte den Alten weiter beobachten sollen." Jetzt müsste er improvisieren. Er würde von dem Antiquitätenhändler einen Teil des Geldes fordern und den Rest bei Lieferung vereinbaren. So hätte er Zeit gewonnen, um in Wagenbrechts neue Wohnung einzubrechen und den Kelch an sich zu bringen.

Nähe der Loreley,
unterhalb des Felsens bei Bernies Blues-Bar

Die Mücken tanzten in den letzten Strahlen der untergehenden Sonne. Der Rhein führte noch immer Niedrigwasser und die wenigen Schiffe, die fahren durften, waren nur zum Teil beladen. Es roch am Ufer nach Fisch und Moder. Aus der nahe gelegenen Musikkneipe *Bernies* Blues-Bar dröhnte der alte Song von Bob Dylan „All along the watchtower", den Chrishy, Schmidty und Merdes aus Boppard immer vor der Pause in der Hendrix-Version zum Besten gaben. Alex Schmudtke machte sich bereit, um seine Verhandlungen mit von Flankenberg zu führen. Er müsste geschickt agieren, der Kerl aus Berlin war sicher ein gewiefter Geschäftsmann. Der Mittdreißiger war die Treppen zum Rhein hinuntergegangen und spazierte im trockenen Flussbett unruhig hin und her. Er hörte wie eine Wagentür zugeschlagen wurde und schaute hoch zur Straße. Der Mann, der da zu ihm herunterstieg und jetzt auf ihn zukam, machte einen vitaleren Eindruck als bei ihrer ersten Begegnung. Als er näherkam, erkannte Schmudtke, dass es gar nicht von Flankenberg war.

„Hallo", begrüßte Schmudtke den Ankömmling unsicher.

„Sind Sie Alexander Schmudtke?", fragte dieser und Schmudtke nickte kurz.

„Von Flankenberg schickt mich. Einen schlechteren Treffpunkt konnten Sie sich auch nicht aussuchen?", meinte der Unbekannte schroff.

„Hier hört und sieht uns keiner, ist doch auch in Ihrem Interesse, Herr …?", meinte Schmudtke.

„Nennen Sie mich Müller", gab dieser zurück.

Einen Augenblick lang standen sich die beiden Männer unschlüssig gegenüber. Wer von ihnen sollte den Anfang machen im Verhandlungsduell? Müller ergriff das Wort:„Also, reden wir nicht lange um den heißen Brei: Wo ist der Kelch?"

„Glauben Sie, den hab' ich dabei? So blöd bin ich auch wieder nicht. Erst die Hälfte der Knete, dann besorge ich Ihnen morgen den Kelch", antwortete Schmudtke.

„Was heißt hier besorgen? Ich dachte, das hätten Sie längst." Müller war erzürnt.

Schmudtke merkte, dass er sich mit dem Begriff *besorgen* ein Eigentor geschossen hatte.

„Ich weiß, wo er sicher aufbewahrt ist", gab er zurück und damit log er nicht einmal. Der Kelch war sicher aufbewahrt – bei Wagenbrecht.

Müller war näher auf Schmudtke zugekommen.

„Und Sie glauben, ich bin die vielen Kilometer von Berlin hierhergefahren, um mir so einen Mist anzuhören? Keinen Cent gibt es, ohne dass ich das Ding gesehen habe. Sie können mir viel erzählen", meinte er, während er noch weiter durch das Flussbett auf Schmudtke zuging. Dieser wich etwas zurück.

„Ich weiß, wo der Kelch ist, das muss reichen. Erst fünfhundert Mäuse, dann gibt es morgen den Kelch und ich bekomme den Rest vom Geld."

Müller wurde sanfter, er hatte erst einmal Druck gemacht, jetzt konnte er den *Verständnisvollen* mimen.

„Mein lieber Herr Schmudtke oder Alexander – Alex oder Alexander?", fragte er in vertraulichem Ton.

„Alex", antwortete Schmudtke nur.

„Also, mein lieber Alex. Auch ich habe meine Auftraggeber. Dieser Kelch, wo sagten Sie, haben Sie ihn entdeckt?", wollte Müller wissen.

„Ich habe noch gar nichts gesagt. Ich habe ihn auf dem Flohmarkt am Samstag gesehen. Der Verkäufer wollte ihn aber dann plötzlich nicht mehr hergeben. Ich weiß aber wie er heißt und wo er wohnt. Und er hat gesagt, dass er ihn am Rhein gefunden hat." Schmudtke ging auf den Schmusekurs des Unterhändlers ein.

„So und nun mal alle Informationen, mein lieber Alex. Wie heißt der Typ und wo wohnt er?“

„Dann können Sie ja selbst den Kelch holen, nein, nein, ich bin doch nicht blöd“, entgegnete Schmudtke.

„Ist das nicht schon, sagen wir mal zweihundertfünfzig Euro wert?“

„Ich will die fünfhundert!“

Müller zog einen Umschlag aus seinem Jackett und hielt ihn Schmudtke hin. Der kam näher und wollte den Umschlag nehmen. Müller hielt ihn fest.

„Name und Wohnort.“

„Wagenbrecht in Kastellaun.“

Müller drehte sich um und ging dem Aufstieg zur B 9 entgegen. Schmudtke öffnete den Umschlag und war wie vom Schlag gerührt: In dem Umschlag steckte nur altes Inflationsgeld aus den dreißiger Jahren.

„Sie mieses Dreckschwein“, rief er Müller hinterher und lief los, um ihn einzuholen. Der hatte schon die ersten Treppenstufen erklommen, als Schmudtke von hinten kam. Er drehte sich um, gerade in dem Moment, als Schmudtke nach ihm fassen wollte. Alex sah das Messer nicht. Ein stechender Schmerz in der Brust und das warme Blut, das ihm über die Brust quoll, waren die letzten Dinge, die er spürte, während er mit ungläubigem Blick nach hinten fiel. Müller schleppte den Leichnam bis zur Fahrrinne und schubste den Toten so weit ins Wasser, dass er selbst mit den Füßen im Rhein watete. In aller Ruhe wusch er das Blut von seinem Messer und machte sich auf den Weg. Langsam zog der Rhein sein Opfer mit sich flussabwärts. Ein Stück weiter Richtung St. Goarshausen saß die Loreley unbeeindruckt auf ihrem Felsen.

Während die Bopparder Musiker vor der Kneipe standen und über das letzte Gitarrensolo diskutierten, stieg ein Mann ganz ruhig in einen Wagen mit Berliner Kennzeichen und fuhr davon. Keiner hatte Notiz von ihm genommen. Es sollte noch eine ganze Nacht und ein Tag vergehen, bevor die Strömung den Leichnam Schmudtkes in Boppard genau vor die Füße eines Betrunkenen schwemmte. Die Untermutter hatte wieder zugeschlagen.

Hunsrück

Doro wurde am Montagmorgen vom Läuten des Telefons geweckt. Sie hatte frei und wollte eigentlich einmal ausschlafen. Auf dem Display sah sie die Nummer ihrer Arbeitsstelle und sie nahm das Gespräch widerwillig an. Sie erfuhr, dass die Polizei Wagenbrecht befragen wolle und dass es Sinn machen würde, wenn sie dabei sei. Es gehe um den Samstag auf dem Flohmarkt.

Als Doro ankam, saßen zwei Polizisten zusammen mit dem Einrichtungsleiter und Gerhard Wagenbrecht im Büro.

„Um was geht es denn?“, wollte Doro wissen.

„Sie sind Frau Thomas?“, fragte einer der Beamten und machte sich Notizen.

„Ja, ich betreue Herrn Wagenbrecht.“

„Sie waren am vergangenen Samstag mit auf dem Flohmarkt in Bingen?“

„Ja, wir haben alte Sachen von Herrn Wagenbrecht verkauft.“

„Ist dort etwas Ungewöhnliches passiert?“, wollte der Beamte wissen.

Langsam schwante Doro worauf das Ganze hinauslief. Hatte sich der Typ bei der Polizei beschwert, dass er den Kelch nicht bekommen hatte?

„Da war so ein Mann, der wollte unbedingt einen Kelch von Herrn Wagenbrecht kaufen. Das Ding ist aber versehentlich auf den Tisch gekommen, Herr Wagenbrecht wollte es gar nicht verkaufen. Der Typ war ziemlich penetrant. Hat er sich bei Ihnen beschwert?“

„Nein, Frau Thomas, der kann sich nicht mehr beschweren. Der Typ hieß Alexander Schmudtke und wurde gestern Abend tot aufgefunden. Und Herr Wagenbrecht hat nach Zeugenaussagen so was wie *Ich schlag dich tot* zu ihm gesagt.“

Doro dachte nach. Ihr Chef sah sie besorgt an.

„Das kann aber nicht sein. Am Samstagnachmittag nach dem Flohmarkt haben wir die restlichen Kisten von Herrn Wagenbrecht mit nach Kastellaun geholt. Seitdem wohnt er ja hier oben“, erklärte sie.

„Ja, aber Herr Wagenbrecht war nach eigenen Angaben am Samstagabend noch mal in Boppard“, entgegnete der Polizist.

„Herr Wagenbrecht, stimmt das?“, fragte Doro fassungslos.

Gerhard Wagenbrecht blieb stumm, er nickte nur verlegen und blickte auf die Tüte in seinen Händen.

„Was wollten Sie denn um Himmels willen in Boppard? Sie waren doch froh, wieder im Hunsrück zu sein oder nicht?“

„Ich, ich wollte noch mal nach Treibgut suchen, das gibt es doch hier oben nicht“, antwortete er leise.

„Haben Sie den Mann vom Flohmarkt noch mal gesehen?“, wollte Doro wissen.

Gerhard Wagenbrecht schüttelte nur den Kopf.

„Und wie sind Sie runter und wieder hochgekommen?“

„Runter mit dem Bus, hoch bin ich per Anhalter gefahren“, antwortete er.

„Herr Wagenbrecht, lassen Sie uns bitte einen Moment alleine mit Frau Thomas reden?“, fragte der Polizist.

Gerhard Wagenbrecht verließ mit gesenktem Kopf das Büro. „Gut, dass der Typ tot ist“, dachte er bei sich und „blöd, dass die denken, ich wäre es gewesen.“

„Das kann gar nicht sein, der Wagenbrecht bringt doch keinen um. Wie kommen Sie überhaupt auf ihn?“, meinte Doro, sobald sie Tür geschlossen war.

„Frau Thomas“, wandte sich der Polizist an sie, der bisher ruhig gewesen war, „wir haben den Tagesablauf des Toten rekonstruiert. In einer Zeitung hatte er die Anzeige vom Flohmarkt in Bingen markiert. Der Ausrichter des Marktes hat den Streit mitbekommen, übrigens auch noch weitere Zeugen. Ihr Herr Wagenbrecht hat lauthals was von *Totschlagen* gerufen und am Sonntagabend wird Herr Schmudtke tot aufgefunden, in Boppard. Herr Wagenbrecht gibt zu, am Samstag in Boppard gewesen zu sein. Wie hört sich das alles für Sie an?“, fragte er.

„Schlecht. Aber er war es nicht!“, beharrte Doro.

„Wie lange kennen Sie ihn?“

„Ein paar Wochen, erst ein paar Wochen“, musste Doro zugeben.

„Und auf dem Flohmarkt ist er ja auch plötzlich unbeherrscht gewesen“, stellte der andere Beamte fest.

„Na ja, unbeherrscht eher nicht, er war ängstlich“, versuchte Doro zu relativieren.

„Frau Thomas, können Sie dafür sorgen, dass Herr Wagenbrecht Kastellaun nicht verlässt?“

„Wie soll ich das denn machen? Er hat seine eigene Wohnung, die ist zwar der Einrichtung angeschlossen, aber das hier ist ein offenes Haus, hier gibt es keine Gitter vor den Fenstern“, antwortete Doro, die zwischen Hilflosigkeit und Wut hin- und hergerissen war.

„Sehen Sie, und das ist das Problem. Ich fürchte, wir müssen ihn mitnehmen“, meinte der Beamte ernst.

„Es tut mir leid, aber da sind so viele Verdachtsmomente, wir können gar nicht anders“, erklärte der andere und Doro hatte das Gefühl, dass es ihm wirklich nicht leicht fiel, Gerhard Wagenbrecht zu verhaften.

„Wollen Sie ihn festnehmen“, fragte Doro spontan.

„Zunächst nehmen wir ihn mit zur Vernehmung und für ein Protokoll. Was dann weiter geschieht, werden wir sehen, da sind dann die Kollegen aus Koblenz für zuständig“, ergänzte der andere Beamte.

Doros Vorgesetzter war die ganze Zeit über still gewesen und hatte sich das Gespräch angehört. Nun schaltete er sich ein: „Benachrichtigen Sie uns, wenn wir ihn abholen können?“, fragte er ruhig.

„Wir melden uns. Und wenn er einen Anwalt braucht, geben wir Ihnen auch Bescheid“, meinte der Beamte.

Die beiden Polizisten redeten behutsam mit Gerhard Wagenbrecht. Sie müssten nur ein Protokoll machen, und das ginge hier nicht, dafür müssten sie ihn mitnehmen nach Simmern. Wagenbrecht drückte Doro die Tüte in die Hand und ging ohne Widerstand zu leisten mit den Polizisten raus.

„Das kann doch nicht sein“, regte sich Doro auf, „können wir da gar nichts gegen machen?“, fragte sie ihren Vorgesetzten.

„Erst mal nicht. Wir müssen abwarten, was sich nach der Vernehmung tut, ob er dem Haftrichter vorgeführt wird. Dann suchen wir einen Anwalt. Der Polizist hatte recht: Das sieht nicht gut für Gerhard aus. Und jetzt fahr wieder nach Hause, du hast ja frei. Mach dir nicht so viele Gedanken. Wenn er es war, können wir sowieso nicht viel machen. In den Knast kommt er eh nicht, wenn, dann kommt er ins Nette-Gut nach Andernach“, endete er.

„Und wenn er es nicht war und keiner ihm glaubt?“, erwiderte Doro.

„Kannst du die Hand dafür ins Feuer legen?“, stellte er die Gegenfrage.

„Keine Ahnung, ich weiß es nicht, aber vom Gefühl her denke ich, dass er kein Mörder ist.“

Kapitel III – Von Hagen und Sagen

Berlin, Villenviertel

„Sehr gut Schmitz, sehr gut", lobte der Herzog seinen Übersetzer.

„Immer gern zu Diensten, Eure Hoheit", gab dieser zurück, während er sich den Briefumschlag einsteckte, den ihm der Adlige auf den Schreibtisch gelegt hatte.

„Und wie immer: Verschwiegenheit, Schmitz, Verschwiegenheit", mahnte der Herzog.

„Sie können sich auf mich verlassen, wie immer. Der zweite Teil kommt demnächst."

„Lassen Sie mich nicht zu lange warten, Schmitz, ich zähle auf Sie. Meine E-Mail-Adresse haben Sie ja, schicken Sie mir unverzüglich Ihre Ergebnisse", forderte der Herzog, als sich Schmitz verabschiedete. Dann setzte er sich an seinen Schreibtisch, öffnete den ersten Teil der Übersetzung und las:

Hagens Lied, Aventure 1

Hagen in Hammerstein

Zu Hammerstein geboren, wohl zu der guten Zeit,
gezeugt von einem Fürsten und einer schönen Maid.
Halb Spross der Konradiner, erzogen herrschaftlich,
bis sich bei seinen Brüdern der Neid ins Herze schlich.

Zu stark und groß und mächtig der Knabe wuchs heran,
sein Vater und die Buhle erfreuten sich daran.
Die halben Brüder dreie das Erbe schwinden sahen,
bis einer von den ihren des Teufels Stimm' vernahm.

Des Teufels Stimme folgte dann schnell die schlechte Tat,
der Oheim ward erschlagen, am selben dunklen Tag.
Den Oheim hätt' erschlagen der Hagen treuelos,
und dafür müsst er büssen, die Klage war gar groß.

So zeugten seine Brüder von der verdammten Tat,
sein Vater schickte fort ihn von Hammerstein am Tag.
Verbannt für alle Tage in Burgundenlande weit,
so musste Hagen fristen die dunkle schwere Zeit.

Zu Tronegen wie gefangen im wilden Hundesrick,
da weilte Hagen lange und konnte nicht zurück.
Doch Wilderich zu Troneg sah Hagens Leid und sprach:
Erzähl mein edler Knappe von deiner tiefen Schmach.

Jung Hagen sprach von Brüdern, welche Leid ihm angetan,
da nahm der edle Troneg gleich ihn zum Sohne an.
Und seit an diesem Tage, wo immer er auch weilt,
heißt man ihn Hagen von Troneg, der keine Träne weint.

Gar viele Heldentaten und Schlachten er bestritt,
bis er in reifem Alter den Burgundenhof betritt.
Als Troneg einer der ihren, er sich zu verstehen gibt,
und ist am Wormser Hofe bald allerseits beliebt.

Der Herzog war überrascht. Hammerstein also. Burg Hammerstein bei Neuwied galt als die älteste Burg am Mittelrhein. Im Jahr eintausend wurde sie als Reichsburg benannt, aber natürlich gab es die Burg schon viel früher. Er kannte die Geschichte aller Rheinburgen auswendig, wenn es ihm nicht zu albern gewesen wäre, hätte er früher bei diesem Gottschalk oder seinem glücklosen Nachfolger damit auftreten können. Er nahm sich den Text vor, um ihn zu deuten:

„Zu Hammerstein geboren, wohl zu der guten Zeit. Das soll wohl bedeuten, zu der Zeit, als es dem deutschen Adel gut ging. *Gezeugt von einem Fürsten und einer schönen Maid.* Er war also ein Bastard, nur ein Sohn des Fürsten mit einer Magd. *Halb Spross der Konradiner*, die Konradiner gehörten zu den westgermanischen Franken, achtes Jahrhundert ... *erzogen herrschaftlich.* Da hat der Fürst seinen unehelichen Sohn aber gut behandelt. *Bis sich bei seinen Brüdern der Neid ins Herze schlich.* Tja da waren die Halbbrüder nicht begeistert von.

Zu stark und groß und mächtig der Knabe wuchs heran. Sein Vater und die Buhle erfreuten sich daran, Hagen erfreute also seinen Vater, er war wohl schon als Junge ein Draufgänger. *Die halben Brüder dreie das Erbe schwinden sahen.* Ja, und die drei Halbbrüder hat das gestört, sie hatten Angst um ihr Erbe. Klassisch, geradezu ein klassisches Drama. *Bis einer von den ihren des Teufels Stimm' vernahm.* Einer der Brüder hatte also eine böse Idee.

Des Teufels Stimme folgte dann schnell die schlechte Tat. Der Oheim ward erschlagen, am selben dunklen Tag. Aha, den Onkel haben die drei erschlagen. *Den Oheim hätt' erschlagen der Hagen treuelos und dafür müsst er büßen, die Klage war gar groß*; und das haben sie dann Hagen in die Schuhe geschoben.

So zeugten seine Brüder von der verdammten Tat. Sein Vater schickte fort ihn von Hammerstein am Tag, so, hat also funktioniert, der Verrat. *Verbannt für alle Tage in Burgundenlande weit, so musste Hagen fristen die dunkle schwere Zeit.* Aber der Vater richtet ihn nicht, er verbannt ihn nur. Hat er was geahnt?

Zu Tronegen wie gefangen im wilden Hundesrick, da weilte Hagen lange und konnte nicht zurück. In die Berge zwischen Rhein und Mosel hat er ihn verbannt. Vielleicht hatte er weitläufige Verwandtschaft dort. *Doch Wilderich zu Troneg sah*

Hagens Leid und sprach: Erzähl mein edler Knappe von deiner tiefen Schmach. Ja, Wilderich zu Troneg, da muss ich mal nachschauen, welche Burg da im Hunsrück gemeint sein kann.

Jung Hagen sprach von Brüdern, welche Leid ihm angetan. Da nahm der edle Troneg ihn zum Sohne an. Oh, da hat er aber Glück gehabt. Na, vielleicht hatte Wilderich keine eigenen Kinder.

Und seit an diesem Tage, wo immer er auch weilt, heißt man ihn Hagen von Troneg, der keine Träne weint. Hagen von Troneg, der keine Träne weint, wenn das nicht klassisches Drama ist, wunderbar", schwärmte der Herzog. Er fuhr fort:

„*Gar viele Heldentaten und Schlachten er bestritt, bis er in reifem Alter den Burgundenhof betritt.* So, jetzt kommen wir langsam ans Eingemachte, Hagen kommt nach Worms. *Als Troneg einer der ihren, er sich zu verstehen gibt und wurd am Wormser Hofe bald gern gesehen und beliebt.* Ja Helden hat man bei Hofe immer gern gesehen, solange sie nicht zu mächtig wurden. Also, Hagen war ein unehelicher Sohn aus gutem Geschlecht, wurde aber verraten und verbannt. Wilderich zu Troneg nahm ihn als Sohn an und als Held kam er an den Wormser Hof", beendete er seine Gedanken.

HUNSRÜCK

Die schweren Schlüssel rappelten metallisch beim Aufschließen der Zelle. Gerhard Wagenbrecht stand auf. Ob sie ihn jetzt wohl endlich gehen lassen würden? Man brachte ihn wieder in den Vernehmungsraum, wo man ihn vor Stunden verhört hatte und ein Beamter in Zivil setzte sich ihm gegenüber.

„Herr Wagenbrecht, der Verdacht hat sich gegen Sie erhärtet, ich muss Sie wegen des dringenden Tatverdachts des Totschlags vorläufig festnehmen. Sie müssen keine Aussage machen, wenn Sie sich selbst damit belasten. Sie haben das Recht, einen Anwalt anzurufen. Wenn Sie sich keinen leisten können, wird Ihnen ein Pflichtverteidiger zugewiesen. Haben Sie mich verstanden?", fragte er nach.

Gerhard Wagenbrecht hatte nichts verstanden. Nichts von alldem. Er hatte doch gar nichts verbrochen und nun sperrte man ihn ein.

„Ich war das nicht", wiederholte er seine Aussage zum x-ten Mal, was den Beamten aber nicht sonderlich beeindruckte. Der stand auf, öffnete die Tür und zwei uniformierte Polizisten führten Wagenbrecht ab. Sie gingen nach draußen, wo ein grüner Transporter auf sie wartete, der Wagenbrecht von Simmern nach Koblenz in die JVA Koblenz Karthause brachte.

Als Rainer abends nach Hause kam, stieß er auf eine aufgeregte Doro.

„Die haben Wagenbrecht verhaftet und nach Koblenz gebracht", war das Erste, das er von ihr zu hören bekam.

„Das ist ja ein Ding, und jetzt?", fragte er nach.

„Jetzt müssen wir, dass heißt, unsere Einrichtung, einen Anwalt kontaktieren. Und wir, dass heißt, du und ich, müssen versuchen herauszufinden, was dahintersteckt, also wer den Typ am Rhein getötet hat."

„Du willst das selbst in die Hand nehmen?“, fragte Rainer ungläubig.

„Wer denn sonst? Für die Polizei steht Wagenbrecht als Täter fest. Zu blöd, dass er samstags noch mal in Boppard war“, meinte Doro.

„Du weißt, dass das gefährlich werden kann“, warnte Rainer.

„Mittlerweile ist *Gefahr* mein zweiter Vorname. Erinnerst du dich? Seit wir uns kennen bin ich in Gefahr“, spielte sie auf ihre Entführung durch Ferdinand Mayerling im Jahr zuvor an.

„Ja, das war aber keine geplante Sache, da sind wir reingeschlittert“, entgegnete Rainer.

„Und die Geschichte damals am Balduinseck? Als wir den Lockvogel gespielt haben? War das etwa nicht geplant?“

„Nicht von uns, das war Schneiders, der uns reingelegt hatte“, argumentierte Rainer.

„Egal, wir finden jetzt erst mal heraus, was es mit diesem komischen Kelch auf sich hat. Damit hat ja anscheinend alles zu tun“, beschloss Doro und kramte ihn aus einer Tüte hervor.

„Wenn alles mit dem Ding da zu tun hat, dann sind wir jetzt schon wieder mitten drin in irgendeinem Schlamassel“, bemerkte Rainer, „also, was soll's, wenn wir eh drin stecken, dann lass uns mal schauen, was das für ein Teil ist.“

Rainer schaltete den Computer an und gab bei Google *Kelch aus dem Mittelalter* ein. Zunächst kamen nur Verweise auf Seiten, die Kelche verkauften. Dann erwischte er eine Seite der Universität Münster, auf der liturgische Gefäße abgebildet waren. Hier sahen sie ähnliche Kelche, wie den, den sie vor sich auf dem Tisch stehen hatten. Die ältesten waren aus dem 10. Jahrhundert und ebenfalls recht einfach gearbeitet. Einer war jedoch reich verziert mit Edelsteinen und Perlen.

„Klick doch mal die Bildersuche“, schlug Doro vor.

Dort fanden sie Kelche in allen Ausführungen und Seiten-verweise auf die Gralslegende. Die meisten Kelche waren eher schlicht gehalten. Sie waren zwar vergoldet, aber oftmals nur am Griff mit Steinen verziert oder wie der Tassilokelch, der aus verschiedenen Edelmetallen bestand, mit Ornamenten und biblischen Darstellungen bestückt. Daneben fanden sie etliche Angebote aus der Mittelalterszene, wo Kelche aus Holz und Metall feilgeboten wurden. Teilweise recht schöne schlichte Kelche, aber auch welche mit Drachen- und Totenköpfen.

„Wenn unser Kelch auch aus dem Mittelalter stammt, dann ist er sicher eine Menge wert“, meinte Rainer.

„Auch ein Menschenleben?“, gab Doro zu bedenken.

„Lies doch mal die Zeitung. Fast jede Woche wird berichtet, dass jemand für ein paar Euro oder ein Handy zusammengeschlagen wird. Wenn der Kelch wirklich wertvoll ist, dann kann das schon ein Motiv für einen Mord sein“, antwortete Rainer.

„Aber der Typ auf dem Flohmarkt hat ja offensichtlich ganz gezielt danach gesucht. Er wollte ja nicht lockerlassen.“

„Und wenn das alles doch gar nichts mit dem Kelch zu tun hat?“, warf Rainer ein, „was wissen wir denn: Wagenbrecht hatte den Kelch und der andere, wie hieß er noch gleich?“

„Schmudtke“, half Doro.

„Ja, also der Schmudtke wollte ihn haben. Das ist alles. Dass Schmudtke den Tod fand, hat vielleicht gar nichts mit Wagenbrecht zu tun“, endete Rainer.

„Aber Wagenbrecht hat doch erzählt, dass er den Kelch am Rhein gefunden hat und Schmudtke wurde am Rhein getötet, von wem auch immer.“

„Ja, das sind alles zu viele Fakten, um von reinem Zufall zu sprechen“, sinnierte Rainer.

„Gehen wir mal davon aus, der Kelch ist der Grund allen Übels. Wagenbrecht hat ihn bei Niedrigwasser im Rhein gefunden. Schmudtke sieht ihn auf dem Flohmarkt. Vielleicht erzählt er irgendwem davon und wird dann ermordet. Vielleicht sollten wir herausfinden, woher der Kelch kam“, schlug Doro vor.

„Den hat sicher niemand mit Absicht oder aus Dummheit in den Rhein geworfen“, meinte Rainer.

„Oder mit Absicht und Dummheit“, widersprach Doro, der eine vielleicht etwas abwegige Idee gekommen war. „Google doch mal *Nibelungenlied*.“

„Du meinst doch nicht etwa, das Wagenbrecht den Nibelungenschatz gefunden hat?“, fragte Rainer ungläubig.

„Wer weiß? Der soll doch im Rhein versunken sein, irgendwo bei Worms.“

„Das ist rheinaufwärts von Boppard. Außerdem ist es doch nur eine Sage“, gab Rainer zu bedenken.

„Egal, irgendwo müssen wir doch anfangen zu suchen, also, gib das mal bei Google ein, ich mach uns derweil mal was zu essen“, beschloss Doro.

Rainer landete bei Wikipedia, wo eine Inhaltsangabe des Nibelungenliedes zu finden war. Er las mit Interesse, was dort stand. Irgendwie kam ihm alles schon bekannt vor. Wer hat noch nicht von einer der ältesten deutschen Heldensagen gehört. Aber einige Details waren ihm entfallen.

Doro kam aus der Küche mit einer Platte mit Schnittchen.

„Oh, lecker, das mit den Schnittchen liegt wohl bei euch in der Familie“, bemerkte Rainer.

„Los, erzähl lieber mal, was du gefunden hast.“

„Na gut, hier steht, dass Siegfried aus Xanten kam und ein Königssohn war. Er sollte als Schlichter den verfeindeten Brüdern der Nibelungen helfen, ihr Erbe aufzuteilen. Die hatten einen riesigen Schatz – den Schatz der Nibelungen eben. Als Lohn sollte Siegfried das legendäre Schwert Balmung bekommen, das er sich, clever wie er war, schon vorher hatte geben lassen. Der kannte die Brüder. Die waren nämlich ganz und gar nicht einverstanden mit seinem Schlichterspruch und gingen auf ihn los. Er hatte ja Balmung und hat damit die Brüder und irgendwelche Riesen erschlagen. Dann hat er Alberich, dem Zwerg, der den Schatz behütet hat, die Tarnkappe geklaut und so kam er an den Schatz."

„Und was war weiter? Er hat doch den Drachen besiegt und in seinem Blut gebadet", ergänzte Doro.

„Ja, hat er, ein Vollbad in Drachenblut, das ihn unverwundbar gemacht hat. Leider hat er eine Stelle an der Schulter übersehen, wo ein Blatt drauf gefallen war. Das war seine Achillesferse. So ist das mit Helden, nobody is perfect."

„Und dann hat er Kriemhild geheiratet."

„Gemach, gemach, Gnädigste, so schnell noch nicht. Erstmal kam er nach Worms an den Hof von Gunther und wollte dessen Schwester Kriemhild überhaupt mal sehen. Die hatte sich versteckt, weil sie niemals heiraten wollte. Sie hatte einen Albtraum, dass sie einen Falken aufzieht, den zwei Adler zerfleischen. Dass sollte bedeuten, dass sie den Mann verliert, den sie liebt. Also hatte sie sich eingesperrt, damit das nicht passieren konnte. Keine Liebe – keine Trauer. So was funktioniert in den seltensten Fällen, so auch hier nicht. Denn die weibliche Neugier trieb sie dazu, von ihrer Kemenate aus die Ritterturniere zu verfolgen, bei denen Siegfried immer der strahlende Sieger war. Also verliebte sie sich doch in ihn. Nachdem Siegfried Gunther beim Kampf gegen die Sachsen und Dänen geholfen hatte, kam Kriemhild zur Siegesfeier und Siegfried verliebte sich sofort in sie." Rainer nahm sich noch ein Brot.

„Wie romantisch, Liebe auf den ersten Blick", meinte Doro.

„Ja, klar, aber er durfte sie noch nicht heiraten. Gunther, dieser Drecksack, hatte Siegfried auferlegt, dass er Kriemhild erst bekäme, wenn Gunther Brunhilde, Königin von Island, zur Frau bekommt. Die Sache hatte nur einen Haken: Brunhilde hatte übermenschliche Kräfte und kein König, der versucht hatte, sie in Island zu freien, kam je zurück. Ihr Credo war: Besieg mich oder stirb, du Wurm."

„Da war es ja praktisch, dass Siegfried so stark war und die Tarnkappe hatte“, bemerkte Doro.

„Das war allerdings praktisch. Also segelten Gunther, Siegfried, Hagen und Dankwart nach Island. Von Worms aus. Klare Sache, hat bestimmt auch nur ganz kurz gedauert“, meinte Rainer spöttisch.

„Das ist doch nur eine Sage, Rainer, da geht so was.“

„Also, die kamen auf Island an und Brunhildes Boten meldeten ihr, wer dieses Mal käme, um sich in sein Unglück zu stürzen. Als sie hörte, dass Siegfried, der Drachentöter dabei sei, dachte sie erst, er wollte um ihre Hand anhalten. Sie war einigermaßen verwundert, das Gunther dann um sie freite und der bekannte Held nur ein Gefolgsmann des eher schwächlichen Gunther sein sollte. Also kam es zum Wettkampf, irgendwas mit schweren Steinen werfen und mit Hilfe der Tarnkappe, die Siegfried sich überzog, konnte er Gunther im wahrsten Sinne des Wortes *unter die Arme greifen* und so Brunhilde besiegen. Der Sieg wurde Gunther zugesprochen.“

„Typisch Männer, halten zusammen, wenn es darum geht die Frauen zu besiegen.“

„Ich denk, das ist nur eine Sage, da geht so was?“

„Pah, in jeder Sage steckt auch ein Funke Wahrheit!“

„Na gut, wie dem auch sei, die haben jedenfalls Brunhilde beschissen. Die unterwarf sich Gunther widerwillig und kam mit nach Worms. Da gab es dann eine große Doppelhochzeit, bei der Siegfried genauso königlich behandelt wurde wie Gunther. Das gab Brunhilde zu denken, denn vorher hatten die beiden ja gesagt, Siegfried sei nur ein Gefolgsmann und noch nicht mal freiwillig mit nach Island gekommen. Als Brunhilde in der Hochzeitsnacht von Gunther wissen wollte, was das Ganze soll, konnte der natürlich nicht mit der Wahrheit rausrücken. Also hatte sie ihn kurzerhand mit seinem eigenen Gürtel an die Schlafzimmertür genagelt und dort die ganze Nacht hängen lassen.“

„Geschieht ihm recht!“, meinte Doro.

„Dafür musste in der nächsten Nacht wieder Siegfried mit der Tarnkappe herhalten. Er hielt Brunhilde fest, während Gunther die Ehe vollzog.“

„Mit anderen Worten: Sie wurde vergewaltigt.“

„Ja, so kann man das sehen. Und mit ihrer Jungfräulichkeit verlor sie auch ihre magischen Kräfte.“

„Das ist ja wie eine Parabel. Hat vielleicht doch einen tieferen Sinn die Geschichte“, bemerkte Doro.

„Bei dem Gerangel, um es mal so auszudrücken, hatte Siegfried den Gürtel und den Ring von Brunhilde mitgehen lassen. Er hat dann alles seiner Kriemhild erzählt, was er mal besser gelassen hätte. Den Gürtel und den Ring schenkte er ihr. Dann sind die beiden abgereist nach Xanten, wo Siegfried König wurde. So hätte alles bleiben können, wenn nicht Brunhilde immer noch geahnt hätte, dass man sie verarscht hatte. Also versuchte sie dem Geheimnis auf die Spur zu kommen und meinte, Siegfried müsste doch als Gefolgsmann von Gunther diesem Dienste leisten. Natürlich konnte Gunther das von Siegfried nicht verlangen, er lud ihn und Kriemhild aber zum Turnier ein. Kriemhild hatte Heimweh und so fuhren beide nach Worms. Dort ging dann der Zickenkrieg zwischen den beiden Frauen richtig los, bei dem Kriemhild am Schluss den Ring und den Gürtel auspackte und behauptete, dass Siegfried Brunhilde entjungfert hatte und nicht Gunther.“

„Starker Tobak, das gab doch sicher auch Ärger zwischen den Männern.“

„Nein, getreu dem Motto *Bruder geht vor Luder* haben sich Gunther und Siegfried auf die Position gestellt, dass das so nicht war und die Frauen gefälligst mit dem Streit aufzuhören hätten und ihren Männern gehorchen müssten.“

„Na wunderbar, wo hast du den Spruch denn her?“, fragte Doro wenig begeistert.

„Aus irgendeinem Film, glaube ich, weiß nicht mehr so

genau. Aber egal, wichtig ist, das Brunhild jetzt wollte, dass Siegfried stirbt und mit Hagen von Tronje einen Verbündeten hatte. Vordergründig wollte er die Schmach seiner Königin rächen, aber eigentlich wird er hinter Siegfrieds Schatz her gewesen sein. Mit Hagens Hilfe wurde dann auch Gunther überzeugt, dass der Drachentöter eine Gefahr für das Königreich sein könnte. Gunther ließ Hagen gewähren, der einen perfiden Plan ausheckte, um Siegfried zu ermorden. Zunächst ließ er einen Boten kommen, der eine fingierte Kriegserklärung der Sachsen brachte. Er gaukelte Kriemhild vor, damit er Siegfried im Krieg beschützen könne, müsste er wissen, wo genau die verwundbare Stelle sei. Das gutgläubige Schaf nähte dann ein Kreuz auf den Waffenrock an die Stelle auf der Schulter. Dann kam wieder ein Bote und nahm die Kriegserklärung zurück. Weil alles so schön war und keiner in den Krieg ziehen musste, aber trotzdem ein bisschen Blut fließen sollte, ging man halt jagen. Und von der Jagd kam Siegfried nicht zurück. Als er von der Pirsch kam und durstig Hagen nichtsahnend zu einer Quelle im Wald folgte, wurde er von diesem hinterrücks mit dem Speer ermordet.

„Ganz schön gemein von Hagen, vor allem, wie er Kriemhild benutzt hat", meinte Doro.

„Das Muster ist doch bis heute geblieben. Erstmal die Öffentlichkeit mit fingierten Meldungen versorgen. Kannst du dich erinnern: Ein amerikanischer Verteidigungsminister hat vor den Vereinten Nationen Bildchen von LKWs mit angeblichen biologischen Waffen gezeigt. Und schöne Bildchen von Chemiefabriken. Der Irak wäre eine Bedrohung mit seinen vielen Waffen. Das war der Grund, den zweiten Irakkrieg zu billigen. Und, was hat man hinterher gefunden? Sand, jede Menge Sand, aber keine biologischen und chemischen Kampfstoffe. Da hatten die ersten US-Ölfirmen schon die Bohrlöcher besetzt. Der Geist von Hagen lebt, jedenfalls seine Niederträchtigkeit."

„Und was ist mit dem Schatz, komm mal langsam zum Punkt, ich bin müde.“

„Ja, der Schatz. Also, der tote Siegfried wurde Kriemhild vor die Tür gelegt. Die ahnte natürlich, wer dahintersteckte. Auf der Totenbahre bluteten Siegfrieds Wunden, als Hagen sich näherte, was Kriemhilds Verdacht bestätigte. Dann trauerte Kriemhild ein paar Jahre und auf Drängen ihres Bruders holte sie den Nibelungenschatz nach Worms. Dort gab sie freimütig viel Knete aus und schaffte sich so ein Gefolge von Rittern, was Hagen verdächtig fand – was hatte sie wohl vor, wenn sie mächtig genug wäre? Das konnte sich Hagen ja an drei Fingern abzählen. Also stahl er den Schatz und ließ ihn auf Kähne bringen. Irgendwo im Rhein versenkte er ihn mit der Absicht, ihn bei Gelegenheit wieder zu bergen und für sich zu nutzen.“

„Das scheint ja nicht funktioniert zu haben“, meinte Doro.

„Nein. Das war der erste Teil des Nibelungenliedes. Den zweiten Teil heben wir uns für morgen auf, es ist schon bald zwölf Uhr, ich bin auch hundemüde“, antwortete Rainer.

„Komm her mein Held, ich glaube um deiner Königin zu dienen, bist du noch nicht zu müde“, sprach Doro und umarmte Rainer, der nicht mehr dazu kam, zu antworten.

Berlin, Villenviertel

Der Herzog öffnete seine E-Mails und sah eine neue Nachricht vom Freiherrn und eine von Schmitz, der wohl einen weiteren Teil von *Hagens Lied* übersetzt hatte. Zuerst klickte er auf die Mail des Freiherrn und las:

Eure Hoheit,
für unser besprochenes Vorhaben käme Sachsen gut in Frage, wenig Ausländer, konservatives bis rechtes Gedankengut weit verbreitet. Schlage vor, in den nächsten Monaten über Strohmänner in sozialen Netzwerken immer mal wieder entsprechende Propagandatexte zu streuen, je nach Reaktion zu steigern und zur Bewegung werden zu lassen.
Ergebenst, Ihr Freiherr von Flankenberg

Zufrieden mit dessen Vorschlag und voller froher Erwartung öffnete er die Mail von Schmitz. Tatsächlich hatte er einen weiteren Teil der alten Handschrift übersetzt:

Hagens Lied, Aventure 2

Hagen am Hofe zu Worms

Als treuer Mann von Gunther ward Worms nun seine Welt,
und Gunthers Schwester Kriemhild er für die seine hält.
Doch vor der Reckenaugen hält Kriemhilde sich versteckt,
ein böser Traum hat einstmals das Burgfräulein erschreckt.

Da kam aus fernem Xanten ein hehrer Held daher,
Jung Siegfried war sein Name und hatte ein Begehr.
Kriemhilde wollt er freien und buhlt um sie mit Kunst,
sie sah den jungen Recken und schenkt ihm ihre Gunst.

Den Schatz der Nibelungen erbeutet hat der Held,
von seinem Schwert geschlagen, jeder Drache fällt.
Im Drachenblut gebadet, das unverwundbar macht,
ward Siegfried viel gefeiert bei Tage und bei Nacht.

Mit List und mit Geheimnis der Xantener erschleicht
die Gunst sich auch von Gunther, der Kriemhild gern ihm reicht.
Da Siegfried gar arglistig Brunhild besiegt für ihn,
führt Gunther dann Brunhilde zum Traualtare hin.

Gar tiefer Groll und Ärger in Hagen wuchsen groß,
als er vernahm Kriemhilde bot Siegfried ihren Schoß.
Wär' er der reiche Recke, mit Gold vom Nibelung,
wär' Kriemhild nun die seine, Kriemhilde schön und jung.

So zog sie nun von dannen mit ihrem Helden schön,
und viele lange Jahre ward sie nicht mehr gesehen.
Vergessen konnt' sie Hagen, der Gedemütigte nicht,
bis in sein Herz das Böse sich langsam hineinschlich.

Der Herzog versenkte seine Gedanken in den Text.

Als treuer Mann von Gunther ward Worms nun seine Welt. Also wurde Hagen Worms zu Heimat.

Und Gunthers Schwester Kriemhild er für die seine hält. Er verliebt sich in Kriemhild, das ist durchaus möglich, warum nicht, ein neuer Aspekt.

Doch vor der Reckenaugen hält Kriemhilde sich versteckt, ein böser Traum hat einstmals das Burgfräulein erschreckt. Das erzählt uns auch das Nibelungenlied, der Traum, dass sie einen Falken großzieht, der von zwei Adlern zerfleischt wird.

Da kam aus fernem Xanten ein hehrer Held daher, Jung Siegfried war sein Name und hatte ein Begehr. Kriemhilde wollt er freien und buhlt um sie mit Kunst, sie sah den jungen Recken und schenkt ihm ihre Gunst. Ja, stimmt auch überein,

Siegfried kommt und will Kriemhild freien und sie verliebt sich in ihn.

Den Schatz der Nibelungen erbeutet hat der Held, von seinem Schwert geschlagen, jeder Drache fällt. Im Drachenblut gebadet, das unverwundbar macht … Klar, das ist wieder das, was bekannt ist, Drachenblut und so weiter.

Da Siegfried gar arglistig Brunhild besiegt für ihn, führt Gunther dann Brunhilde zum Traualtare hin. Die List gegen Brunhilde in Island, mit der sie besiegt wurde, auch nichts Neues.

Aber diese beiden Verse haben es in sich. *Wär' er der reiche Recke, mit Gold vom Nibelung, wär' Kriemhild nun die seine, Kriemhilde schön und jung.* Eifersucht, Hagens Motiv war Eifersucht. Der Herzog war fast enttäuscht von so viel Banalität.

So zog sie nun von dannen mit ihrem Helden schön, und viele lange Jahre ward sie nicht mehr gesehen. Ja, sie gingen zurück nach Xanten für viele Jahre.

Vergessen konnt' sie Hagen, der Gedemütigte nicht, bis in sein Herz das Böse sich langsam hineinschlich. Sollte wirklich pure Eifersucht der Grund für Hagens Handeln sein? Nun gut, egal welches Motiv er hatte, wichtig war, wo er den Schatz versenkt hatte. Nur das zählte. Er müsste Schmitz noch mal Dampf machen.

Er zog sich seine schwarze Robe mit dem roten Kragen an und stieg hinunter in den Versammlungsraum im Kellergewölbe. Die zwölf anderen warteten schon auf ihn, auch sie in schwarzen Roben, jedoch mit weißem Kragen. Der rote Kragen stand nur ihm zu. Als er eintrat verstummten sie.

„Meine Herren, lassen Sie uns anfangen“, sprach er mit feierlichem Ton und die Tronjer erhoben ihre Stimmen und schmetterten, wie immer zu Beginn ihrer Zusammenkünfte, die erste Strophe der alten Kaiserhymne:

Heil dir im Siegerkranz,
Herrscher des Vaterlands!
Heil, Kaiser, dir!
Fühl in des Thrones Glanz
die hohe Wonne ganz,
Liebling des Volks zu sein!
Heil Kaiser, dir!

„So, dann wollen wir mal", begann der Herzog seine Ausführungen. „Die Sache nimmt langsam Gestalt an, wir haben eine vielversprechende Spur aufgenommen. Wenn wir im Besitz des immensen Schatzes sind, können wir anfangen mit den Aktienkäufen. Graf Berlau, wie sieht es aus mit den VW-Aktien, die die Ölscheichs halten?", fragte er in die Runde.

„Katar hält knapp sechzehn Prozent, die müssten wir aufkaufen, das wird nicht billig werden", gab der Graf zurück.

„Deutschland ist eben nicht billig, das war uns doch von Anfang an klar", antwortete der Herzog barsch. „Nach dem deutschen Volkswagenwerk kommt die Bahn dran. Wir bündeln alles unter dem Dach der Reichsbahn und verbeamten die Lokführer, dann ist es aus mit streiken. Wir verdeutschen unsere Wirtschaft und bauen die alten Grenzanlagen wieder auf. Wer bei uns durchfährt, zahlt dafür. Auf Spekulationsgeschäfte aus dem Ausland erheben wir zwanzig Prozent Steuern, der Euro wird gekippt, es wird eine Währungsreform durchgeführt und die Reichsmark wieder eingeführt mit dem Kurs eins zu drei, also eine Reichsmark sind drei Euro. Aber vorher müssen unsere Goldreserven wieder in Berlin sein, wie weit ist es damit?"

„Aktuell haben wir siebenunddreißig Tonnen Gold zurückgeholt, fünf aus den USA und zweiunddreißig aus Frankreich, der Transport hat uns sechshunderttausend Euro gekostet", antwortete einer der Tronjer.

„Das wären zweihunderttausend Reichsmark, gewöhnen Sie sich schon mal dran, Baron von Seibold", bekam er zurück.

„Gut, dann eben zweihunderttausend Reichsmark. Der größte Teil liegt noch in den Vereinigten Staaten, aber bis Zweitausendzwanzig sollen sechshundertsiebenunddreißig Tonnen nach Deutschland zurückgeholt werden, das wäre gerade mal die Hälfte“, beendete von Seibold seinen Bericht.

„Der zweitgrößte Goldschatz aller Zentralbanken und wir kommen nicht dran, weil die Yankees ihn bewachen, das ist ein schlechter Treppenwitz der Geschichte“, bemerkte der Herzog und fuhr fort:

„Da müssen wir mehr Druck in der Öffentlichkeit machen, Zweitausendzwanzig ist zu spät. Von Machern, veranlassen Sie das groß und reißerisch in der BILD und mit kleineren, etwas dezenteren Buchstaben in der WELT und in den anderen Zeitungen. Können wir den STERN noch mal zweckentfremden? Die sind ja nach den Tagebüchern etwas vorsichtiger geworden. Aber trotzdem könnte eine Story für die daraus werden, wenn es linksliberal genug dargestellt wird. Ansonsten nehmen wir den FOKUS, der bringt ja eh alles. Und lancieren Sie noch ein paar Meldungen über die Beteiligung Katars an VW, am besten zeitnah mit Negativmeldungen über die Fußball-WM. Die Öffentlichkeit muss in die richtige Stimmung gebracht werden. Ach ja, und bringen Sie wöchentlich mindestens eine Falschmeldung in die sozialen Netzwerke. Das macht sich immer gut, so nach dem Motto *Deutsche müssen aus ihrer Wohnung, weil Asylanten kommen*. Es gibt genug schwache Geister, die das gerne weiterverbreiten“, ordnete der Herzog an.

„Da wäre immer noch die offene Frage der Thronfolge, Eure Hoheit“, meldete sich einer der Herren vorsichtig.

„Was wollen Sie, von Treck? Sitzt das Oberhaupt der Hohenzollern hier in der Runde? Nein, ich kann ihn nicht entdecken. Was sagt uns das? Er will die Thronfolge nicht antreten. Tausendmal habe ich ihn in den letzten Jahren darum gebeten, aber nein, er will nicht. Also, was folgern Sie daraus? Ich folgere, dass es keine offene Frage der Thronfolge gibt. Es wird keine Fortführung der Linie der Hohenzollern als deutsche Kaiser geben. Also wer ist dann dran in der Thronfolge? Richtig, von Treck: Ich. Noch Fragen dazu? Keine – Danke. Ich schließe die heutige Zusammenkunft hiermit, meine Herren, darf ich bitten?“

Die Herren ließen sich bitten und stimmten die dritte Strophe der Hymne an:

Heilige Flamme, glüh,
glüh und erlösche nie
fürs Vaterland!
Wir alle stehen dann
mutig für einen Mann,
kämpfen und bluten gern
für Thron und Reich!

Den ganzen Dienstag verbrachte Doro auf der Arbeit damit, die Akten von Wagenbrecht zu durchforsten. Sie suchte nach Notizen über aggressives Verhalten und fand zu ihrer Beruhigung nichts Belastendes, im Gegenteil bescheinigten ihm alle Ärzte eher ein ruhiges in sich zurückgezogenes Charakterbild. Das könnte sicher wichtig für die Verteidigung sein. Ihr Chef bemühte sich währenddessen mit zig Telefonaten um Wagenbrecht. Der Haftprüfungstermin sollte erst am darauffolgenden Tag stattfinden.

Dann kam ein Anruf der Polizei, in Wagenbrechts Wohnung sei eingebrochen worden. Doro machte sich auf, um den Schaden zu begutachten. Die Wohnung war ziemlich durchwühlt worden, besonders der Inhalt der Flohmarktkisten lag ausgekippt in der ganzen Wohnung verteilt. Da hatte jemand etwas gesucht. Wenig zufrieden kam sie zu Hause an und fand Rainer am Computer.

„Möchtest du wissen, wie es mit Kriemhild und Hagen weiterging?“, fragte er sie.

„Wenn das erbaulicher ist, als mein Tag. Bei Wagenbrecht wurde eingebrochen, das reinste Chaos und ich muss noch alles aufräumen“, meinte sie resigniert.

„Das ist doch kein Zufall, dass jetzt bei ihm eingebrochen wird“, meinte Rainer.

„Die Polizei sieht keinen Zusammenhang. Lass mal hören, was du rausgefunden hast.“

„Das ist alles auch nicht erfreulich und endet in einem großen Gemetzel“, antwortete Rainer und fing an zu erzählen:

„Kriemhild heiratete Etzel, besser bekannt als Attila, der Hunnenkönig, und bekam ein Kind von ihm. Dreizehn Jahre waren nun vergangen, seitdem Hagen den Schatz versenkt hatte. Kriemhild schmiedete immer noch Rachepläne und ließ ihren Etzel die Burgunder einladen. Hagen roch den Braten sofort und wollte nicht reisen, aber Gunther bestand darauf. Also machten sich die Burgunder mit großem Gefolge auf ins Hunnenland. Auf dem Weg gab es noch ein Scharmützel mit den Bayern, aber nur so nebenbei. Als sie dann am Hunnenhof waren, ließ Kriemhild die Knechte der Burgunder erst extra unter- und dann umbringen. Als Hagen das mitbekam, erschlug er ihren Sohn und der Kampf ging erst richtig los. Jedenfalls waren am Schluss alle Gefolgsleute der Burgunder tot, nur Hagen und Gunther waren übrig und ein gewisser Meister Hildebrand, ein Ritter, der auf der Seite von Kriemhild kämpfte. Kriemhild wollte jetzt natürlich wissen, wo der Schatz ist, aber Hagen verweigerte die Antwort, da sein König ja noch lebte, dem er die Treue geschworen hatte. Kurzerhand beseitigte Kriemhild diesen Grund und ließ Hagen den Kopf ihres Bruders Gunther zeigen. Wohlgemerkt: Nur den Kopf. Aber Hagen dachte nicht daran, sein Geheimnis preiszugeben und so verlor auch er den Kopf. Daraufhin wurde dieser Meister Hildebrand ziemlich sauer, denn so sollte nicht mit Gefangenen umgegangen werden und am Schluss erschlug er Kriemhild. Eine klassische Lose-Lose-Situation – kein Gewinner, nur Verlierer. Und so endet die Geschichte, kurz gesagt. Es gab da noch den ein oder anderen Ritter mit seinen Gefolgsleuten, die auf der ein oder anderen Seite kämpften und ebenso kopflos endeten wie Hagen. Wie gesagt, ein ziemliches Gemetzel bei Etzel“, endete Rainer seine Zusammenfassung.

„Da hast du recht, nicht sehr erfreulich“, meinte Doro.

„Tja und der einzige Hinweis, wo der Schatz versenkt sein soll, steht im Original der Nibelungen-Saga:

Eh der reiche König wieder war gekommen,
Derweilen hatte Hagen den ganzen Schatz genommen:
Er ließ ihn dort bei Lochheim versenken in den Rhein.
Er wähnt', er sollt ihn nutzen; das aber konnte nicht sein.

„Das nützt uns jetzt auch wenig", meinte Doro.

„Es gibt etliche Schatzsucher, die an gewissen Stellen am Rhein beziehungsweise in Ufernähe schon gegraben haben. Aber keiner hat den Schatz bis jetzt gefunden. Ist ja auch kein Wunder", erklärte Rainer weiter und öffnete Google Earth.

„Wenn du mal bei Google Earth den Verlauf des Rheines anschaust, siehst du, wie der frühere Verlauf vor der großen Rheinbegradigung im neunzehnten Jahrhundert war. Es sind jetzt immer noch die vielen Schleifen des Flusses zu sehen, nur eben ohne Wasser. Jetzt sind es Felder und Wiesen, aber von oben sieht man es eben noch. Da kann man suchen, bis man schwarz wird", endete er.

„Ich habe am Wochenende frei, sollen wir uns mal was am Rhein umschauen?", fragte Doro.

„Klar, ein wenig *Abwechslung* schadet bestimmt nicht", gab Rainer zurück.

„Gut, in Bacharach ist ein Mittelaltermarkt, der soll sehr schön sein. Da könnten wir doch mal vorbeischauen", schlug Doro vor.

„Ich dachte an Abwechslung", meinte Rainer, dem aber schon klar war, dass er dem Mittelalter jetzt nicht so schnell entfliehen konnte.

Sie fuhren die Rheinschleife entlang und rechts über ihnen thronte die Burg Stahleck in den Weinbergen. Den Wagen parkten sie an der B 9 an der Bacharacher Stadtmauer. Gegenüber auf den Rheinwiesen konnten sie schon den bunten Mittelaltermarkt sehen. Sie gingen durch einen Fußgängertunnel unter der Bundesstraße durch und erreichten den Eingang zum Vierthäler Markt.

„Drei Taler für den tapferen Recken und für die holde Maid ebenso“, begrüßte sie der Ritter an der Kasse. Rainer zahlte die sechs Taler und sie tauchten ein in eine andere Welt. Die vielen Marktstände boten ein buntes und gut sortiertes Angebot der mittelalterlichen Handwerkskunst, darunter etliche Stände mit leckerem Backwerk, Gegrilltem und stilecht in Tonkrügen gereichten Getränken. Rund ein Dutzend Spielleute, Gaukler, Artisten und „allerley Gesindel“ bevölkerten den Markt. Rainer war erstaunt, wie viel Gewandete er sah. Ritter in Kettenhemden, Bauern und simples Volk in mittelalterlicher Tracht saßen beieinander. Die Burgfräulein in edlen Gewändern, etliche schwarz gekleidete Gothic-Fans und einige Männer im Waldläufer-Gewand konnte er ausmachen, wobei ihm ein Robin Hood und ein stilechter Aragon auffiel.

„Das ist ja echt klasse“, schwärmte er.

„Ja, die Kleider gefallen mir gut“, meinte Doro und hielt Kurs auf einen Stand mit Gewändern. Rainer schaute sich derweil ein paar Ritterhemden an.

„So ein Baumwollhemd könnte mir gefallen“, meinte er, „aber ein Kettenhemd wäre mir definitiv zu schwer.“

„Eine Rüstung wäre doch nicht schlecht“, schlug Doro grinsend vor.

„Klar, da laufe ich den ganzen Tag als Konserve rum, und das bei fünfundzwanzig Grad im Schatten“, antwortete er.

Sie waren bei einem Waffenschmied angelangt, der gerade dabei war, ein Schwert zu schmieden. Sein Geselle fachte die Glut immer weiter an, während der Schmied das Eisen hineinhielt, um es dann glühend zu bearbeiten. Sie gingen weiter zu einem Schmuckverkäufer. Neben diversen Gold- und Silberringen bot er auch Anhänger mit keltischen Symbolen an.

„Lass uns was essen“, schlug Rainer vor und sie gingen zur Taverne. Dort hing ein Spanferkel am Drehspieß und es duftete verführerisch nach gegrilltem Fleisch. Sie kauften sich zwei Portionen mit Kraut und Brot, dazu noch zwei Tonbecher schwarzes Kirschbier und setzten sich zum Essen an einen der Tische. Während sie aßen machten sich zwei Feuerspucker bereit für ihre Vorführung. Gerade als Rainer den letzten Bissen des leckeren Spanferkels gegessen hatte, begann die Feuershow. Mit viel Witz zitierten die „Feuerspeier-Lehrlinge“ aus dem großen Buch des Feuers und brachten das umstehende Volk zu viel Handgeklapper. Immer wieder stießen sie Flammen in den blauen Himmel, die sich in schwarze Rauchwolken auflösten. Dann suchten sie einen Freiwilligen aus der Menge und ließen ihn einen langen Stab halten, an dessen Ende eine Pfanne befestigt war. Darin schlugen sie ein Ei auf und der junge Mann aus dem Publikum wurde mit Helm und Umhang geschützt. Während er den Stab hochhielt, schickten die beiden Feuerspeier abwechselnd Feuerfontänen unter die Pfanne, bis das Ei gebraten war. In den Beifall der Menge mischte sich Musik. Rainer und Doro folgten dem Klang und sie kamen zur Bühne, auf der drei Spielleute mit Trommel, Laute und Flöte ihre mittelalterlichen Lieder zum Besten gaben. „Duivelspack“ nannten sie sich und ihr dreistimmiger Gesang, mit teils lustigem und derbem Liedgut kam gut an.

„Die waren vor zwei Jahren auch hier, die sind klasse“, sagte eine dunkle Stimme von hinten.

Rainer drehte sich um und dort stand Jürgen Mohr mit seiner Frau Elke, beide stilecht gewandet. Er mit schwarzem Hemd, schwarzem Lederpanzer und Lederrock, an dem ein großes Trinkhorn hing. Sie trug ein schwarz-rotes Schnürkleid mit langen ausgestellten Ärmeln. Die vier begrüßten sich und gingen zur Taverne, um sich zu unterhalten.

„Und, wie weit sind meine Einladungen?", fragte Jürgen Mohr.

„Die können Sie am Dienstag abholen", antwortete Rainer.

Die beiden Frauen hatten sich schon bekanntgemacht und unterhielten sich über mittelalterliche Kleider.

„Gefällt es euch hier?", fragte Jürgen Mohr.

„Klar, ich ahnte vorher gar nicht, dass so viele Leute gewandet auf den Markt gehen. Sie sehen ja auch ziemlich echt aus", bemerkte Rainer

„Ja, als Wikinger gehört sich das so. Da muss man schon richtig angezogen und ausstaffiert hier auftauchen", meinte Jürgen Mohr mit einem gewissen Stolz in der Stimme.

„Sie kennen sich doch bestimmt ganz gut aus in der mittelalterlichen Geschichten- und Sagenwelt?", fragte Rainer. Ein Kenner der Geschichte könnte ihm vielleicht helfen, den Kelch zeitlich und historisch besser einzuordnen. Und dieser Dr. Mohr schien es ja sehr genau mit der Geschichte zu nehmen.

„Das kann man wohl sagen. Um was geht es denn?", fragte Jürgen Mohr nach.

„Ich hätte da ein paar Fragen, die mit dem Nibelungenschatz zusammenhängen", antwortete Rainer vorsichtig.

„Der Nibelungenschatz? Da kann ich viel von erzählen. Hagen von Tronje, das ist mein Lieblingsheld aus der Sage."

„Das trifft sich ja gut, dann wissen Sie bestimmt, wo der Schatz begraben liegt – oder?"

„Ja, das ist eine gute Frage, wenn ich das wüsste …, pass mal auf, heute Abend kommst du mit deiner Frau – wie heißt sie?"

„Doro."

„Aha, Doro von Dorothea, das Geschenk Gottes. Rainer kommt übrigens aus dem Althochdeutschen, der Ratgeber oder Rat der Heerscharen. Also gut, ich bin der Jürgen und das ist meine Frau Elke. Heute Abend kommst du mit Doro zu uns nach Boppard in die Walhalla, dann können wir uns unterhalten."

„In die Walhalla?", fragte Rainer überrascht.

„Die einen haben einen Partykeller, die anderen sammeln Briefmarken und ich habe meine Walhalla. Das ist eine Art private Kneipe für mich und meine Freunde, die, wie der Name schon sagt, recht eng mit dem Thema Wikinger und Germanen verbunden ist. Lass dich überraschen."

Sie verabredeten sich für zwanzig Uhr und Doro freute sich, Elke schon abends wiederzusehen. Die Frauen verstanden sich auf Anhieb recht gut miteinander, nicht nur wegen Doros Interesse an der mittelalterlichen Kleidung.

Rainer klopfe an die Tür, die sich wenig später öffnete und den Blick in die sagenhafte „Walhalla“ freigab. Jürgen Mohr bat seine Gäste herein, die sich erst einmal umsahen. Zur Linken gab es eine große Tafel an der etliche Leute Platz fanden. Zur Rechten stand ein großer Fernseher, auf dem eine mittelalterliche Gruppe „Heavy Dudelsack“ mit E-Gitarren und brachialem Gesang darbot. An der hinteren Wand befand sich eine kleine Theke. Der gesamte Raum war mit Assessoirs aus der Mittelalter-Szene gespickt: Schwerter, Flaggen, Drachen, Kelche und vieles mehr. Die Bilder an den Wänden, die wie große Tarotkarten anmuteten, zeigten anscheinend jeweils eine germanische Gottheit, was Rainer durch die Aufschrift bei „Thor“ erkannte.

„So, genug geschaut, was wollt ihr trinken?“, fragte Jürgen.

Rainer nahm ein Bier und Doro einen Wein. Sie prosteten sich gerade zu, als Elke in die Walhalla kam und Rainer und Doro herzlich begrüßte.

„Tja, da seht ihr meinen Helden, Hagen von Tronje“, sagte Jürgen und zeigte auf eine Büste mit Augenklappe. Davor stand ein Holzklotz in dem diverse Messer und ein Schwert steckten.

„Habt ihr schon mal von dem Autor Stephan Grundy gehört?“, fragte er in die Runde und Rainer sowie Doro mussten verneinen.

„Stephan Grundy hat *Rheingold* und *Wodans Fluch* geschrieben. Das sind eigentlich die Standardwerke, wenn es um Hagen geht. Grundy verbindet verschiedene nordische Sagen oder Lieder mit der Heldensaga um Hagen und erklärt auch ziemlich gut die germanische Götterwelt, und das richtig anschaulich“, führte Jürgen aus.

„Lies doch mal ein paar Zeilen“, schlug Elke vor. Jürgen nahm *Rheingold* und suchte eine passende Textstelle. Mit tiefer Stimme las er langsam und genüsslich vor:

„Der wilde Sturm peitschte die Tannen und heulte wie ein hungriger Wolf. Er jagte die rabenschwarzen Wolken so schnell vor sich her wie ein galoppierendes achtbeiniges Schattenross. Der Wind brachte Regen. Ein grauer Wasserfall stürzte vom Himmel. Er schmeckte ein wenig nach Wein oder Met, geheimnisvoll und magisch."

Jürgen machte eine Kunstpause und nippte an seinem Bier.

„Geheimnisvoll und magisch", fuhr er fort. „Und in den Aufruhr der Elemente mischte sich das feurige Zucken, das Gelächter der Blitze. Mit diesem Sturm, der zwischen den Welten tobte, kamen Wotan, Hönir und Loki nach Midgard, das die Menschen Erde nennen."

Er nahm erneut einen Schluck aus seinem Glas.

„So schreibt Grundy, da kommen jetzt die Götter zur Erde und wie bei den Griechen geht das nicht immer gut, wenn die sich einmischen."

„Hört sich gut an, ziemlich blumige Sprache", meinte Doro.

„Er jagte die rabenschwarzen Wolken so schnell vor sich her wie ein galoppierendes achtbeiniges Schattenross", wiederholte Jürgen, „was ist denn daran blumig?", fragte Mohr beinahe empört.

„Ja, blumig ist vielleicht nicht das richtige Wort, ziemlich …"

„Eindringlich, mysteriös", versuchte Rainer zu helfen.

„Ja, das schon eher. Da geht es um Götter, um Helden, da ist nichts blumig. Aber seine Sprache ist sehr bildhaft, das hast du bestimmt gemeint", lachte er Doro zu.

„Was sagt er denn nun über Hagen?", wollte Rainer wissen.

„Grundy schreibt in *Rheingold* über Hagen als erwachsenen Mann und in *Wodans Fluch* über seine Kindheit und Jugend. Hagen ist demnach, wie auch in der Edda, ein Bruder von Gunther und Kriemhild. Mit dem Nibelungenlied seid ihr vertraut?", fragte Jürgen nach und Rainer und Doro nickten.

„Hagens Mutter hatte magische Kräfte, die konnte sich in

einen Vogel verwandeln und geheime Tränke brauen. Sein Vater war ein Wesen *nicht von dieser Welt,* also entweder auch ein magisches Wesen oder ein Gott – eben nicht von dieser Welt."

„Oder ein Alien?", meinte Rainer.

„Du guckst zu viel Fernsehen", meinte Jürgen streng. „Die hatten mit Aliens noch nichts am Hut. Das sind Sagen aus dem nordischen Raum, jahrtausendealt."

„War ja auch nur so ein Gedanke", entschuldigte sich Rainer.

„Also, Hagen hatte auch magische Kräfte oder Fähigkeiten, er konnte die Stimmen der Rheintöchter und die der Ertrunkenen hören. Den Schatz hatte Hagen eigentlich nur an sich gebracht, um ihn wieder seinem rechtmäßigen Besitzer zurückzugeben, dem Zwerg Andvari, der sich in einen Hecht verwandeln konnte und im Rhein lebte."

„Und die Nibelungen haben ihm den Schatz vorher geklaut?", wollte Doro wissen.

„Nein, das war so: Die drei Götter Wotan, Hönir und Loki kamen zur Erde, hab ich eben vorgelesen. Dort haben sie einen Otter erschlagen, der aber gar keiner war, sondern Ottur, der Sohn von Hreidmar. Die hatten auch alle die Gabe, sich in Tiere zu verwandeln; klingt komisch, ist aber so. Also mussten die Mörder für ihre Tat bezahlen, hatten aber nicht genug Gold dabei. Loki zog also los um Gold zu beschaffen und fand es im Rhein bei Andvari. Dem hat er den Goldschatz geraubt und damit nicht genug – auch einen goldenen Ring. Nachdem der Zwerg auch den Ring hergeben musste, hat er ihn verflucht und jeder, der den Schatz und damit auch den Ring hatte, nahm ein böses Ende."

„Das kennen wir doch irgendwo her: *Ein Ring sie zu knechten, sie alle zu finden, ins Dunkle zu treiben und ewig zu binden*", zitierte Rainer aus „Herr der Ringe".

„Ja, der Tolkien kannte die alten Geschichten doch auch",

fuhr Jürgen fort, „jedenfalls bekam die Sippe von Hreidmar den Schatz. In der Nibelungensaga sind das die, denen Jung Siegfried beim Aufteilen des Erbes helfen muss und die er dann mit Balmung erschlägt. Bei Grundy ist es so beschrieben, dass Regin und Fafnir, die Söhne von Hreidmar, sich mit ihrem Vater um den Schatz streiten und ihn umbringen. Dann fliehen sie und kämpfen weiter um das Gold, wobei Regin einen Felsen hinunterstürzt und Fafnir denkt, sein Bruder sei tot. Fafnir versteckt den Schatz in einer Höhle und wird zum Drachen, er verschmilzt mit dem Schatz und dem Felsen, damit keiner mehr an ihn herankommt und durch Gier seine nächsten Verwandten umbringt. Und den Ort, wo Fafnir zum Felsendrachen wird, kennt ihr bestimmt auch: Der Drachenfels bei Königswinter. Aber Regin war gar nicht tot. Er machte sich rheinabwärts in die *Niederen Lande*, wo er bei den Zwergen das Handwerk des Schwertschmiedens erlernte und dann Balmung schmiedete, welches er Siegfried schenkte, damit der Fafnir besiegen und an den Schatz rankommen konnte. So schließt sich der Kreis“, endete Jürgen Mohr.

„Da gibt es also verschiedene Versionen der Geschichte?“, fragte Rainer nach.

„War ja keiner dabei, der heute noch lebt, was ist also Sage und was Wahrheit? In der Bibel gibt es ja auch verschiedene Versionen im Neuen Testament“, gab Jürgen Mohr zur Antwort und fuhr fort: „Es gibt übrigens noch eine Deutung der Siegfried-Saga, der ich aber skeptisch gegenüberstehe: Siegfried soll identisch mit Arminius alias Hermann der Cherusker sein. Die Cherusker waren einer der germanischen Stämme, die mit den Römern paktiert haben. Wahrscheinlich blieb ihnen nichts anderes übrig, wenn sie überleben wollten. Die Römer haben das ganz clever angestellt, die haben die Söhne der Stammesfürsten *zur Erziehung* nach Rom gebracht, so hatten sie natürlich zum einen Geiseln und zum anderen konnten sie die kommenden Stammesführer in ihrer Kultur erziehen.

Und glaubt mir, das funktionierte ganz gut. Wer aus einem germanischen Dorf vor rund 2000 Jahren kam und dann die Annehmlichkeiten in Rom, wie Bäder, gutes Essen, Wein und so weiter genossen hat, der hätte das auch gerne zu Hause. So erschlossen die Römer sich auch noch neue Absatzmärkte für die Zukunft. Aber ihr kennt ja auch die Geschichte der Varusschlacht?“, erkundigte sich Jürgen Mohr.

„Das war doch im Teutoburger Wald, wo die Römer von den Germanen vernichtend geschlagen wurden“, antwortete Rainer.

„Ja, genau. Anführer der Germanen war Arminius, einer jener Fürstensöhne, die in Rom erzogen worden waren, und der in der römischen Armee diente, vielleicht sogar als berittener Offizier. Als er wieder in Germanien war und mitbekam, wie der Stadthalter Varus mit seinem Volk umsprang, hat er die Seiten gewechselt. Er hat Varus auf dem Rückweg vom Sommer- ins Winterlager nach Xanten in den tiefen Wald gelockt. Dort konnten die Römer nicht mehr wie gewohnt in ihren Formationen marschieren und kämpfen. Aus dem gepanzerten Drachen wurde ein langer Lindwurm, der sich durchs Geäst und durch den Morast kämpfte. Genau da schlug Arminius zu, er kannte ja die Schwäche der römischen Armee. Fast achtzehntausend Mann wurden getötet und da die ja alle auf dem Weg in ihr Winterlager waren, hatten die alles dabei, was sie besaßen: die Kriegskasse, Gold, Silber, Prunkuniformen, silberne Orden, Besteck, Teller, Schmuck und so weiter. Und dabei war ja noch ein ganzer Tross von Wagen mit Vieh, Hausrat und auch Frauen und Kinder. Alle tot. Als sechs Jahre später Germanicus, ein Nachfolger von Varus, seine Leute in den Teutoburger Wald schickte, um die Überreste der Gefallenen würdig zu begraben, fand man nicht eine Münze. So hat Arminius den Drachen besiegt, so sehen es jedenfalls einige Wissenschaftler. Übrigens wurden die meisten Fundstücke der Schlacht bei Kalkriese gefunden, in der Nähe vom

Teutoburger Wald. Da gibt es auch ein großes Museum zur Varusschlacht“, endete Jürgen Mohrs Exkurs in die Geschichte.

„Das würde ja passen: Xanten, Drachen erschlagen, reiche Beute“, zählte Rainer auf.

„Bei Niederbieber, in der Nähe von Neuwied, wurde ein Standartenkopf der Römer in Drachenform gefunden und Arminius wurde Jahre nach dem Sieg von eigenen Verwandten getötet, wie Siegfried“, ergänzte Jürgen.

„Und von den Reichtümern der Römer gab es keine Spur?“, fragte Rainer nach.

„Nein, alles weg. Wahrscheinlich haben es die Germanen untereinander aufgeteilt, damit jeder was von der Kriegsbeute abbekam. In einer Kiesgrube am Rhein wurde in den Achtzigern ein Schatz gefunden: Teller, Gefäße und so weiter, alles aus Edelmetall und“, Jürgen Mohr nahm einen Schluck Met, „alles kaputt.“

„Wie kaputt?“, wollte Doro wissen.

„Alles zerteilt, mit Äxten wahrscheinlich“, erklärte Jürgen den stauenden Zuhörern.

„Die Germanen sind in die römischen Gebiete bis weit nach Gallien eingefallen, haben dort geplündert und sind ab über den Rhein wieder zurück in ihr Revier. Da die Römer aber im dritten Jahrhundert nach Christi auf dem Rhein mit ihren Booten patrouillierten, haben die Germanen die Beute vorher zerteilt und in kleinen Gruppen rübergebracht. So konnte nicht der gesamte Raub verlorengehen, wenn sie erwischt wurden. In Speyer gibt es eine Ausstellung mit diesen Schatz“, erläuterte Jürgen Mohr.

„Da wir gerade von Schätzen reden“, lenkte Doro auf den Grund, warum sie dort waren, während sie den Kelch aus der Tasche zog, „was meinst du, könnte das hier wert sein?“.

„Oh, was haben wir denn da? Das ist ja ein feines Stück“. Jürgen nahm den Kelch und begutachtete ihn von allen Seiten.

„Sieht aus wie ein liturgisches Gefäß, für kultische Handlungen in der Kirche“, schaltete sich Elke ein.

„Wo habt ihr denn das Teil her?“, wollte Jürgen wissen.

„Von Fafnir“, meinte Rainer scherzend.

„Ja ja, von Fafnir, bist du jetzt schon ein Drachentöter? Ob der Kelch wirklich alt ist, kann ich nicht beurteilen, er scheint aber aus Gold zu sein und da ist der reine Materialwert schon recht hoch bei dem Gewicht. Ich kenne einen Goldschmied, vielleicht kann der euch weiterhelfen und wie es der Zufall will, hat der nächste Woche einen Termin bei mir. Wenn ihr wollt, dann lasst den Kelch hier und ich kümmere mich darum“, schlug Jürgen vor.

„Das könnten wir so machen, wenn es für dich keine Umstände macht“, ging Doro auf den Vorschlag ein.

„Mal eine andere Frage, die mir da so kommt, wenn ich die Runen auf den Bildern sehe und germanische Gottheiten. Die Nazis hatten ja die nordischen Götter und Sagen auch für sich vereinnahmt. Werdet ihr nicht mit denen in einen Topf geschmissen?“, fragte Rainer vorsichtig.

„Damit haben wir nichts zu tun, das kannst du mir glauben, die tauchen auch auf den Märkten nicht vermehrt auf. Man muss natürlich aufpassen, die Neonazis verkaufen in ihren Shops im Internet ja zum Beispiel auch T-Shirts mit Runen und so weiter. Da muss man schauen, wo man was bestellt, um die nicht zu unterstützen.“

„Wie viele Mittelaltermärkte gibt es denn überhaupt in unserer Gegend?“, wollte Rainer wissen.

„Oh, da gibt es einige“, antwortete Jürgen und zählte auf: „Also den, wo wir uns getroffen haben in Bacharach, das ist der Vierthäler Markt, und der findet alle zwei Jahre statt, im Wechsel mit dem großen Spectaculum in Oberwesel an Pfingsten. An Ostern findet auf der Loreley schon seit ein paar Jahren ein Markt mit Ritterturnieren statt. Dann der große in Bad Münster am Stein-Ebernburg, den gibt es auch schon lange.“

„Auf der Altburg, dem keltischen Dorf bei Bundenbach, da ist jedes Jahr im August ein Festival mit einem Mittelaltermarkt“, steuerte Doro bei.

„Genau, da waren wir auch schon, ist eine klasse Atmosphäre da im Wald. Tja und dann gibt es auf den Burgen immer wieder mal einen Event, auf der Rheinfels bei St. Goar oder auf der Reichsburg bei Cochem.“

„Und auf der Kastellauner Burg, da waren auch schon Burgfeste und die Taverne dort macht ein hervorragendes Kerkeressen, ziemlich deftig, aber lecker. Dazu gibt es einen Feuerspucker und derbe Unterhaltung. Ach ja und in Herrstein ist im September immer ein Schinderhannesfest mit Markt“, ergänzte Doro.

„Auf der Ehrenburg, zwischen Buchholz und Brodenbach, da ist die ganze Saison was los. Die machen Ritterspiele für Kinder und Erwachsene. Und im Mai gab es einen Markt an der Baldenau bei Morbach, da wurden Szenen für *Heimat I* und für den letzten Edgar Reitz Film *Die andere Heimat* gedreht. Wo waren wir denn noch in den vergangenen Jahren?“, fragte Jürgen Mohr seine Frau.

„Waren wir nicht mal da ganz hinten im Hunsrück, bei einem Kupferbergwerk?“, antwortete Elke.

„Ja genau, das war in Fischbach, da war ein Bergwerksfest mit Kupferschmelze und einem Markt. Also, du siehst, das ganze Jahr über kann man an fast jeden Monat zu einem mittelalterlichen Fest gehen. So, und jetzt trinken wir einen guten Met – geheimnisvoll und magisch“, beschloss Jürgen.

Kapitel IV – Von Freunden und Feinden

Berlin, Charlottenburg

Von Flankenberg fühlte sich schlecht. Seit der letzten unglückseligen Reise an den Rhein hatte sich sein Gesundheitszustand merklich verschlechtert. Ein Arztbesuch hatte seine Befindlichkeit ebenfalls erheblich beeinträchtigt. Das ungewollte Teil, das in ihm wuchs, hatte sich vergrößert und war an einer Stelle, die ein Herausschneiden unmöglich machte. Er war dem Tode geweiht und sein großes Ziel, erster Großmeister des neuen Deutschen Ritterordens nach der Zeitenwende zu werden, schien unerreichbar. Langsam zweifelte er auch an der Loyalität des Herzogs. Die Art und Weise, wie er von ihm behandelt wurde, ließ nicht gerade darauf schließen, dass er sein Wort auch einhalten würde und ihm, dem Freiherrn von Flankenberg, die Leitung des neuen Deutschen Ritterordens übertragen würde. Er beschloss, seinen Neffen Yannik, der sich mit Computern und den Einzelheiten des geheimen Eindringens in andere Rechner bestens auskannte und deshalb schon mal mit dem Gesetz in Konflikt geraten war, einzuschalten.

„Hör zu, Onkel Harald, ich will mit dem Monarchiegesülze und dem ganzen Blabla mit diesem reaktionären Arsch von Herzog nichts zu tun haben. Ihr habt doch eine Meise unterm Pony, wenn ihr denkt, das Rad ließe sich soweit zurückdrehen, dass wir noch mal einen Kaiser bekämen", war Yanniks erste Reaktion auf den Wunsch von Flankenbergs, in das System des Herzogs einzudringen. Er hatte dem Jungen wohl zu oft vom zukünftigen Ruhm der Vergangenheit vorgeschwärmt.

„Ich will, nein, ich *muss* wissen, was der Herzog vorhat. Glaub mir, es kann um Leben und Tod gehen. Und da wir gerade schon mal dabei sind: Du wirst in nicht allzu ferner

Zukunft ein nicht unerhebliches Erbe von mir bekommen. Der Laden ist voll mit wertvollen Antiquitäten und das Haus gehört ja auch mir. Also stell dich nicht so an, wenn ich mal was von dir verlange", erklärte der Freiherr.

„Was soll das heißen *in nicht allzu ferner Zukunft*?", fragte Yannik nach.

„Mein Junge, ich bin alt und ich bin krank, sehr krank, soll das heißen."

„Aber, Onkel Harald …", stammelte Yannik etwas fassungslos. Auch wenn er den Quatsch mit der Monarchie und seines Onkels Begeisterung dafür nie so richtig verstand, so hatte er den Alten doch sehr gerne. Immerhin hatte dieser ihm das Informatikstudium finanziert und ihm damals einen guten Anwalt besorgt, als er ins Netzwerk eines großen Energiekonzerns eingedrungen war.

„Lass gut sein, Junge, komm, tu mir den Gefallen und hack den Herzog – und du hast wahrscheinlich recht damit, dass er ein Arsch ist."

„Okay, gib mir einen Tag, ich melde mich bei dir. Und pass auf dich auf, Onkel Harald", verabschiedete sich Yannik von Flankenberg bei seinem Onkel.

Es dauerte keinen ganzen Tag, da bekam von Flankenberg eine umfassende E-Mail von seinem Neffen, in der die Korrespondenz des Herzogs in E-Mails und gespeicherten Briefen und Memos enthalten war.

Wie er erwartet oder befürchtet hatte, konnte er diversen Schriftstücken entnehmen, dass er nicht die erste Wahl zum Großmeister war. Der Herzog hatte sogar noch zwei weitere Adlige für diesen Posten im Rennen. Besondere Aufmerksamkeit schenkte er dem E-Mail-Verkehr des vergangenen Wochenendes, wo er eine Weiterleitung seiner Mail mit den Informationen zu Schmudtke fand. Der Empfänger war ihm wohlbekannt, es war Heinrich Stürmer, der Sicherheitschef des Herzogs. Da wurde ihm einiges klar.

Er öffnete eine weitere Datei mit dem ominösen Namen *Hagens Lied* und stieß offenbar auf eine Übersetzung einer mittelalterlichen Schrift, die sich mit Hagen von Tronje befasste. Erstaunt las er von Hagen aus Hammerstein, von dem Verrat der Brüder, der Verbannung bei Wilderich zu Troneg und der Ankunft Hagens in Worms.

Der Herzog schien auf eine uralte Quelle gestoßen zu sein, die die Geschichte von Hagen von Tronje erzählte. Das war eine historische Sensation, wenn die Quelle wahrhaftig war. Blitzartig schoss es dem Freiherrn durch den Kopf: Wenn es noch weitere Verse gab, so konnten diese den Verbleib des Schatzes der Nibelungen erklären. Vielleicht gab es eine genauere oder ganz andere Ortsangabe als die allseits bekannte *zem loche in den Rin*, bei Lochheim in den Rhein.

Er suchte weiter im Mail-Verkehr des Herzogs und fand eine Nachricht von dessen Sicherheitschef vor. Darin wurden die Kontakte eines gewissen Gerhard Wagenbrecht genannt und dass der Kelch nicht bei Wagenbrecht zu finden sei. Von Flankenberg schloss daraus, dass Stürmer den Kelch bei einem der genannten Kontakte zu finden hoffte und er ahnte nichts Gutes dabei, als er die Antwort des Herzogs auf die Nachricht las: *Nimm dich ihrer an*. Von Flankenberg hatte gesehen was es heißen konnte, wenn sich Stürmer Leuten *annahm*.

Schnell gab er den ersten Namen bei *facebook* ein und landete einen Treffer im Hunsrück. Dort wohnte eine Frau, die als Kontakt angegeben war. Und als er den männlichen Namen eingab, erschien sogar die gleiche Adresse, also wohl ein Pärchen: Dorothea Thomas und Rainer Weingard.

Berlin, Villenviertel

„Mein lieber Flankenberg“, hob der Herzog an, „Sie strapazieren meine Geduld. Was ist mit dem Schatz? Ich sehe Sie nicht umherreisen und unsere Vision voranbringen. Haben Sie es sich gut eingerichtet? Glauben Sie nicht, Sie wären unersetzbar.“

„Aber, Eure Hoheit, ich steuere alles von hier aus, in letzter Zeit, meine Gesundheit, ... es steht nicht zum Besten mit mir, aber ...“ weiter kam von Flankenberg nicht, der Herzog unterbrach ihn jäh:

„Papperlapapp Gesundheit. Kann ich auf Sie zählen oder nicht?“

Wäre der Freiherr wirklich besserer Gesundheit gewesen, er hätte seinen Dolch antworten lassen. Aber so blieb ihm in Bezug auf sein vor Hochmut und Impertinenz strotzendes Gegenüber nicht viel übrig, als zu antworten: „Natürlich können Sie auf mich zählen, ich habe alles im Griff.“

„Gut, dann trollen Sie sich mal, Flankenberg, ich habe noch Wichtigeres zu tun, als Sie zu motivieren.“

Als der Freiherr gegangen war, schickte der Herzog eine Mail an seinen Sicherheitschef, er solle von Flankenberg im Auge behalten. Dann widmete er sich dem nächsten Teil der Übersetzung, in der Hoffnung auf baldige Offenbarung der Stelle, die preisgab, wo Siegfrieds Schatz versenkt wurde.

Hagens Lied, Aventure 3

Hagen meuchelt Siegfried

Geboren aus dem Hasse, der tief im Herzen brennt,
ersonn' er seine Rache, die keine Gnade kennt.
Mit Zwietracht und mit Tücke, erdacht er einen Plan,
gelernt hatte es Hagen, wie man ihm angetan.

Da kam ihm gut zu passe, der Weiber Streit am Hofe,
Kriemhild stritt mit Brunhilde, wer von ihnen sei die Zofe.
König Gunther hörte Worte, die klangen wie Verrat,
da holt er sich den Hagen und fragte ihn um Rat.

Mit Lügen auf dem Munde der sich zu Kriemhild schlich,
und dieses arme Weibe, sie machte einen Stich.
Kriemhilde zeigte Hagen, was dieser gern vernahm,
die Stelle an Jung Siegfried, die kein Drachenblut annahm.

Zur Jagd ließ Gunther blasen und seine Mannen auch,
die Jagd war wie schon früher ein guter Weidmannsbrauch.
Doch sollte neben Hasen, Eber und dem Hirsch,
ein hehrer Held erliegen, auf Hagens blut'ger Pirsch.

Der Born der zur Erquickung den Drachentöter rief,
wird jenem zum Verhängnis, als er sich bückte tief.
Der Speer von Hagens Hand in Siegfried drang hinein,
die böse Tat die will von Bösen begangen sein.

Kriemhilde war verzweifelt voll Tränen und voll Wut,
ihr Mann wurde gemeuchelt, an wessen Händen klebte Blut?
Nur Hagen konnte wissen, wo verwundbar Jung Siegfried war,
und Siegfrieds Wunden bluten, als dieser kam zur Totenbahr.

Der Herzog las leise vor sich hin:

„*Geboren aus dem Hasse, der tief im Herzen brennt, ersonn' er seine Rache, die keine Gnade kennt.* Ja ja, die Eifersucht, banal aber Triebfeder so mancher Meuchelei.

Mit Zwietracht und mit Tücke, erdacht er einen Plan. Gelernt hatte es Hagen, wie man ihm angetan. Hagen dreht den Spieß um, er hat von seinen Brüdern ja gelernt, wie man Intrigen spinnt.

Da kam ihm gut zu passe, der Weiber Streit am Hofe, Kriemhild stritt mit Brunhilde, wer von ihnen sei die Zofe. Das spielt an auf den Streit, den Brunhilde anfängt, weil Siegfried ja nur als Gefolgsmann von Gunther nach Island kam und nun in Worms wie ein König behandelt wird. Da zeigt Kriemhild ihr den Gürtel und den Ring und Brunhilde geht ein Licht auf.

Mit Lügen auf dem Munde der sich zu Kriemhild schlich, und dieses arme Weibe, sie machte einen Stich. Tja, der unfreiwillige Verrat der naiven Kriemhild.

Der Speer von Hagens Hand in Siegfried drang hinein, die böse Tat die will von Bösen begangen sein. Das war's mit Siegfried und seine Wunden bluten als Hagen zur Totenbahre kommt. – Wunderbar, alles wie in der Nibelungensaga. Ich habe hier eine zweite Quelle, das, was die Historiker immer suchen, um eine Geschichte zu verifizieren. Ich habe es, ich kann es", dachte er und rieb sich dabei selbstzufrieden die Hände.

Bell, Hunsrück

Rainer stand vor der Haustür und wollte gerade den Schlüssel ins Schlüsselloch stecken, da hörte er jemanden rufen: „Waat, gie nit loh rinn, se han bei euch ingebroche, eich han weile schon die Bolizei geroof."

Es war ihr Nachbar Alfons und während Rainer noch wie versteinert dastand, fuhr ein Polizeiwagen vor.

In allen Räumen waren die Schubladen durchwühlt und sämtliche Kisten, die irgendwo im Häuschen standen, waren ausgeleert worden. Alfons hatte mitten in der Nacht, als er seinen Hund noch mal zum Pinkeln rausgelassen hatte, das Licht einer Taschenlampe bei seinen Nachbarn gesehen. Da es keinen Stromausfall gab und Doros Auto nicht in der Einfahrt stand, kombinierte er messerscharf und rief die Polizei an. Der Einbrecher muss Alfons bemerkt haben und war über alle Berge.

„Eich honn mir gedaacht: Hei loh stimmt irjentebbes nit unn han die Bolizei angeroof", wurde er nicht müde den andern Nachbarn zu erzählen, die durch die nächtlichen Stimmen aufgewacht und aus reiner nachbarschaftlicher Solidarität, so nennt man im Hunsrück Neugierde, nach draußen gekommen waren.

Der Schaden hielt sich in Grenzen, die Terrassentür war aufgebrochen worden, aber gestohlen wurde offensichtlich nichts. Da Rainer und Doro nicht über beträchtliche Barsummen unter dem Kopfkissen, wie so manch anderer Zeitgenosse, verfügten, würde der größte Schaden in der Unannehmlichkeit bestehen, alles aufräumen zu müssen.

Die Polizisten nahmen die Anzeige auf, machten ein paar Beweisfotos und versuchten, an der Terrassentür Fingerabdrücke sicherzustellen, konnten aber keine finden.

„Das war ein Profi, keine Fingerabdrücke, alles systematisch durchsucht, aber nicht einmal den Fernseher mitgenommen. Da hat einer was Bestimmtes gesucht“, resümierte einer der Beamten.

„Bei uns gibt es nichts zu holen, da hat sich bestimmt einer geirrt“, meinte Rainer beschwichtigend, bevor der Beamte auf die Idee kommen konnte, nachzufragen, was es denn Besonderes bei ihnen zu stehlen gäbe.

Nachdem die Polizisten abgerückt waren und Rainer mit Alfons und zwei weiteren Nachbarn noch einen selbstgebrannten Beruhigungstrunk zu sich genommen hatten, kehrte wieder Ruhe ein in Bell.

„Du weißt, was die oder der gesucht haben?“, stellte Doro Rainer die rhetorische Frage.

„Klar weiß ich das, aber die Polizei würde uns doch eh nicht glauben. Die haben ja auch keinen Zusammenhang zwischen dem Kelch und dem Einbruch bei Wagenbrecht gesehen. Was soll ich denen groß erklären?“, antwortete Rainer.

„Woher hat der gewusst, dass wir nicht zu Hause sind? Der hat uns bestimmt beobachtet. Hoffentlich ist er uns nicht bis nach Boppard gefolgt“, dachte Doro laut nach.

„Er kann ja schlecht in Boppard und zur gleichen Zeit hier sein“, warf Rainer ein.

„Es sei denn, es waren zwei“, entgegnete Doro.

„Gut, das wissen wir nicht, aber schreib Jürgen grad über *facebook* 'ne Nachricht, dass er aufpassen soll“, meinte Rainer.

Doro meldete sich bei *facebook* an und bevor sie an Jürgen Mohr schreiben konnte, sah sie, dass ein gewisser Herr Wagenbrecht eine Freundschaftsanfrage gestellt hatte.

„Das gibt es doch gar nicht. Die kann hundertprozentig nicht von Wagenbrecht stammen“, stieß Doro hervor.

„Der Name allein ist schon eine Nachricht, und zwar von jemandem, der was weiß“, kombinierte Rainer und fuhr fort: „Klick auf Okay, dann werden wir wissen, was er will.“

Doro bestätigte die Anfrage und bekam sofort eine Nachricht geschickt.

Sie sind in Gefahr, siehe Anhang!
Doro öffnete die Word Datei im Anhang.

Sehr geehrte Frau Thomas, Herr Weingard,
allein die Tatsache, dass ich Sie so kontaktieren konnte, zeigt Ihnen, dass Sie in Gefahr schweben. Die Gefahr geht nicht von mir aus, ich will Sie warnen, muss Sie aber persönlich sprechen. Mein Gesundheitszustand erlaubt es mir nicht mehr, eine weitere Reise zu unternehmen. Bitte kommen Sie am nächsten Samstag nach Berlin, Flohmarkt an der Straße des 17. Juni, S-Bahnhof Tiergarten. Fragen Sie an dem Stand mit hochwertigen Bronzefiguren und dem Porzellan nach Kelchen, das ist unser Codewort.
Mit freundlichen Grüßen
H. v. F.

Koblenz Karthause

Sonntags waren Rainer und Doro bei Rainers Eltern auf der Karthause zum Kaffee eingeladen. Da die Ereignisse der vergangenen Nacht die beiden ziemlich mitgenommen hatten, wollten sie zunächst absagen, entschlossen sich dann aber doch zu fahren, nicht zuletzt, um mit Rainers Bruder Christoph über die Angelegenheit zu sprechen. Immerhin war er Staatsanwalt und konnte ihnen vielleicht mit Wagenbrecht helfen.

„Hallo Ihr Lieben", wurden Sie von Rainers Mutter Sieglinde begrüßt und es folgte eine herzliche Umarmung.

„Hallo Frau Mutter, warst du beim Frisör?", fragte Rainer unnötigerweise. Sieglinde hatte beschlossen, dass lange Haare etwas für junge Frauen seien und ihr, mit fast siebzig, jetzt eine Kurzhaarfrisur besser stünde.

Alfons, Rainers Vater, kam humpelnder Weise zur Tür.

„Bin mit dem Fahrrad dumm gefallen, ist aber nicht so schlimm, nur eine kleine Verstauchung, als ich mich abfangen wollte", erklärte er.

Christoph kam ein paar Minuten später und als alle am Kaffeetisch saßen und den leckeren Käse- und gedeckten Apfelkuchen aßen, erzählte Doro von dem Einbruch. Rainer lockte Christoph unter einem Vorwand raus und erzählte ihm von Wagenbrecht und Schmudtke, von dem Kelch und der ominösen E-Mail mit der „Einladung" nach Berlin. Christoph dachte nach.

„Was ich dir jetzt erzähle muss unter uns bleiben, ist das klar?", vergewisserte er sich Rainers Verschwiegenheit und fuhr fort: „Diesem Schmudtke wurde ein Messer tief in die Brust gejagt. Das war ein äußerst brutaler Mord. Bei Wagenbrecht wurde bisher keine Tatwaffe, also ein entsprechendes Messer, gefunden. Es sieht also gar nicht so schlecht für ihn aus, vielleicht ist er bald wieder auf freiem Fuß", endete er.

„Das hört sich doch gut an", meinte Rainer.

„Was hört sich daran gut an? Ein brutaler Mörder könnte noch da draußen rumlaufen, bei euch wurde eingebrochen und jemand versucht euch nach Berlin zu locken. Wenn Wagenbrecht Schmudtke umgebracht hätte, das wäre eine gute Nachricht: Verbrecher gefasst und hinter Schloss und Riegel", entgegnete Christoph.

„Tja, so kann man es auch sehen. Aber ich denke, wir fahren nach Berlin. Ich will wissen, was dahintersteckt", meinte Rainer etwas trotzig.

„Du hast noch nicht genug Lehrgeld bezahlt? Was war denn damals an der Ruine? Was war denn mit dem Kerl aus Wien? Wie oft willst du dich und Doro denn noch in Lebensgefahr bringen?"

„Wir fahren nach Berlin, gehen da auf einen Flohmarkt, wo es von Menschen nur so wimmelt, was soll da schon passieren. Außerdem wollten wir eh mal in die Hauptstadt, ein wenig Sightseeing machen", beschwichtigte Rainer.

„Tu, was du nicht lassen kannst. Dann fahr aber zu Martin, den kennst du doch noch von früher. Da könnt ihr eventuell übernachten und ich habe einen Kontakt in Berlin, wenn was passieren sollte", schlug Christoph vor.

Als sie zur Kaffeetafel zurückkehrten, wurden sie mit tadelnden Blicken empfangen.

„Wieder Geheimnisse, die ich als Mutter erst mitbekomme, wenn alles vorbei ist?", fragte Sieglinde.

„Nein nein, wir fahren nächstes Wochenende nach Berlin und ich wollte nur von Christoph die Adresse von Martin. Der wohnt da ja schon eine halbe Ewigkeit und kennt sich bestimmt gut aus, wo man gut essen kann und welche Sehenswürdigkeiten sich lohnen", log Rainer.

Hunsrück

Als die beiden abends nach Hause kamen, fand Doro auf *facebook* eine weitere Nachricht von *H. v. F.* mit der Anmerkung: Habe ich mal für sie „besorgt“. Von Flankenberg hatte die Mails des Herzogs weiterverfolgt und eine Fortführung der Übersetzung erwischt. Er war der Meinung, auch das Pärchen aus dem Hunsrück sollte davon in Kenntnis gesetzt werden. Also schickte er ihnen kurzerhand alles, was er bisher von Hagens Lied abgefangen hatte.

Sie öffneten den Text und waren verwundert über das, was sie zu lesen bekamen.

„Das gibt’s doch gar nicht, ein zweiter Text über die Nibelungensaga aus der Warte von Hagen von Tronje geschrieben“, deutete Rainer.

„Weißt du, was das heißt?“, fragte Doro und gab die Antwort gleich selbst: „Das heißt, dass da irgendwo stehen könnte, wo der Schatz versenkt wurde.“

Sie lasen den letzten Teil des Textes, der ihnen gemailt wurde:

Hagens Lied, Aventure 4, Teil 1

Der Verrat

Kriemhilde sie verweilte, am Hof zu Worms noch lang,
und jedem der sie kannte, ihr Totenlied sie sang.
Doch sich in Hagens Herze nun neue Begierde schlich,
den Schatz der Nibelungen begehrte er für sich.

Und wieder sann er Lügen und böse Listen aus,
damit sich arm Kriemhilde den Schatz holt heim ins Haus.
Und Alberich lässt ziehen viel Gold und Edelstein,
ein dutzend Doppelwagen den Schatz dann bringen heim.

Doch Kriemhild sann auf Rache, für feigen Mord und Pein,
und kauft sich von dem Golde Gefolgschaft treue ein.
Da Hagen spürt den Atem der Rache im Genick,
plant er schon wieder weiter, sein Schicksal fest im Blick.

Der Schatz der Nibelungen, das ist sein Unterpfand,
den will er sich erschleichen und damit heim ins Land.
Die Brüder unterwerfen, und rächen den Verrat,
der einst ihn weit verbannte, unschuldig an der Tat.

Und herrschen wird dann Hagen, mit Macht aus Gold und Stein,
dann wird er sein der König, zu Hammerstein am Rhein.
Und keiner wird ihm gleichen, an Reichtum und an Ruhm,
dann ist die Zeit gekommen, wo Schwerter endlich ruh'n.

Als König Gunther weilte zu Zeiten nicht am Platz,
da stiehlt sich Hagen dreiste den Nibelungenschatz.
Verlädt auf seinen Kahn das Gold mit Mannen acht,
*und fährt mit ihm rheinabwärts, gen Hammerstein zur Nach*t.

Kriemhilde sie verweilte, am Hof zu Worms noch lang, und jedem der sie kannte, ihr Totenlied sie sang.

„Kriemhild blieb ja nach Siegfrieds Tod in Worms bei ihren Brüdern", kommentierte Rainer.

„Und sie trauerte", ergänzte Doro.

Doch sich in Hagens Herze nun neue Begierde schlich, den Schatz der Nibelungen begehrte er für sich.

„Klar, er war scharf auf den Schatz", meinte Rainer.

„Bist du auch scharf auf deinen Schatz", scherzte Doro.

„Später, gemach, gemach, erst mal lesen wir fertig", gab Rainer zurück.

Und wieder sann er Lügen und böse Listen aus, damit sich arm Kriemhilde den Schatz holt heim ins Haus.

Und Alberich lässt ziehen viel Gold und Edelstein, ein dutzend Doppelwagen den Schatz dann bringen heim.

„Sie hat den Schatz nach Worms bringen lassen, so steht es auch im Nibelungenlied", bestätigte Rainer.

Doch Kriemhild sann auf Rache, für feigen Mord und Pein, und kauft sich von dem Golde Gefolgschaft treue ein.

„Sie wollte sich die Ritter einkaufen, die dann Siegfried rächen sollten", meinte Doro.

Der Schatz der Nibelungen, das ist sein Unterpfand, den will er sich erschleichen und damit heim ins Land.

Die Brüder unterwerfen, und rächen den Verrat, der einst ihn weit verbannte, unschuldig an der Tat.

„Er wollte mit dem Schatz zurück nach ..." fing Rainer an.

„Hammerstein am Rhein", ergänzte Doro.

„Und da seine Brüder zum Teufel jagen und King Kotelett sein", meinte Rainer scherzend, „hier steht es:

Als König Gunther weilte zu Zeiten nicht am Platz, da stiehlt sich Hagen dreiste den Nibelungenschatz.

Verlädt auf seinen Kahn das Gold mit Mannen acht, und fährt mit ihm rheinabwärts, gen Hammerstein zur Nacht."

„Und das war's?", fragte Doro ungläubig.

„Da gibt es bestimmt noch mehr Verse, das Wichtigste kommt ja noch.

„Schau mal in den ersten Teil, da: *Zu Tronegen wie gefangen im wilden Hundesrick, da weilte Hagen lange und konnte nicht zurück. Doch Wilderich zu Troneg sah Hagens Leid und sprach: Erzähl mein edler Knappe von deiner tiefen Schmach"*, las Doro laut vor. „Tronegen, das könnte Dhronecken sein, das ist oben bei Thalfang, ungefähr eine Stunde von hier", erklärte Doro.

„Schau doch mal bei *Google* nach", schlug Rainer vor.

Doro gab *Dhronecken* ins Suchfeld ein und bekam sofort etliche Seiten angezeigt, unter anderem einen Link zu *You Tube – Burg Dhronecken*. Doro klickte auf die Verlinkung und gleich startete ein kurzer Film, untermalt mit Klaviermusik: Dhronecken im Herbst, Bäume mit gelben Blättern, alte Gehöfte, ein Turm, verwunschene Ecken und eine Kirche. Nach rund zwei Minuten endete der Film.

„Da ist es aber schön, da würde ich mal hinfahren“, meinte Rainer.

„Schau dir mal die Seite hier an, hier gibt es noch mehr Filme vom Hunsrück.“

Doro öffnete die Webseite *www.hunsrueck-tv.de* und Rainer staunte nicht schlecht. Es gab Filme über den Erbeskopf, über den Hunsrück allgemein, über diverse Burgen und über verschiedene Dörfer und Städte. Ein Blick in die Rubrik *Über mich* zeigte, wer die Filme gedreht hatte: Ein Einwanderer aus Peru, der im Hunsrück mit seiner Familie heimisch geworden war, da seine Frau aus Deutschland stammte. Er hatte in Peru als Reiseleiter gearbeitet, und so interessierte ihn natürlich auch hier die Landschaft, die Flora und Fauna. Er entdeckte seine Liebe zum Hunsrück, die er mit etlichen Filmen dokumentiert hatte.

„Gut, also fahren wir mal nach Dhronecken“, schlug Doro vor.

„Ich habe die Woche nicht mehr viel zu tun auf der Arbeit, wir haben einen dicken Auftrag schneller erledigt als gedacht und Dieter hat schon gefragt, wann ich denn meinen Urlaub machen wolle. Da kämen die beiden nächsten Wochen doch gut in Frage. Ich muss aber morgen auf jeden Fall noch mal in die Druckerei“, erzählte Rainer.

„Ich kann erst ab Mittwoch frei machen, da habe ich sowieso Frühdienst und danach überstundenfrei inklusive dem Wochenende“, antwortete Doro mit dem Dienstplan in der Hand, „aber das hatten wir ja eh schon geschaut, wegen Berlin“, schloss sie.

„In Ordnung, dann fahren wir Mittwochmittag in den Hunsrück und am Donnerstag nach Berlin“, beschloss Rainer.

„Rainer, wir sind im Hunsrück“, frotzelte Doro.

„Gut, wir sind im Hunsrück, dann fahren wir eben mal wieder in den *tiefen* Hunsrück, dorthin, wo sich Fuchs und Hase gute Nacht sagen“, frotzelte er zurück.

Sie fuhren die gleiche Strecke wie drei Wochen zuvor, als sie nach Idar-Oberstein zum den Jazz Tagen gefahren waren, bleiben aber auf der Hunsrückhöhenstraße in Richtung Thalfang. Sie passierten Morbach mit dem wenig schönen Papierhochlager, dessen farbiger Anstrich das Gebäude auch nicht wirklich ansehnlicher machte. Dann fuhren sie an Hunolstein vorbei, ließen den Erbeskopf links liegen und mussten die zerklüfteten Täler zwischen Morbach und Thalfang mit ihren nicht enden wollenden Serpentinen durchqueren. Endlich durchfuhren sie Thalfang und dann nach einer Steigung, einem Waldstück und einer erneuten Steigung sahen sie das Schild „Dhronecken“, welches ebenso verriet, dass sie jetzt neun Kilometer vor Hermeskeil waren.

Dhronecken zeigte sich ihnen als kleines Dorf, einer Ansammlung von Häusern, einer Mühle und ehemaligen Bauernhöfen, die sich schon vor ewiger Zeit bei der Burg angesiedelt hatten. Natürlich gab es auch ein kleines Neubaugebiet, wobei auch das schon in die Jahre gekommen war. Sie gelangten über die Hauptstraße ins Dorf hinein, an einem alten Glockenturm und der Burganlage vorbei auf einen kleinen Parkplatz. Ab hier erkundeten sie Dhronecken zu Fuß. Vor einer Holzbrücke, die über einen Bach zur Burg führte, stand eine historische Kanone. Sie gingen über die Brücke hoch zur Wehranlage zum hinteren Eingang und kamen zu einer Art überdachtem Unterstand, der halb in den Felsen gehauen war. Hier konnten sie ein Modell der Burg betrachten, wie sie wahrscheinlich im sechzehnten Jahrhundert ausgesehen haben könnte und eine Tafel erklärte die einzelnen Bauten. Erstmals wurde die „Feste Troneck“ 1309 urkundlich erwähnt, wahrscheinlich erbaut von den Wildgrafen von Kyrburg, die für die Verwaltung vor Ort Ritter eingesetzt hatten. Die Burg diente der militärischen Sicherung der Mark Thalfang, die schon 633 erwähnt wurde, es ist also davon auszugehen, dass hier eine Befestigung, wenn auch nicht als ausgebaute Burg, schon sehr früh im Mittelalter angelegt wurde. Nach einer bewegten Geschichte und Zerstörung im Dreißigjährigen Krieg wurde auf den alten Grundmauern die Burg als Wohnanlage wiedererrichtet. Aber auch davon war nicht viel übrig geblieben, denn die Franzosen steckten 1714 im Zuge des spanischen Erbfolgekrieges alles in Brand und so musste die Burg ein zweites Mal erneuert werden. Und auch das war nicht von Dauer. Anfang des achtzehnten Jahrhunderts wurde die Burg von französischen Revolutionstruppen besetzt und die Steine versteigert. Im Jahre 1808 zerstörte ein Erdstoß den Rest, den die Franzosen noch stehen gelassen hatten. Die Preußen übernahmen die Burg und bauten 1817 das Forstamt, das zum Glück heute noch steht.

Sie schlenderten weiter durch die Wehranlage. Ein Turm war zerfallen, ein anderer restauriert und dieser hatte im Inneren einen Aufstieg mit einer Stahltreppe. Sie stiegen hoch und schauten sich das Ensemble von oben an.

„Klein aber fein“, meinte Rainer.

„Ja, eine schöne kleine Burg, aber im Mittelalter im Winter wollte ich auch hier nicht sein“, antwortete Doro.

„Überleg dir mal, wie oft die Burg zerstört und wieder aufgebaut wurde, dass die nicht irgendwann einmal die Lust daran verloren haben“, sinnierte Rainer.

„Hat sich wohl immer irgendwie gelohnt, wenn am Schluss auch als Forstamt, aber es ist bestimmt recht nett, hier zu arbeiten“, gab Doro zurück.

Sie stiegen wieder hinunter und gingen zwischen den Gebäuden zum Forstamt, einem barocken Gebäude mit terrakottafarbenem Anstrich. Durch das Haus führte ein breiter

Gang und sie kamen an den eigentlichen Haupteingang der Burg Dhronecken. Durch die Reste der Ummauerung gab ein hoher Torbogen den Weg frei nach draußen.

Auf dem Rückweg nach Bell hielten sie am Hunolsteiner Hof an, einem Bauernhofcafé mit viel Charme und leckerem Essen. Sie entschieden sich für den Speckpfannkuchen mit Salat und Doro trank ein Glas frische Waldbeerschorle dazu, während Rainer sich für die Himbeerschorle entschied. Ihre Gedanken kreisten schon um Berlin und da sie noch kein Mitbringsel für Martin und Annette hatten, kauften sie kurzerhand eine Flasche Holunderlikör im Hofladen. Am frühen Nachmittag waren sie wieder zu Hause und packten ihre Koffer, am nächsten Morgen wollten sie früh aufstehen, immerhin ging es nach Berlin.

Kapitel V – Von Königen und Narren

Berlin

Ziemlich erschöpft von der langen Fahrt ließen sie sich, vom Navi gelenkt, nach Moabit in die Lehrter Straße führen. Sie ergatterten einen der raren Parkplätze in der Nähe der Nummer 11. Da sie wussten, dass das Haus direkt neben einem Hostel lag, fanden sie es recht schnell und schellten bei Martin. Ihnen wurde aufgedrückt und sie betraten eines der typischen Berliner Wohnhäuser mit großem Eingangbereich und einem Treppenhaus, in dem es nach Essen roch. Die einzelnen Wohnungen in den Stockwerken waren mit alten, aber gut erhaltenen hellen Türen versehen. Alles machte einen „normalen" Eindruck, ganz und gar nicht den eines in den achtziger Jahren besetzten Hauses.

„Ah, Hallo, da seid ihr ja", wurden sie freundlich von Annette, Martins Frau, begrüßt.

„Wir sind in einen Stau geraten, hat etwas länger gedauert", entschuldigte sich Rainer.

„Kein Problem, wir haben gerade das Essen auf dem Tisch, ihr habt doch sicher Hunger?", meinte Annette und bat die beiden herein. Martin kam nun auch in den Flur und begrüßte Rainer und Doro herzlich.

Sie aßen in der geräumigen Wohnküche Spaghetti mit Tomatenpesto und tranken Rotwein, polnisches Bier und von dem Holunderlikör, den sie vom Hunsrück mitgebracht hatten.

„So, erzählt mal, was ihr in Berlin sucht. Christoph hat mich ja angerufen und erzählt, dass ihr da was auf der Spur seid", fragte Martin.

„Tja, wo soll ich anfangen", begann Rainer, „es fing alles damit an, dass Doro einen Herrn Wagenbrecht betreuen sollte, der ziemlich viel Kram hatte, den wir auf dem Flohmarkt verkauft haben …"

„… und da tauchte dann ein Kerl auf, der einen bestimmten Kelch haben wollte, den Herr Wagenbrecht am Rhein gefunden hatte“, fuhr Doro fort.

„So ein altes Teil, anscheinend wertvoll, sonst hätte der Typ ja nicht so einen Aufstand gemacht, als Wagenbrecht das Ding doch nicht hergeben wollte“, erzählte Rainer weiter. „Jedenfalls wurde der Typ am nächsten Tag tot aufgefunden und Wagenbrecht geriet in Verdacht. Der wurde verhaftet und dann wurde bei ihm und später auch bei uns eingebrochen.“

„Und dann kam diese ominöse E-Mail von diesem *H. v. F.*, in der er uns bat, nach Berlin zu kommen“, erzählte Doro.

„Wir haben mal etwas recherchiert und kamen darauf, dass der Kelch vielleicht, ich sage nur vielleicht, aus dem Nibelungenschatz stammen könnte“, erklärte Rainer.

„Ja, und dazu passt auch ein Text, den *H. v. F.* mitgeschickt hat. Darin geht es um Kriemhild und Hagen von Tronje, wie er den Schatz an sich bringt“, ergänzte Doro die Erzählung.

„Und ihr wollt diesen *H. v. F.* hier in Berlin treffen?“, fragte Martin nach.

„Ja, wir sollen ihn übermorgen auf dem Flohmarkt an der Straße des siebzehnten Juni treffen“, antwortete Rainer.

„Morgen machen wir erst mal eine Stadtrundfahrt, soll sich ja lohnen, wenn wir schon mal hier sind“, setzte Doro hinzu.

„Dann nehmt Ihr am besten den TXL, der fährt an allen Sehenswürdigkeiten vorbei, die Bushaltestellen sind immer um die Ecke von einer Attraktion. Und zum Flohmarkt bringe ich euch dann“, meinte Martin.

„Ja, das wird besser sein, wenn ihr da nicht alleine hingeht“, pflichtete ihm Annette bei.

Berlin erschlug sie. Sie waren kleine Städte wie Kastellaun, Simmern oder Boppard gewohnt. Selbst Koblenz schien ihnen hier im Vergleich nur so groß wie ein Stadtteil Berlins zu sein.

Das Gewühle auf den Straßen und Plätzen, die Schnelligkeit, mit der hier die Ampeln wieder das rote Ampelmännchen zeigten, die rasante Treppauf- und Treppab-Wechselei in den S- und U-Bahnstationen, all das ameisenhafte Gewimmel hinterließ seine Spuren bei Rainer und Doro. Sie hatten einen Tag in der Hauptstadt verbracht und fühlten sich urlaubsreif. Aber sie hatten viel gesehen. Von ihrem Quartier in der Lehrter Straße gingen sie vormittags zum Hauptbahnhof und nahmen den TXL-Bus, der vom Tegeler Flughafen bis zum Alexanderplatz fährt und dabei fast alle Sehenswürdigkeiten passiert. Mit ihrer „Berlin-Card" konnten sie für drei Tage mit jedem Verkehrsmittel fahren und so nutzten sie den TXL als Hopp-on Hopp-off Bus. Als Erstes stiegen sie am Brandenburger Tor aus und gingen von Ost nach West hindurch. Als sie die Straße auf der Westseite in Richtung Bundestag überquerten, überschritten sie die alte Mauerlinie, die auf der Straße durch Pflastersteine markiert wurde.

„Es ist ja schon etwas Besonderes, hier drüberzugehen", meinte Rainer.

„Ganz schön geschichtsträchtig ist es hier. Ganz Berlin, meine ich. Die Kaiser, die erste Republik, Hitlers Größenwahn und dann der Kalte Krieg. Alles hat hier am intensivsten stattgefunden. Das ist schon was anderes, als in Bildern in den Geschichtsbüchern in der Schule", bemerkte Doro.

Sie sahen das Bundestagsgebäude, das seit einiger Zeit aus Sicherheitsgründen weiträumig abgesperrt war, gingen zurück und setzten ihre Fahrt bis zum Berliner Dom fort. Dort siegen sie erneut aus, schauten sich den Dom von außen an und überquerten die Spree zur Karl-Liebknecht-Straße. Dort fiel ihnen ein Hinweisschild zum „DDR Museum" auf, dem sie folgten. Direkt am Spreeufer war der Eingang und Rainer und Doro erkundeten die unrühmliche Vergangenheit des real existierenden Sozialismus. Hier wurden neben vielen Exponaten aus dem DDR-Alltagsleben, mit original eingerichteter Wohnung und einem Trabbi, auch Modelle der Grenzanlagen gezeigt und Produktionsabläufe der DDR-Wirtschaft erklärt.

Rainer musste bei einem Beispiel der Misswirtschaft besonders schmunzeln: Da kein Obst importiert werden konnte, mussten die Leute mit Obstbäumen im Garten ihre Früchte in den Geschäften abgeben. Sie bekamen einen festgesetzten Preis pro Kilo. Der Verkaufspreis im Laden war aber um 50 Pfennig niedriger als der Einkaufspreis. Also brachten die Leute ihre Kirschen hinten in den Laden, verkauften sie und gingen vorne rein und kauften sie billiger zurück. Auch Doro musste lachen, als sie das las.

Im Anschluss an den Museumsbesuch aßen die beiden noch im DDR-Restaurant, das zu dem Museum gehörte. Es gab unter anderem Goldbroiler, Soljanka, und Falschen Hasen, einem Hackbraten gefüllt mit Spreewaldgurken und Jägerschnitzel, das aus panierter Jagdwurst bestand, serviert mit Nudeln und Tomatensoße. Zu trinken gab es neben Berliner Weiße die original Vita Cola und Berliner Bürgerbräu Rotkehlchen vom Fass. Sie entschieden sich für die Soljanka.

„Stell dir mal vor, die Geschichte wäre andersherum abgelaufen, also nicht wir hätten die DDR einverleibt, sondern die uns", meinte Rainer nachdenklich.

„Kein schöner Gedanke", antwortete Doro, „dann wären wir in der FDJ gewesen und müssten am ersten Mai Fähnchen schwenken, dürften keinen kapitalistischen Rock hören und könnten nicht nach Mallorca in Urlaub fliegen", endete sie.

„Ich meine aber noch was anderes", fuhr Rainer fort, „wir wären dann heute vielleicht im *Museum der Irrtümer des Kapitalismus* gewesen und hätten darüber gelacht, dass es Banken gab, die Kredite ohne Sicherheiten vergeben haben. Wir hätten die Köpfe geschüttelt über Börsenspekulanten, die mit Aktien gezockt und Milliardenbeträge verloren haben. Es wäre für uns unvorstellbar, dass ganze Staaten Pleite gehen können, weil Großbanken ihre Kredite zu Wucherzinsen vergeben haben – weil amerikanische Spekulanten den Euro kleinkriegen wollen. Wir wären fassungslos darüber, dass eine Regierung das Geld ihrer Bürger in Rettungsfonds leitet, das dann dort versickert, während im eigenen Land genug Investitionen in Kinderbetreuung, Jugendarbeit und im Gesundheitswesen nötig wären."

„Na, du alter Kommunist! Da musst du die Linken wählen, wenn du so denkst", entgegnete Doro.

„War ja nur ein Gedankenspiel, aber so toll läuft das bei uns doch auch nicht. Da sind doch jede Menge Absurditäten, die keiner versteht. Und manchmal meint man bei uns, wir leben im real existierenden Bürokratismus, das musst du doch zugeben", argumentierte Rainer weiter.

„Schon, aber die Freiheit ist eben das, was es ausmacht. Wir haben die Freiheit, gegen diese Absurditäten zu klagen, korrupte Politiker bloßzustellen und wir können unsere Regierung wählen. Frei und demokratisch. Das ist der entscheidende Unterschied", gab Doro zurück.

Sie machten sich auf den Weg zum Alexanderplatz, wo sie sich die Weltuhr und den Funkturm anschauten.

Anschließend machten sie sich auf den Heimweg, sie hatten genug für den ersten Tag gesehen und am nächsten Morgen wollten sie zum Trödelmarkt, um diesen ominösen *H. v. F.* zu treffen.

JVA Koblenz Karthause

Es war zum Verrücktwerden langweilig. Gerhard Wagenbrecht saß in seiner Zelle und zählte die Zuckerpapierchen, die er hatte einstecken können. Es waren fünf Stück, zusammen mit denen, die er in den letzten Tagen gesammelt hatte, waren es dann doch einunddreißig: Sieben Jungfrauen, sechs Fische, fünf Zwillinge, fünf Steinböcke, vier Stiere, zweimal Wassermann, einmal Löwe und einmal Schütze. Eine recht gute Ausbeute, fand er, dafür, dass er eigentlich gar nichts mit in die Zelle nehmen durfte. Er hatte die Daten von wann bis wann ein Sternzeichen galt und die jeweiligen Eigenschaften schon auswendig gelernt. Dann widmete er sich den Joghurtbecherdeckeln. Siebzehn hatte er erbeutet, in die Zelle geschmuggelt und schön ordentlich glattgestrichen. Leider gab es abwechselnd nur Pfirsich- und Erdbeerjoghurt zum Nachtisch. Vielleicht würde es im nächsten Monat ja zwei andere Sorten geben. Er verstaute alles gründlich unter seiner Matratze; gleich war Hofgang und er könnte versuchen, ein paar Blätter zu finden. Steine hatte er schon probiert mit hineinzunehmen, das fiel aber auf und er musste sie im Hof lassen. Er mied die anderen Häftlinge, er war ja schließlich unschuldig, wobei er vermutete, dass genau das 95 Prozent der Insassen von sich behaupten würden. Aber sie ließen ihn in Ruhe, er brauchte keine Angst mehr zu haben, seit ein großer muskulöser Türke namens Cem ihn vor einem anderen Kerl beschützt hatte.

„Du läss den Gerhard in Ruhe, der iss Plemplem un Allah schützt die Verrückte, weiß du? Isch schwör, isch mach disch alle, wenn du ihm anpacks. Lies mal die Bibel, da steht auch: Selig sin die Plemplem, weiß du, Alter?“

Von da an wussten alle, dass Gerhard Wagenbrecht unter dem Schutz zweier Weltreligionen und vor allem unter dem Schutz von Muskel-Cem stand, was die Meisten mehr beeindruckte, als die Bibel oder der Koran.

Berlin

Als sie am S-Bahnhof Tiergarten ausstiegen, bot sich ihnen ein Blick von oben auf den Flohmarkt. Er war nicht besonders groß, schien aber Qualität zu bieten, wenn man wirklich Altes suchte. Martin blieb zunächst am S-Bahnhof stehen und folgte Rainer und Doro in sicherem Abstand. Sie sahen den Stand mit den Antiquitäten, dem Porzellan und den Bronzefiguren, die *H. v. F.* ihnen beschrieben hatte.

„Wir suchen was Ausgefallenes, einen Kelch zum Beispiel“, sprach Rainer den älteren Herren am Stand an.

„Da kann ich Ihnen vielleicht helfen, Sie sind immer noch in Gefahr“, antwortete von Flankenberg.

„Wieso? Werden wir beobachtet?“, fragte Rainer nach.

„Kann schon sein. Aber das ist jetzt im Moment nicht das Problem, abtauchen kann man in Berlin immer schnell“, gab von Flankenberg zurück.

„Und was ist das Problem?“, wollte Doro wissen.

„Schauen Sie sich ein paar Sachen hier an, zeigen Sie Interesse. Sie sind Kunden“, meinte von Flankenberg und nach einem kurzen Rundblick fuhr er fort: „Sie wissen doch, was diesem Schmudtke passiert ist oder nicht?“

„Natürlich wissen wir das, deshalb sind wir ja da, der Wagenbrecht war das nicht und das werden wir beweisen“, meinte Doro bestimmt.

„Nicht so laut, Frau Thomas, und immer nett lächeln bitte“, beschwichtigte der Freiherr.

„Wer sind Sie überhaupt und wieso sollten wir Ihnen trauen?“, wollte Rainer wissen, während er interessiert eine Porzellantasse umdrehte.

„Sagen wir es so: Ich bin ein alter Narr, der seltsame Illusionen hatte. Nun bin ich todkrank und will nicht als Helfershelfer von Schurken in die Geschichte eingehen. Und trauen sollten Sie eh keinem. Hören Sie einfach zu: Ich war in Boppard, als Schmudtke ermordet wurde“, offenbarte sich von Flankenberg.

Doro wich unwillkürlich ein Stück von Flankenberg zurück, der die Bewegung registrierte und sie anlächelte.

„Nein nein, meine Liebe, nicht doch. Ich kam zu spät. Ich war erst gegen zweiundzwanzig Uhr am vereinbarten Treffpunkt bei St. Goarshausen und da war niemand. Ich habe mir dann in Boppard ein Zimmer genommen, weil ich dachte, ich treffe Schmudtke dann halt am nächsten Tag. Er hat aber nicht auf die Mails geantwortet“, er hielt inne, nahm einen Bronzeengel und zeigte ihn Rainer.

„Ein wunderschönes Stück, reine Bronze, aus einer Gießerei im Bayerischen.“ Er kam näher.

„Sonntagabend bin ich dann am Rhein spazieren gegangen und habe mitbekommen, wie zwei Kerle, die mit den Füßen im Rhein geplanscht haben, einen Toten aus dem Wasser gezogen haben. Ich bin hin und habe ihn erkannt. Es war Schmudtke“, endete er seine Erzählung.

„Wenn Sie es nicht waren, der ihn umgebracht hat, wer war es dann?“, fragte Rainer.

„Ich habe nur einem mitgeteilt, wann ich wohin wollte und das Schmudtke dort auf mich wartet: dem Herzog.“

„Dem Herzog? Wer ist das?“, wollte Rainer wissen.

„Kommen Sie, wir gehen ein Stück“, schlug von Flankenberg vor.

„Und Ihr Stand?“, fragte Doro.

„Das ist der Stand eines Freundes, ich bin nur ab und zu hier, aus nostalgischen Gründen“, gab von Flankenberg zurück.

Sie schlenderten über den Flohmarkt und der Freiherr erzählte: „Es gibt, sagen wir einmal so, Kräfte in Berlin, die die Demokratie in ihrer jetzigen Form für einen Fehler der Geschichte halten. Es gibt Bestrebungen, wieder eine Art Kaiserreich herzustellen. Aus ideologischen und finanziellen Gründen käme dabei dem Nibelungenschatz eine besondere

Rolle zu. Der Kelch, den dieser Wagenbrecht gefunden hat, könnte aus diesem Schatz sein. Deshalb sind bestimmte Leute hinter ihm her. Leute mit viel Einfluss und Macht. Mit der Macht, auch Ihnen Böses anzutun. Ich bin ein zu kleines Rad in dieser Maschinerie, ich kann diese Leute nicht aufhalten."

„Gehen Sie doch an die Presse", schlug Rainer vor.

„Die Presse? Und was soll ich denen sagen? Dass ein paar Adlige den Putsch vorbereiten und das Kaiserreich ausrufen wollen? Was glauben Sie, wie schnell ich in der Geschlossenen wäre? Die führenden Köpfe sind alle einflussreiche Persönlichkeiten, die sind Mitglied der High Society, Kunstmäzene, Wohltäter, angesehene Bürger. Nein, die Presse ist keine Lösung."

„Und Polizei, Verfassungsschutz oder BKA?“, meinte Doro.

„Der Verfassungsschutz ist ahnungslos wie meistens und die Polizei würde mich auslachen, ohne Beweise“, wiegelte von Flankenberg ab.

„Es gibt nur eine Lösung: Geben Sie denen, was die wollen. Wenn die dann wirklich Ernst machen, muss sich die Bundesrepublik wehren. Dann müssen die Bürger auf die Straße gehen, dann gilt es, die Demokratie zu verteidigen“, schloss er seine Ausführungen.

„Woher wissen Sie so genau über all das Bescheid?“, fragte Rainer nach.

„Nun, ich muss zu meiner Schande gestehen, dass ich der Versuchung erlegen war, in dem neuen Kaiserreich mitzuspielen. Einige der perfidesten Propagandaideen stammen sogar von mir. Aber in letzter Zeit – und es ist wirklich meine letzte Zeit, wenn Sie verstehen was ich meine – kamen mir immer mehr Zweifel an diesem Unternehmen. Vor allem die Personen, die dann das Sagen hätten, sind für eine solche Aufgabe moralisch nicht qualifiziert“, erklärte der Freiherr.

„Wir sollen also einem Haufen elitärer Möchtegern-Kaiser den Schlüssel zur Macht geben?“, meinte Rainer ärgerlich.

„Wenn Ihnen Ihr Leben lieb ist. Auf Wiedersehen und viel Glück.“ Unvermutet schnell stieg *H. v. F.* in ein Taxi, das am Ende des Flohmarktes wartete. Noch bevor Doro oder Rainer noch etwas sagen konnten, sahen sie es davonbrausen und in den Unendlichkeiten des Berliner Verkehrs verschwinden.

Rainer spürte, wie jemand hinter ihm drängelte. Sein erster Impuls war, nach seinem Portemonnaie zu greifen, als er eine Stimme sagen hörte: „Einsteigen, sofort!“

Rainer drehte sich um und spürte einen harten metallischen Gegenstand auf seiner Brust. Auch Doro hatte plötzlich jemanden hinter sich stehen, der ihr bedeutete, in den Wagen einzusteigen, der gerade vor ihnen hielt. Sie blickte ängstlich zu Rainer. Sie hatten keine Chance, sich gegen die zwei bewaffneten Männer zu wehren und stiegen wortlos in den blauen Benz.

„Was soll das?“, protestierte Rainer als sie losfuhren.

„Ich will sofort wissen, wo wir hinfahren, Sie können uns doch nicht einfach so entführen“, versuchte er es erneut, aber der Mann neben ihm und der andere, der auf dem Beifahrersitz Platz genommen hatte, verzogen keine Miene und gaben keine Antwort. Auch der Fahrer blieb stumm.

Schnell waren sie dem Verkehrsgewirr entronnen und fuhren durch kleinere Straßen, wo es keine Gelegenheit gab, irgendwem draußen zu winken oder um Hilfe zu rufen. Nur einmal setzte Rainer an einer Ampel an, um ans Fenster zu klopfen, da spürte er gleich sehr unsanft die Waffe an seinen Rippen und ließ es sein. Irgendwo in Berlin fuhren sie in eine Tiefgarage und der Wagen hielt an.

„Trinken!“, kam der Befehl und sie bekamen jeder eine kleine Flasche Orangensaft hingehalten.

Als Doro halb leer getrunken hatte und absetzen wollte, hieß es harsch: „Leer trinken, alles, dalli!“.

Dann fuhr der Wagen wieder los, aber es schien Rainer nach einer Weile, als würde er fliegen. Auch Doro sah die Häuser nur so an sich vorbeirauschen, bis es anscheinend Nacht wurde. Zeit zum Schlafen.

Berlin, Charlottenburg

Harald von Flankenberg meinte, er hätte in der Menge beim Flohmarkt Stürmer gesehen und bat den Taxifahrer an der nächsten Ampel zu wenden. Als sie wieder Richtung Flohmarkt fuhren, kam ihnen Stürmers blauer Benz entgegen. Hinten saß das Pärchen aus dem Hunsrück, das er eben noch eindringlich gewarnt hatte. Zu spät. Anscheinend hatte Stürmer die beiden beobachtet. Oder, kam es von Flankenberg in den Sinn, Stürmer hatte ihn beobachtet. So viel also zum Vertrauen des Herzogs in seine Person. Von Flankenberg würde etwas unternehmen müssen, was er eigentlich hatte vermeiden wollen, gleichwohl er und Yannik sich vorbereitet hatten. Da sah er den wenig unauffälligen Begleiter des Pärchens dort stehen, wo er selbst eben ins Taxi gestiegen war und ihm kam eine Idee.

Berlin, Villenviertel

Als Rainer zu sich kam, fühlte er sich benommen. Er spürte, dass seine Arme auf dem Rücken lagen. Eine Schnur oder Kordel verhinderte, dass er sie nach vorne bewegen konnte. Auch um seine Füße bemerkte er eine Fessel. Dann sah er Doro, die wie er festgebunden auf einem Stuhl saß und die Augen geschlossen hatte. Sie waren in einem großen Kellerraum, es roch nach Wein und eine kleine Lampe über einer Tür spendete ein diffuses Licht. Er versuchte zu sprechen, nach Doro zu rufen, aber sein Hals war trockener als die Sahara und seine Stimme versagte ihren Dienst. Erst als er mehrmals geschluckt hatte, brachte er einen kläglichen Ton heraus.

„Doro", krächzte er, „Doro, wach auf!"

Er schüttelte den Kopf um richtig wach zu werden und räusperte sich.

„Doro, wach auf!“, kam es jetzt etwas lauter und Doro bewegte ihren Kopf leicht nach oben. Sie versuchte mehrmals die Augen zu öffnen, sie fielen ihr aber jedes Mal wieder zu.

„Doro, du musst aufwachen, mach die Augen auf!“, rief Rainer verzweifelt.

Langsam kam sie zu sich. Auch Doro musste erst einmal schlucken um antworten zu können. Als sie bemerkte, dass sie gefesselt war, gingen ihre Augen weit auf und mit erschrockenem Blick schaute sie Rainer an.

„Rainer, was ist passiert?“

„Was passiert ist, wollen Sie wissen?“, hörten sie eine Stimme aus dem Hintergrund fragen.

Sie versuchten sich nach der Stimme umzudrehen, sahen aber niemanden. Die Stimme kam näher.

„Ich kann Ihnen sagen, was passiert ist“, ging es weiter, „Sie wollten sich dem Gang der Geschichte in den Weg stellen, aber nun wird Sie der Wind, ach was sage ich, der Sturm der Geschichte, wegfegen. Gestatten, ich bin der Herzog.“

Vor ihnen stand ein aristokratisch wirkender Herr in Jagdkleidung.

„Was wollen Sie von uns?“, fragte Rainer schwach.

„Den Kelch, den will ich von Ihnen“, antwortete der Herzog direkt.

„Und dann? Sie brauchen einen alten Kelch um in Deutschland die Macht an sich zu reißen?“, spottete Rainer.

„Ah, das kranke Vögelchen Flankenberg hat gesungen. Nein, der Kelch ist nur ein winzig kleiner Teil des riesigen sagenhaften Schatzes. Und der Schatz ist im Grunde nur ein Symbol, wenngleich sein Wert es uns erlaubt, bestimmte Investitionen zu tätigen“. Der Herzog machte eine kurze Pause und hob wieder an: „Das Symbol einer neuen Deutschen Nation. Einer Nation, die sich nicht von Brüssel oder Straßburg ihre Gesetze vorschreiben lässt. Einer Nation, die, um nur ein Beispiel zu nennen, Maut erheben kann, wo und wann sie will, ohne die Eurokraten fragen zu müssen. Einer Nation, die mit Stolz der Welt zeigt, wo es langgeht. Viel zu lange waren wir die Duckmäuser Europas und Amerikas. Wir werden die Reichsmark wieder einführen und dann können uns die Griechen und wer sonst auch immer gestohlen bleiben."

„Ach, und Sie glauben, dass Ihnen die Leute hinterherlaufen, nur wegen dem Schatz und Ihren Ansichten von vorgestern? Am deutschen Wesen soll die Welt genesen oder wie? ", provozierte Rainer.

„Ihre Unkenntnis der Geschichte betrübt mich, mein lieber Weingard. Nur um es mal erwähnt zu haben: Während der Regentschaft des letzten deutschen Kaisers, Wilhelm dem Zweiten hatten wir eine Arbeitslosenquote von ein bis zwei, die Engländer und Franzosen dagegen bis zu zehn Prozent. Von Achtzehneinundsiebzig bis Neunzehnvierzehn hatten wir eine Staatsverschuldung von nur null Komma achtundvierzig Prozent. Es gab das dreistufige Bildungssystem, was zur Folge hatte, dass die Analphabetenquote um die Jahrhundertwende nur ein Prozent betrug. In Frankreich, den USA und England rund zehn Prozent. Deutschland war das Land der Wissenschaftler, heute ist es das Land der Praktikanten. Von Neunzehnhunderteins, als der erste Nobelpreis vergeben wurde, bis Neunzehnachtzehn gingen einundzwanzig Nobelpreise nach Deutschland, was einem Drittel entsprach. Sie kennen doch die Namen? Röntgen, Max von Laue, Max Planck oder Robert Koch und Gerhart Hauptmann, um nur ein paar zu nennen. Und, um Ihnen den Wind aus den Segeln zu nehmen, auch im sozialen Bereich schaffte der Kaiser Tatsachen, wie zum Beispiel die Reichsversicherungsordnung, das Verbot von Sonntagsarbeit, die Hinterbliebenenrente und die Herabsetzung des Rentenalters von siebzig auf fünfundsechzig Jahre. Wie lange müssen Sie arbeiten? Bis siebenundsechzig schätze ich", gab der Herzog zu bedenken.

„Und den Ersten Weltkrieg haben wir ihm zu verdanken, das fehlt in Ihrer Aufzählung“, konterte Rainer.

„Auch da ist Ihr Geschichtswissen bedauerlicherweise auf dem Stand Ihrer veralteten und verblendeten Schulbildung. Von einer Alleinschuld Deutschlands gehen Wissenschaftler, wie der Historiker Christopher Clark, neuerdings nicht mehr aus. Ganz Europa hat versagt. Aber genug mit dem Nachhilfeunterricht in Geschichte, der Sie hoffentlich eines Besseren belehrt hat – wo ist der Kelch?“, fragte der Herzog plötzlich.

„Sie werden es nie schaffen die Demokratie zu stürzen, die Menschen werden sich wehren“, gab Rainer trotzig zurück.

„Mein lieber Weingard, Sie unterschätzen mich und meine Mitstreiter, die Tronjer, erheblich. Überall im Land haben wir Waffenlager und Unterstützer. Selbst Waffennarren, die uns gar nicht kennen, haben einen guten Teil ihres *Hobbies* nur, weil wir sie mit allem beliefert haben. Gleich bei Ihnen in der Nähe, bei Meisenheim, ist einer dieser Waffensammler. Der wird sich wundern, wenn auf einmal seine Scheune leer ist und unsere Leute die Waffen tragen. Wenn die Stunde Null gekommen ist, werden wir diese faule und marode Demokratie dem Morast der Geschichte übergeben. Und glauben Sie mir: die Leute werden *uns* hinterherlaufen. Schauen Sie denn keine Nachrichten? Was glauben Sie denn, wer diese Retter des Abendlandes rekrutiert hat? Übrigens eine der besseren Ideen von Flankenberg. Eine der schlechteren war es, Sie nach Berlin zu bestellen. Nun gut, Sie sind da und ich habe Sie, sagen wir einmal, *eingeladen*, damit Sie mir den Kelch aushändigen. Also noch ein Mal: Wo ist der Kelch?“ Die Stimme des Herzogs wurde bedrohlicher.

„Keine Ahnung, wir haben ihn zum Sperrmüll gestellt“, antwortete Rainer frech.

„Das Lachen wird Ihnen noch vergehen. Ich gebe Ihnen

noch etwas Zeit zum Kooperieren, aber wenn ich wiederkomme, bringe ich den Doktor mit. Er hat bisher noch jeden zum Sprechen gebracht. Ich überlasse es Ihrer Phantasie, wie." Der Herzog ging zur Tür, drehte sich nochmals um und setzte: „Er ist übrigens Urologe" hinzu, bevor er verschwand.

„Doro, wie geht es dir?", fragte Rainer, da sich seine Freundin während des gesamten Vortrages des Herzogs kaum gerührt hatte.

„Schlecht, ich glaub, ich muss mich übergeben", gab Doro zurück und ließ ihrer Ankündigung Taten folgen.

„Das hast du in letzter Zeit öfter, aber jetzt – kein Wunder. Ich könnte auch kotzen, bei diesem kruden Zeug, was der erzählt hat", meinte Rainer und zurrte an seinen Fesseln.

„Rainer, hör zu, ich muss dir was sagen".

„Später, jetzt müssen wir weg hier. Wir können versuchen, durch hin und her ruckeln die Fesseln zu lösen", schlug Rainer vor.

„Rainer, hör zu: Ich bin schwanger", platze es aus Doro heraus.

„Was? Wieso? Wieso jetzt? Warum hast du mir das nicht früher gesagt?"

Rainer war hin- und hergerissen zwischen einer unbeschreiblichen Freude und der panischen Angst um Doro und ihr ungeborenes Kind. Er ruckelte wie wild an seinen Fesseln, bekam sie aber nicht gelockert.

Als Martin sah, dass kaum fünfzig Meter von ihm entfernt Rainer und Doro in eine blaue Limousine stiegen, rannte er los. Er konnte sich gerade noch das Kennzeichen merken, als ein Taxi bei ihm anhielt und ein älterer Herr ihn aufforderte, einzusteigen.

„Sie waren doch mit den beiden auf dem Markt? Ich habe gesehen, wie Sie uns beobachtet haben, also, wer sind Sie?", fragte von Flankenberg unumwunden.

„Äh, Batta, ich bin ein Bekannter. Und wer sind Sie?“ Martin war konsterniert.

„Tut nichts zur Sache. Die beiden sind in Gefahr. Ich gebe Ihnen jetzt eine Adresse, da werden Sie sie finden, aber gehen Sie nicht alleine, holen Sie die Polizei mit“, wies von Flankenberg Martin an und drückte ihm einen Zettel mit einer Adresse in einem Berliner Villenviertel in die Hand.

„Und jetzt raus, verschwinden Sie und retten Sie Ihre Freunde“, befahl der Freiherr und ließ das Taxi weiterfahren.

Die Tür öffnete sich und der Herzog betrat den Kellerraum. Im Schlepptau hatte er einen kleinen untersetzten Mann mit Nickelbrille und einem Haarschnitt, der ihm einen Hauch Heinrich Himmlers gab. Rainer erschauderte bei dessen Begrüßung:

„So, wo haben wir denn die Patienten? Ah da, so ein schönes Exemplar. Da werden wir aber Freude haben.“ Der Doktor hatte ein Fistelstimmchen und zog nach jedem Satz Luft zwischen seine Zähne, dass es unangenehm feucht zischte.

„Sie werden mich entschuldigen müssen“, meinte der Herzog, „ich habe einen empfindlichen Magen, derlei Operationen am lebenden Objekt sind mir ein Graus. Frau Thomas, Sie dürfen dem Experiment beiwohnen, danach sind Sie sicher gesprächiger.“

„Nein, ich sage was Sie wissen wollen, warten Sie, Herr Herzog“, schrie Rainer um Zeit zu gewinnen. Wenn er den Alten nochmals in ein Gespräch verwickeln könnte, würde der sicher wieder übersprudeln mit seiner neuen Deutschen Nation.

„Tut mir leid, Herr Weingard, Sie hatten Ihre Chance. Außerdem bin ich dem Doktor noch was schuldig und er freut sich doch schon so darauf, habe die Ehre.“ Damit verließ der Herzog den Raum, die Tür schlug dumpf zu.

„Also, wo fangen wir denn an?“, fragte der Doktor zischend sich selbst und gab auch gleich die Antwort dazu: „Ah, vielleicht mit dem Ausziehen und dann machen wir mal eine kleine Prostata-Untersuchung." Er wendete sich Rainer mit fragendem Blick zu. „Oder wollen wir zuerst die Hoden untersuchen? Wo ist denn meine Waage? Ach hier", zischte er in seinen Arztkoffer, aus dem er etliche Utensilien und Untersuchungsinstrumente herauskramte.

„Herr Doktor, wir können doch über alles reden, Sie müssen das nicht machen", versuchte Rainer wieder Zeit zu schinden.

„Reden können – oh Pardon – Reden *hätten* Sie können mit einem Psychiater, wobei das auch nicht viel bringt, glauben Sie mir. Ich bin von einer anderen Fakultät."

In dem Moment flog die Tür auf, eine Blendgranate explodierte und bewaffnete schwarz vermummte Männer stürmten den Keller.

Martin Batta wusste, was zu tun war, als er aus dem Taxi gestiegen war. Er rief umgehend Christoph an, schilderte kurz, was geschehen war, gab ihm die Adresse durch und rannte zur nächsten Polizeistation. Dort erzählte er knapp von der Entführung, gab Christophs Nummer und das Kennzeichen an und machte Druck, damit die Beamten zügig vorgingen. Dann fuhr er selbst mit einem Taxi ins Villenviertel.

Zur gleichen Zeit erreichten etliche Dateien per E-Mail die Staatsanwaltschaft, das Bundeskriminalamt, den Verfassungsschutz, das Landeskriminalamt Berlin und die BILD-Zeitung. Alle mit detaillierten Angaben zu den Tronjern, ihren Zielen, Plänen von Waffenlagern, Befehlsketten, Namen und allem, was der Herzog für den Umsturz, den er *Operation Hagen* getauft hatte, geplant hatte. Abgeschickt vom Server „Seiner Hoheit", der davon nicht die geringste Ahnung hatte. Yannik hatte ganze Arbeit geleistet und schon seit Tagen den Namen „Von Flankenberg" aus sämtlichen Dateien gelöscht. Als der

Anruf seines Onkels kam, konnte er die Maschinerie in Gang setzen.

Rainer sah kaum etwas, alles war neblig und von der Granate war auch er geblendet worden. Er hörte Rufe, dass alles gesichert sei und spürte, wie man ihm die Fesseln durchschnitt.

„Alles in Ordnung?“, wurde er gefragt.

„Ja ja, was ist mit Doro? Befreit meine Frau!“, rief er.

Das war schon geschehen und so konnte er Doro in die Arme nehmen. Sie hielten sich fest umschlungen, es kam ihnen wie eine Ewigkeit und doch zu kurz vor, als sie aufgefordert wurden, den Raum zu verlassen.

„Nie mehr, versprochen?“, flüsterte Rainer Doro ins Ohr.

„Nie mehr, bald sind wir zu dritt“, versprach sie mit Tränen in den Augen.

Als sie aus der Villa vom Sondereinsatzkommando herausgeführt wurden, sahen sie Martin bei den Schaulustigen. Sie winkten sich kurz zu und Rainer rief ihm zu, dass sie später kommen würden. Die Polizei und andere Staatsorgane hatten verständlicherweise ein paar Fragen.

Gegen Abend hatten sie ihre Geschichte mindestens fünf Mal erzählen müssen, immer wieder fiel ihnen noch ein Detail ein, aber dann ließ man sie endlich gehen. Als sie in Moabit bei Martin und Annette saßen, ein leckeres vegetarisches Gericht gegessen und zusammen ein paar Flaschen Wein getrunken hatten, wobei sich Doro mit Apfelschorle begnügte, fiel die Anspannung von ihnen ab und sie schliefen bis fast zum nächsten Mittag. Rainer erinnerte sich an einen unangenehmen Traum: Er war bei einem Arzt, der seltsame Sprechgewohnheiten und eine hohe Stimme hatte.

Kapitel VI – Von Recht und Freiheit

Hunsrück

Nachdem sich Rainer und Doro noch einen Tag in Berlin ausgeruht hatten, machten sie sich auf den Heimweg. Zu Hause angekommen, kaufte Rainer sämtliche Zeitungen, die er bekommen konnte. Es wurde von einem großen Waffenfund bei Meisenheim berichtet. Ein Waffensammler hatte jede Menge Waffen und Munition in einer Scheune gehortet. Es war der größte Waffenfund in Deutschland nach dem Krieg und Rainer wollte sich gar nicht ausmalen, was alles hätte passieren können. Auch über den Herzog fand er etliche Artikel, das gesamte Netzwerk war aufgeflogen, dank einer umfangreichen Datensammlung, die bei den Sicherheitsbehörden und etlichen Medien per E-Mail eingegangen war. Es gab noch einige Verhaftungen, unter anderem war von einem Herrn S. die Rede, der des Mordes an Schmudtke verdächtigt wurde.

Doro hatte bereits von Berlin aus ihren Chef angerufen und erfahren, dass Gerhard Wagenbrecht umgehend aus der U-Haft entlassen und von ihm abgeholt worden war. Wagenbrecht hatte nicht viel erzählt, er war wohl etwas sauer darüber, dass er irgendwelche Papierchen nicht mitnehmen durfte und meinte nur, dass er nie wieder auf einen Flohmarkt gehen würde und Doro solle die Tüte behalten, er hätte kein Interesse mehr an *dem Ding*.

Aber die größte Überraschung war eine E-Mail von *Y. v. F.*, die sich direkt öffnete, als Doro ihren Laptop anmachte.

Hallo Frau Thomas,
gestern ist mein Onkel, Harald Freiherr von Flankenburg, gestorben. Sie haben ihn ja in Berlin getroffen und er hat alles in seiner Macht stehende getan, um Ihnen zu helfen. Hier ist nun sein Vermächtnis an Sie: Der entscheidende Teil dieses

ominösen Textes über Hagen von Tronje. Ich habe dafür gesorgt, dass der Herzog diesen Teil nicht bekommen hat. Mein Onkel wünschte sich, dass Sie die Übersetzung erhalten. Wenn Sie mich fragen, sind das alles Spinnereien alter Männer, aber man kann ja nie wissen.
Mit freundlichen Grüßen
Yannik von Flankenberg

P.S.: Sie sollten Ihr Virenprogramm auf den neuesten Stand bringen und eine Firewall wäre auch ganz nützlich!

Hagens Lied, Aventure 4, Teil 2

DER SCHATZ IST VERLOREN

Und viele Tage traget der Fluss die goldne Fracht,
von Hagen und den Mannen zu Tag und Nacht bewacht.
Der Strom der fließt gar mächtig, an mancher engen Flucht,
und manch ein Felsen raget gar drohend hoch zur Schlucht.

Goarius war heilig und wo er selig ruht,
da ragen schroffe Felsen aus dunkler tiefer Flut.
Und Hagen der nicht heilig, noch selig war im Grund,
Er spürte diese Felsen und sank in Rheines Schlund.

Verloren warn die Schätze und auch der Mannen acht,
allein entkommt nur Hagen der nassen tiefen Macht.
Und so versanken Träume und Reichtum in der Flut,
Böses geschieht auch dem, der anderen Böses tut.

Zurück am Hof zu Wormse, der König war entsetzt,
es hatten tausend Lügen die Ehre ihm verletzt.
Doch Hagen konnt beschwichtgen des Königs große Wut
da er nur seinem König damit einen Gefallen tut.

Den Schatze zu versenken, an einer tiefen Stell,
damit ihn auch Kriemhilde nicht finden wird so schnell.
Und keiner kann ihn nutzen, für seine Macht allein,
der Schatz der Nibelungen wird für immer versunken sein.

Hagens Lied, Aventure 5

Hagens Schicksal erfüllt sich im Land der Hunnen

So kam es zu den Zeiten, das Kriemhild wurd' gefreit,
von Etzel, König der Hunnen, aus einem Land ganz weit.
Sie zog mit ihm von dannen und wurde Königin,
doch ging ihr ihre Rache niemals mehr aus dem Sinn.

„Das ist ja unglaublich", meinte Rainer und las laut vor: „Goarius war heilig und wo er selig ruht, da ragen schroffe Felsen aus dunkler tiefer Flut. Und Hagen der nicht heilig, noch selig war im Grund, er spürte diese Felsen und sank in Rheines Schlund."

„Das hieße ja, dass der Nibelungenschatz an der Loreley liegt. Und von da wäre der Kelch abgetrieben, bis Wagenbrecht ihn in Boppard gefunden hat", erklärte Doro.

„Und wo der Kelch ist, da ist auch noch mehr", mutmaßte Rainer.

„Und keiner kann ihn nutzen, für seine Macht allein, der Schatz der Nibelungen wird für immer versunken sein", las Doro laut vor. „Du glaubst doch nicht wirklich daran? Auch dieser Text hier wurde wahrscheinlich lange nach Hagens Tod geschrieben. Wie meinte dieser Yannik: Alles Spinnereien alter Männer. Willst du dich da einreihen?", fragte Doro spitz.

„Nein, aber Kelch bleibt Kelch, wer weiß …", versuchte Rainer Doro zu überzeugen.

„Nichts da, wir gehen nicht auf Schatzsuche in den Rhein. Sollen sich andere nasse Füße holen, wir haben bald einen ganz anderen Schatz und den trage ich unter meinem Herzen und der ist mehr Wert als alles Gold der Welt“, sagte Doro und umarmte Rainer.

Epilog

St. Goarshausen – Loreleyfelsen

Rainer und Doro standen oben auf dem Felsen, der seit Jahrhunderten vielen Schiffern zum Verhängnis geworden war. Sie blickten auf die Landzunge mit der Statue der Loreley. Doro hielt den Kelch in der Hand, den sie vorher bei Jürgen Mohr abgeholt hatten. Der Goldschmied konnte auch nur bestätigen, dass er aus Gold war und schon ziemlich alt sein müsse.

„Soll ich?“, fragte Doro und hielt den Kelch über das Geländer.

„Untersteh’ dich“, gab Rainer zurück. „Der kommt auf das Regal neben den schönen Kerzenleuchter, da können wir unseren Enkeln noch von erzählen.“

„Unseren Enkeln? Vielleicht erst mal unserem Kind“, meinte Doro.

„Übrigens, wo wir ja bald eine richtige Familie sind …“, Rainer stockte.

„Ja?“, fragte Doro nach, während Rainer ihre Hand nahm.

„Ich wollte dich fragen“, er räusperte sich „tja, … ehm … willst du mich heiraten?“

„Ja, aber unter einer Bedingung: Schatzsuchen sind ab jetzt tabu.“

E daz die chumige widere ze Rine wæren chomen
die wile hete Hagene den grozen hort genomen
er sancten da zem loche allen in den Rin
er wande in niezen eine des enchunde sider niht gesin
Eh der reiche König wieder war gekommen,
Derweilen hatte Hagen den ganzen Schatz genommen:
Er ließ ihn dort bei Lochheim versenken in den Rhein.
Er wähnt', er sollt ihn nutzen das aber konnte nicht sein.

(Übersetzung von Karl Simrock, Professor für deutsche Sprache und Literatur in Bonn, 1802–1876)

Hagens Lied in voller Länge:

HAGENS LIED

Aventure 1

HAGEN IN HAMMERSTEIN

Zu Hammerstein geboren, wohl zu der guten Zeit,
gezeugt von einem Fürsten und einer schönen Maid.
Halb Spross der Konradiner, erzogen herrschaftlich,
bis sich bei seinen Brüdern der Neid ins Herze schlich.

Zu stark und groß und mächtig der Knabe wuchs heran,
sein Vater und die Buhle erfreuten sich daran.
Die halben Brüder dreie das Erbe schwinden sahen,
bis einer von den ihren des Teufels Stimm' vernahm.

Des Teufels Stimme folgte dann schnell die schlechte Tat,
der Oheim ward erschlagen, am selben dunklen Tag.
Den Oheim hätt' erschlagen der Hagen treuelos,
und dafür müsst er büssen, die Klage war gar groß.

So zeugten seine Brüder von der verdammten Tat,
sein Vater schickte fort ihn von Hammerstein am Tag.
Verbannt für alle Tage in Burgundenlande weit,
so musste Hagen fristen die dunkle schwere Zeit.

Zu Tronegen wie gefangen im wilden Hundesrick,
da weilte Hagen lange und konnte nicht zurück.
Doch Wilderich zu Troneg sah Hagens Leid und sprach:
Erzähl mein edler Knappe von deiner tiefen Schmach.

Jung Hagen sprach von Brüdern, welche Leid ihm angetan,
da nahm der edle Troneg gleich ihn zum Sohne an.
Und seit an diesem Tage, wo immer er auch weilt,
heißt man ihn Hagen von Troneg, der keine Träne weint.

Gar viele Heldentaten und Schlachten er bestritt,
bis er in reifem Alter den Burgundenhof betritt.
Als Troneg einer der ihren, er sich zu verstehen gibt,
und ist am Wormser Hofe bald allerseits beliebt.

Aventure 2

Hagen am Hofe zu Worms

Als treuer Mann von Gunther ward Worms nun seine Welt,
und Gunthers Schwester Kriemhild er für die seine hält.
Doch vor der Reckenaugen hält Kriemhilde sich versteckt,
ein böser Traum hat einstmals das Burgfräulein erschreckt.

Da kam aus fernem Xanten ein hehrer Held daher,
Jung Siegfried war sein Name und hatte ein Begehr.
Kriemhilde wollt er freien und buhlt um sie mit Kunst,
sie sah den jungen Recken und schenkt ihm ihre Gunst.

Den Schatz der Nibelungen erbeutet hat der Held,
von seinem Schwert geschlagen, jeder Drache fällt.
Im Drachenblut gebadet, das unverwundbar macht,
ward Siegfried viel gefeiert bei Tage und bei Nacht.

Mit List und mit Geheimnis der Xantener erschleicht
die Gunst sich auch von Gunther, der Kriemhild gern ihm reicht.
Da Siegfried gar arglistig Brunhild besiegt für ihn,
führt Gunther dann Brunhilde zum Traualtare hin.

Gar tiefer Groll und Ärger in Hagen wuchsen groß,
als er vernahm Kriemhilde bot Siegfried ihren Schoß.
Wär' er der reiche Recke, mit Gold vom Nibelung,
wär' Kriemhild nun die seine, Kriemhilde schön und jung.

So zog sie nun von dannen mit ihrem Helden schön,
und viele lange Jahre ward sie nicht mehr gesehen.
Vergessen konnt' sie Hagen, der Gedemütigte nicht,
bis in sein Herz das Böse sich langsam hineinschlich.

Aventure 3

Hagen meuchelt Siegfried

Geboren aus dem Hasse, der tief im Herzen brennt,
ersonn er seine Rache, die keine Gnade kennt.
Mit Zwietracht und mit Tücke, erdacht er einen Plan,
gelernt hatte es Hagen, wie man ihm angetan.

Da kam ihm gut zu passe, der Weiber Streit am Hofe,
Kriemhild stritt mit Brunhilde, wer von ihnen sei die Zofe.
König Gunther hörte Worte, die klangen wie Verrat,
da holt er sich den Hagen und fragte ihn um Rat.

Mit Lügen auf dem Munde der sich zu Kriemhild schlich,
und dieses arme Weibe, sie machte einen Stich.
Kriemhilde zeigte Hagen, was dieser gern vernahm,
die Stelle an Jung Siegfried, die kein Drachenblut annahm.

Zur Jagd ließ Gunther blasen und seine Mannen auch,
die Jagd war wie schon früher ein guter Weidmannsbrauch.
Doch sollte neben Hasen, Eber und dem Hirsch,
ein hehrer Held erliegen, auf Hagens blut'ger Pirsch.

Der Born der zur Erquickung den Drachentöter rief,
wird jenem zum Verhängnis, als er sich bückte tief.
Der Speer von Hagens Hand in Siegfried drang hinein,
die böse Tat die will von Bösen begangen sein.

Kriemhilde war verzweifelt voll Tränen und voll Wut,
ihr Mann wurde gemeuchelt, an wessen Händen klebte Blut?
Nur Hagen konnte wissen, wo verwundbar Jung Siegfried war,
und Siegfrieds Wunden bluten, als dieser kam zur Totenbahr.

Aventure 4, Teil 1

Der Verrat

Kriemhilde sie verweilte, am Hof zu Worms noch lang,
und jedem der sie kannte, ihr Totenlied sie sang.
Doch sich in Hagens Herze nun neue Begierde schlich,
den Schatz der Nibelungen begehrte er für sich.

Und wieder sann er Lügen und böse Listen aus,
damit sich arm Kriemhilde den Schatz holt heim ins Haus.
Und Alberich lässt ziehen viel Gold und Edelstein,
ein dutzend Doppelwagen den Schatz dann bringen heim.

Doch Kriemhild sann auf Rache, für feigen Mord und Pein,
und kauft sich von dem Golde Gefolgschaft treue ein.
Da Hagen spürt den Atem der Rache im Genick,
plant er schon wieder weiter, sein Schicksal fest im Blick.

Der Schatz der Nibelungen, das ist sein Unterpfand,
den will er sich erschleichen und damit heim ins Land.
Die Brüder unterwerfen, und rächen den Verrat,
der einst ihn weit verbannte, unschuldig an der Tat.

Und herrschen wird dann Hagen, mit Macht aus Gold und Stein,
dann wird er sein der König, zu Hammerstein am Rhein.
Und keiner wird ihm gleichen, an Reichtum und an Ruhm,
dann ist die Zeit gekommen, wo Schwerter endlich ruh'n.

Als König Gunther weilte zu Zeiten nicht am Platz,
da stiehlt sich Hagen dreiste den Nibelungenschatz.
Verlädt auf seinen Kahn das Gold mit Mannen acht,
und fährt mit ihm rheinabwärts, gen Hammerstein zur Nacht.

Aventure 4, Teil 2

Der Schatz ist verloren

Und viele Tage traget der Fluss die goldne Fracht,
von Hagen und den Mannen zu Tag und Nacht bewacht.
Der Strom der fließt gar mächtig, an mancher engen Flucht,
und manch ein Felsen raget gar drohend hoch zur Schlucht.

Goarius war heilig und wo er selig ruht,
da ragen schroffe Felsen aus dunkler tiefer Flut.
Und Hagen der nicht heilig, noch selig war im Grund,
Er spürte diese Felsen und sank in Rheinesschlund.

Verloren warn die Schätze und auch der Mannen acht,
allein entkommt nur Hagen der nassen tiefen Macht.
Und so versanken Träume und Reichtum in der Flut,
Böses geschieht auch dem, der anderen Böses tut.

Zurück am Hof zu Wormse, der König war entsetzt,
es hatten tausend Lügen die Ehre ihm verletzt.
Doch Hagen konnt beschwichtgen des Königs große Wut
da er nur seinem König damit einen Gefallen tut.

Den Schatze zu versenken, an einer tiefen Stell,
damit ihn auch Kriemhilde nicht finden wird so schnell.
Und keiner kann ihn nutzen, für seine Macht allein,
der Schatz der Nibelungen wird für immer versunken sein.

Aventure 5

Hagens Schicksal erfüllt sich im Land der Hunnen

So kam es zu den Zeiten, das Kriemhild wurd' gefreit,
von Etzel, König der Hunnen, aus einem Land ganz weit.
Sie zog mit ihm von dannen und wurde Königin,
doch ging ihr ihre Rache niemals mehr aus dem Sinn.

(Hier endet die Handschrift, der Rest des Pergaments ist anscheinend nass geworden und abgerissen.)

Danksagung

Dank gebührt Fredy Strödicke für die Hilfe bei der Gestaltung des Titelbildes und seiner unermüdlichen Promotion-Arbeit. Ohne ihn wären schon „Balduinsmord“ und „Räuberhöhle“ nicht in dem Maße in den lokalen Medien besprochen worden, wie es der Fall war.

Vielen Dank an meine Probeleser Bernd Köhler und Benny Geisweid. Auch bei Dr. Jürgen Mohr möchte ich mich für den Einblick in die germanische Götterwelt bedanken.

Besonderer Dank gebührt meiner Frau Caroline, die als erste Leserin herhalten musste und mir während des Schreibens schon wertvolle Hinweise und Tipps gegeben hat.

Dies ist ein Roman, eventuelle Ähnlichkeiten mit Verstorbenen oder noch lebenden Personen wären rein zufällig, ausgenommen den genannten historischen Personen und den Personen, die einer namentlichen Nennung ausdrücklich zugestimmt haben.

Stefan Nick, im Herbst 2015

Quellennachweis

„Der Schatz der Nibelungen“, 2-teilige Dokumentation, ARD 2007

Steven Grundy, „Rheingold“ und „Wodans Rache“

Übersetzung des Nibelungenliedes von Karl Simrock: http://www.wissen-im-netz.info/literatur/simrock/nibel/index.htm

Heinrich Tischner: Die Wahrheit über die Nibelungen: http://www.heinrich-tischner.de/50-ku/sagen/nibelung/schpl/ht-loch.htm

Informationen rund um das Nibelungenlied: Wikipedia.de

Diverse Fotogalerien vom Hunsrück und Infos: www.hunsrueck-heimat.de

Veranstaltungen: www.watwo.de

Filme über den Hunsrück: www.hunsrueck-tv.de

Informationen zur Loreley: http://www.loreley-touristik.de/

Wochenzeitung im Rhein-Hunsrück-Kreis: www.rha.de

Vierthäler Markt Bacharach: http://www.bacharach-mittelalter.de/

Duivelspack: http://www.duivelspack.de/

Museum Kalkriese, Informationen zur Varusschlacht: http://www.kalkriese-varusschlacht.de/

Zahlen und Statistiken zur Kaiserzeit: http://www.hubert-brune.de/tabellen_de.html

Seite über den letzten deutschen Kaiser: http://www.wilhelm-der-zweite.de/

Der Autor

Stefan Nick wurde 1962 in Koblenz geboren und wuchs dort auf. Nach der Berufsausbildung zum Erzieher in Boppard arbeitete er mit Kindern, Jugendlichen und Menschen mit Behinderung und nun seit mehr als fünfzehn Jahren mit Menschen mit psychischer Beeinträchtigung. „Mördergold" ist der dritte Regional-Krimi des Autors, der unter anderem die Webseite www.hunsrueck-heimat.de herausgibt.

Seinen Lebensmittelpunkt hat Stefan Nick in Boppard am Rhein gefunden.

Schon in seiner Jugend verfasste er Texte und war später auch als freier Mitarbeiter der Rhein-Hunsrück-Zeitung tätig. Im Jahr 1984 wurden zwei seiner Gedichte im rororo Taschenbuch „Jugend – vom Umtausch ausgeschlossen – eine Generation stellt sich vor" veröffentlicht. Diverse Veröffentlichungen in Lyrik-Foren im Internet brachten ihn dazu, an einem eigenen Gedichtband zu arbeiten, den er unter dem Titel „Lieb und Frieden" im Jahr 2009 im Eigenverlag veröffentlicht hat.

(Infos unter www.balduinsmord.de)

„Balduinsmord“

Der Debüt-Krimi „Balduinsmord“ von Stefan Nick nimmt den Leser mit auf eine Zeitreise. Die Ruine der Burg Balduinseck liegt zwischen Buch und Masterhausen im Hunsrück, kurz hinter Kastellaun. Ein toter Mann liegt an der Ruine – ein Schock für Rainer Maria Weingard, den „Helden“ der Geschichte, der sich das Gemäuer eigentlich nur kurz ansehen wollte. Wer war der Tote und was wollte er dort am Balduinseck? Weingard wird bald von der Polizei verdächtigt und macht sich selbst auf die Suche nach dem Mörder. Eine spannende Schatzsuche durch die Jahrhunderte beginnt, vom Bau der Burg bis zu ihrem Verfall. Der Bucher Bürgermeister und rheinland-pfälzische Landtagspräsident Joachim Mertes ließ es sich nicht nehmen, das Vorwort für den Krimi zu schreiben.

„Balduinsmord“ ist im Pandion Verlag erschienen.
ISBN: 978-3-86911-016-5
Auch als E-Book erhältlich.

„Räuberhöhle“

Im zweiten Hunsrück-Krimi von Stefan Nick wandeln seine Helden Rainer und Doro auf den Spuren des Schinderhannes. Was führt der Fremde aus Wien, dem die beiden die Schönheiten des Hunsrücks zeigen, wirklich in Schilde? Viele bekannte Orte werden besucht, der Hunsrück wird bereist und eine packende Story steuert ihrem dramatischen Höhepunkt zu, nicht ohne eine Portion Romantik in der Liebesgeschichte der Protagonisten auszulassen. Dem Autor gelingt es auch in seinem zweiten Hunsrück-Krimi, historische Zusammenhänge mit aktuellen Bezügen zu verbinden und so den Leser auf eine Reise zwischen Mord und Totschlag, Esoterik und Wirklichkeit und letztendlich quer durch den Hunsrück mitzunehmen.

„Räuberhöhle“ ist im Pandion Verlag erschienen.
ISBN 978-3-86911-038-7
Auch als E-Book erhältlich.

London, Actually

by Clare Lydon

custard books

First Edition October 2018
Published by Custard Books

ISBN: 978-1-912019-92-2

Cover Design: Kevin Pruitt
C…or: Kelli Collins
Edit… …ting: Adrian McLaughlin
Typeset…

Find out more at: www.clarelydon.co.uk
Follow me on Twitt… @clarelydon
Follow me on Instagra… @clarefic

Also by Clare

London Romance Series

London Calling (Book 1)
This London Love (Book 2)
A Girl Called London (Book 3)
The London Of Us (Book 4)
Made In London (Book 6)

Other Novels

The Long Weekend
Nothing To Lose: A Lesbian Romance
Twice In A Lifetime
Once Upon A Princess
You're My Kind

All I Want Series

All I Want For Christmas (Book 1)
All I Want For Valentine's (Book 2)
All I Want For Spring (Book 3)
All I Want For Summer (Book 4)
All I Want For Autumn (Book 5)
All I Want Forever (Book 6)

Boxsets

All I Want Series Boxset, Books 1-3
All I Want Series Boxset, Books 4-6
All I Want Series Boxset, Books 1-6
London Romance Series Boxset, Books 1-3

ACKNOWLEDGEMENTS

London Romance book five is done. Hurray! This one was written in the hot summer of 2018, when all anyone wanted to do was go outside and play. I did a bit of that, but also managed to get some words on the page, too.

When I began to write this novel, I got the devastating news that my story editor, Laura Kingsley, had died. She was 38. My heart went out to her family and friends at a life cut so dramatically short, but then I began to panic about this book. Because Laura has been instrumental in helping me shape my work, having been with me since book three. She made me look again at my writing, identify my weaknesses and plug in to more emotions. Quite simply, without Laura, my books wouldn't be what they are today.

However, when I calmed down, I realised that in working with Laura over the past three years, I've learned a great deal. Now she's gone, the best way to honour her is to continue applying all the things she taught me; and just when I think I'm done, to look again and see what I can make better. Because there are always other things.

I hope if she's watching, she's smiling at this book and not rolling her eyes too much. Laura, this one's for you.

Other thanks with this novel go to my friend, Philly, for the festival inspiration. Also to HP Munro for her initial feedback that helped elevate this book to the next level. Buckets of gratitude to my early reading team that includes Bev, Tammara, Iris, Victoria, Hilary, Susan & Katie. You're an invaluable part of my process, and your suggestions & comments always make the end result better. Big up to Tammara for running the ARC team, too. You're a total star.

Huge hugs to Kevin Pruitt for yet another gorgeous cover — you've been with me since day one and I love you! Thanks also to Kelli Collins for stepping into the editing breach and doing a bang-up job. Plus, a tip of the nib to Patrick for making me focus. I'm excited for where this business could go!

And of course, no book of mine would exist without the support & love of my wife, Yvonne. She is, quite simply, the best.

Finally, thanks to you for reading. When I first started writing this, I had in mind it would be the final London Romance book. The one where Jess & Lucy get married, full circle from where it all started with *London Calling* back in 2014, a perfect end to the series.

However, I've heard from so many readers how much they love the characters, and when I launched *The London Of Us*, I was hit with a tidal wave of London Romance love. And then I started writing this book and up popped

Heidi — and she demanded her own book. I want to write the books you want to read, and I still love the London crew. While that remains, I'll continue.

So will book six be the final one? Probably not. Do let me know what you think of more London books on the horizon!

If you fancy getting in touch, you can do so using one of the methods below — I'm most active on Twitter, Facebook or Instagram.

Twitter: @ClareLydon
Facebook: www.facebook.com/clare.lydon
Instagram: @clarefic
Find out more at: www.clarelydon.co.uk
Contact: mail@clarelydon.co.uk

Thank you so much for reading!

For Laura Kingsley, RIP.

Chapter One

If Cleo Nightingale had to list her biggest irritants, her top three would be a slam dunk. In no particular order:

1 – Weddings.
2 – Her brother, Duncan.
3 – Saturdays that involved number one and number two.

Saturdays like today.

She rapped her knuckle on the door of his bedroom three times and waited for a response. Strictly speaking, it was her spare room and not *his* bedroom. For the moment, though, it was Duncan's — ever since Michelle had turfed him out.

No answer.

She knocked again. "Duncan." Her tone was getting irritated.

"Just go without me!" he shouted through the wood. "Why would I want to go to a fucking wedding when I know relationships don't work, anyway?" The door opened and Duncan peered out, his eyes bloodshot, his face pale, his dark hair sticking up at all angles. He looked like someone who'd drunk two bottles of wine the previous night, and perhaps a bit of whisky on top.

Mainly because he had.

"You know what I should do?"

She took a step back when she smelt his breath, a heady mix of spite and battery acid.

"Do enlighten me," Cleo said, waiting for her brother's words of wisdom. This should be good; she could see his face souring as he composed the words in his head.

"I should turn up at the door of the church with a banner saying 'Don't do it, it's all a bloody con'. Bang on the glass like Dustin Hoffman in *The Graduate*."

"They're getting married in a hotel." She tried not to smile too wide. "Look. I get it — I really do. Having your wife leave you sucks. You're preaching to the choir. However, we've told Fionn we're going to this wedding, and seeing as she's one of our oldest and dearest friends, don't you think we should? Even if you don't want to go, do it for me. You're crashing in my spare room, eating my food and drinking my wine, so think of it as doing something in return. Plus, Mum and Dad are going, so they're going to expect us to be there, too."

He winced. "Facing Mum and Dad is not top of my to-do list when my life is up shit creek."

She sucked on the inside of her cheek, leaning on the hallway wall. He was acting like the baby she so vividly remembered crashing into her life when she was five years old, and then weeing in her Polly Pocket when he was old enough to walk.

"You know what I mean. I'm saying that I want to go today, and you're my plus one. I've been to enough weddings solo, and I'd prefer to have you as my escort." She raked a hand through her still-knotty hair. "So for me, please. Jump in the shower, iron your shirt and be my knight in shining armour."

"You're not normally fond of knights in shining armour."

"I'm all for them, so long as I don't have to sleep with them."

Duncan sighed, folding his arms across his chest and blowing a raspberry. "Okay, you win. I'll get showered and polish my suit of armour. I'll need it to ward off the evil spirits of marriage."

She leaned over and kissed his cheek. "Thanks." She pulled back before he could breathe his angry dragon breath anywhere near her. "And while you're in the shower, try to think happy thoughts. I want a smiling Duncan by my side, not a snarly one."

"I'll see what I can do," he said, standing up straight and yawning as he spoke, arms stretched over his head. "But tell me, why are you so bloody keen to go to a wedding? Marriage has hardly been kind to you, either, Mrs Divorced Before You're 40."

Cleo flinched; she knew she wasn't special, just another statistic, but when he put it like that it sounded so much worse. For today, though, she was determined not to think about herself and just be happy for Fionn. Because who knew, maybe it would work out for her? Maybe she would be one of the lucky ones, the ones who beamed when they spoke about their partners.

It wasn't something that had happened to her, nor lately, to her brother.

"Let's just say it's not so much the marriage, more seeing everyone again — all Fionn's family and friends. Plus, it's food I don't have to cook and wine I don't have to buy, so it gets a thumbs-up from me."

Chapter Two

Becca Cramer might be the youngest of five sisters, but often, she felt like she was the lone sensible voice in the family. So far today, her sister Siobhan had laddered her tights and acted as if this was the literal end of the world (it wasn't). Her sister Ruth had drunk too much wine before dessert and nearly fallen off her chair.

Finally, her sister Rachel — the closest in age and also a lesbian — had spent the entire day gazing at her girlfriend, Alice, even though they'd been going out for over six months and so *really* should be over that part of their relationship by now.

Frankly, Becca had enough love vibes surrounding her today, seeing as she was at the wedding of her cousin Fionn, who was marrying Ryan, a Chelsea fan. Becca was trying not to hold that against him.

The main source of amusement so far had come from Ryan's joint best men, pleasingly called Dave, Gaz and Tim. Having three best men, you'd think things would run smoothly — but that would mean you hadn't factored in alcohol and nerves.

Having Irish heritage, Becca had been to many (boozy) weddings, and in that time, she could count on her hand the amount of decent speeches she'd heard. Normally because the speech-givers were either crippled with nerves or just plain pissed. This wedding had hit the jackpot of both. Bingo!

Apparently, Ryan had given his best men gifts of hip flasks with their names engraved on them, and filled the flasks with a nice single malt. To calm their nerves, the best men had downed all the single malt. When the time came to deliver their speeches, they'd belly-flopped spectacularly, the splash as they hit the water sending ripples all around the room.

On the upside, the speeches had been short and the drinks flowing — two ingredients that could save any occasion, in Becca's humble opinion.

They were now at that part of the day where they were waiting for desserts, and the tables were getting restless. Becca was keeping an eye on her watch, her stomach gurgling in preparation for her upcoming chocolate fondant.

Could she make it to Soho for a final few drinks later? It depended if she could slip away without offending too many people — or worse, alerting Rachel and Alice, because then they might want to come, too. No offence to her sister and her girlfriend, both of whom she loved dearly, but they were a little full-on right now. All her friends thought it was way cool she had a lesbian sister. They didn't know the reality.

"Is this going to be you two, soon?" That was her cousin, April — her lips gleaming pink — leaning over and addressing Rachel and Alice.

In response, the pair looked at each other with loved-up grins on their faces, shrugging their shoulders like they'd never given it a second thought.

Becca knew the truth. If Rachel and Alice didn't spend half their time in bed picking out names for their future children and/or pets, she'd be amazed.

"Not quite yet," Rachel replied. "But if we do, you'll be the first to know."

"Make sure I am," April said, her cheeks alive with Pinot Grigio splotch. "I haven't been to a gay wedding yet, so no leaving me out."

"Gay wedding, straight wedding, they're all the same. Doomed."

Becca's ears pricked up. Now here was something she could work with.

"They all end in tears, mark my words," continued the man who'd been introduced to the table as Duncan, and ever since had been drinking more than his fair share of red wine. It was only 5pm, but Duncan already had red-wine lips, along with stained front teeth. He refilled his glass one more time, as the woman next to him put her mouth to his ear and a hand to his arm.

Duncan waved her away. "I'm not speaking that loudly," he said, at a volume that made a woman at the next table turn her head.

"Duncan!"

The woman berating Duncan was his sister, Cleo — someone who had caught Becca's attention from the moment she'd introduced herself to the table and sat down next to Alice. She was, according to Rachel, an old neighbour of the bride. Cleo and Duncan had grown up living next door to Fionn, but Duncan was clearly not that pleased to be here.

Becca was glad Cleo had made the effort, though, as it never hurt to have a little eye candy at your table, did it? Cleo was dressed in black trousers, black shirt and black brogues, and she presented as some sort of stealth character from a Marvel movie, a mass of cheekbones, burnt amber hair and deep brown eyes, splashed with the colour and shine of autumnal conkers.

She was saying something else in Duncan's ear now, and Duncan was rolling his eyes.

Becca was intrigued by Cleo, and she liked Duncan very much. Duncan was already drunk, and so already entertaining. Other people's family being drunk and dramatic was so much more fun than her own.

"Every time someone mentions love in the next speech, we should drink." Duncan held up his glass, trying to stand up but being held down by Cleo. "Who's with me?"

Becca grinned. "I am," she said, refilling her glass.

Rachel turned and rolled her eyes. "Play nicely."

Becca gave her a look. "Relax," she told her sister, catching Duncan's eye and giving him a grin. "It's just a drinking game. You've never played one of those at a wedding before?"

Becca knew the answer already as she turned away. Rachel was still clearly on best behaviour mode when it came to Alice.

However, out of the corner of Becca's eye, she spied Alice filling her wine glass and holding it up. "I'm in!"

Rachel tilted her head back in defeat.

"Are you down on love, too?" Duncan asked Becca, reaching over Cleo to claim her uneaten bread roll.

Cleo was either not that hungry or else she was in the anti-carbs brigade. Becca would lay bets it was the latter.

Cleo watched her brother with a trained eye, something Becca was sure she'd done many times before.

Becca shrugged. "Not exactly, I'm just taking a year off, seeing life from a different perspective." Seeing Rachel's gaze return her way, Becca held up a hand. "That doesn't mean to say I don't think Fionn and Ryan aren't perfect for each other — they could be the match of the century for all I know. I just think weddings are a little… over the top sometimes."

"Says the wedding planner," Rachel said, one eyebrow raised.

Becca gave her a look. "I never said I didn't want to make money out of it, I just don't want to get married right now. That's not a crime."

Duncan leaned forward, his left elbow landing in a butter pat. He either didn't notice or he was ignoring it.

"It's not a crime — it's the sensible option. Take it from someone whose wife left him because he doesn't have enough courage to try new things," he told Becca. "And there was me thinking it was all about 'in good times and in bad'." He paused. "Actually, I applaud you not wanting to take part in the whole charade." And he began to do just that, until Cleo clamped a hand over his.

"No clapping." Her tone was firm and sure, and Duncan obeyed.

Becca imagined most people had the same reaction. Cleo's voice was business casual with a hint of sweet, insistent and firm. If Cleo whispered something in her ear, Becca knew she'd obey.

Duncan reacted by cupping his mouth. "I'm not allowed to applaud you, but I do. On the inside." He banged his chest like a war cry.

A laugh bubbled up in Becca's throat, but she swallowed it down as their attention was drawn to her uncle John, Fionn's dad, getting up to speak. She sat up straight, giving Duncan a sly grin, her eyes meeting Cleo's as they pulled away, getting caught there momentarily.

Becca let her gaze settle, as did Cleo, and for a moment, nobody breathed. She inclined her wine glass, eyebrow raised. Cleo did the same, their glasses like pistols, but nobody was going to shoot.

Uncle John applying his fingertip to the mic broke the spell, a loud 'tap, tap, tap' reverberating around the room.

Becca's gaze slid to the table, then back up to Cleo.

She was still looking, her stare inquisitive, her features soft.

Cleo was making Becca a little fuzzy, and heat rose to her cheeks as she twisted to get a view of her uncle, glad to have a shift of focus for a few minutes. She grabbed a glass of water her cousin April had poured for her and glugged it down in one. She'd probably drunk too much red wine already and she shouldn't be egged on by Duncan. Pacing was what was needed.

"As most of you know, there's one major ingredient that has brought us here to this moment with Fionn and Ryan — and that is, overwhelmingly, love," Uncle John began.

"Hey!"

Becca turned, to see Duncan holding up his wine glass, along with Alice. "He said love, you have to drink!"

Becca flicked her gaze to Alice, who was already drinking; to Duncan who had his glass raised and ready; and then to Cleo, who was watching the whole scenario play out with an air of mild amusement. Becca gave her one last glance, which Cleo returned, and then grabbed her glass and took a sip, as Duncan drained his. She could support Duncan and not get wasted, she was sure of that.

So long as Uncle John didn't say the word love too much.

Chapter Three

"So how long had you been married?" Becca had swapped seats with Alice to get the skinny on Duncan, whose lips were that little bit darker still — but from what he was telling her, she didn't blame him. Duncan had taken his navy-blue suit jacket off and rolled up his sleeves, revealing ultra-hairy forearms. The amount of hair men had on their bodies always shocked her whenever she saw it. You could stack pencils in Duncan's arm hair.

"Four years," he replied, stroking his jaw. Now the speeches were over and the tables were beginning to disband, he seemed less wound up, more relaxed. Perhaps it really was all the talk of love that had driven him to drink. "And I thought we were doing just fine. Just goes to prove it's right what they say — you're always the last to know."

"Are you still living together?"

Becca might not be keen to get married now, but that didn't mean she'd ruled it out completely. But when she did, she wanted to avoid a situation like Duncan's occurring — or to end up like her sister Siobhan, who was bringing up two kids on her own after her husband left.

It was one of the reasons Becca had decided to take a year off dating and concentrate on herself and her career. So far, it was working. When you stopped thinking about women and sex, it was amazing the brain space you freed up to do other things. It was paying off career-wise, as she was due to start her dream job on Monday — as well as starting her wedding-planning business on the side.

Duncan shook his head. "Nope, I moved out, I couldn't stand the tension." He jerked his head towards Cleo, who was chatting with Becca's sister, Rachel. "I'm crashing at my sister's place till I get myself sorted. And I'm thinking of showing Michelle that I can be spontaneous and try new things." He leaned back in his chair. "I might just surprise her with what I'm capable of and who I really am."

Becca furrowed her brow. "Sounds intriguing. Are you actually Superman and you're keeping it a dark secret?"

"It will definitely involve a cape," Duncan told her, grinning.

A woman appeared behind him, putting both hands on his shoulders and giving them a squeeze.

Duncan turned and when he saw who it was, jumped to his feet and gave the woman a hug.

"This is my mum," he told Becca, holding out a hand towards her. "And this is Becca, Fionn's cousin and fellow non-believer in love."

"I wouldn't go that far," Becca said.

Duncan's mum shook her head, giving him a light slap on the arm. "Don't listen to whatever he's telling you. He still believes in love, and believes in it with his wife, too. He just needs to stop being such a big baby and get some backbone."

Duncan sat down, pushing out a chair for his mum, who took it. Even though he was over 6ft, he'd shrunk in his mum's presence, perhaps going back to the little boy he'd always been to her.

Cleo gave her mum a kiss before sitting back down.

"You're not moving back home anytime soon then, I take it?" his mum said.

Duncan pursed his lips. "Not until Michelle stops being so hostile, no."

His mum rolled her eyes.

"Nice to see you're taking my side. I've been hurt, and I think, after chatting with Becca, I've made a decision. I'm going to tell my side of the story, because it takes two to tango."

His mum just gave him a grin, getting up and cupping his face. "Your side of the story? I've heard it all now," she said, laughing. "I spoke to Michelle, and she just needs some time to calm down, and you just need to think about how you might make it up to her. You need to keep the romance alive in your relationship, otherwise things like this happen." She lowered her voice and glanced at Cleo. "Look what happened to your sister — let that be a lesson to you."

Now Becca was intrigued. What happened to Cleo?

"Anyway, I need the loo. Nice to meet you, Becca. See if you can talk some sense into my son, will you?"

Did all mums attend the same school of advice-giving? Lesson one: tell your offspring to suck it up and get on with it. Duncan's mum and her own were clearly cut from the same cloth. Becca would lay bets she served Buck's Fizz and Twiglets on special occasions, too.

"She never takes me seriously," Duncan said, turning back to Becca. "But I'll show her and Michelle that I can stand up and be a man." Then he pouted, folded his arms, and scanned the room. "Is the bar open yet? I've had enough wine, I'm going to see if they've got a lager." He got up, leaving Cleo and Becca staring at each other.

Cleo moved to Duncan's seat, and up close, Becca found herself overcome with shyness, a tingle of nerves flaring within her. She gulped as Cleo gave her a sure smile.

"We haven't been formerly introduced yet," she said, holding out her hand.

Becca's eyes lingered on her smooth fingers, her short, manicured nails.

"I'm Cleo, and I apologise on behalf of my family." She laughed at her own joke, and Becca followed suit.

"My family are all here, so I apologise on their behalf, too." Becca took Cleo's hand in hers and gripped it softly, not wanting to let go until she absolutely had to. When she looked up, Cleo was giving her a half smile.

"I'm Becca," she added.

"I know," Cleo replied.

Chapter Four

Cleo sat at the table with a gaggle of Fionn's cousins, trying to take her mind off the fact she'd do anything for a cigarette. Well, not quite anything, but she'd certainly kill to find a smoker in the crowd.

Back when she was growing up, they'd been far easier to locate. Hell, back then, smoking had even been allowed in pubs and restaurants. Cleo had given up a year ago, but at times like these, when she'd been drinking for a couple of hours and could do with a break, having a cigarette had been the easy option.

Not that the day had been as bad as she'd imagined. Weddings always brought out the cynical side in her — how could they not? — but this one had been quite enjoyable. She'd been cast in the role of her brother's carer for the day, but after a rocky start, he'd come round to being a passable human.

He was currently engaged in conversation with Jude, an estate agent and the middle child of the Cramer family, and it'd reached the stage in the evening where the dance floor had a smattering of the eager and the drunk, the DJ fulfilling her duty of playing Journey's *Don't Stop Believin'* at least once.

Cleo's whole body tensed moments later as the first dance was announced and the floor cleared. She'd been dreading this part.

"Mind if I sit?"

She looked up to see Becca, the youngest Cramer sister, standing over her, one hand in her side pocket, her stance confident. Their conversation earlier had been brief, one of Becca's cousins dragging her away to meet her new boyfriend.

Cleo couldn't imagine being the youngest of five siblings. She and Duncan got along just fine, but she was pretty sure she didn't want three more of him.

"Be my guest," Cleo said, pushing the chair out with her right foot.

Did Becca smoke? Being the youngest, she very well might. Of her office team, it was only the youngest who did.

Becca smoothed down her patterned pink trousers as she sat back in the padded ballroom chair, rolling her shoulders as she did so. Cleo swept her eyes over Becca's slim body, and her short, styled dark hair. It was shaved up the back and sides, with a carefully styled quiff on top. Cleo could never manage that — she'd be constantly fretting about it dropping, but Becca's hair was still standing tall.

"Long day?" Cleo enquired.

Becca smiled again. "It's been lovely, really. And Fionn seems happy, which is the main thing, right?"

"So they tell me." Cleo remembered her own wedding day, and how happy she'd been, too. In her experience, it wasn't a sure-fire barometer of how the marriage was going to pan out.

"You don't sound enthused."

Cleo shook her head. "On the contrary, I think weddings are fab — so much optimism for the future, and a big celebration. Life needs more celebrations."

"And parties with free bars."

Cleo returned her grin. "My point exactly," she said. "Don't mind me, I'm just a little cynical. Fionn and Ryan will make it just fine and have a gazillion happy babies I'm sure."

They were currently dancing cheek to cheek, swaying to an Ed Sheeran number, phones all around the room capturing their intimate public moment.

"They might even make one tonight."

When Cleo looked up, Becca's face was wrinkled in a frown.

"Too much?"

"Just the thought makes me a little queasy," Becca replied, sitting forward, flashing Cleo a fully loaded smile that held her attention.

Becca was striking, but also strikingly young. How old had her mum been when she'd given birth? The age span between the first and the last child had to be at least 15 years. Cleo had gone to school with a girl whose nephew had been older than her, and she'd always found it fascinating. What was the age gap between Becca and her eldest niece or nephew?

"That's straight sex for you," Cleo said, then put her hand over her mouth. That had meant to be an internal thought, but lately, those internal thoughts kept tumbling out of her mouth.

But Becca let out a belly laugh, cocking her head at Cleo. "So you bat for the opposing team, too?"

Cleo could feel her cheeks warming, and was glad of the dimmed lighting in the reception hall. "Apparently, out of a table of ten, there were four of us on table three. Scandalous."

"It totally is," Becca replied.

The sound of chairs being scraped back indicated the bride and groom were inviting their guests to join them in the second half of their first dance. The click of heels on the wooden dance floor, light laughter and throat-clearing as arms entwined and bodies pressed together, twirling in circular motion to the music.

Cleo's mum threw her head back as her dad spun her around — they were both keen dancers who knew their way around a floor. Cleo spotted Becca's parents in the mix, too — she'd met them earlier — along with a clutch of aunts, uncles, friends and cousins who'd watched *Strictly Come Dancing* and wanted a go themselves.

"I've always kinda cringed at this bit, haven't you?" Becca's voice sliced through her thoughts.

Cleo sat up, shaking her head. "Not really — I was

just admiring my parents. They've always loved to dance, and I've always been envious. I can hold my own, but I've never had a partner who wanted to do it with me. They, on the other hand, have been dance partners for life."

Becca's gaze appraised her. "Whereas I just think the whole thing is a bit embarrassing — having to dance while everyone watches you. If I ever do get married, there's no way I'm having a first dance."

Every muscle in Cleo's body tensed. She hadn't had one at her own wedding, and it was one of the biggest regrets of her life. With hindsight, she knew that was a warning — that Sara wouldn't bend to the one thing she'd so wanted on her big day.

"You might change your mind," Cleo replied, hoping the smile she was giving Becca wasn't too sad. "I think dancing's an underrated skill. Plus, you know what they say — slick on your feet, slick between the sheets." She paused. "Which is a maxim I don't like to think about too much when I apply it to my parents."

Another loud laugh from Becca. "And if that's true, I think we can safely say Fionn and Ryan won't be making any babies later — he keeps treading on her foot. But she's still laughing, so that's a good sign."

Before Cleo could respond, Becca's parents were heading towards them, relief spelt out on her dad's face at being let off his dancing duties so early. He asked if they wanted drinks, and then disappeared to the bar.

Becca's mum, Martha, pulled out a seat and plonked

herself next to them. Her cheeks were flushed from exertion, but her dyed, set hair was still perfect, her fascinator still angled just right. Plus, her cornflower-blue dress was one Cleo's mum would salivate over.

The last time Cleo had worn a dress was on her wedding day. She'd made so many mistakes on that day.

"How you doing?" Martha gave her daughter a kiss on the cheek after she spoke.

"We're good — just marvelling at all the dodgy dancing going on," Becca replied.

"All part of a good wedding, and this one is great, isn't it?" Martha didn't wait for an answer. "Are you getting up to dance?"

"With who?" Becca rolled her eyes at Cleo, then turned back to her mum. "I told you, I'm having a year off dating and that includes dancing. Well, slow dancing at least."

Cleo spotted pink creeping onto Becca's cheeks.

Martha smiled. "I know, you've told me enough times. Although why you'd cut off that part of your life baffles me. But then, I'm just a lowly mother, what do I know?" She gave her daughter an exaggerated shrug.

"The dating game's not the same as when you were young, it's a different world." Becca's voice was tighter than it had been, her words not having quite the same bounce.

"And what about you, Cleo? Do you feel the same?"

Now that was a loaded question if ever Cleo heard one. "If a gorgeous woman wanted to come and sweep me off my feet, I'd be game."

Martha's eyes widened at Cleo's words, before she looked from Becca, to Cleo, and then back.

"I didn't realise you were a lesbian, too," she said, failing to keep the shock out of her voice.

Cleo felt the urge to laugh, but managed to keep a straight face. Becca's family were just as entertaining as hers.

"Why don't you dance together?" Martha continued, oblivious. "You'd make a fabulous couple."

Becca shook her head, giving her mum a murderous look. "Just because Cleo is gay and so am I, doesn't mean we're going to get together or dance together — it doesn't work like that." Becca sighed. "So please stop embarrassing me. I thought we were past this stage."

Her mum let out a cackle of laughter. "You're never too old to be embarrassed by your mum, surely?" She turned to Cleo. "We were on the same table as your parents at dinner, and I've invited them to our curry night in a few weeks' time — you should come, too. You and your brother. You're practically family for Fionn, after all."

Cleo kept her face neutral, nodding as she did. She already knew what Duncan would say to a happy family meal out, but she didn't want to burst Martha's bubble right away. "That sounds lovely," she replied, as Martha got up.

"I better go and find your dad, you know what he's like. A free bar, he might be doing shots by now!"

Cleo watched her go before turning back to Becca, who was shaking her head.

"I was planning on making an escape to a bar in Soho

later — around 11." She looked Cleo straight in the eye. "Any interest in joining me? My mother thinks we should get married already as we're both lesbians, so we may as well fuel her fire."

Cleo ground her teeth together as she sat back in her chair. Soho? That was like a planet from the dim, distant past. Yes, she might be turning 40 next year, but that didn't count her out of the lesbian scene, did it? Plus, going out with someone much younger might give her a fresh perspective on life. And it surely had to be better than dancing to Abba one more time?

A slow smile spread across her face as she nodded. "I can't remember the last time I went out in Soho on a weekend, so you're on."

Chapter Five

They arrived at Friends, Becca's Soho bar of choice, just after 11.30pm. Situated underground, it was accessed through a slender doorway on a murky alleyway whose only other businesses were sex shops or pubs. If you didn't know where you were going, you'd never find it.

Tonight, as most Saturday nights, the bar was heaving. Even though it was a gay bar, at the weekend Friends turned into an everyone bar, with all ages and orientations squeezed into its four fluorescent walls.

Cleo insisted on buying their first drinks, and Becca led the way through to the back bar. They added their thick winter coats to an overloaded rack, then found a sliver of wall to lean against and take a breath. Next to them, two women were going for gold in a kissing contest — they hadn't come up for air in the ten minutes they'd been standing there.

Becca leaned over until her lips were hovering beside Cleo's ear. The music in Friends was ramped up to the max. "You think she missed dinner?" She glanced towards the kissing couple.

"I think she might have." Cleo paused. "I remember doing that with my ex. Not in here, but in another gay bar, the rest of the world shut out. It's just you and her, and that's all that counts." A sad smile flitted across her face. "I miss those days, even though it ended badly. The start of a relationship is always the best, so much to look forward to, so much of the unknown ahead." She winced, shaking her head. "Sorry, over-sharing — blame the wedding and Duncan's influence. And possibly the red wine."

Someone had clearly stamped on Cleo's heart, leaving it bruised and misshapen. A wave of sympathy washed through Becca; she'd known heartbreak, too. She hadn't meant to upset Cleo, and she hoped she could pull her up as quick as she'd fallen down.

"The start of a relationship is exciting, but so far, mine haven't ended well — which is why I'm taking a break." Becca paused, glancing down at the floor before looking back up at Cleo. "And after that little speech, I take it you're not seeing anyone at the moment?"

Cleo shook her head, taking a sip of her vodka and Coke. "The clues are all there when I turn up to a wedding with my brother as my plus one. I heard some older aunty comment on what a lovely young couple we made, and I almost barfed. Still, at least I scored a younger man, I suppose."

"Even if it was your brother."

Another shake of the head, but this time, a little lighter. "What about you? Are you really taking a year off? It seems a bit extreme. I wasn't sure if you were just saying that to wind your mum up."

Becca grinned. "No, I really am. Decided to do it after my flatmate and I calculated I hadn't been single for longer than three months since I was 16. I was planning on playing the field when I broke up from my ex, but then I decided to do the opposite."

Cleo's eyes widened. "Wow. And how old are you now?"

"I'm 23," Becca replied. "Seven years."

Cleo took a long slurp of her drink before replying. "Twenty-three — shit me. You're a baby."

"Now you're sounding like one of my sisters. Remember, I'm the youngest of five, so I have an old head on my shoulders."

Cleo held up her left palm. "I'll take your word for it. Taking a year off is very disciplined — especially for a 23-year-old. Isn't that the time you should be sowing your wild oats?"

"Millennials aren't the feckless youth the media portray us as," Becca replied. "I don't like smashed avocado, either."

Cleo's face showed mock shock. "Can't you be thrown out of millennial college for that?"

Becca laughed, pleased to be steering the conversation to lighter topics.

"But it's been a good experience. No drama. No dating, which makes things cheaper. Nobody to impress, nobody else to consider. I'd tell anyone to try it. It's a breath of fresh air."

The first few weeks had been strange, but by month three, she was into it. "I'm actually thinking I might stretch it to longer than a year, especially because I'm starting a new job on Monday and I need to focus all my energy on that so I can impress my new bosses. I want a clear head for my first day at school."

"Impressive. Have you got a new pencil case, too?"

Becca smiled. "Metaphorically speaking, yes."

Cleo took a sip of her drink before replying, glancing at the kissing couple who had come up for air, now stroking each other's faces. "I like your thinking, though." She paused, hesitating before continuing. "When I started the job I have now, I'd just split up from my wife and I was a total mess."

Cleo looked her in the eye, clearly gauging her reaction to that statement.

Becca kept her face straight. She hadn't figured Cleo for being divorced, but then, she'd known her for less than a day, so what did she know? She bit down her inclination to ask more questions — she didn't want to scare Cleo away. Perhaps if she just listened, she'd tell her. It was a trick she used with her sisters often.

"I kept it together and got stuff done, but it was hard," Cleo continued. "I was constantly dealing with stuff from my ex, and then having to take a deep breath and compose myself for a meeting — so there's a lot to be said for having a clean slate and nothing else to worry about. Plus, I'm sure your bosses will appreciate having your undivided attention, too. I know I do when I have new staff."

"Exactly," Becca replied, holding Cleo's gaze. She really did have the most exquisite rich brown eyes.

"My mum thinks I'm ridiculous, telling me I just have to get on with life and deal with things as they come. That I can't plan for life or love, that I just need to roll with the punches. But why give yourself added complications? I'm enjoying the simplicity of my life right now."

"You sound like someone from one of those True Love Waits campaigns."

"That's what Rachel said."

Cleo grinned. "But I get it. I had a year off after Sara and now I've had another year off unintentionally." She snorted. "But next time, I'm going to get it right. For a start, it's going to be somebody nearer my own age — she was ten years younger than me." Cleo winced, sucking in one of her cheeks. "Not that all young people are feckless, present company being the perfect example. There were other issues, too. As time went on, I realised we didn't click. Clicking is pretty important."

"In my world, too." Becca inclined her head to the couple next to them, who were back to kissing. "You think they click?"

"They do right now, but let's see what happens when they have to start talking."

Becca laughed. "They're talking — it's called the language of love. Or lust." She paused, breathing in Cleo's perfume. She smelled delicious. "So we're agreed not all younger lesbians are stupid?"

"We're agreed," Cleo said, with a small sigh.

"You make it sound like you're ancient — you don't look ancient."

Cleo raised a single eyebrow. "If I didn't know better, I'd say you were flirting with me. But that would be in direct violation of your True Love Waits vows, wouldn't it?"

Okay, Becca deserved that. "I promise on my mother's life," Becca said, licking her index finger and crossing it over her chest, from left to right, then right to left, "that I am not flirting with you."

She was almost telling the truth, too.

"I'll believe you, thousands wouldn't," Cleo replied, glancing briefly at Becca's lips, before allowing her gaze to slip back up Becca's face and land on her eyes.

A tiny shudder skipped down Becca's spine as she did, but she ignored it.

"I'm 39, so nearly as old as your eldest sister. How old is she? Fortyish?"

Becca nodded. "She's 41, so there's 18 years between us. I was the surprise baby of the bunch."

"And the cutest, too." And then it was Cleo's turn to bite her lip and look abashed.

Becca leaned forward as the music turned itself up a notch, The Weather Girls singing about the upcoming forecast and how it was predicted to be raining men.

"I was definitely a cute baby, I've seen the photographic

evidence," she said, placing her lips beside Cleo's ear again.

Only this time, it felt different than a few minutes ago. Like they'd chiselled under the surface of their lives and got to know each other a fraction. That's what being in a gay bar surrounded by women kissing did for you. It unlocked the door to certain, often buried emotions. That and the wine had made Becca brave, almost invincible.

She was out on a Saturday in Soho with an attractive woman, and that hadn't happened for a good few months.

Emboldened, she added: "And if I wasn't on a love hiatus, I'd totally flirt with you."

She stepped back and looked Cleo in the eye, licking her lips. She'd love nothing more than to lean forward and kiss her lips, but she knew she couldn't. Because that would break the contract she had with herself.

Plus, it would probably surprise the heck out of Cleo. Maybe it was the ambience, maybe she wanted to firm up Cleo's faith in romance again, but for the first time since she'd broken up with her ex, Gwen, her libido was smiling again.

Their gazes locked, held in a trance, and a rush of physical desire, worse than hunger, overtook Becca. She wrapped her hand around Cleo's drink, and when their fingers brushed against each other, the shock of their connection made her skin flame.

"Another drink?" Becca's voice came out gravelly, like she'd just woken up after smoking 20 fags.

And she didn't smoke.

Cleo let go of her glass, nodding. "Sure," she said, chewing her lip, avoiding Becca's gaze. "You don't have a cigarette, do you?"

***

They shared an Uber home, seeing as they lived crazy-near each other in Queen's Park. It was 3am, and Becca could feel the alcohol lighting up her system. Tequila, vodka, Jaeger bombs — they'd gone to town on variety. But it'd done the job of taking Cleo's mind off her troubles. Well, that and the dancing. Becca had quickly learned that Cleo loved to dance, a blur of arms, legs and torso twists, inhibitions abandoned.

By the time they stumbled out of the Uber and into Crispy Fried Chicken, Becca had a large grin plastered on her face, and Cleo looked dazed but beautiful. She really was a fine-looking woman — she reminded Becca of a more put-together Emma Stone. Well, perhaps more put-together when they'd first met earlier today, not so much *right now.*

Cleo requested chicken thighs from the server with such charm; not for the first time that evening Becca was struck with the thought that Cleo probably got her way often. Apart from with her ex, apparently.

She sat down in a white plastic chair nailed to floor, giving Cleo a grin under the glare of the strip lights overhead.

"Bloody starving," Becca said, biting into the chicken

drumstick, smiling as the grease coated her teeth. The small hours of the morning were what fried chicken was made for. "I didn't get any of the evening food at the wedding, did you?"

"I didn't, and it was blitzed by the time I got there," Cleo replied. "I hope the wedding you're organising does better."

"I hope so, too. Otherwise I'll have two brides on my case."

Cleo gave her a woozy smile, and something moved in Becca low down. *Way low down.*

"I love that you're doing a wedding with two women." Her smile got a little wider. "Who knows, one day it could be me again. If I ever find another girlfriend." Cleo shook her head, then stuffed a handful of chips in her mouth. The suave, sophisticated woman of eight hours before was long gone, but Becca was still enthralled.

"I think it's safe to say you'll find someone again," Becca told her.

One of the chicken shop staff interrupted their chat, bringing over Cleo's just-cooked thighs.

"Thank you!" Cleo said, her speech sing-song. She stuffed more chips in her mouth, closing her eyes to savour them. "These taste divine," she said, still chewing. "Why don't I come here every Saturday night?"

Becca could only laugh. She liked this drunker, funnier Cleo. It was a whole new side to the earlier, more reflective version.

They finished eating, shouted goodbye to the shop staff

and left, the smell of chicken fat lodged firmly in Becca's airways. Once outside the shop, Cleo stumbled, and Becca grabbed her arm, saving her from nosediving to the pavement.

Cleo had a small battle with her coat before finally managing to insert her arms into the correct holes, shivering as she did so. Becca got the impression Cleo wasn't normally a big drinker.

"Right, I'm going this way," Cleo said, pointing left. Then she frowned. "No, hang on, it's this way." She pointed right.

"Shall I walk you home? It might be the safer option."

Cleo gave her a nod and they walked side by side, their coats done up to ward off the grit of the February morning, their breath swirling around them.

It took less than five minutes to get to Cleo's flat, which was one of three in a tall, Victorian house. Becca smiled at her as Cleo closed one eye to focus, then the other.

"I should go to bed, because you're a little blurred." Cleo gave her a grin.

Becca laughed. "You should." She paused, touching Cleo's arm. "I had a great night, though."

Cleo stared at her face for a moment, then nodded, moving closer to her. "Me, too," she whispered in her ear. "It's a shame you're 23."

A rush of something skittled down Becca at her words, and when Cleo pulled back, it wasn't far, leaving her lips hovering near Becca's.

Before she knew what was happening, Cleo's lips were on hers, pressing down, insistent, wanting. Seconds later, her tongue was parting Becca's lips, sliding into her, an arm pulling her close.

Becca gave in and went with it, carried away by the moment. Something fluttered behind her rib cage as she caved to Cleo's insistence, her kiss passionate, her body moulding into Becca.

Pleasure swirled around her, making her disorientated. Somewhere nearby a dog barked. Cleo gripped her tighter, and Becca lost herself in the urgency of the kiss, desire streaking through her, red and hot.

Until, that is, Cleo pulled away suddenly, alarm slithering onto her face.

The sudden halt left Becca breathless. She wanted to reach up and touch her lips, but instead she clenched her fist by her side, every emotional box she'd begun to open abruptly slammed shut.

It was over before it had even begun, and yet Cleo had left a lasting impression. Cleo had left Becca wanting more.

However, whether she wanted more or not, Cleo wasn't sticking around long enough to chat about it.

Instead, she was shaking her head, tapping her handbag slung over her shoulder, the faint lines around her eyes lit up by the nearby streetlamp.

"Shit, I'm sorry, that shouldn't have happened." She took a deep breath, two steps back, a wobble, then she steadied herself.

"It's okay," Becca began.

But Cleo's head shake told her otherwise. "It's not. Too much booze. Not enough food. And you're... 23!"

She made it sound like it was child abuse. "Despite what you might think, I am old enough to make up my mind who I kiss."

But Cleo wasn't listening. "I have to go." She paused, glancing at the ground then back up to Becca. "Thanks for tonight, it was fun."

She got her keys out of her bag, walked down the path to her flat and let herself in.

Becca stood and watched her go.

It was only when the front door closed and a few seconds had passed that she let herself touch her lips.

Chapter Six

The tube had been stifling this morning, but Cleo had made it in without incident, arriving at her office near Oxford Street just before 8.20. She didn't think she could make her commute easier if she tried. Some of her friends travelled up to two hours each way across London, whereas hers was always around 30 minutes, door to door.

As she stepped through the shiny chrome office door of WorkPlace!, the global office space company for which she was head of events, she waved at Julie on reception. Cleo walked past the massive, brightly coloured breakout areas on the ground floor, getting the lift to her office on floor five.

Every morning, Cleo knew she'd made it because she had her own office, and that was rare. Started in Boston on a shoestring by two women, WorkPlace! was now a global business and the ethos was very much 'all hands on deck'. Even though there had to be hierarchy — otherwise how would anything get done? — it was applied in a soft, gentle manner, and most of the staff were based on the main floors, with only a smattering of individual offices for the department heads. All with transparent office walls, of course, so you could wave at everyone who walked by.

She stopped at her friend Dave's office — he was head of marketing — and wished him a good morning. He looked up from fiddling on his phone and gave her a grin.

"Ready for the influx?"

"Will it be that many?"

"We've got ten new eager beavers." He held up a sheet of paper. "Three for me, three for your events team, two for finance and two for social media. We're going to have to behave and pretend we're nice people. That can get really exhausting."

Being that Dave was one of the nicest people Cleo knew, she smiled at that. "I'm sure you can manage."

New staff hiring was happening with increased regularity, with the company expanding at a rapid pace. Flexible work spaces were big business, as newer companies ploughed more money into staff perks and benefits to make them stand out and attract the very best. The core of WorkPlace! was offering flexible work spaces and creating community, and to do that well and at the rate required, they needed new staff constantly.

Cleo was in charge of all the events for the UK office, which now numbered over 500 staff and counting. She flew back and forth to the company's HQ in Boston and worked closely with her US counterparts. She liked the laidback atmosphere of the company, and she especially loved how they treated their staff.

Sure, she could get a job in a more corporate environment — somewhere like her brother worked — but there, she'd be just another cog in the machine, a nameless face. Whereas working for this fast-moving start-up meant there was always something new going on and ideas were listened to. After working in more corporate landscapes for the first ten years of her career, this move had been the best she'd made. She loved her job and her team, and she could see she wasn't too far off jumping to the next level, perhaps even getting a seat on the board.

She'd been settled at her desk for around ten minutes, checking through her email and marking those that were urgent, when a knock on her clear plastic door frame made her raise her head. Mika, her more than capable second-in-command, was standing there, a raft of white papers in her hand.

"Hey, nice weekend? How was the wedding?"

Cleo ran the day through her head, ending with a shot of Becca laughing, which made her smile and cringe all at the same time. They'd had such a good time getting to know each other. So much so, it hadn't been until a good ten minutes after waking with a monumental hangover on Sunday lunchtime that she'd remembered the kiss.

Oh god, the kiss.

She'd wanted the floor to open up and swallow her whole. She'd snogged a 23-year-old. What was wrong with her? And the worst part about it? She'd been the instigator, the one who'd kissed her.

She couldn't remember the last time she'd had that much fun; she also couldn't remember the last time she'd been this embarrassed. She was still weighing up whether or not to call or text Becca to apologise, but when she'd told Duncan, he'd told her apologising for kissing someone wasn't exactly amorous behaviour. As she'd expected, her brother had been delighted with her story, only disappointed that she'd stopped at just a snog.

That was where he and Cleo differed. At least it had only been a snog. If she'd woken up with Becca in her bed, she'd have been mortified. Thank goodness for small mercies.

She glanced up; Mika was giving her a funny look. Oh, she was still waiting for an answer.

Cleo thought fast. "The wedding," she stalled. "It was great. Made me believe in love again and all that jazz."

"Wow, that must have been some wedding." Mika gave her a grin, her features perky as they always were.

Mika was the perfect colleague, her disposition always sunny. She had naturally curly hair that she piled on top of her head during the week and let down to go wild at weekends. She'd just turned 30, had what seemed an effortless hipster style, and kept Cleo up-to-date with all the cool new bars and restaurants that were opening in Shoreditch, Dalston and beyond, insisting she should try them.

Cleo always nodded and promised she would, but she hardly ever did. Her social life was pretty slim these days, apart from when Mika dragged her out, which had happened a couple of times. But beyond her best friend Heidi and her brother, Cleo had let a lot of her friendships drop when her marriage broke up. Some of them Sara had claimed, but most of it was her fault. She simply hadn't had the energy to go out for the first few months, and after a while, her friends had stopped calling.

Cleo sat up. "Do I have to come and do my spiel now?"

Mika shook her head, checking her phone for the time. "This is your 30-minute curtain call. They're just filling in forms at the moment and all looking freaked, bless them. Does half an hour work, or I could slot you in a little later?"

Cleo shook her head. "Half an hour is fine, and then can we have a meeting after that, as we need to get the ball rolling on the deck for the company party to share with the US. Does that work for you?"

Mika nodded again. "Eleven thirty? That way it gives me time to settle them all in and make sure they know where the tea, coffee and toilets are. And the exits if it all feels too much for them."

Cleo grinned. "We've never had a runner yet, but you never know."

* * *

Cleo opened the door to the meeting room on the second floor and put on her best smile. She was pretty confident speaking to groups after years of presentations, and a smile went a long way towards making your audience feel comfortable. She cleared her throat as the sea of faces peered up at her, then glanced over at Mika, who was beckoning her in.

"This is your next department head, Cleo Nightingale — the final one before we break for coffee. She's head of events, and so someone you might want to suck up to if you want a good seat at the staff party, or if you want to suggest a particular perk." She gave Cleo a grin. "And for the three of you who'll be working directly with myself and Cleo — that's Nadia, Damian and Rebecca — pay even closer attention to what Cleo has to say." Mika walked towards the door, adding over her shoulder, "Fifteen minutes okay?"

Cleo nodded as her eyes swept the room again, before settling on one particular face.

Then something sharp lodged in her throat, and she was finding it hard to take in air, her heart banging against her sternum.

Fuck a bloody duck.

Was that really who she thought it was? It couldn't be, could it? Cleo had spent yesterday replaying what she remembered of Saturday night and Sunday morning, and it hadn't improved it any. Chatting, dancing, tequila, vodka, dancing, chicken, chips, snog.

And now, the recipient of that snog was sitting right in front of her, Becca's face telling Cleo she was just as startled as she was.

Cleo blinked rapidly, shaking her head. But when she

opened her eyes, Becca was still sitting up in her chair and staring at her, cheeks flushed. When their gaze connected, Becca swiftly looked away, clearing her throat.

All Cleo's intentions of being a smooth, composed host flew out the window, but she tried to focus on her breath as her meditation practice told her. To bring her thoughts back to the moment, to what she could control.

Only it wasn't really that easy, was it? Cleo hadn't done the interview, hadn't known Becca had been hired.

This was the job Becca had been prepping for. Cleo had assumed she was meeting wedding clients this morning, not her.

This was the job Becca had sworn off women for.

Only now, her big boss had broken her vow and snogged her in the street at 3am. Any way Cleo spun it, the facts didn't get any better.

The door shut and Cleo took a couple of deep breaths, trying to focus on other things.

Eight women and two men, which was the norm. One of whom was Becca, which was not the norm.

What had she admitted to her on Saturday? What had she said? She wished she could remember it all. She'd definitely gone on about Sara.

A familiar damning feeling sank through her. She wanted to curl into a ball and disappear.

It wasn't that she worked in a company where the bosses were aloof and you never knew anything about them, but even she'd agree this was a little too much.

She'd done tequila shots with Becca.

She'd told her about her failed marriage.

She'd put her tongue in her mouth.

Jesus. Deep breath.

"Hi everyone, my name's Cleo. Let's start off by you telling me your first name and where you're working, and I'll tell you about what I do. I promise to make it as painless as possible, and there won't be a test at the end."

She concentrated on the first four new recruits to speak, including Nadia and Damian. And then it was Becca's turn to say her piece.

Cleo gripped the wooden desk she was leaning against, knowing she'd leave a mark on her fingers.

Becca sat up. "Hi, my name's Becca and I've been hired to work in the events planning department."

Why had this never come up on Saturday? Surely the natural thing would have been to speak about their jobs that took up most of their lives? But somehow, they hadn't. Instead, they'd talked about family and relationships and got drunk together.

Eaten fried chicken together.

The kiss replayed in her mind, the flicker of the streetlight on Becca's cheeks. It was all Cleo could do not to put a hand over her eyes as the familiar tone of Becca's voice filled the room.

"I did an events-planning degree at Brighton uni, and this is my first relevant full-time job after nine months of searching."

Cleo held her gaze as she finished. But all she could think about was Becca's lips beside her ear, telling her she could definitely flirt with her.

"I'm really looking forward to the challenge, putting all my skills and experience into practice."

Becca sat back, giving Cleo a pained smile.

"Thanks, Becca," Cleo said, remaining as professional as she could manage. She checked her watch. Only ten minutes till Mika came back to rescue her.

It wasn't the end of the world.

"Hi, my name's Tara and I was at Brighton uni with Becca," the next new recruit began.

It was just a kiss, and they could just laugh about it and work together, no problem.

"I'm really excited to be working for a global, woman-fronted company…"

Tara had clearly done her homework, but Tara didn't have a smile that could power the whole of London like Becca, did she? Which is why, despite the fact that Cleo was nodding her head in Tara's direction, all her focus was still on the woman beside her.

Becca Cramer.

Fucking hell.

Chapter Seven

Mika came back just when she'd agreed; Cleo had made it through her planned spiel. She avoided eye contact with Becca as much as possible, and before she knew it, papers were being shuffled and chairs scraped back as a black-shirted man from catering wheeled in a trolley with vats of coffee and plates of chocolate digestives.

"Okay?" Mika asked, drawing up beside Cleo.

She nodded. "All good, no runners." Out of the corner of her eye, Cleo saw Becca slip out of the room. She put a hand on Mika's arm, then flicked her head towards the door. "Just popping to the loo. I'll see you back at base camp?"

Mika nodded and Cleo made her escape.

However, once out in the main office, she couldn't spot Becca. Perhaps she was in the loo? Cleo went into the hallway and walked to the nearest bathroom. She pushed open the door, checking herself in the mirror as whoever was in the toilet flushed, then unlocked the door. When she flicked her gaze up to the mirror, Becca's bright blue eyes were staring back at her.

Becca hesitated before she spoke. "Hi," she managed, eventually. Her semi-smile faded before Cleo's eyes.

"Hey," Cleo replied, twisting around and leaning on the sinks. "How are you?"

Becca nodded. "I'm good. A little shocked, but good." She washed her hands, avoiding eye contact.

Cleo didn't blame her. She *really* needed a cigarette.

Becca seemed to have a certain effect on her, one that required nicotine. Or perhaps something to keep her hands busy, something to focus on, rather than Becca's alluring smile, her full lips.

Yes, she mustn't focus on her kissable lips.

"How have you been since Saturday?"

Becca reached out and grabbed one of the paper towels, drying her hands as she shook her head. "Sunday was a slow day, let's just say that. But today, I'm raring to go. Although you weren't the person I was expecting to walk into the room this morning."

"That makes two of us," Cleo said. "I thought the job you were excited about starting today involved more wedding clients — not this." Cleo hoped she sounded calm. She felt anything but.

Becca shook her head again. "The wedding planning is a side hustle — this is my new full-time job, the one I was excited about." She paused, catching Cleo's gaze. "Still am, even if the beginning has been a little awkward." Then she looked away.

Cleo felt her pain.

She reached over and touched Becca's arm, and jolted at their renewed connection.

Mistake.

"Look, this morning was a big surprise for both of us, and I've been meaning to get in contact with you since Saturday, just to say sorry." She winced, feeling her whole face twinge as she did. "I was drunk and got a bit carried away after such a good night."

This time, Becca didn't avert her eyes. "You don't have to apologise for kissing me, I told you that on Saturday. I'm a big girl."

Cleo sighed. "I kinda do. Especially now we're working together and I made you break your pact. We had a great night, but nothing should have happened."

Becca blew out a breath. "It's all good, really."

"I hope it will be," Cleo replied, as much to reassure herself as Becca. "I don't make a habit of going out and getting drunk with new hires — if you can keep it to yourself, I'd appreciate it." She frowned. "I mean, it's fine that we've met, no point in covering that up, that would just look odd."

"Don't worry, this is just as awkward for me as it is for you," Becca said. "I wasn't sure what the protocol was. Whether or not I had to pretend we didn't do tequila shots together and eat ropey fried chicken, or whether we could say hi."

Cleo put a hand to her brow and sighed again.

Becca gave her a long stare, before nodding, her face drawn into serious lines. "What happened in Soho stays in Soho, okay? We just happen to have met at a wedding at the weekend, that's all." She paused. "But we had a great time, didn't we?"

Cleo couldn't help but smile at that. "We did," she said. "But I'm sorry I mucked up your year off dating."

Becca gave her a grin. "You didn't. We're not dating, are we?"

Alarm must have streaked across Cleo's face.

Becca let out a bark of laughter. "Your face," she said. "Don't worry, you didn't promise to marry me or anything. It was just a drunken kiss, nothing more."

"Okay." Cleo's memory was normally reliable, but there were definite gaps when it came to Saturday.

But the kiss — she remembered that. Along with how it had made her feel.

Alive. Wanted. Happy.

Until it ended and she realised Becca was still 23. Argh!

Becca went to say something else, then stopped. What was on the tip of her tongue?

The tongue Cleo had tasted.

It was probably best not to ask.

Instead, Cleo gave her a wide, exaggerated smile. Had they cleared it up? She hoped so.

"Will we be working together directly?" Becca asked, fixing Cleo with her blue-steel gaze.

Cleo fought down a wobble inside.

"Not a great deal, you'll be reporting in to Mika, but we're all on the same big project — the staff festival which is coming up in May. Mika will fill you in. But we'll have daily contact and I'm always available if you need to chat or want some advice. I don't want to be accused of favouritism, but my door is always open." She paused. "Especially to such a good dancer."

Becca smiled, cocking her head. "I enjoyed dancing with you, too."

The door to the toilet swung open and Nadia walked in, giving Becca and Cleo a smile before going into the middle loo.

Cleo's mouth twitched as she straightened up. "You better get back to your group before they send out a search party."

Becca gave her a salute. "Yes, boss."

Chapter Eight

"Holy shit. Are you sitting down?" Becca was sitting on a gnarled wooden bench in a small park round the back of her new office. Her phone was glued to her ear, her black pea coat pulled tight around her to fend off the chill February winds. Becca loved February, though; she loved its sharp coldness, its rough edges. In January she always felt fat and bleak, but February held the promise of newness around the corner, with spring waiting to kick into gear.

Today, it was still very much winter, the wind needling her face. She could smell the dampness from last night's rainfall, still infiltrating the ground and the bench she sat on. A little shiver ran up her as she shifted her bum to keep warm.

"Of course I'm sitting down, I work in an office. I spend half my life on my arse, which is why I need to go to the gym all the fucking time to keep it looking trim in case anyone wants a closer look at it."

Tracey Yu was Becca's flatmate and best friend from uni. She worked in a bank in the city, and during the past nine months while Becca had been looking for her ideal job, Tracey had been happy to buy her drinks and the occasional dinner, as her job paid considerably more than Becca's. As Tracey often told her, she'd been born to be an accountant — it's what happened in Asian families — so she was happy to share the wealth her spreadsheet prowess provided.

Becca loved Tracey for that — she was generous in the extreme. They'd lived together for the past three years, and because they finished each other's sentences, everyone always thought they were together. They never had been. Tracey was pansexual, and currently sworn off women after getting burnt by her last girlfriend. She was laying groundwork with a man called Justin at present, claiming he was sexy and uncomplicated. Becca didn't like to tell her that whenever sex was brought into the equation, complexity tended to increase whatever the gender.

"Okay, enough about your arse. I have major news."

"You do?"

"I do." Becca paused. "You know Cleo, who I went out with on Saturday night after the wedding?"

"The hot older woman who could give Cate Blanchett a run for her money? The one who got drunk and snogged your face? How could I forget?" Becca could hear the grin in Tracey's voice.

"The very same." Pause. "Well it turns out, she's my new boss." She couldn't help the shake of her head. This was still all too surreal.

"You're shitting me."

"I shit you not."

"How can that happen?"

Becca shrugged her shoulders in an exaggerated manner. "You tell me." Her brain was still trying to compute her day. "I mean, how the fuck can it happen? I go into my new job wanting to make a great impression on my new boss, and she turns out to be the woman I got drunk with on Saturday night, the one I told about wanting to make a good impression at my new job. And we kissed." When she said it out loud, it sounded even worse.

She heard Tracey snort. "Your life is always complicated, isn't it? Me, I just got my degree and went to work. Nothing major ever happens. Whereas you slalom from job to job and eventually get one you want, only to find your new boss is the hot chick you snogged at the weekend." She let out a whoop of laughter down the phone. "It's like you're in a movie."

"A disaster movie," Becca replied.

"Or perhaps a rom-com, and the ending is going to work out just fine. Like, you're Hugh Grant and she's Julia Roberts."

"She's definitely a pretty woman."

"I was talking about *Notting Hill*."

"I know," Becca replied, deadpan. "But seriously, what do I do now?"

There was a pause before Tracey replied. "You go in and do your job even better than you were planning.

Because you can bet your life she's going to be watching you even harder now." Another pause. "Unless the flirty mood of Saturday continues, in which case, who knows what might happen?"

"Nothing can happen. For one, I'm not looking, remember?"

"Uh-huh."

"And for another, she's my boss! The one who'll be deciding if I'm doing a good job or not." Becca put her head in her free hand. "This really is like a car crash."

A lunchtime jogger ran by as she looked up, his face creased with effort. Becca was always in awe of lunchtime joggers — leaving the office to get a sandwich had always been around the limit of her lunchtime routine.

"You're thinking too much," Tracey said. "Yes, she's your boss, but this could play to your advantage. You know a bit about her, so use what you know to impress her. Plus, she might be favourable to you, too. She did kiss you, after all." Pause. "It *was* her who kissed you, right?"

Becca nodded. "Yes, but we were both flirting. And I hardly pulled away from the kiss."

"Doesn't matter — she was the instigator of the exchange of bodily fluids, and that's a high five in your court," Tracey said. "This is the first time I'm going to say that your self-imposed sex diet is a positive in your life. In times gone by, you would have woken up with her in your bed, and that would have been a shitstorm."

She wasn't wrong there.

"As it is, you did not do that, so you can go back into your office and impress the shit out of her with your capability."

Tracey was right. She would use their short friendship to her advantage and show Cleo exactly what she could do.

She would also try to put out of her mind that Cleo looked all sorts of hot in her slate-grey office suit and heels, and that she was precisely the sort of woman the old Becca would have gone for.

However, this was the new Becca. The one who concentrated on her career and *not* on the latest unsuitable older woman to cross her path.

As unsuitable went, Cleo was off the scale.

"Have I talked you off the metaphorical cliff you were about to jump from?" Tracey asked. Her tone was flatter now, and Becca could tell this pep talk was coming to an end.

"As you always do," Becca said, sitting back on the bench, raising her head to the small shard of sunshine breaking through the blanket cloud.

"Good," she replied. "You can cook my dinner later as a thank you if you like."

Becca grinned. "Beans on toast it is."

"Thank god you've signed up to a vow of chastity — no woman is ever going to love you for your culinary skills, are they?"

* * *

Becca came back into the office, giving Cleo a weak

smile, phone in hand. She looked like she'd rather be anywhere else but there.

Had Becca just been outside telling her mum that Cleo was her new boss and that she'd been a sexual predator on Saturday?

Cleo swivelled in her chair to avoid seeing anyone else and gave a sigh.

Deep down, she knew she wasn't that. She was just a rubbish drinker. Always had been, despite her best efforts. Ask her best friend Heidi, who'd known her since university.

Although, she wouldn't ask her now, as Heidi was currently very pregnant and very off the sauce, which was making her frown every time Cleo mentioned having a glass of wine. No, she'd save that detail for after the birth.

Her phone lit up on her desk and she grabbed it, hunching over to check the screen. Talk of the devil. Heidi.

'Hey you — next antenatal class date is attached in the calendar invite. Don't forget it, okay?'

Cleo stared at the phone. She wouldn't forget it, she'd promised Heidi.

She swung round in her chair, glancing up at all the 20-somethings going about their work in front of her, oblivious to her internal wars. All except Becca, of course.

She decided to focus on the positives — good job, own home, just like Becca had told her on Saturday night.

The question was, how long would it take her to stop thinking about kissing Becca every time she looked at her?

Chapter Nine

Becca was studying the new asparagus salad on the menu in Porter's when her sister walked in, leaning down to give her a kiss on the cheek before unwinding her thick burgundy woollen scarf. She looked like she was about to strangle herself, but Becca said nothing.

"Have you lost weight? You're looking very skinny," Becca said, realising too late she was sounding like her mother. She was only 23 — surely she had at least another ten years before she started that particular transformation?

"Might have," Rachel said, giving Becca a smug smile. "It's probably all the sex I've been having, definitely keeping me trim." Rachel sniffed the air. "But it smells to me like Jess has been baking this morning, so maybe I'll have a bit of her cake to fatten me up." She sat down in the wooden chair opposite Becca, giving her a full grin.

Becca furrowed her brow, shaking her head. "If you're eating cake, at least you won't be going on about your sex life, so I'm all for it."

Rachel gave her a satisfied shrug. "Just because you're withering from lack of sex in front of my eyes."

"I'm doing just fine, thank you." Becca sat up in her seat, waving at Jess who'd just emerged from the back of the café.

It was early on Saturday morning and Becca had come over to have coffee with her sister in Woolwich, before having a meeting with café owner Jess about her wedding. Becca was planning Jess's wedding to her long-term partner, Lucy. It was her first job as a wedding planner — a test case she was doing for free — and she wanted to get it *just* right.

Not only were Jess and Lucy a gorgeous couple, their wedding was also drawing quite the lesbian crowd. If Becca could pull off a great day, she might score some more commissions from their friends, too. If she could corner the lesbian and gay wedding market, she'd hit the perfect sweet spot for her fledgling side hustle.

Jess brought over two coffees, giving Rachel a hug, and then Becca. "Our meeting's not till ten, right?"

Becca nodded. "I just thought I'd see my sister while I was here, too."

Jess nodded, glancing at Rachel. "You working today?"

Rachel groaned. "My last shift this week — I've done six days straight and I'm dying. I cannot wait to have two days off on Sunday and Monday." Rachel was a chef in a busy central London restaurant, and Becca always claimed she'd stolen her share of cooking ability. It was quite startling to have one sister who was a natural-born chef, and the other who could burn potatoes.

Jess gave Rachel a smile. "I hear ya. Try running a café,

it's a thankless task. Good job I love it." She paused. "Where's Alice today?"

"Painting at her parents' house; she scheduled today as she knew I was working. But we're going to have a whole day to ourselves tomorrow, which will be amazing. This week, we've been like ships that pass in the night."

"Ships that occasionally bump up against each other in the night?" Becca asked with a smirk.

Rachel gave her a look as a customer walked into the café carrying a chihuahua in a Gucci bag. It was becoming a more and more common sight in London.

Rachel, Becca and Jess exchanged looks, before Jess excused herself. "I'll be with you at ten — Sophie should be here in ten minutes to hold down the fort while we chat." She walked back to the counter, and soon the whir of the coffee machine filled the air.

"How did your first week go?" Rachel asked, stirring her flat white. "Did you manage not to swear or punch anyone?"

In normal circumstances, Becca would have given Rachel a disparaging look, but this week had been far from normal. Instead, she avoided eye contact and cursed herself as she felt her cheeks bloom with colour. Damn her body's giveaway responses.

Rachel perked a single eyebrow. "You didn't tell your new boss to fuck off, did you?"

Becca inclined her head. "I did not." She paused. "But have a guess who my new boss might be."

Rachel's eyes widened. "Do I know her?"

Becca nodded as her sister rubbed her hands together, pondering. "Give me a clue, I'm not just going to pluck someone from thin air."

"We met her recently."

Rachel screwed up her forehead. "I still don't know," she whined, making Becca roll her eyes.

"Okay. Last weekend at the wedding. Remember Cleo, who was on our table?"

Rachel took a sip of her coffee, nodding over the rim. "How could I forget Cleo? She was gorgeous."

"Gorgeous Cleo is my new boss."

Rachel's mouth dropped open. "Oh," she replied. "So how was that when you realised?"

"Not brilliant, seeing as I took her out to Soho after the wedding and we were out till 3am drinking."

Rachel froze. "Tell me you didn't shag her."

"I didn't shag her."

Her sister's shoulders slumped. "No problem, then! She's your new boss, but that could be a good thing." She paused. "Unless you want to shag her, in which case it could be a cruel thing, seeing her every day."

"Thanks for the support."

"Here to help." Rachel gave her a grin. "Cleo, though. How old is she?" She held up a finger. "No, let me guess — 35?"

A shake of the head. "Thirty-nine."

Rachel's mouth made an 'O' shape. "Double jeopardy for you — you love older women."

"There's older women and there's *older women*," Becca replied. "I know my most recent ex was ten years older, but she'd only just come out, so still had a lot to go through. Cleo, however, seems pretty sorted to me. She knows what she wants and she's well liked at work, which is unusual for a boss, isn't it? I mean, nobody has a bad word to say about her. And from what I've seen, why would they?"

Firm, funny and gorgeous. Especially in her suit and heels.

"But it still doesn't change the fact she's 16 years older than me. And even for me, that's a bit much, isn't it?"

Totally. When she said it out loud, it sounded rational and sane. Even if Cleo wasn't her boss, getting together with her would be madness.

However, when she looked at her sister, Rachel's mouth was curled into a smile. "Aaaw, it sounds like Becca has a crush."

Becca narrowed her eyes. "Did you even hear what I said?"

Rachel nodded. "Uh-huh. It went something like: 'My boss, off limits, but capable, hot, dreamy, want'..."

Becca took a deep breath before she replied. "You're a complete cunt sometimes, you know that?" She was smiling, though.

A bubble of laughter escaped Rachel's lips. "Because I know you and because I'm so right?"

"What part of boss and 16 years don't you get?"

"Alice is five years older than me."

Becca raised an eyebrow. "Really? You're comparing five years to 16? Five years is nothing — 16 years is a generation. When she was 21, I was five. When she turned 30, I was 14."

"Thank you, maths genius." Rachel paused. "Look, I'm not telling you to get together with her. She seemed lovely, but she's your boss, and you're right, 16 years is a lot. She could be your mother."

Becca coughed. "Really? You saw her — does she look like my mother?"

"She could be if you were Rory and she was Lorelai Gilmore." Rachel grinned at that. "Although you shouldn't have a crush on your mother. It's a good rule to live by." She paused. "Anyway, tell me more about Saturday night."

Becca shrugged, but her cheeks heated up once more. "I told you. We went out, we drank tequila, we got a little messy. It was fun."

"Good — you've been getting a little too goody-two-shoes of late."

"I have not!" Pause. "I found out Cleo's been married before."

"To a woman?"

Becca nodded. "Yep. To a younger woman."

No words could have communicated Rachel's eyebrow arch more eloquently. "So she goes for younger women, and you go for older. It's so *nearly* perfect."

"Only she told me she's done with younger women — she wants to meet someone her own age next time."

"Old habits die hard."

"She's nearly as old as Siobhan!"

"Call the age police," Rachel replied. "Plus, you're wise beyond your years."

"You weren't saying that when I was puking my guts up after we went out to that club last month."

"You forgot you were wise beyond your years that night."

"And the next day when I ate a whole Battenberg cake."

"That's sensible, up your sugar intake — best way to get over a hangover, everyone knows that." Pause. "But anyway, back to your hot boss."

"My hot, never-gonna-happen boss."

Becca stared at her sister for a few minutes, until they both started laughing, and neither was quite sure what they were laughing at.

"Prince Charles was 13 years older than Diana when they married."

"And that worked out *really* well," Becca said, still gasping for air.

"It's a shame, because Mum really liked her."

"I rest my case."

They were interrupted by Rachel's best friend Sophie walking up to their table — she worked in the café part-time. Her crisp black apron still had the creases imprinted on its front.

"Hello, stranger!" Rachel got up and gave Sophie a quick hug.

"What's tickled you two so much?" Sophie looked from Rachel to Becca, and back.

Rachel shook her head, still smiling. "It's a long and complicated story. I'll tell you another day."

"What-evs," Sophie said. "Are you and Alice still on for the cinema next week? Did you check your rota?"

Rachel sat back down. "Yep, all good."

Sophie gave a short, firm nod. "Good. Now I'm going to relieve Jess and she's coming over to chat wedding shit with you."

"Are you going to be listening in just in case you and Tanya need some pointers?" Rachel asked.

Sophie shook her head, giving the pair a grin. "Hell, no. I'm not messing things up when they're all going along so well. Tanya and I are fine as we are, why would I want to bugger it up? Because that's what marriage seems to do in my experience — bugger things up. Look at my parents." She glanced to her left, and all three turned their heads to see Jess taking off her apron and approaching their table.

"But don't tell Jess I told you that," Sophie whispered.

Becca knew Cleo would say the same, but call her an old romantic, she still had faith in love and marriage.

"Your secret's safe with me," Becca said, as Jess sat down and Rachel accompanied Sophie to the counter to continue their chat.

"Right then, we've got a lot to get through," Becca told Jess. "But I've booked a brilliant photographer for your July 14th date — so glad you decided to shift it by two weeks. I think you're going to love her!" She reached into her bag and pulled out her tablet.

As Becca looked up, Jess's face was a picture of hope and love. No matter what the others thought, she could tell there was nothing more in the world Jess wanted than to marry Lucy.

Becca was warmed right through by the thought. She wanted to feel like that about someone, some day, but she knew she had plenty of time to get there.

An image of Cleo leaning against her desk in her fitted suit popped into her head, and she whacked it with a mental mallet.

Back to business.

Chapter Ten

"Sorry I couldn't meet you the other night — some days, pregnancy is brutal." Heidi rubbed her belly, a tiny smile perking the corners of her mouth. "Did I tell you he or she is waking me up all the time now, kicking and punching like a ninja? Good job I don't have a girlfriend at the moment, I'm a nightmare to sleep with."

"Don't put that on your Tinder profile," Cleo replied.

Heidi rolled her neck from one side to the other. "Believe me, having a girlfriend is the very *last* thing on my mind. I decided to have a baby on my own and I intend to do just that. Sometimes it might be nice to share things with someone, but that's what I have you for." Heidi took Cleo's hand in hers and squeezed it hard before letting go. "For at least the next year, it's just me and the bump. We'll see what happens after that."

"But it's getting exciting. Only ten weeks to go!"

"I know," Heidi replied, giving Cleo a panicked smile.

Cleo just gave her a grin. Her best friend since they'd met at university over 20 years ago, Heidi always had a plan — she just might not be aware of it till the last minute. When she was made redundant at her last job, she'd applied for a few other full-time posts before setting up on her own. Heidi was now one of the most sought-after wedding photographers in London, and she got more offers of work than she could possibly take.

They walked along one of the many paths in Queen's Park, the mottled sky above reminding Cleo of the blue cheese in her fridge that had been there the night before, but was strangely missing in action this morning.

Duncan. He was showing no signs of getting back together with Michelle, and it was now two weeks since Fionn's wedding, when he'd told the whole table he was going to do something big. Perhaps his and Cleo's idea of 'something big' differed.

Instead, Duncan had started a blog on being heartbroken. He spent his evenings hammering away on the keys of his laptop like he was drilling for gold, along the way eating all the food in her fridge and never replacing it, as if it simply landed there, bought and delivered by fairies.

Sometimes, Cleo wished she could be that self-absorbed and not worry about how her actions affected other people, but it wasn't in her nature. She was hardwired to care.

The past two weeks, she'd bent over backwards to be extra-nice to Becca, and then worried she was showing favouritism. Sometimes, it was exhausting being her.

"You're going to be fine, you know," Cleo said. "The best mother in London."

"I'd just settle for having the quickest labour on

record," Heidi replied. "Because every day he or she is getting bigger, and every time I realise that, I know where it's got to come out of." She pointed with her finger.

Cleo sucked in a breath and put an arm around her friend. "Best not to think about that because it's coming out, whether you like it or not."

Heidi shivered and gave a grimace. "I'm really not looking forward to that bit."

Cleo squeezed a little bit harder. "I'm going to be right there with you, remember?" As Heidi was having this baby alone — she'd travelled to Denmark to be inseminated and it had worked on the first go — Cleo had agreed to be her birthing partner. They'd been to one antenatal class that had scared them both in equal measure, but now they were in the home straight.

A grey squirrel ran across their path and scuttled up a nearby tree trunk. Heidi stopped and watched its progress, nodding towards it. "You know, I keep thinking I'd like to do that — run and hide, just hibernate till this is all over. But, needs must. I've got four more weddings to do before the baby's due, and then I'm taking three glorious months off. I can't wait."

Cleo regarded her friend. "And do these couples know you're so big now?"

Heidi nodded. "I was very up-front from the start, so they know. So far, it hasn't been an issue. It's more the relatives of the happy couple who get a bit freaked out when I start getting down on my knees to take a shot.

They think I'm gonna topple over. They don't know the core exercises I've been doing every single day."

Cleo indicated a wooden bench on the left. "You wanna sit?"

Heidi shook her head. "So long as we go slow, I want to get a little exercise in today."

"We can go as slow as you like, and then I'll buy you coffee and a donut at the end, how's that?"

"I might need two donuts. Baby is very greedy. Takes after its mum."

Heidi threaded her arm through Cleo's and squinted as the sun peeked through the clouds, only to disappear behind them moments later. Even though they were officially still in winter, the daffodils were blossoming all around them, painting the park greens with strokes of brilliant yellow.

"Anyway, tell me more about you — I'm kinda bored of just talking about how fat I am." She turned her head to look more closely at Cleo. "Tell me all about this young woman who's turned your head and is now a member of your staff."

Cleo shook her head. "I'd rather talk about you being fat."

Heidi slapped her for that. "Only I'm allowed to say I'm fat. I'm pregnant to you, got it?"

"Got it," Cleo replied, blowing out a long breath. "Anyway, there's nothing to tell. If Becca had just started working for me, I wouldn't have given her a second look. That's not to say she's not attractive — she is, she's got the whole hipster vibe going on — but she's in her early 20s and I'm not having a midlife crisis. Yet."

"I sense a but."

Cleo stretched her neck and looked up into the sky. As Duncan had rightly told her over dinner the previous evening, Becca had got under her skin in just one night. "If we put aside the whole I kissed her thing… I dunno, we had a really fun time when we went out. She reminded me that I could be fun, and that hasn't happened in a while. You know how dating is — it's pressured. But when we went out, it wasn't a date, we were just balancing up all the heterosexual energy we'd inhaled at the wedding with a little gayness at the end of the night. Nothing more, nothing less."

"The pressure was off and you loosened up."

"Exactly. I don't know if it was because she was young, but *I* felt young again—"

"You're hardly old."

"You know what I mean. I felt like going out and having fun was possible, with no pressure." She paused. "On Saturday night, I was Fun Cleo, and she hasn't been out to play in a while. Not since Sara."

Heidi smiled, taking Cleo's hand and kissing the top of it. "I like Fun Cleo, have I told you that? I miss her. I remember her fondly. She was my best friend once."

"You're funny, you know that?"

"And what's happened with this girl? Have you spoken to her?"

Cleo ground her teeth together, running the two weeks through her head. The excruciating first talks, the shy smiles through her office door, the couple of times she'd caught herself staring at Becca and forced herself to look away. One time, she'd looked up and Becca had been doing the same, her stare trained on Cleo. When their gazes had met they'd both looked away, Becca's cheeks flushing so bright red, Cleo could even spot it from a distance.

They'd both spent the time not quite sure how to act, and so overdoing it. She could only hope things would get better.

"We've been as we should be: I'm the boss, she's the newbie. Mika says they're all doing well, but Becca especially so. She's the standout of the group."

"Maybe she's doing her best to impress you," Heidi replied, raising a single eyebrow and slowing as they neared a bench. "You know what, second thoughts, I might just take a breather. It's quite heavy carrying another person around."

"I hope she would be trying to impress me in her first couple of weeks." Cleo rubbed her hands together and blew into them to warm them up. She'd forgotten her gloves again, as was her habit. "But it has made me see that I could get out there a bit more, so that's a positive to come from it, isn't it?"

Heidi cupped her ear and inclined her head towards Cleo, frowning. "Hang on," she said. "Can you hear that?"

Cleo frowned. "Hear what?"

Heidi shifted her head closer to Cleo. "That sound, like a revving noise." She glanced up with a wicked smile. "I think it's the sound of somebody's libido waking up."

Cleo couldn't help but laugh. "Ha ha," she replied. "Libido, mojo, call it what you like."

"So long as it ends in an 'O'. Lusto. Sex driveo. Passiono."

"You think your baby's going to inherit your word skills?"

"We can but hope," Heidi replied, sitting back up and wincing as she got comfortable again.

"Anyway, Mika and I agreed that the best newbie of the week gets to work on the staff party project more closely with us, and she nominated Becca, which makes things a little more complex."

Now it was Heidi's turn to rub her hands together. "The plot thickens."

Cleo smiled. "No plot, no story. The credits have already rolled on this one."

"Are you going to accept her working with you? Don't you have the casting vote?"

Cleo shook her head. "It would look odd if I overruled Mika when I never have before. It's not like we're going to live in each other's pockets. And anyway, I like her. She's young and fresh."

"You make her sound like a bag of lettuce."

Cleo rolled her eyes. "I'm sure we can work together and be just fine. And who knows — I might put my dating profile back online. Or maybe just go out for a drink and a dance." She grinned at Heidi. "You wanna come? Bring baby, too?"

"A fine sight I'd look, dancing in a bar. I'm like a cautionary tale they tell schoolchildren — watch out kids, you don't want to end up like the knocked-up, single, lesbian mum, do you?"

"A biological conundrum right there for the science department."

"I'll happily be your wing-woman when I'm back on my feet and can get a babysitter. Till then, I'm operating on a need-to-go-out basis. Four weddings to photograph, our next antenatal class together — it's on your calendar, right?"

"It is." Was it? Cleo made a mental note to double-check when she got home.

"Good. Apart from that, I'm only leaving my flat to go to hospital, be pumped full of drugs and give birth. And then I'm coming home to sleep for a year."

"You're planning to give birth to the amazing sleeping baby?"

"Of course. It's going to be my son or daughter's superpower."

"Have you been practising your breathing like Innes said?" Their antenatal class leader was a woman neither of them wanted to cross. She was fanatical about learning to breathe properly, which had amused Heidi no end.

"I know how to breathe. I've been doing it for nearly

40 years. Honestly, I think some of these people are paid to state the bleedin' obvious."

"I'll remind you of that when you're panting for breath in the labour ward," Cleo told her, laughing.

"Do and die." Heidi rubbed her belly again. "It's getting a bit real now though, isn't it?" She put her head on Cleo's shoulder as she spoke.

In return, Cleo placed a delicate kiss on the top of her head and put an arm around her. "That's exciting though, right?"

Before Heidi could answer, some chatter made Cleo look up — and when she saw who it was, she did a double-take.

Because standing in front of her were Becca and her mum, with Martha peering down at Cleo, as if not quite believing it was her.

That made two of them.

Although, as Becca did live a ten-minute walk away, she supposed the chances of them running into each other were greater.

Cleo glanced at Heidi, then at her bulging belly, and quickly removed her arm, getting up to greet Martha who looked like she was going to engulf Cleo in a hug any second. Sure enough, as soon as Cleo was within range, that's exactly what she did.

"What are the chances of meeting you here!" Martha said as she pulled back and held Cleo at arm's length. She had her neat hair tucked under a white woollen hat that looked like someone had taken a great deal of care knitting. It reminded Cleo of her gran, who had always kept the family in mittens, hats and scarves throughout her childhood.

"Especially when Becca was just telling me that you're working at her new place, too. I hope she's been good so far, not giving you too much trouble," Martha added with a smile that only a mum could give.

Oh, you'd be surprised. "She's been a delight to work with, top of the class," Cleo said, noting Becca's face which had turned into one big horror show. It was kinda endearing.

"Good to hear," Martha said, leaning in. "She always was a good worker, even when we had the shop." Martha turned to Becca, and Cleo sensed her pain.

Becca looked like she wanted to stop the world and hop off.

"You loved working the Saturday crowds at the greengrocers, didn't you?"

"I don't think Cleo needs to know my Saturday job history," Becca said, her tone clipped.

"You can fill me in on Monday," Cleo replied, wading to Becca's rescue.

Where Martha was wrapped up to the nines, Becca was wearing a military-style black coat that made Cleo feel self-conscious of her blue puffa jacket. It was hardly a style statement, unlike Becca's outer layer. Becca was also wearing an ear-warmer around her head — not a hat, because that would mess up her neatly styled hair.

Just looking at her, Cleo's heartbeat began to thump a little louder in her ears, but she ignored it. Her cheeks burned with the knowledge she'd just been discussing Becca and the conundrum she'd thrown into her life. And now, here she was, demonstrating exactly why Cleo was thrown.

But if Cleo and Becca were flashing each other apologetic smiles, Martha's attention had now turned to Heidi. "And I didn't know you were with someone and expecting," she said, glancing from Heidi to Cleo. "How far off are you? Not long I'd say!"

Heidi shook her head, amusement dancing on her lips. "How long, honey?" she said to Cleo.

Cleo shot her a look. "Ten weeks," she said. "And we're not together — Heidi's my friend."

Martha took in this new information with a look that said she'd heard that one before. "Anyway, it's good we ran into you as I was just saying to Becca I wanted to invite you and Duncan to our curry night a week on Wednesday — March 14th? Nothing big, we just go out for a curry with all the family, and it's BYO. Becca was saying she didn't think you could make it because of the big project you had on at work, but I told her everyone needs to eat." She glanced down to Heidi. "You're welcome too, of course, as Cleo's... friend."

"We're not together," Cleo repeated. She wasn't sure why it was important that Martha understood that, but it was.

Heidi gave Martha a serene smile. "Thanks for the

offer, but I'm very much a homebody these days." She tapped her belly. "At least, I am until this little one is out."

Martha nodded. "I remember it well." She turned back to Cleo. "But you and Duncan — you'll be able to come, won't you? I've invited your parents, and Fionn and Ryan are coming, too. I know all my other daughters would love to see you both again — they haven't stopped talking about the wedding and Duncan's website. He's causing quite the stir!"

Wasn't he just.

Cleo glanced at Becca, still marvelling that they'd only known each other such a short while. Sometimes, time meant nothing. She felt like Becca had been in her life far longer. Heck, it felt like Martha had been here all her life.

"I'll have to check my diary. Like Becca said, we're ramping up at work and I'm going overseas soon, too. But if I'm here, I'll come."

"Sounds perfect!" Martha replied, rubbing her hands together. "We'll leave you in peace now. Good luck with the baby," she told Heidi.

Martha set off down the path, and Becca gave her a wave, along with a wince. "See you Monday?"

Cleo nodded. "You will."

She watched Becca go, noting how her heart was still thumping around in army boots, not about to pipe down anytime soon.

When she looked up, Heidi was giving her a wry grin.

"So that was Becca?"

"Uh-huh."

She moved her head backwards, whistling through her teeth as she did. "You didn't tell me your mysterious 23-year-old was cute and stylish — that changes everything."

"She's got youth on her side."

"And beauty. And the fashion police."

"She's still my staff member."

Heidi let out a gurgle of laughter. "Oh, I know that. But now I've seen her, I know you're facing added dilemmas every single day."

Chapter Eleven

The following week, Becca tapped on Cleo's office door as instructed.

Cleo looked up, turning in her chair and slamming her leg into something under the desk. The sound of the collision was followed by a strangled cry escaping Cleo's lips, as she leaned forward, blowing out a long breath.

"Fuck, fuck, fuck, fuck, fuck!" she hissed, motioning Becca into the chair on the other side of her desk.

"Are you okay? Did you hit your knee?" Becca asked, as Cleo's face drained of blood.

She nodded, wincing. "I did. And thanks for coming so quickly."

Becca nodded. Had there been a choice in the matter? When your big boss sent you an email asking you to come by her office, Becca assumed it was mandatory to do it right away.

"You know, if this is about my mum, I really am sorry. I tried to talk her out of inviting you, but she's got a bee in her bonnet about you all coming—"

"It's not to do with your mum," Cleo said, her breathing

now more or less back to normal. "Why is it that knees and elbows hurt so much when you hit them?"

Becca shook her head. "I dunno. I did events management at uni, not biology."

Cleo steadied herself, giving Becca a grin. "Which is why I wanted to see you." She paused. "And I won't come to the curry if it makes you uncomfortable."

Becca shook her head. "It doesn't." Was that true? She wasn't sure. "But as our parents are now friends, they might talk about us."

Cleo frowned. "That's weird, isn't it?"

"Very." Becca crossed her legs and then uncrossed them. The air in the office was close, and she wasn't quite sure what to do with her arms and legs. At least Cleo had a desk to hide behind, even if it was attacking her.

"I called you in here because I need some help. You know the staff party is coming up, right? Or staff festival."

Becca nodded. She'd been on a conference call with Boston and had introduced herself to her US colleagues, along with Nadia and Damian. Becca had wanted to make a good impression, contributing a couple of opinions and stats she knew about festivals from her course, which had gone down well.

The company was throwing a summer festival for its staff and was hiring superstar headliners. Plus, it was flying in staff from all corners of the globe, spending a fortune in time and money getting everyone in the same place at the same time. It was a huge operation, and just the kind of thing that

Becca had wanted to work on when she graduated. She'd been boring Tracey with details ever since she realised the scope of it.

"You made a good impression in the meeting on Monday, and I asked Mika to select one of the new recruits to work more closely with us on this project. She selected you." Cleo sat forward, her mouth twitching. "This was Mika's call, nothing to do with favouritism from me. So you should be pleased. You earned this."

Becca gave her a wide smile and their gazes locked for a second, before she sat up straighter, breaking the moment.

"You won't regret it. I've got loads of ideas."

Cleo smiled. "Exactly what I wanted to hear. It'll involve going to Boston at some point — I'll let you know when — and myself and Mika are first points of contact for the US team. But you're going to be kept in the loop and come into all the meetings, too. How does that sound?"

"Sounds amazing, thanks so much!"

Cleo sat back. "Like I said, this is all down to you. We're on a tight deadline but the plates are all spinning. We'll have a meeting to bring you up to speed very soon."

Becca rubbed her chin. "I've never been to the US — always wanted to go."

"Then I really am your fairy godmother."

"Who would have thought that when we were drinking tequila in Friends a few weeks ago?"

Cleo tensed at her words, glancing out into the open

office beyond, and then back to Becca. "Who indeed," she said, eventually. "Are you sure you're going to be able to juggle this extra work with doing your wedding planning on the side, too?"

Becca nodded. "No problem. I'm only doing one wedding and it's going smoothly." She looked around and grabbed a pencil from Cleo's desk tidy. "Touch wood. Plus, this is my real job and it'll get my full attention, I promise you that. I'm the problem-solver in my family. I sort stuff out. Ask my mum when you see her at the curry, she'll tell you. She always says that's what she had me for: to be the organiser, as everyone else is useless."

Cleo glanced up and held her gaze, her brown eyes lasering Becca's skin.

Becca's heart jump-started and something low down in her stomach flip-flopped as the moment pulled up between them, honking its horn. Becca didn't look away.

"I'll do that," Cleo replied. "It'll be nice to see everyone again."

So Cleo was coming. Becca hadn't been sure. They were going to see each other outside work. Would that mean falling back to how it had been that first Saturday? To Cleo kissing her again?

Becca shook her head. Of course it wouldn't. Things were different now. "Is Duncan coming, too?"

"That's why I'm coming. I can't leave him to go out alone — he's a liability."

"I hear he's writing a blog on being newly single. My

oldest sister Siobhan loves it, by the way. She's not-so newly single." Becca's shoulders relaxed a little and now it was almost like their chat was getting back to normal.

Almost.

"You can tell him, I'm sure he'd be thrilled. He's not phoning his wife, instead putting all his efforts into his website for the jilted. If it wasn't so tragic, it'd be funny. But he's getting a lot of emails from people in similar positions to him, so it's making him feel better, at least."

"I think he should be on morning telly talking about it. Especially a bit drunk like he was at the wedding. He was hilarious."

"Try living with him," Cleo replied, tapping a button on her laptop and glancing up at Becca. "Anyhow, I've got a meeting to prepare for, but let's bring you up to date on the staff festival this afternoon. Meeting at 3pm, I'll send you an invite?"

Becca nodded her head, getting up. "I'll look forward to it."

"And Becca?"

She turned as she went to open the door.

Cleo opened her mouth, closed it, and for a moment seemed at a loss for what to say. And was that a slight rouge Becca spotted in her cheeks?

"Thanks for being great, you're just what Mika and I needed," Cleo said eventually.

Becca gave her a grin. "It's what I specialise in," she said, walking out the door.

It wasn't till she'd walked over to her desk that she examined what she'd just said, and wanted to rush back into Cleo's office, sweep up those final words and throw them in the bin.

When had she become such a smooth operator?

Chapter Twelve

Her parents were sat down the other end of the table with Becca's parents, which left Cleo sat next to Duncan one more time, in the middle of the Cramer sisters, the newlyweds and Becca's flatmate, Tracey. She remembered only too well what happened last time, and Duncan had sworn he wouldn't embarrass her a second time.

However, as he slugged back another mouthful of red wine and helped himself to a spoonful of chicken jalfrezi, Cleo wasn't confident. He hadn't shaved for a few days, which was always a bad sign. The more hirsute he was, the more trouble he fell into. He'd dropped out of university after growing a beard, and their mum had been anti-facial hair ever since.

She leaned sideways. "No getting hammered and telling everyone love's stupid. Not when the newlyweds are sitting right next to you," she whispered.

"Scout's honour," Duncan replied with a wink.

Cleo knew full well he'd never been a scout. Duncan was not and never had been the outdoor type.

So far, the conversation had centred on Ryan and

Fionn's mini-moon to Paris, where they'd taken in a show and seen the sights for five days. They were jetting off to South America for a bigger holiday later in the year. Mixed in with the chat were the heavenly smells wafting around the restaurant: all kinds of curry undercut with creamy ghee, as well as golden homemade naans dripping with butter. Cleo's healthy eating regime was on the back burner till tomorrow.

She glanced over at Becca, who was sitting opposite Duncan, and gave her a brief smile. No matter what she might have thought, seeing Becca outside of work wasn't proving as tricky as she'd imagined. They'd been working together nearly a month now, and things had settled down, with Mika managing the new hires well. They'd said hi earlier, but hadn't known whether to kiss on the cheek and in the end had fallen into an awkward hug.

However, seeing her outside of work was like they'd both thrown off an invisible protective cloak that kept them in their workplace hierarchy, and just for tonight, they were back to being new friends.

New friends who occasionally snogged.

She banished the thought of kissing Becca to the back of the room.

"Look at you two!" Siobhan waved a hand at the newlyweds. "The picture of love." She took a deep breath. "Stuart and I were like that when we got married. Still were at eight years. Just goes to show, doesn't it?"

Cleo coughed. Wow, a sibling more embarrassing than Duncan. She was impressed.

However, Duncan had seen his in and didn't need a second invitation.

"No offence to you two," Duncan told Fionn and Ryan, clearly about to offend them. "But marriage is hard work. Nobody tells you that at the beginning." He pointed a finger at Cleo.

Oh god.

"Cleo's divorced," Duncan said. "Hers took five years to break down. So work at it, that's my advice."

Cleo closed her eyes. Duncan was giving out marriage advice as well as sharing details of her own. Seriously? She was going to kill him. A slow, sure death, with lots of suffering.

"You've set up a website for the newly separated, haven't you?" This was clearly a favourite subject and Siobhan was settling in for the night.

"It's a blog called notonlythelonely.com," Duncan said.

Cleo sat up at that. "It's got a name now?"

Duncan nodded. "It needed it — I didn't want people using my name. Anyway, it's been cathartic writing about my experiences and I've been getting loads of comments. I'm even starting to think Michelle might have a point. Maybe I did let things slide a bit."

Cleo leaned forward. "I apologise for my brother and his big mouth, which he's now going to fill with curry and stop talking, aren't you?"

Duncan held up his hands. "I'm giving them advice to work on it, not to let things slide like me."

"You should have called it Dear Duncan," Siobhan told him.

He pointed a finger in her direction. "Dammit. I should have, shouldn't I?"

Siobhan sat back, pleased with herself, before firing her next question at Cleo. "How's your friend doing — the one who's expecting? Mum was telling us about meeting you both in the park."

Cleo and Heidi had been a topic of conversation? "She's good; still pregnant, due in two months."

"Was she your ex-wife? I hear that a lot in the lesbian community — that you stay friends with your exes, even become close friends with them." Siobhan turned to Rachel. "You even knew a couple who were married, got divorced, and then she was best woman at her ex's next wedding." Siobhan made a face. "That's taking things a little too far."

Cleo shook her head. What was it with the Cramers not believing she and Heidi were just friends?

"No, Heidi's just a friend. My ex doesn't live in London and we're not really in touch anymore."

"Not every lesbian you meet goes out with each other," Becca told her sister, rolling her eyes at Cleo. "What about Tracey — aren't you going to ask if we're not just flatmates, and actually lovers?"

Cleo had been watching Tracey, who was clinking wine glasses with Duncan. She was wearing a ripped T-shirt that would have looked ridiculous on Cleo, and yet somehow sat perfectly on her slim frame. The wonder of youth.

Siobhan sat back, shaking her head as she finished her mouthful of curry. "I'm just saying, if I shared a flat with a bloke, chances are we'd end up shagging, it's just how things are."

"Or how *you* are," Becca told her. Ouch. "Tracey and I have managed to keep our hands off each other lately, haven't we?"

Tracey tuned back into their chat. "Only because I'm not your type. We all know your girlfriends have to be at least ten years older."

An icy chill fell across the table as Becca glared at Tracey.

Hang on, Becca liked older women?

Cleo sat up.

This was news.

News that caused a frisson of anticipation to creep up her rib cage and explode in her chest. She took a gulp of wine as she caught sight of Becca's heated cheeks sat beneath her flustered gaze.

"I get your point, I like older women, too." Duncan pushed up his shirt sleeves, waving a piece of naan in the air as he spoke. "There's just something about them, isn't there? Style, poise, grace. Not to mention sex appeal."

Becca looked like she wanted to jump under the table and re-emerge in two years. Perhaps three.

This was getting more and more interesting.

"Which is why I've decided I'm going to fight for love and win my wife back," Duncan said, a twist in the story

Cleo hadn't seen coming. "I got an email today that told me to, and they're right. I'm going to do a grand gesture to show her she's worth it. Because love's worth fighting for, isn't it?" He aimed that question at Fionn.

She gave him a nod. "I'm all for it," she said, kissing Ryan on the cheek.

"I've got no complaints," Ryan added.

"And if all of you are so down on love, why is it all you're talking about?" Rachel had a point. "Stop being a table of love bashers and stand up for your love rights," she added, kissing Alice's hand. She held up her glass of wine. "A toast. To Duncan winning his wife back, and to all of us believing in love."

Cleo lifted her glass, along with her gaze to Becca. And as she did, she found Becca's eyes already on her, Becca's glass moving towards hers.

Becca, who liked older women. Perhaps her kiss the other night hadn't been so out of order.

"To love," Becca said, her cheeks still flushed.

The same tingle that had crawled up Cleo's chest now ran down her spine, from top to bottom. She steadied her breathing before responding.

"To love," she replied.

Chapter Thirteen

They left the restaurant close to eleven, with Cleo full to the brim. Why did everyone always over-order in curry houses? It happened every time.

They'd tried to get an Uber, but the wet weather was against them and the surcharge was set to three. They'd all agreed to get a tube and walk the final 20 minutes. The rain from earlier had stopped, but Cleo found herself looking down to avoid the puddles and splashing her jeans. The air was damp and thick with the smell of wet tarmac and concrete.

When she was little that smell had always made her want to vomit, with many rainy car journeys spent with her small head hanging out of the window. Now, though, nearing 40, she was beginning to like it. As she was ageing, things were changing. Soon, she'd be spending her evenings discussing the pleasures of Dyson vacuum cleaners and memory-foam mattresses.

"Penny for them," Becca said, falling into step beside her. Next to Becca, Tracey and Duncan were discussing who was going to win the Premier League this year, with Tracey trying to convince Duncan it was finally Tottenham's turn. Duncan wasn't even a big football fan, but he was holding up his side of the chat admirably, clearly feeling his masculinity threatened by Tracey. It was making Cleo smile.

"Nothing earth-shattering. I was just thinking if Duncan is trying to impress Tracey, he's barking up the wrong tree, isn't he?"

"Not necessarily," Becca said, rubbing her hands together against the evening chill. "Tracey is pansexual. However, that doesn't mean she's interested in married men. Especially recently separated and still-in-love ones."

"Pansexual," Cleo mused. She'd heard of it, of course she had, and it was definitely something that drew a line between her generation and the next. When she was coming out, you were either gay, straight or bi — that was it. Now there were so many acronyms in the LGBTQ umbrella, it sometimes made her head spin. "Means she doesn't see gender or sexual orientation, right?"

Becca nodded. "Yep. She had a trans boyfriend for a while, and she's dated cis men as well as women, too. Tracey doesn't like to box herself in."

"What about you?" Cleo stuck her hands in her pockets, her shoulders tense as she waited for the answer.

"Me?" Becca said. "I'm a bit more staid; so far at least. I only sleep with women, call me old-fashioned. But that might change, you never know." She paused, glancing up at Cleo. "What about you?"

Cleo nodded. "Very stuck in my lesbian ways."

"It's not such a bad thing to be stuck in." Becca kicked a stone along the path, as ahead of them Duncan turned around and shouted "Poo!", pointing to a large pile of it in the middle of the pavement. They all duly swerved left.

"By the way, I'm sorry about my family again, asking about your ex and about Heidi. I'm doing a lot of apologising for my family lately, aren't I?"

Cleo pointed up ahead at Duncan. "I give you exhibit A."

"Yeah, but Siobhan has got a big gob and never knows when to shut it."

Cleo laughed. "She's fine, just curious. I'd rather people ask questions than assume things and get it wrong. Apart from when Duncan is asking the questions."

As if on cue, Duncan turned around as they swung into their road. "We live four up on the right." He checked his watch. "You guys want to come in and carry on drinking? I don't have much, but Cleo has a full drinks cabinet which she hardly ever touches. I've been giving it a helping hand, but it could do with some love from other quarters, couldn't it?"

Cleo stiffened at the proposal. The dinner had been one thing, and she and Becca had easily reverted back to friends. But inviting Becca into her house was stepping over the invisible line.

As if sensing her unease, Becca was first to answer. "I'd love to, but I have to work tomorrow. Plus, my boss is such a tyrant." She gave Cleo a grin.

Cleo grabbed Duncan's arm. "I'm making the decision for the both of us." Cleo turned to Becca. "See you tomorrow for the big meeting?" They were having an all-hands call with the US events team tomorrow, and she wanted to look her best — hence she'd stuck to sipping her wine tonight, rather than glugging it like Duncan.

"Wouldn't miss it," Becca said, her stare lingering on Cleo. "See you in the morning."

"Yes, you will," Cleo replied.

Chapter Fourteen

"Okay, so you just witnessed my boss getting stressed. They're pretty good about leaving us to get on with things, but once in a while she likes to weigh in. I see it as a necessary evil. She's pretty good at not micro-managing on the whole."

Becca nodded as Cleo sat back down behind her desk, clicking her pen on and off like a drum beat. If she was trying to come off unrattled, she wasn't quite managing it.

"She sounded a little manic."

Cleo shook her head, the rhythmic click of the pen still going. "I suspect she's had the same from her boss, so she's just passing it down the line." She stretched her neck to the ceiling and Becca was drawn to the smooth, pale skin on show.

Until she realised what she was doing and snapped out of it. Switching back and forth between being friends with Cleo, and then colleagues, could be confusing. She still had a few more months on her romance embargo to see out, and Cleo wasn't helping.

Cleo brought her head back to the front and took a

deep breath. "Being that Mika is out this morning, could you make a list of what we need from your notes? Then when Mika comes back this afternoon, she can take over."

Becca nodded. "Is everything okay with her?" Her line manager hadn't reappeared in the office this week, the reasons a little smudged.

Cleo caught her gaze and gave a nod. "Family issues — her mum is terminally ill." She sat forward, dropping her pen on her desk. "Ask her, she's happy to talk about it." Pause. "I'll be finishing the deck for the US team meeting today, and I've got finance working on all the final numbers, as are procurement. If you want to stick around later for the presentation and the meeting, you're welcome."

"I'd love that. I'm here to learn." Becca cleared her throat. "Thanks for trusting me so soon." If she'd gone into a big corporate machine, she'd never be dealing with this sort of thing within a month of starting. But at WorkPlace!, normal was out the window. If you were good, you were in. Of course, it helped that Becca wasn't a complete novice when it came to putting on events. She'd done it during her course, and she'd dealt with some major acts in the process.

"Thanks for being so bloody quick to pick it all up." Cleo tapped her keyboard. "You did some big events when you were studying, didn't you?"

Becca nodded, flicking some lint from her grey trousers. "I put on a gig on Brighton beach, that was the biggest and the one where I thought it might be the shortest career I ever had." She laughed at the memory of the crowds getting bigger by the minute. "We sold out weeks before, but being on a beach, there were always going to be people trying to get in for free. Our security were amazing, but we were nearly shut down for health and safety reasons."

Cleo glanced up. "But you weren't?"

Becca shook her head. She could still taste the fear as she'd dealt with the police, still see the disbelief in their eyes when they realised she was responsible for the whole event. But she'd managed to get them on board and, in the end, her security had saved the day.

"Nope, we sorted out the gate-crashers and our security and the police worked together to calm the situation down. That doesn't mean I didn't nearly have heart failure doing it, though. But it taught me a huge lesson in diplomacy. I had to talk the authorities into not shutting us down, and the talent into carrying on." She gave Cleo a grin. "Some of my classmates were putting on events in local galleries with a 50-person limit. I put on a gig with a top artist whose rider made my eyes water, and it attracted a crowd of over 20,000." She blew out a long breath.

Cleo blinked hard, then shook her head. "Damn, that sounds like the act of someone who didn't know any better." Her smile softened her words. "Would you do it again?"

Becca didn't hesitate. "In a heartbeat. The experience and the connections were epic. Now, if I want to put on another event, the police know they can trust me, and the security love me because I tipped big."

Cleo laughed. "Always tip big and always fulfil artists' riders at least the first time — first rule of event management."

"Too right." Becca's shoulders relaxed, her smile wide. It was good to be able to talk to someone who understood what she did, understood the intricacies and all the work that went into the behind-the-scenes of events. Whenever she tried to explain it to her family and friends, they didn't understand at all.

But Cleo? She got it completely.

"But all of that should put you in good stead when the shit hits the fan for our staff festival, which it inevitably will." Cleo studied Becca before adding, "In a lot of ways, you remind me of myself a few years ago — although your experience is incredible already. And even saying that makes me sound about 100." She smiled again. "Which I'm not quite yet."

Becca took in Cleo's perfect lips as they arched on her face; she lit up as she smiled. Becca cast her gaze to the floor as she tried to squash her feelings into a more manageable shape, one that was appropriate for work. Because right now, what she was feeling was not safe for work in any way at all.

Cleo was everything she went for in a woman: driven, strong, hot, older.

She swallowed down hard, as she looked back up, meeting Cleo's heated stare. And just the force of that was enough to make Becca's breath stall.

There was something there, wasn't there? Something

intangible, something in this office right now, no matter how hard both of them were trying to deny it. Whatever it was, it was watching and waiting, a smirk on its face, wondering what they might do next.

Were the same thoughts flitting through Cleo's head, too? Becca would love to know, but she knew that was definitely not work-appropriate.

"Just know — it's good to have you on my side," Cleo said, her lips moving at glacial pace, her tone wrapping itself around Becca's ears.

Becca sat up, her eyes darting around the office before finally settling back on Cleo's angled, beautiful face.

"Should I come back and go over the deck with you after lunch?"

Cleo shook herself and stared at her, her pink tongue skating along the edge of her teeth. Then she nodded, picking up her pen once more, the clicking resuming. "Yes." She checked her watch. "Two o'clock?"

Becca nodded, then got up, careful not to race out the door.

Chapter Fifteen

Cleo tapped her keyboard and added the heading to the deck, then hit Save and sat back.

It was done.

If the Americans weren't impressed with the line-up, the structure and the budget, she wasn't sure what would impress them. Her team had helped to set up such an impressive festival with music, film, theatre, improv, and all manner of creative sessions, she was almost excited to go herself. Almost.

If she was a punter, she totally would be, but she knew she'd spend the whole three days rushing around the site and putting out fires — hopefully only metaphorically, not literally. All this, while her entire company ate, drank, watched and basked in the event. It was the way of the world in event management.

She sat up and grabbed her phone from the top of her in-tray. It had been beeping all morning until she'd put it to silent so she could concentrate on getting the deck done. She had two missed calls from Heidi — she hoped she was okay. She clicked on her texts, and then saw why

Heidi had been calling — it was their second antenatal class tonight at seven.

Fuck a duck. She'd forgotten to put the class into her calendar despite all of Heidi's reminders, and now she had a possible clash with the most important meeting of her year so far and the most important date for her best friend.

She took a deep breath and ran through what might happen. Her meeting with America was scheduled for 5pm, and she'd promised she'd stick around for any questions the team might have and alterations they might want to make.

Dammit.

The follicles in her hair prickled as Cleo swept her hand through her auburn locks, dread sliding down her. She needed to be around and available tonight, and yet going to this next class with Heidi was non-negotiable. She'd promised she'd be there for her, and so far, she'd kept her word. She couldn't break her promise at the penultimate hurdle.

Cleo tilted her head to the ceiling. It'd be okay. She just needed to run through the deck at a fair clip, hope there weren't too many questions, and she could leave Mika to answer any pressing matters that spilled over. Mika was well known to the team and they all loved her.

It just would have helped if her boss hadn't sounded so freaked out this morning.

She clicked on Heidi's message once again. Yes, the

class was still at seven, and Heidi still sounded a little freaked that Cleo hadn't got back to her.

She exhaled and texted Heidi back, telling her she'd meet her at the hospital. Today was clearly the day she was set to have disgruntled women on her case. All Cleo could do was manage them the best she could and hope that was good enough.

Heidi responded almost immediately saying she was glad she hadn't fallen off the face of the Earth. Cleo sent her back a smiley emoji that didn't echo her mood one tiny bit.

Minutes later, she got a text from Mika that only sent her mood further downwards: she couldn't get back today after all, and she wouldn't be able to join the meeting because she'd be on a train and in patchy reception.

Cleo massaged the top of her nose between her thumb and forefinger. Today wasn't her day, was it?

Could she let Heidi down? She stared at her last text, which said she was so nervous as she'd been feeling weird over the past two days and thought her blood pressure might be up.

The answer was no.

But she couldn't let her boss down, either.

Cleo looked up, just as Becca was passing her office door. There was nothing else for it. Becca had handled the police before and got them on her side, after all. If Cleo prepped her thoroughly and answered all the questions she could before she left, Becca could handle the rest. She hoped. And anyway, she could be on the end of a phone later on once she was back home. It wasn't the end of the world.

And Becca was competent — Mika had already told Cleo that.

She was pretty, too.

Not helpful.

Now was the time to see just how capable Becca truly was.

Cleo beckoned her in and Becca clicked open her door, popping her head inside the room.

"You got a minute?"

Chapter Sixteen

Cleo raced down the corridors of the clinic till she found Heidi sat on one of the chairs outside, reading her phone. When her friend heard her shoes squeak across the linoleum, she looked up, frowning as Cleo came to a stop in front of her.

"I'm not late, am I?"

Heidi got up, her belly even bigger than when Cleo had seen her at the weekend. "You're not exactly early, but that's okay. So long as you're on time for the birth." Heidi massaged her back, frowning. "I turned up on time and I'm carrying another person with me."

"I'm sorry, it's been a very busy day at work," Cleo said.

"I photographed a wedding today in this state. Do I win?" She paused. "So long as I have your attention for the next hour, I'll forgive you. Today is the big one — we're going to find out the nitty-gritty stages of labour."

"Haven't you already googled it?" Cleo asked, as Heidi slipped an arm through hers and they walked into the class.

"No. If there's one thing I've learned in life, it's never to look up bodily things on the internet. You'll only scare yourself. That, and never lick a steak knife are two mottos I live by."

Cleo pulled out a scuffed orange chair for Heidi and she sat, letting out a grunt as she did and shuffling to get comfortable. All the other pregnant women sitting in the circle gave her a conspiratorial smile, and Heidi waved to Ali and Jayne who were sitting on the other side of the room. Being the only other lesbians in the room, they'd immediately bonded with them after class, although it had taken some convincing that she and Heidi weren't together. It was a common theme in their lives.

Cleo checked her phone before Innes, the group leader, clapped her hands. Nothing from Becca yet, which was a good sign. There were a couple of outstanding issues that needed to be signed off by tomorrow. She'd left Becca as the contact until she could get home. That was the downside of working with Americans — their day started more or less as soon as Cleo's finished, which meant hers often lasted far longer than theirs.

Cleo put her phone away when Heidi gave her a stern look. She wouldn't like to be Heidi's romantic partner. She could be very bossy when she wanted to be.

"So, welcome back to all the expectant mothers and their partners — be they romantic or otherwise." Innes gave Cleo and Heidi a wide smile as she said that bit. Cleo would lay bets that Innes was a vegan or at least followed some kind of special diet. She wore shapeless purple clothing and the giant beads around her neck clacked as she spoke, like the sound of the keys on Cleo's laptop.

God, she hoped Becca wasn't frantically typing on her keys right now, sorting out any major issues.

She pushed that thought aside — back to the matter in hand, getting Heidi's birth plan in order.

"Today we're going to look at the stages of labour, what might happen, the options you'll be given and the pros and cons of taking them. Partners, your role, as ever, is to take this all in, and be on hand to offer advice when your partner is in the throes of labour and might have more pressing things to think about."

Heidi gave Cleo a knowing nod. "Pay attention."

"First up, you've all elected to have hospital births, which is by far the best option just in case there are any complications, so give yourselves a pat on the back. On top of all that, birthing is a messy business, so doing it in a controlled, sterile environment gets a thumbs-up from me." Innes gave the group a thumbs-up, just in case anybody was in any doubt.

"Plus, you don't have to clean up the mess afterwards, which, as anyone who's ever had a house party will know, is the worst part of it all. Nobody wants to clear up all the gunk with a birth hangover and a screaming newborn."

"Mine won't scream. He or she is going to be the amazing sleeping baby," Heidi whispered to Cleo.

"And if you think your baby won't scream and is going

to be the best baby in town, trust me, they will. Screaming is a good thing, by the way. It means your baby is healthy and can communicate things." She gave the group a grin. "So if all goes well, not long until all your lives are full of screaming babies."

Cleo gave Heidi a knowing smirk.

* * *

After the class — in which they'd learned all about labour and afterbirth, and had been warned about giving the body time to heal from its trauma — Cleo and Heidi sat in Costa Coffee. If Cleo had been calm about everything beforehand, she was now a little stressed. She had no reason to be; all she had to do was be there for Heidi and get her through it. She couldn't imagine what Heidi must be feeling, but she guessed it was sheer terror at what was about to take place. Her body was being held to ransom by her baby, and it was nearly time to pay the piper.

"She could have, I don't know, sugar-coated it a little, don't you think?" Cleo stirred her coffee, before getting up and buying them both a cake. Lemon drizzle for her, chocolate cake for Heidi. She didn't need to ask; after 20 years of friendship, she knew the cake Heidi liked.

Heidi gave her a smile. "I guess there's no point at this stage, is there?"

"Your vagina is going to be ripped in two — don't have nightmares!"

"Let's not forget about the post-natal depression, either."

Heidi took a bite of cake and sat back, swallowing before she continued. "Still, at the end of it, I'll have a baby, which is what I wanted. So I guess you have to go through this bit before you get the reward. It's like most things in life, isn't it?"

Cleo nodded. "I guess it is." She checked her phone, and a text came through from Becca saying she'd adjusted a couple of numbers and clarified a couple of outstanding issues, and there was just one query that needed confirmation from her. But it was all on track for a successful handoff tomorrow, and the ball was now back in Cleo's court.

She breathed out a sigh of relief as she looked up at Heidi.

"Everything okay? The office didn't fall apart without you?"

"Thanks to Becca, it didn't. She's pretty amazing, actually." Cleo took a sip of her coffee. "She reminds me a lot of myself at her age, only better. She's fearless, just gets on with it."

"Should you be worrying about your job?" A smile creased Heidi's face as she ate more cake.

"She's just good — she anticipates things, and she's not afraid to step into high-level meetings, either. I'm not used to it. I'm used to people needing to be hand-held."

Heidi gave an impressed nod. "Well done, Becca." She paused. "And what about the other side of it? The side I can still see written on your face. That you like her."

Cleo gave Heidi a cool stare. She wasn't going to deny

it, because Heidi knew her. However, she also knew she was principled, and therefore nothing was going to happen.

"She's attractive and she's capable — we know that. But if anything was going to happen it would have done that first night when neither of us knew who the other was. I'm glad it didn't, for obvious reasons. And she's still 23, that hasn't changed."

"The whole 'she's 23' excuse doesn't wash, though, when you like younger and she likes older. And sometimes, the heart wants what it wants." She shrugged. "Sometimes, you don't have control over who you fall for."

Cleo crossed her arms. "I haven't fallen for her." Cleo wasn't sure about many things, but she was sure about that.

"You were just singing her praises."

"For work reasons — she's a fantastic employee. Nothing more, nothing less."

Heidi cocked her head. "If that was true, then why were you getting this goofy grin on your face when you spoke about her. Your eyes did that thing they do when you like someone. They lit up."

"Now you're talking bollocks. Are you sure this isn't your pregnancy hormones talking? You know how Innes said they could make you go a little crazy at this time."

Heidi gave her a stern look, before wagging a finger in her direction. "You can mock all you like, but I know you, Cleo Nightingale, and I know when you like someone."

Cleo shook her head. "You're wrong on this one, Heids.

I'm nearly 40, and I have control over my life and who I choose to love. And Becca, while lovely and gorgeous, doesn't fit the bill."

Heidi didn't say anything for a couple of seconds. "Gorgeous? You haven't used that word to describe someone in a very long time. In fact, the last time that slipped from your lips was when you got together with Sara."

Cleo rolled her eyes, knowing it was true. "Yes, and look how that ended."

Heidi sighed. "Have you ever thought the reason your marriage didn't work out wasn't because Sara was younger? Rather, it was because she was an idiot and you weren't suited?"

Cleo nearly spat out her coffee. "Tell me what you think, don't hold back." Although, it wasn't the first time Heidi had told her that. Previously, Cleo had dismissed it, because the age gap was easier to blame. But was it true? Had Cleo been hanging her marriage failure on age gap, whereas in fact it was more a personality clash? A difference in world view? The fact that she and Sara had clicked in bed, but nowhere else?

And if that were true, could it mean her future might be tethered to someone younger and that it could work?

Chapter Seventeen

Becca arrived at work the next day having spent the morning trying to get her hair to stay upright, when it clearly had other intentions. She loved having short hair, and she loved the comments she got on her style, but it was a commitment. Still, she could commit when necessary, and she wanted to look her best today. Not only because she was on a bit of a roll at work, but also because Cleo had texted her this morning, telling her to come by her office when she got in. She hoped it was good news, and she'd put extra care into her make-up this morning so she looked the best she possibly could when Cleo delivered it.

She had time to grab a coffee and was still the first of the newbies in this morning. She didn't understand the mindset of her colleagues. The other new staff were far more timid, not ready to put themselves forward. That was where Becca's entrepreneurial spirit won the day — she wasn't scared to push ideas into the world and see if they stuck.

Cleo was already at her desk when she walked past,

her head down, studying a document in her hands. Becca took in her firm shoulders, confidence oozing from her.

She gave Cleo's door a light rap with her knuckles, and walked in at her beckoning. Cleo had her white shirt sleeves rolled up, ready for action, and the thought triggered a chain reaction in Becca — starting in her brain, and pinballing all the way down her body, ending right between her legs.

Ready for work action, nothing else.

Jesus, get a grip.

"You're always here before everyone else," Cleo said, a statement not a question.

Becca settled down in the chair in front of Cleo's wooden desk. "I like the half an hour of quiet before everyone else arrives. When I was working on events at uni, I did all my best work in the dead of night when everyone else was asleep. I don't know what it is about that time, but there's some kind of magic to be had working when everyone else isn't."

Cleo smiled at her, the smile lighting up her perfect features. "I agree. I quite often get my best work done late at night." She cleared her throat, her cheeks reddening at her words.

Becca swallowed down her instant retort. Today she was Work Becca, not Friend Becca, and the two should never meet.

"Anyway, I have big news. You know I said we could go to Boston? Well, it's on. The Americans want to meet you after you've made such a good impression, and we'll be working closely together on the festival, so it makes sense. How does the week after next sound? I'll have a look at flights on March 26th or 27th."

Becca couldn't help the grin that split her face. "It sounds just about perfect." This time three months ago, she'd been pouring pints in her local. Now, she was an international jetsetter.

Just wait till she told her mum.

"Is it just me going, or the other two as well?" She liked Nadia and Damian just fine, but she was secretly hoping it was just her chosen for the mission.

Cleo shook her head. "Just you and me. Mika can hold the fort here, along with Nadia and Damian. She's fine with that; she can't go away at the moment, plus she's been to Boston a few times. But this is your first time, so we'll make sure it's worthwhile. Not just all work, but a bit of play, too. There are a few good restaurants the team will take you to, and the city's got some great bars as well. But mainly, this is so you can meet everyone before we start working with them full-on."

"How long will we be away?" Her voice was coming out calm, but happy endorphins were whizzing around her body. This was the kind of trip that opened doors, she knew that — and she was being invited having worked there for just a few weeks.

"We'll fly Monday or Tuesday, work up till Friday, and then if you fancy staying till Sunday, we can. I can't promise to hang out — I might have to do other dinners

— but you could have some time to see the city. But if you have plans for the weekend, you can come back on Friday. I'll be staying till Sunday, though."

Cleo's gaze snagged hers, and Becca swallowed down. A week in Boston cementing work relationships and learning sounded great. But a week with Cleo by her side, and perhaps some time together to be friends? It was perfect. Her heart boomed in her chest as she took it all in.

"No plans, happy to spend a weekend in Boston with you," Becca said.

Cleo gave her a cool stare. "It'll be good exposure for you, especially as you've already done some impressive groundwork." She paused. "Like I said, no promises on the weekend; but Boston's a cool city. Even if you have to explore it yourself, you're going to love it."

She'd like to explore it with Cleo, but she understood. Work came first. She could find her way around if need be.

"I can't wait. And you know who else is going to be impressed?"

Cleo shook her head.

"My mother. Going away for a job is the height of sophistication in her eyes. It means you've made it."

Cleo leaned back in her chair, smiling. "If Martha says so, it must be true."

Chapter Eighteen

Tracey's face was screwed up as she lifted the two 6kg weights above her head, not quite locking her arms, and then down again. She repeated the action four more times, before putting the weights on the floor. She got up and Becca sat down where Tracey had been sat, wincing as her bum hit a wet patch.

"I think I just sat in your sweat."

"Sharing is caring," Tracey replied, wiping her face with her hand towel.

They were doing their usual training routine which Becca had opted out of the past couple of times due to work commitments, and she was feeling it tonight. She'd been 20 minutes late, and had received a full-on scowl from Tracey for that. Gym time was sacred, and Tracey had let her know she wasn't impressed.

"So tell me again why you were late? I thought all your late meetings were done? I'd say staying late so early in your career is either a sign you're proving yourself indispensable, or that you're staying behind to kiss the boss."

"Why do you always want a conversation when it's my turn to lift?" Becca asked, pumping the weights, ignoring Tracey's comment.

Tracey gave her a short, sharp laugh, glancing around the gym.

Becca paused, following her gaze. "Are you looking for someone? You seem preoccupied."

Tracey shook her head a little too quickly. "No," she said. "Anyway, back to you."

Becca finished her reps and stood up, adopting what she hoped was a poker face, even though she was a terrible card player. "Sorry to rain on your parade, but it's the former. I'm being indispensable and making a pretty good job of it."

She glanced down to her feet just as her phone lit up. Becca bent down and saw a text from Cleo telling her it was all systems go for the trip — they were leaving a week on Tuesday. Her poker face melted like ice cream in the scorching sun.

"If that's the case, why have you got a grin on your face like the cat that not only got the cream, but inherited the cream factory?" Tracey sat down, studying Becca.

Becca broke, gripping Tracey's chin between her thumb and index finger. "Because you're looking at the person who just scored a work trip to Boston week after next." Her grin covered her face now. "I can't quite believe it — America, here I come!"

"That's so not fair," Tracey replied, pushing up the

weights with a slight groan. "I've been in my job for over a year, and the furthest I've travelled is to Leeds."

"Leeds is a lovely city."

"The Mega Bus goes there, need I say more?"

Becca let out a firecracker of laughter. "What can I say? It must be my wit, charm and good looks that made it all happen."

Tracey finished her set, shaking her head. "Sit-ups with a ball now?"

Becca nodded, sitting down on a nearby mat. Tracey stood at her feet with an orange ball. She sat up, catching the ball Tracey threw. As she went back down, she threw it back. She loved the pace and concentration this exercise needed — it was therapeutic.

When she'd done 20 sit-ups, they swapped places. Unlike Becca, Tracey could talk while she worked.

"So let me get this straight."

Throw.

"Or not."

Catch.

"Touché."

Throw.

"You're going on a work trip with your boss..."

Catch.

"...who you quite fancy."

Throw.

"I don't fancy her." Becca scowled.

Catch.

At least, Becca was trying very hard *not* to fancy her.

Throw.

"And even if I did, nothing's going to happen."

Catch.

"She made that very clear."

Throw.

"This is a work trip, that's all."

Catch.

Becca ground her teeth together.

Throw.

"Don't make this into something it's not."

Tracey did her final catch, then groaned, lying on her back for a few seconds before they swapped places.

She threw the ball to Becca, who caught it, threw it, performed a sit-up, repeated.

"I'm not making it into anything," Tracey said.

Throw.

"But you do fancy her."

Catch.

"It's impossible not to."

Throw.

"Hell, even I fancy her."

Catch.

Becca furrowed her brow, sitting up. "Dammit, stop distracting me."

Tracey gave her a grin. "This is multitasking at its best."

Throw.

Catch.

Throw.

Catch.

Becca scowled.

"If you fancy her, why don't you shag her?"

A red flare burst in her chest.

She sat up, cradling the ball. Shit, Tracey had met her, it wasn't out of the realms of possibility. Apart from the fact that Tracey was her best friend, and she understood the code. Thou shalt not shit on thine own doorstep.

"Because you'd kill me. Now throw me the ball." Tracey gave her an innocent smile.

They finished their set, then went to fill up their water bottles, standing in line with two other women.

Becca was determined to move the subject off Cleo. It was what had been occupying her mind most of the day, and her mind didn't need any encouragement. When they'd had their briefing today, they'd sat side by side in Cleo's office, and Becca couldn't help her eyes drifting to the brief glimpse of Cleo's collarbone, her honeyed skin, the way her muscles rippled in her arms when she was explaining something.

A surge of want skipped down Becca. Yes, she needed to change the subject. Or she needed to get laid. She wasn't sure how much of this was Cleo, or how much was the fact she was on a romance break.

Maybe her self-imposed rules didn't count if she was in another country? Perhaps if Cleo was doing work things, she could slip off to a lesbian bar — if such things still existed in Boston? — and pick up a woman. She liked the thought of that. Plus, American accents oozed sex appeal, especially if the accent was attached to an equally sexy woman.

"Anyway, how was your day?" Becca steered her mind back to the present.

Tracey gave an exaggerated stretch before replying. "It was another day in the shiny corporate towers of world finance." She paused. "Did you read *Metro* this morning, by the way? Your boss's brother is turning into a bit of a local celebrity."

Becca filled her bottle and waited for Tracey to do the same, before pausing by the rows of lockers beside her.

"Duncan? What's he done now?"

"His blog — you know the one about him being newly separated? Well, he was featured in the paper today. Half a page on his heartbreak and what he's learned from it. Apparently he's getting offers from women all the time now he's being so open and honest."

"I wonder what his wife thinks." Becca drank some water. "I already know what Cleo thinks — she's probably ready to evict him. Makes you think about love, though, doesn't it? If it's worth it, when it wreaks so much havoc." She paused. "I'm sure Cleo doesn't appreciate him stirring everything up, especially when she's divorced, too."

"Divorced from a younger woman," Tracey said, poking Becca in the side.

Becca shook her head. "Maybe in another life things might have been different, but in this life, it ain't gonna happen." She took another glug of water. "But I was just thinking I might relax my no-women rule in Boston. I don't even have to pull — it'll just be nice going out with no rules holding me back."

"I knew you'd break," Tracey replied, with a grin.

A tall man with dark red hair walked by, before stopping, walking back two steps and pausing.

"Tracey?" He was clearly just starting his workout, as he was sweat-free — unlike both of them.

A moment of panic passed across Tracey's face, but she styled it out, giving the man a smile. "Justin!" Her voice had gotten higher. "I didn't know you worked out here."

"Small world," Justin said, nodding his head. "It was great to see you the other week." His eyes swept over Tracey and a smile crossed his face. "You leaving or heading back in?"

"Going back in," Tracey said, not looking at Becca. "How about you?"

"I'm here for 45 minutes — strict running time. If you're free, we could grab a coffee afterwards, once I've showered."

A strange look crossed Tracey's face as Becca looked on, swiftly followed by a blush creeping onto her cheeks. She was just picturing him in the shower, wasn't she? Becca couldn't help but grin.

"I could totally meet you in the café when we're done." Tracey checked her watch. "Eight forty-five?"

Justin gave her a wide beam. "Perfect. Enjoy your

workout. And I'll run fast." He walked away, but not before looking back and giving Tracey a small wave.

It was all Becca could do not to burst out laughing. "You are *so* in there," she said, putting an arm around Tracey as they walked back into the main gym.

"Shut up," Tracey replied.

"I've never heard coffee being used as code before."

"Shut up!"

"You want to meet me in the café at 8.45 so we can stare at each other dreamily over a hot drink?"

"I can easily find a new best friend, you know," Tracey replied, punching her in the arm.

Chapter Nineteen

"What am I reading?" Heidi pushed her glasses up her face and squinted at the flyer in front of her. "Why is Duncan looking like he needs a shit?"

Cleo laughed as she looked over her shoulder at the *Metro* article, before pulling out onto the main road. "This is what Duncan's life is these days. He's a hero for the heartbroken, spinning his own stupidity into something marketable. It's like he's joined some cult, only he's the leader."

"He should get a job in marketing or branding, he's wasted in finance." Heidi paused. "And does he have any followers?" Her tone held scepticism, and Cleo fully understood. It was the exact same tone she'd used when she'd spoken to Duncan about it.

"Strangely, he does. He's struck a chord and he's getting support from fellow broken-hearted people — men and women alike. It's like he's become some kind of unofficial agony aunt, which is not exactly what he wanted in the first place, I assume." Cleo glanced at Heidi, hoping she was going to be able to drive the car home when she dropped her at the airport. She was still seven weeks out from giving birth, but she looked like she might pop at any minute. "Have you tested whether or not your stomach fits behind the steering wheel?"

Heidi gave her a withering look. "I drive every day," she replied. "Anyway, back to Duncan — why's he being such a wally? Has he spoken to Michelle, rather than taking his anger out on the wider world?"

"He said he was going to, but then he's got a bit caught up with the publicity he's getting. But I've spoken to Michelle, and I think there's still hope. She told me he just needs to commit to their marriage more. That he acts like he's always got one foot out the door."

"Maybe he should listen to his wife, rather than telling everyone else how they should conduct their relationships."

"I told him. He said he'd talk to her. But with all the online support he's getting, I think he's quite enjoying his moment in the sun. The internet has a lot to answer for." Cleo had left her brother with strict instructions to call Michelle and sort it out — or look for somewhere to live as she was getting sick of his mess.

Heidi laughed. "Silly Duncan — I'll talk to him while you're away, he'll listen to me. Brothers never listen to their sisters."

Cleo glanced over at her friend. "You're probably right."

"So you're away all week? Back Sunday?"

Cleo nodded. "Yep." She was looking forward to a change of scene, although she wasn't looking forward to the weather in Boston — the past few weeks they'd been battered by massive snow storms, but apparently a semi-thaw was now on. She'd packed her warmest hat and gloves, and hoped that would be enough. She'd nearly told Becca to do the same, but stopped herself just in time. She wasn't Becca's mother — Becca already had a perfectly good one of those, plus four older sisters.

When it came to older women in her life, Becca had bought the farm.

"And will you have any time off when you're there?"

"Saturday and Sunday," she replied, feeling the heat of Heidi's stare.

"And do you have any plans?"

Cleo shook her head. "I'm guessing maybe Friday will be work drinks, but nothing for Saturday. But I might use the time to catch up on some work, have a chilled day."

Heidi paused before replying. "You're not planning on showing Becca around the town, giving her the Boston tour?"

Cleo licked her lips. "I don't think so. I already told her I'll be working. Besides, maybe one of the team will do that for me."

"It's okay for you to show her around, you know. Just try not to sleep with her. Spending time with her isn't out of bounds."

Cleo nodded, an arrow of lust landing square in her lap. She gripped the steering wheel that little bit harder, her knuckles turning white. "It's not anything to do with that; I'll have a lot on, that's all. I'm friendly with Becca, but I'm also her boss, so I need to draw the lines. It's just easier this way, believe me."

Heidi reached out and patted Cleo's leg. "I believe you."

But Cleo knew if she glanced sideways, Heidi would be giving her a non-believing smile. Cleo pumped the brake as they hit a patch of traffic; they weren't far away, and yet the air in the car already seemed thicker than when they'd left home.

Not for the first time in the past few weeks, she'd kill for a cigarette.

***

Heidi gave her a hug and a loaded look before she drove off.

"Don't worry about me, okay?"

But Heidi didn't look convinced. "It's my job, I'm your best friend. Just come back from this trip unscathed, promise me?"

"I'm not going to war," Cleo replied. "But I'll try not to come back injured if you promise not to go into labour while I'm away, deal?"

Half an hour later, Cleo was in the departure lounge, her case checked in, sipping her flat white. She'd lost count of the amount of times she'd flown to Boston since she got this job — it was into double figures. The first time, she'd been so excited, keen to explore a new city —

and Boston was easy to fall in love with, with its varied architecture, its proliferation of Irish bars and its small-city footprint.

Unlike most major US cities, Boston was one you could easily explore on foot. Over the past few visits, Cleo had done just that, ticking off all the neighbourhoods one by one. In particular, she loved heading to the North End for incredible homemade pasta and gelato. Homemade pasta always made her weak at the knees.

A hand on her shoulder jolted her from her daydream, and she looked up to see Becca standing there, looking so fresh, it made Cleo want to weep. Did she even have any make-up on, or was she just 23? Cleo hadn't appreciated her youthful skin when she'd had it. Did Becca? She doubted it. It was true what they said: youth was wasted on the young.

"You okay?" Becca asked. "You looked like you just swallowed something distasteful when you looked up."

Cleo shook her head, giving Becca a grin. "Nope, I was just thinking about the first time I went to Boston and how excited I was. I'm sure that's you right now."

Becca nodded, sitting on the stool next to Cleo in the airport coffee shop. "Not only my first time in Boston, my first time in the USA. But I'm ready — I've been waiting for this my whole life. I finally get to be a transatlantic traveller. And I've checked the movies I want to watch, too. Have you?"

But while Cleo could see Becca's lips were moving, she

was still transfixed by her smooth skin, her styled hair. Did it move or was it sprayed into place? She wanted to reach out and touch it, but that would be inappropriate.

She swallowed down, and forced herself back into the present. What the fuck had happened to her being professional, keeping her distance? This was not the start she'd anticipated.

She gave Becca a weird smile before getting up, indicating her bags beside the chair.

"Will you keep an eye on those?" she said. "You want anything at the shop?"

Becca shook her head. "Nope, I'm good."

Cleo nodded. And she would be too, once she'd finally bought a packet of fags.

Chapter Twenty

Cleo's boss, Gayle, looked so relieved, Becca thought she might be about to hug her. When Becca glanced to her left, Cleo was giving her that smile — the one Becca had caught her giving her a few times this week, but she still wasn't sure quite what it meant. A smile was a good thing, right? She was pretty sure she'd made a good impression during her first week in the US, but Becca didn't want to ask outright. She was still new in the job, she didn't want to appear too needy. Never a good look.

The company was having an issue with its security for the staff festival, and Becca had just come up with a solution: the company she'd worked with in Brighton which was far more accommodating than any she'd ever worked with before. Becca had just told Gayle she was happy to tap up her contact and see if they could help out.

"They give proper training and their staff reflect that. They don't rough-handle anyone, and I've never felt more secure at a festival than I did with them. Nobody is getting any backhanders, which is frankly incredible." Becca's mouth twitched. As anybody who's ever run a festival knows, security regularly pocket kickbacks from letting people in. It's what nearly shut Glastonbury down for overcrowding until they got serious some years back.

"That would solve our problem, so if you could do that today and see if they'd be able to work with us, that would be awesome," Gayle said.

Becca nodded. Awesome was not a word she was used to in British meetings, but in the States, it was a firm favourite.

Gayle turned to her assistant, who was taking minutes. "Can you make sure you follow that up?" she told her. "Liaise with Becca later on and let me know the outcome." She turned to Becca. "If this does work out, it's a huge weight off my mind. After our normal company just let us down, we can't afford to be sloppy. Especially with the massive headliners we've got."

"I'll work with Becca to get it done," Cleo said, nodding at Gayle.

Her boss gave her a grin. "Fabulous. Now we just need to confirm all the wellness and sports parts, and we all know what we're doing with those?"

Nods all round the table from the other six members of Gayle's US team.

"All the plane tickets booked?"

More nods.

Cleo raised her hand and Gayle nodded her way. "One more thing I forgot to say. It's a three-day festival obviously, and we're putting everyone up in tents, with the occasional yurt. I've employed a company to bring the tents and put them up, so we won't have anyone complaining about that part."

"Perhaps just about sleeping in a tent." Gayle chuckled at her own joke.

Cleo smiled. "But before you get worried, we all have inflatable mattresses, proper duvets and pillows, and the tents are big." She paused. "I'd call it more glamping than camping."

"And that's what we're putting on the material, right?" her boss asked.

Cleo nodded. "Yup. Plus, if the weather's good, everyone's going to love it. But if it's not, we've planned for all contingencies and we'll deal with it."

"Perfect!" Gayle clapped her hands, grinning at her whole team. "Let's all go for a celebratory Friday night drink before we head out, shall we?" She held up a hand. "One more thing before we go. As a thank you to our UK guests for all their hard work on this project, we bought you both tickets for tomorrow's Red Sox game — the first of the season. Unfortunately none of us can make it, but we hope these tickets and the reservations we've made for an early dinner afterwards will make up for our absence. Let's hope for a Red Sox win!"

Gayle handed over the tickets to Cleo, and Becca watched as something flickered over her features, before it was overtaken by a wide smile.

"Thank you so much — I've never been to a game," Cleo said, running a hand through her hair.

"I know, that's why I bought them," Gayle said. "And I know this is Becca's first US trip, so it was a safe bet she hadn't been. I hope you didn't have any other plans tomorrow, but if you did, this is better. You're going to love it."

"That really is freaking awesome!" Becca took the tickets Cleo was holding out to her. "Red Sox versus Chicago Cubs," she read. "I love the names of the teams here, they're so cool!"

And then she slapped herself for being so effusive. Then again, she was in America, this was their natural state. When she glanced to her left, Cleo was wearing that smile again, perhaps turned up a little further.

"You'll have a great time; Hannah's booked you into The Eastern Standard afterwards. One of my favourite restaurants in the city," Gayle said, rubbing her hands together. "Everybody ready to go? Shall we meet downstairs in the bar in 15 minutes?"

Nods all around again.

Becca gave Cleo a grin as they got up, their arms touching as they did.

"Looks like we're going to a ballgame tomorrow," Becca said, unable to stop the bubble in her voice.

Cleo gave her an uncertain nod. "Looks like it."

Chapter Twenty-One

Boston had a ton of red-brick buildings, which had always surprised Cleo. None of it surprised Becca, however. Boston was her first taste of the US; she'd done her research and she loved everything about it. The lampposts, the sidewalks, the coffee, the beer. She especially loved the sandwiches Americans served, which she hadn't stopped going on about all week, and was now enthusing about again today.

They'd stopped for brunch in a Back Bay restaurant on the advice of their colleagues, who'd told them the food at the stadium left a lot to be desired.

"I mean, look at it," Becca said, holding up her chicken, bacon and avocado sandwich. She unfurled the bread, to show the filling which went all the way to the back, and was as thick as a paperback. "If I ordered this in the UK, I'd get some filling at the front, but halfway down the sandwich would suddenly be empty." She held it closer to Cleo's face.

Cleo couldn't help but laugh. She recalled thinking the same thing when she'd arrived on these shores for the first time, but that was so long ago. Now, she expected massive portions in the States, but it was all new to Becca.

She'd been trepidatious about today, but so far, it was turning out just fine. One hour in and she'd pretty much forgotten they were work colleagues and not simply friends. Becca's ability to be astounded at everything Boston had to offer was rubbing off on Cleo, and she was happy to come along for the ride.

Being in her company made Cleo feel alive, young again. She'd planned to catch up on some admin in her room today, perhaps visit the hotel spa. It turned out, Becca's face was far more entertaining. The fact she looked pretty hot this morning in her skinny jeans, shirt, braces and jumper wasn't lost on Cleo, either. She'd decided not to be hard on herself for noticing. She was allowed to look, so long as she didn't touch.

"There's a reason they have an obesity problem in this country," Cleo said, sipping her coffee and eating her huevos rancheros. Whereas Becca was all about the sandwiches, Cleo was all about the Mexican food. You couldn't get proper Mexican food in the UK for love nor money, so whenever she was in Boston, she ordered it. This particular brunch was a slice of salsa-inspired heaven.

"I'd be the size of a house if I lived here." Becca puffed out her cheeks as if to demonstrate what that might look like.

Cleo couldn't see it. Becca still had that slim, toned physique that looked like it came naturally, although for all she knew, she could spend half her life at the gym.

"Did you carry on very late last night?" Cleo had left Becca in the bar at the bottom of their building with a few of the US team, all in their 20s, all looking like they were out for the night. Cleo had tactfully withdrawn around 9pm, getting an early night so she'd be fresh for today. Maybe she was getting wise in her middle age.

Becca shook her head. "We didn't go on anywhere else. Plus, I got the distinct impression Alex was coming on to me. He might just have been being friendly, but you never know. I decided to call it a night when some of the others began to drift around ten." She put a finger to her cheek. "Plus, I had a big day to prepare for, I didn't want to ruin it."

"No slipping out to the nearest lesbian bar?"

A grin. "Nah — that's later, right? The two of us, taking on Boston's dykes? They won't stand a chance." Becca's grin got even wider still, before she stuffed the sandwich in her mouth and chewed. A sandwich that big needed utmost concentration.

"I don't think there are any lesbian bars in Boston, like most other big cities these days."

A quirk of Becca's eyebrow. "You looked it up?" She took a moment to swallow her food. "Have you been before? I mean, when you've come here on your own, have you been to the gay bars?"

Cleo let a beat go by before she nodded. "I did the second or third time." But it had been nothing to write home about. The usual mix of clientele: mainly gay men, and not a single woman apart from her. "I didn't meet anyone, in case you were wondering. I think that only happens in movies. Every time I go to gay bars abroad, they've either shut down or they're teeming with men. Still, I did strike up a conversation with the waiter, and he was lovely." She grinned at the memory. "He wanted to set me up with his sister. He tried calling her, but she didn't answer."

Becca grinned. "Shame, she might have been hot."

"Or she might have been a nightmare." Cleo shuddered. "Somehow, I've managed to live with the disappointment."

"Such a trooper." Becca paused. "Would you like to meet someone? I mean, not necessarily in Boston tonight, but just generally."

"Can I meet her first and not just have someone ring a relative because I look that desperate?" Cleo still recalled the despair she'd felt when the waiter had been calling. Was that what her life had come to?

Becca gave her a slow smile, her eyes roaming Cleo's face and down her body, making goosebumps break out all over Cleo. At times like these, when Becca's eyes were doing things like that, it was difficult to remember they weren't flirting. The lines could get a little blurred.

"Take it from me, you do not look desperate."

Cleo finished the last mouthful of her meal and smiled at Becca, swallowing down the lump in her throat. "Good to know."

Becca gave her a shrug, her tongue skating along her bottom lip, snagging Cleo's attention.

Focus.

The problem was, this was all too easy. Being here with Becca like this, having brunch, acting like they were friends. Mainly because they were. Their path had been sealed that first night after the wedding, when they'd gone into town and enjoyed each other's company.

When they'd chatted openly.

When they'd kissed.

When Cleo cast her mind forward to the possibility of finding someone new, that someone wouldn't be a million miles away from someone like Becca. Someone kind, with a sense of humour, a sense of style, someone attractive.

But also, someone about ten years older — and that was a part of the equation Cleo couldn't change.

However, spending a day together like this? Being friends? She could totally do that.

Chapter Twenty-Two

Fenway Park was a huge old red-brick stadium — the oldest in Major League Baseball. Becca could feel the history oozing from every brick as they climbed the internal stairs, the noise of the expectant crowd making the hair on the back of her neck stand to attention.

The announcer boomed out the names of the teams, as servers ran up and down the concrete stadium steps carrying hot dogs, beer, popcorn and sweets. Whatever you wanted, it could be brought to your seat. You just had to sit there and be entertained.

Becca was a big sports fan, ticking that lesbian box, and as they reached their seats and the green of the field spread out before them, she reached out to grab Cleo's arm, but accidentally caught her hand. It was freezing.

"Did you bring any gloves?" Becca rummaged in her bag and pulled out her pair. Her hands were the opposite — always warm.

It was only when Becca saw Cleo glancing at their joined hands that she dropped it, with a shy smile.

"Sorry, I'm tactile. Blame my family, you've met them.

And it only gets worse when I get excited, so it might not be the last time I do that."

Cleo gave her a wry smile. "I did bring some gloves, but I left them in the hotel. I have a thing with gloves. I forget them or I lose them."

"Well don't lose these — put them on. That way, you're safe. Plus, then you won't lose your hands to frost bite."

"Yes, Mum," Cleo replied, giving her a grin, looking out to where the players were taking their places. "I kinda like their outfits — they're very retro, aren't they?"

Becca nodded. "The kind of thing that only ever looks good on a professional baseball player."

"Don't tell all these people sitting in the stands," Cleo said with a chuckle.

"I'll stay quiet if you will." Becca turned her head towards the stairwell. "You want a beer?"

Cleo nodded, her smile telling Becca that was a smart idea. "I'd love one."

* * *

They were onto their third beer, and the thwack of ball hitting wood had the crowd jumping out of their seats. Cleo grinned at Becca as one of the Red Sox players ran past all the bases, sliding home to a roar from almost the entire stadium.

"Is that a rounder?" Cleo leaned into Becca, her breath hot on Becca's ear.

A tingle ran down her spine as she grinned at Cleo, her face close to hers.

"You mean a home run. Rounders is the British version of the game, played without pyjamas by small children."

Cleo nodded, oblivious to Becca's thoughts. "Right. Home run. Of course."

What would it be like if she leaned in now and kissed her? That thought made Becca blink and she pulled herself back, looking around for the hot dog sellers.

She hadn't finished her sandwich earlier as it had been too big. She was regretting that now. She'd had too much beer too quickly, and could sense the alcohol coursing through her system. She needed a hot dog. Or just something else to do with her hands.

A woman in a baseball cap and official outfit walked by, carrying her hot dog oven on her head. Becca surmised she must have amazing core strength. Imagine what she'd be like in bed.

She glanced over at Cleo, whose gaze was on her neck, or perhaps lower. When she caught Becca looking, her eyes flitted upwards and their gazes locked, held in place by the moment, the swell of the crowd, the steady beat of Becca's heart.

Say something.

Anything.

Just to break the intensity.

The scrutiny.

The weight of everything that Becca wanted to say, but couldn't.

"I think I might need a hot dog," she said, nodding at the woman who was serving some people across the aisle from them. "You want one?"

Cleo's gaze dropped to Becca's lips, and then she shook her head. "Not really," she replied, her breath scratched.

"I'm getting you one anyway. Baseball tradition."

Cleo raised an eyebrow. "This is our first baseball game."

"All traditions have to start somewhere."

Becca turned her attention to the woman and paid for two hot dogs, trying not to choke at the price. It was good to know that stadiums all over the world charged ridiculous prices for sub-par items. When she bit into the hot dog, she understood why their colleagues had told them to avoid eating in the stadium. It held a faint hint of metal, along with a hint of plastic. She opened her ketchup sachet with her teeth and smeared it on the top. At least now, it'd taste of ketchup-covered plastic.

"These are grim," Cleo said, wrapping up half of hers and putting it on the ground. "Life's too short for terrible hot dogs."

But Becca had been brought up not to waste food, and old habits died hard. She braced herself and bit into the hot dog again, chewing methodically.

Cleo watched her, then leaned forward, taking off her black leather glove and putting her index finger to Becca's face. "You've got a bit of ketchup on you."

When her finger connected with Becca's skin, she stilled. As did Becca.

A shard of lust shot through Becca as Cleo's gaze melted her, hot and direct.

Becca's breathing stilled as she eyed Cleo's finger out of the corner of her eye. Cleo's finger was on her face, almost touching her mouth.

She knew just where else she'd like Cleo's finger to go... *Stop it.*

She reached out her tongue to rescue the stray ketchup, and it collided with Cleo's finger.

Their gazes snapped back together again and Becca's insides took a step back.

Oh my god.

Cleo was giving her *the look*. The one that said she wanted Becca. Becca knew that look, that feeling, because she could feel it stamping through her body. Desire was drenching her from the inside out, and suddenly, she knew it wasn't just her.

She and Cleo were on the same page.

That kiss had clearly been playing on Cleo's mind, too, no matter how she might have tried to deny it.

Cleo blinked, then straightened up. She yanked her finger away and turned her attention back to the game, wiping her hands on a napkin.

But while she was watching the game with laser focus, Becca was just watching her, her heart still hammering in her chest.

It was there. Becca wasn't going mad.

They'd shared a moment.

And yes, she also knew all the reasons why they shouldn't go there.

However, right here, right now, those reasons paled.

Because Becca wanted Cleo, and she was pretty sure those feelings were reciprocated.

Chapter Twenty-Three

The hotel they were staying in was not too far from the office in Back Bay, a wealthy suburb of Boston. It was modelled on one of those grand European-style buildings, with wide, sweeping staircases and marble floors, along with plushly carpeted rooms with impossibly soft beds. Cleo had slept soundly all week long, and she couldn't always say the same thing in London. She'd already made a pact with herself to get a new mattress when she got home.

They got back around 9pm, tiredness curling around Cleo's bones like bindweed. She could feel the sides of her feet rubbing in her shoes, but she didn't mind; it had been a long day, but she'd had a ball. She was still surprised at just how much she and Becca got along, but they just did. With some people, Cleo found herself tripping over her words, or not being able to think of anything to say to them. Invisible spikes sprang up when she was in their presence. She'd trained herself to get around that because these days, she had to deal with all sorts of people.

With Becca, however, from the first moment at Fionn's wedding, it had been easy. Today they'd chatted about family, sport, travel and work, steering clear of relationships after brunch. Cleo was grateful; she didn't really want to go there, and somehow, Becca had picked up on the clues.

Becca inclined her head as they passed the hotel bar, situated in the lobby. "You want a nightcap?"

Cleo slowed her pace, her rubber soles silent on the marble floor. On a Saturday night, it was bustling and loud.

She'd like another drink, but something was holding her back. "I can't see any seats, so maybe not." She glanced at Becca, the push and pull of what she wanted and what she thought she *should* do very real inside of her.

Becca's face was flushed after coming in from the cold into the warmth of the hotel.

Was she thinking the same thing? Cleo had no idea.

"We could get a drink and take it back to the room? I did it the other night — the height of civilisation." Becca paused. "And they do an incredible vodka martini with, wait for it, blue-cheese olives." She crossed her arms, waiting for Cleo's response.

Cleo tilted her head to the side. "Blue-cheese olives? What the hell are they?" And more to the point, how the hell did Becca even end up ordering such a thing? When she was 23, she was ordering pints of cider and black, pretending to like it, then throwing up.

Becca grinned. "Why don't you let me order you one, and then you can find out?"

Cleo paused, background calculations ticking in her head. It was just one drink — and blue-cheese olives sounded intriguing. The vague warning sign in her mind flipped from red to green, and she gave Becca a nod. "Go on then, seeing as I'm probably never going to have a blue-cheese olive again in my lifetime."

"Ace." Becca clutched the back of her neck. "I'll bring them to the room if you like. Yours or mine?"

Cleo didn't let herself dwell on the question too long. "I'll be in mine, so bring them there."

"Deal. See you there in a few minutes."

Just as Becca said the words, a couple near the door kissed and got up, taking each other's hand as they left the bar.

Cleo and Becca exchanged looks, and before she knew what she was doing, Cleo was walking towards the seat. She'd suddenly had an image of Becca lounging on her bed with a martini, eyeing Cleo with her killer smile.

Now, a drink in the bar seemed far more appropriate.

More work-friendly.

The wiser thing to do.

A waiter approached, clearing the table and taking their order with an approving nod.

When he'd gone, Becca sat back, her coat laid carefully over the back of her chair, her legs crossed one over the other. Becca was far more put together and considered than most 20-somethings Cleo knew. Scrap that, she was far more put together and considered than most *people*

Cleo knew. Duncan was a decade older, and at the moment behaving like a spoilt brat.

"What you thinking about?" Becca inclined her head to the right in question.

Cleo shook her head. "My dumbass brother, so let's not go there." She paused. "And also, how you got to know about blue-cheese olives. You're not like most 20-somethings."

She frowned: that was meant to be her inside voice.

"I've heard that before," Becca said. "It goes with being the youngest of five — I had to be able to negotiate at a young age if I wanted to be heard or get anything in life." She grinned. "You might think I'm kidding, but I'm not. Once you can convince a sibling who's 17 years older than you that you're right and she's wrong, then you can pretty much take on anything. How do people who have no siblings learn?"

Cleo swallowed down a laugh. "You might be right. Although it doesn't really apply to me, being the eldest. And I'm pretty sure Duncan never talked me into anything, because he was babied like you wouldn't believe."

"He talked you into taking him in when his marriage fell apart — and he's still there, despite the fact you don't want him."

Cleo gave an elongated sigh. "You make a very good point." She gave Becca a short, sharp grin, fading as quickly as it arrived. "But I never had a choice in the first place. Duncan never has to talk me into anything — I'm always his fall-back position, the one who saves him. It's the way it's been our whole lives. I'd like it, for once, if he would save me. But I can't see it happening anytime soon."

Becca eyed her for a few moments before she replied, her ocean-blue eyes sparkling under the low lights. "You're too capable, clearly. From where I'm sitting, you don't need saving from anything, that's your problem."

It was something she'd heard from Heidi many times before, too.

Over Becca's head, an elderly couple brushed past them, he in a tuxedo with a white silk scarf draped around his neck, she in a full-length black dress with a string of pearls around her neck. They looked the picture of a lifetime romance, still going strong; Cleo hoped the reality was as good as the image they portrayed.

The drinks arrived and Cleo sat forward, grasping hers and picking up a blue-cheese olive. She took a sip of her vodka martini, a shiver running down her as the liquid warmed her from the inside out. Sometimes, she loved the effect of alcohol, and this was one of those times. She popped an olive in her mouth and chewed, the tart olives and creamy, salty cheese joining in her mouth. She followed it up with another sip of her martini, and the whole effect was... intense and strangely delicious.

She swallowed, her taste buds still in a state of happy shock. She glanced up at Becca, who had both eyebrows raised, a smile waiting to pounce.

"Well?"

Cleo began to nod. "It's weird, but somehow it works."

"I told you," Becca said, popping an olive in her mouth and sipping her drink. "Weird, unexpected, but wonderful, right?"

"Exactly that."

A little like you, Cleo wanted to add, but she hadn't drunk that much. "You're introducing me to new things today. And there was me thinking there was nothing new to like in the world."

Becca smiled. "There's plenty to love — you just have to be open to it."

Cleo cocked her head. "How did you end up ordering this?" She scanned the cocktail menu. "I can't even see it on here."

"I got chatting to the barman from Guatemala. Lovely guy. He suggested it." Becca held up her martini glass. "A toast: to being open to new experiences."

Becca's gaze landed on Cleo's, and wouldn't leave.

Perhaps she was right. Since her marriage had broken up, she'd thrown herself into work and hadn't been open to new experiences. And yes, it was just a martini with a blue-cheese olive, but it was significant. Who knew those things would go together? What else had she dismissed as incompatible during the past couple of years? What other opportunities had she spurned?

She made a pact with herself to be more open to things, to take her chances when they came up.

She still had six months to go till her 40th birthday, and

she'd been determined to ignore that milestone, pretend it didn't exist.

But it was coming, like it or not. And when it arrived, it was going to be a new decade — one she wanted to greet with a smile, and not a snarl. Just like Becca would.

She raised her glass to Becca's. "To new experiences."

Chapter Twenty-Four

Cleo liked her martini so much, she ordered another round — to a raised eyebrow from Becca.

"What?" she asked, even though the first martini had already wormed its way into her brain, gently unlacing her ordered thoughts.

"Nothing," Becca replied, holding up a hand. "It's just you've gone from 'very tired' to 'let's have another martini!' in the space of," she checked her watch, "45 minutes."

"I didn't know you were counting." Cleo quirked an eyebrow. Steady.

A gentle laugh. "Not counting, just observing." A smile infiltrated Becca's face, reaching up on tiptoes to her eyes.

Just then the lights changed and someone in the bar clapped their hands. "Ladies and gentlemen, we've had a special request."

Cleo sat forward, peering round a man in a blue suit standing to her left, as the first bars of Nat King Cole's 'Unforgettable' swept through the bar's speakers. A tingle fluttered from her heart to her stomach — this had been her grandma's favourite song, the one she always sang to her grandad when he was alive.

"I've just been told by a very special couple's grandson that it's Sheila and Hugh's 50th wedding anniversary today, and they're here with us in the bar. Could you stand up and take a bow!"

The couple Cleo had spotted earlier in tux and pearls got up, both wearing dazzling smiles as the bar applauded. "Sheila and Hugh, congrats from all of us here. We're playing this song tonight because this was the first dance at their wedding 50 years ago."

With that, Hugh held out his hand, and Sheila, safe in Hugh's arms, fell into them and they swayed along to the music, not even considering the eyes of the whole bar on them. Clearly, to Sheila and Hugh, it was just them.

What Cleo would give to have such faith in a relationship, and to have that for the next 50 years.

She thought back to the wedding dance that she and Sara had never done, and how much she'd love for the chance to have it again. But this time, with somebody who understood how important it was to have a first dance and start your marriage off in the right way.

Plus, if it could be set to this very song, that truly would be unforgettable.

Cleo couldn't tear her eyes from them as Hugh whispered something into Sheila's ear, and she laughed, pulling back to look at him, before placing her cheek back into the well of his shoulder and closing her eyes.

Cleo wasn't sure if it was the thought of her grandma, this couple dancing to their wedding song, or the lack of love in her life, but tears were pricking the back of her eyes.

Damn, this martini must be strong.

She wasn't going to cry, though.

No, she was going to swallow her emotions, and wash them all down with a huge gulp of her drink, not daring to look up at Becca for fear of her seeing Cleo for what she was. A hopeless romantic who was hopeless in the game of love. If she really took the time to look, Cleo was sure it would be written on her face in luminous marker.

Eventually she couldn't avoid it and glanced up, only to see Becca's eyes still glued to the couple.

Could it be she was just as much of a romantic as Cleo?

The thought made Cleo's heart swell. "It's funny, isn't it," she said, snagging Becca's attention.

Becca turned back to face her.

"They're dancing to their first dance, and I bet they've done it a million times before. I'd never have had that if Sara and I had stayed together. I'd never have had a first dance song. I know it doesn't matter now we're divorced, but it still makes me sad."

A cold fist gripped Cleo's heart, but she wasn't going to cry. Not now.

Becca stared at her, not taking her eyes from her, but not saying anything either — as if sensing Cleo had more to contribute.

"The other thing is, these two are celebrating 50 years of marriage. I always think that gay people are unlikely to have that. Not because we can't stay in a relationship that long, but more because people take longer to realise who they are, to go through the various stages of life before they settle on the one for them."

Cleo tapped her chest with her index finger. "Look at me, case in point. Even if I got married next year, I'd be 90 by the time I got to my golden wedding." She paused. "But seeing a couple like this makes me believe true love is possible."

Becca studied her for a moment before replying. "You don't need to have been together for 50 years to have a dance that's just yours — so you can still have that in the future." She shifted in her seat. "Plus, true love is about quality, not quantity. Ten years or 50 years, who cares? So long as you've been in love and you've felt it here…" Becca balled her fist and laid it over her heart. "That's what really counts. At least, that's what I think."

Cleo glanced over at the golden couple, and then back to Becca, who was smiling at her. "I stand by what I said earlier — you're wise beyond your years. I have no idea where you came from, but I'm glad I met you."

"Me, too," Becca said. "And don't be fooled, by the way. I do stupid things all the time." She held Cleo's gaze and something inside Cleo burst, like she'd just taken her finger off a dam. It was all she could do to stay sitting on her seat, to keep her calm amidst a gale of emotion that rattled through her, leaving her insides in tatters, her feelings hanging by a thread. The lights dimmed, and then there was only her and Becca in the bar. And Becca would not stop looking at her, her smile radiant, her eyes insistent.

"I do so many stupid things, too," Cleo said, her voice now a purr.

Becca sat forward, and Cleo glanced down her top, now showing a tantalising glimpse of cleavage.

Somewhere, in the back of her mind, someone with a megaphone was shouting at her not to succumb. But it was too late, she knew that. The vodka and the romance of the moment had worked their magic.

Now, it wasn't a case of 'will they?'; it was more a case of 'when will they?'

"I'd like to put that to the test," Becca replied, picking up her martini and holding out her hand. "You wanna take these upstairs?"

Cleo closed her eyes, casting around for her moral judgement to kick in. But it had gone to bed, and now lust was taking over.

Becca was holding out her hand, and Cleo took it.

Chapter Twenty-Five

Cleo fumbled in her bag when she reached her room, her heart slamming in her chest. She flashed her key card and the door clicked, the sound echoing in her mind, Becca following her like a hot shadow.

Once inside, she clutched her drink. She was stalling. Trying to convince herself she shouldn't do this. That this was a truly terrible idea on so many levels.

But when she looked up and into Becca's beautiful face, all rational left her. They were both consenting adults, and hadn't Heidi been on at her for months to seize the day and live in the moment?

Here was her day and here was her moment. It was time to take the starring role. She put her drink down on the bedside table and took Becca's martini from her hand.

When their skin touched, she was sure she heard the sizzle. She sucked in a breath. Far away, someone slammed a door.

Opening a completely new door of her own, she took Becca's hand in hers, and was gratified when Becca's breathing stilled.

"I'm not sure what we're doing," Cleo said, taking one step forward, rubbing her thumb over Becca's knuckles. Electricity snaked through her at pace, leaving Cleo on the edge.

Becca reached out and stroked her cheek, their heads now just inches apart.

Something lurched in Cleo's belly, and then lower down.

She wasn't sure how long she could stand not touching Becca fully.

"I am," Becca replied, before curling an arm around Cleo's waist. "I've been wanting to kiss you again for weeks now."

Becca's lips were inches from her own, and Cleo couldn't drag her gaze from them. "What are you doing to me?" she whispered. But deep down, Cleo knew. Becca was making her rip up her own rulebook. Becca had turned her head so much, she had whiplash.

Finally, Cleo couldn't stand it any longer, leaning forward and closing the gap between them. As Cleo pressed her lips to Becca's, an arrow of lust landed right at her centre.

Oh god. Kissing Becca a second time was *so* much better than before. For one, she was pretty sure she was going to remember this kiss. For another, she was able to truly concentrate, to be present. Right now, there was *nowhere* else she'd rather be than attached to Becca's lips.

There was a quality to her kiss, a weight behind it. Kissing Becca felt like she'd been lifted off the ground, like a shard of light had just lit them up. Her lips were just right, her kiss perfection. Cleo groaned as Becca's tongue slipped into her mouth, wilting in Becca's arms, giving herself over to it. Every muscle in Cleo's body contracted and she felt the burn, want rippling through her.

Becca let go so Cleo could discard her brown jumper, her breath heavy, her body on hyper alert. Then Becca unbuttoned Cleo's shirt, her fingers shaking, her breath short.

Cleo leaned forward and caught Becca's lips once more with her own. This time, it was Becca's turn to groan.

When they broke apart moments later, Becca got back to her job, before casting aside Cleo's shirt, her fingertips now roaming Cleo's smooth skin.

Everywhere Becca touched lit Cleo up inside. When she pushed aside her bra and took one of Cleo's nipples in her mouth, Cleo thought she might explode. She wanted Becca where it mattered most. Suddenly, she was the most impatient woman in the world.

Becca's teeth nipped at her breasts, and Cleo took Becca's head in her hands, pressing it to her, wanting all she could give.

"You're driving me crazy," she said, as Becca brought her lips level with Cleo's again.

"That's the idea," Becca replied, giving Cleo a grin.

Now it was Cleo's turn to shed Becca's clothes. She attended to her shirt buttons with the skill of a seasoned pro, slipping off her braces too. Becca's skin was pale and stretched for miles, her breasts small and pert. She was like a work of art.

Cleo hadn't even imagined Becca's breasts before, and

yet they were exactly as she'd never thought: perfect. She lowered her mouth and took one of Becca's dark pink nipples between her teeth.

It tasted divine. Becca groaned.

Standing here now, sucking a half-naked Becca into her mouth, the age difference seemed like nothing at all. They were just two bodies, two souls; they felt all the same things. It was just that one of them had been on the earth for 16 more years than the other.

What were the reasons that mattered again? Cleo couldn't recall a single one.

Becca's hands were busy now, caressing her back, drawing Cleo to her. When Becca's lips began to roam her neck and along her collarbone, Cleo got dizzy.

She could already tell she was so damn wet.

Then Becca laid more urgent kisses on her, their mouths coming together in a rage of lips and tongues.

Becca reached down to undo Cleo's black jeans, and Cleo let her, her eyes trained on Becca's hand, her breathing fractured.

Her heart was booming in her chest, because while she knew what was going to happen, she wasn't sure of her own response. If their kiss was anything to go by, it was going to be off the charts.

Becca pulled Cleo to her, letting their breasts come together, before pushing Cleo's jeans down, then sliding her hand until it collided with her small patch of coarse hair.

Cleo stilled. It had been a while since anyone had put

their hand there; especially anyone as sexy as Becca. She glanced up, hoping she was communicating just what she was feeling with her look. It seemed something was getting transmitted, as Becca swiftly removed Cleo's pants and lowered her onto the bed. Then she put her hand back where it mattered, slowly moving through Cleo's wetness.

Cleo groaned, pulling Becca to her, wrapping one leg around her. She rocked her body into Becca, wave after wave of desire drenching her.

Becca got the message. As their mouths came together again, she slid one finger, then another inside Cleo.

In response, Cleo gasped, then pressed herself to Becca, trembling all over. She took a deep breath, her whole body shaking as she clamped down on Becca's hand and let out a moan like she never had before. She was losing control, and she didn't give a fuck.

Suddenly, everything sped up. Becca began to fuck her, slowly at first, then increasing her speed, making Cleo shake and gasp. She kissed her neck, her collarbone, her breasts. Want spiralled up and down Cleo like some crazy fairground ride, which was exactly what Cleo felt like she was on. She was climbing to the top of her very own rollercoaster, and the thrill was something else.

Becca's fingers worked Cleo over, curling into her and making her see red, bronze, sunshine. If you asked her now, she wouldn't be able to tell you who she was or what she was doing. She only knew it felt so right. The rhythm Becca had going was magical, the beats filling her up by the second.

"You feel amazing," Becca said, as she pulled Cleo closer with her hand. The one inside her.

Fucking hell, she was going to come hard. Cleo thrummed with pleasure as Becca brought her to the top of her ride, Becca's fingers all over her, typing out a letter to desire. This is what had been missing in her life.

This connection.

This closeness.

This was everything she wanted and more.

Moments later Cleo crashed over the top, the sun in her face, the wind in her hair, a whooshing in her ears. Becca didn't let up, and Cleo didn't want her to. She wanted to savour this feeling, this moment, this swell of emotion crashing through her.

As Becca pressed into her once more, Cleo came again, crying out, her voice shredding the air. Her whole body was alive like it hadn't been in ages, and that was all down to Becca. To this gorgeous woman, who'd listened to Cleo, broken down her walls, and now was loving her so deliciously, Cleo wanted to punch the air with joy. How had she lived without this for so long?

She hoped the fireworks were going off inside Becca just like they were going off in her, too.

She reached up and stroked her cheek, kissing Becca's lips as she pulled out of her.

As she did so, Cleo closed her eyes, missing the contact already. Becca really was quite extraordinary.

Cleo eyed her through a sated, lazy haze, struggling

to regain a grip on her senses and her breath. When she could speak again, she did. "What the fuck just happened, and can we do it again soon?" Her voice was low, bass-like.

She wanted so much, and all of it with this extraordinary woman who'd walked into her life a few weeks earlier and turned it upside down, casually scattering her past on the floor and then sweeping it aside.

Cleo hadn't intended on sleeping with Becca. And Becca was still 23.

But somehow, after connecting with Becca on such an intimate level, none of that mattered. All that *did* matter right this second was Becca, who was giving Cleo the most seductive smile before rolling into her, pressing her hot lips to Cleo's once more.

Cleo's eyes glazed over and then fluttered shut. Inside, she was still pulsing. Her mind was painting bold strokes of sunshine and her heart felt cocooned, loved.

"I guess my no sleeping with anyone for a year rule is out the window," Becca said, her voice a whisper.

Cleo opened her eyes. "Sorry." She placed a hot, wet kiss on Becca's mouth. Damn, she felt *so* good. "But then again, not all *that* sorry." She paused. "If you've broken the rules already, we better make it count, hadn't we?"

Cleo reached down and put a hand between Becca's legs. Now it was Becca's turn to close her eyes.

She was so wet. "I'm going to fuck you senseless. Are you ready?" Cleo said, moving on top of Becca and sliding her fingers into her. Just the feel of Becca enveloping her fingers was enough to make Cleo shudder.

"God, yes," Becca said, pulling Cleo towards her.

And with that, it was Cleo's turn to show Becca what she could do.

Chapter Twenty-Six

Becca woke up with a scorching headache, and an ache in places she'd forgotten even existed. Her self-imposed sex exile had taken its toll, but last night she'd come back with a bang. Quite a few bangs, in fact.

But now, she was acutely aware she was in the bed all on her own.

Cleo was nowhere to be seen. She rolled over to check the time on her phone. 9:15.

She swung her legs out of bed, smiling at the tweak of her muscles. Snapshots of last night played in her memory as she pulled on her shirt and pants, before padding over to the bathroom on the plush grey carpet.

No Cleo.

All of which meant she could only be on the balcony, and that would require getting fully dressed. Becca pulled on her jeans, then her jumper, and slid back the balcony door.

Sure enough, Cleo was standing there, staring into the icy Boston morning, smoking a cigarette. There was still snow on the ground, but luckily they'd avoided the storms. However, snow or not, the chill in the air was very real.

Becca hoped it was just in the air, and not in their fledgling relationship. Whatever that may be.

"Hey," she said, bumping Cleo with her hip as she stood beside her.

Cleo gave her a tight smile, before taking another drag. The cigarette lit up red on the end, and Cleo sucked in the smoke.

"Been out here long?"

Cleo shook her head. "A while. I woke up and was kinda over-awed."

"Sorry, I should have warned you. I have a tendency to do that to women."

Had that sounded too much? She had no idea, but Becca couldn't take the words back. They were out there now, floating in the air, slapping her in the face.

She wasn't getting a good vibe from Cleo, and her stomach began to fizz.

"From the look on your face, I'm guessing you haven't been out here thinking what a brilliant night we had last night, and you'd better get back in so we can do it all again?" Becca sucked in a lungful of cold air, and then coughed as it hit her lungs.

Cleo rubbed Becca's back in response, but after a few strokes, quickly withdrew her hand.

"I was at first, of course I was. Because it's all true. But then… it's not that easy, is it?" She turned to face her, bringing the cigarette to her lips and taking another drag.

Becca kept her face still, trying to ignore the way her

stomach lurched again, the bile she just had to swallow down. Suddenly, her muscle aches didn't feel so light and skippy. Now, the ache in her limbs were threatening to drag her under.

She didn't need to hear any words to know that Cleo was already questioning what had happened between them. She was horribly aware of that.

"It's a disgusting habit, you know." Becca pointed at Cleo's cigarette. She meant it, too, although when Cleo smoked, she found it kinda sexy.

Most things Cleo did this morning, she was finding a whole lot of sexy.

Breathing.

Standing.

Talking.

Everything except the doubt that was now etched into every line on her face.

"I'd given up for over a year, but this situation is cigarette-worthy." She raised her head to the sky. "Just when you think you've got your shit together, life has a habit of punching you in the face, doesn't it?"

Becca frowned. "Having sex with me is like being punched in the face?" She'd had better compliments.

Cleo gave her a sad smile. "Sorry, that came out wrong. Having sex with you was incredible, really." She leaned forward and placed her lips on Becca's.

Becca shut up. She hadn't forgotten last night, and the shape of Cleo's lips on hers. The shape of them that fitted hers perfectly, just as the shape of her hand had fitted inside her with technical precision.

She'd only tasted her lips again less than 24 hours ago, but already, they were her favourite place in the world.

When Cleo pulled back, her gaze dropped to Becca's lips, and then she shook her head.

Becca decided to ignore that action, too. They'd clicked, surely even Cleo could remember that?

"If you've given up, why did you have cigarettes on you?"

Cleo smiled. "Perhaps, secretly, I knew I'd need them."

"Really?"

A shake of her head. "No, not really." Cleo took another drag. "Last night was a total surprise to me. And now I'm standing on a Boston balcony with my new employee who I spent the night fucking, and clearly I've turned into a middle-aged cliché overnight. You can just picture the headlines, can't you? Only maybe they won't be writing articles about it because this scenario is so commonplace." She sighed, shaking her head again. "I just never thought I'd be caught up in it. I never thought I'd turn into a boss who fucked their brand-new, sexy-as-hell 20-something employee."

Cleo took a final drag, then stubbed her cigarette out under the sole of her brown leather lace-up.

Yep, that was sexy, too. "You think I'm sexy?" Becca's words were smiling. At this moment, she apparently had selective hearing. She'd heard all of Cleo's objections, but she was focusing on the positive. She was a positive person, after all, and she wasn't about to change her personality now.

"I hope that's pretty self-evident, given what happened last night. I'm not in the habit of falling into bed with my employees, so when it happens, I like to think I'm attracted to them." Cleo straightened up, holding Becca's gaze.

And when she did, it was all Becca could do not to dissolve on the spot.

Because now she knew where that gaze led, and just how Cleo could turn it into her very own unique style of magic. A magic Becca desperately wanted to experience again. When Cleo looked at her like this, her gaze burning into her just as it had done last night, she felt like the most attractive, most desired woman on the planet.

"And I'm crazy attracted to you. That's part of the problem." Becca reached out a hand to Cleo's face, touching the soft skin of her cheek.

Cleo didn't flinch. Rather, she leaned into Becca's touch, her eyelids fluttering shut, applying a featherlight kiss to Becca's fingers.

Becca felt it deep inside.

But then, Cleo pulled away, shaking her head. "We can't do this, Becca, you know that?"

The hold music was still playing in Becca's head: she concentrated on the feel of Cleo's lips on hers instead.

"It's not just that I'm your boss, although that plays a massive part. I mean, what does it look like? And this is in no way your fault. This is all on me. I'm the boss, I'm the grown-up."

Becca frowned. She was hearing all of Cleo's words now, but they didn't make much sense. "Hang on," she said, holding up a hand before taking Cleo's in her own.

The electricity in their touch was so real, she shook with it.

"You keep going on about you being my boss and how you're a cliché and that this is all *your* fault, but this is as much on me as it is you."

Cleo scrunched up her face, before turning her body to Becca. "I know you're not an innocent in this, but it doesn't change the fact I'm your boss, and I'm *far* older. Those are the facts."

"But the way you're telling it makes it sound like you lured me into your bedroom and had your wicked way with me. It wasn't like that." Becca brought Cleo's hand up to her lips and kissed it. "I wanted you, too." She put a finger to her chest. "I was a willing participant."

"I know you were." Cleo pushed herself off the balcony railing and walked to the far side, putting a little distance between them.

Becca shivered as the wind whipped around her. She wasn't sure of much this morning, apart from the fact that Boston was fucking freezing.

"But even if I weren't your boss, this would still be a non-starter because this can't work. You must see that." She didn't turn around as she spoke, almost as if she didn't believe what she was saying.

However, she was still saying it.

"Not really." Becca folded her arms, before crossing the balcony to stand beside Cleo. When she turned her head, she inhaled Cleo; in a short space of time, she was already comfortingly familiar. "From where I'm standing, I like you, you like me and we've got a lot in common. And yes, I know you being my boss isn't ideal, but we don't work in corporate America where you're going to be fired if you sleep with me. Who we sleep with is our business and nobody else's."

Cleo turned her head, and gave Becca a sad smile. "And that's where you're showing your age."

Anger flared inside her. "Don't patronise me."

Another sigh. "I'm not, I'm just being realistic. I can't have a relationship with you because I'm your boss. But as well as that, there's 16 years between us. I'm old enough to be your mother—"

"Please."

"You can mock, but it's true. But that means we're at different stages of our lives. I'm 39, I own a flat, my goals are different from yours. Believe me, I've been down this road before, I know it to be true."

Becca turned, leaning back on the balcony rail, flipping her head to the sky. "Just because you had one failed relationship with a younger woman doesn't mean it will happen again."

"But I know the pitfalls. I'm just being honest with you. I don't want to start something that won't work for so many reasons." She glanced sideways, snagging Becca's gaze. "You'd think I'd know that nothing good comes from drinking martinis, but apparently I don't."

Becca's face dropped. "Nothing good came from it? Nothing at all?" She was done ignoring Cleo's comments now. No amount of positivity could make up for the hurt that was oozing through her bones, making her wince with every second.

Cleo winced right back. "I'm not expressing myself well today. You know what I mean."

A shake of the head. "What I think you mean is you used me. You fancied a fuck, I was there, and you used me."

"No. That's not it. I want this to work, but there are so many reasons why it won't, so we may as well be honest now." She reached out to touch Becca, but Becca folded her arms back across her chest.

"Last night was great — more than great. Magical. But that was last night. This morning, we're heading back to London, to our real lives, and a relationship between us doesn't fit that, does it?"

Becca had a decision to make. She could either stamp her feet and tell Cleo she was being unfair and mean; or she could agree with her, make this easy on her. And in the end, she supposed, make it easy on herself, too. Even though it felt like anything but in this moment.

Because right now, standing on this balcony in the biting early April winds looking out over Boston, Becca wanted to scream and shout at the injustice of this situation. In her head, she knew what Cleo was saying made sense: there were too many obstacles and it would never work.

And yet.

And yet.

She also remembered the way their limbs had spooned each other when they finally fell asleep after hours of sweet, sweet sex.

Plus, it hadn't just been sex. It had been connection.

They'd clicked.

Becca might not be as experienced in life as Cleo, but she'd been around long enough to know that connection was elusive in relationships. Connection was something she'd only had in glimpses in her life, and it was something she'd always had to work on.

With Cleo, the connection had been so strong, it floored her. Having sex with Cleo had been all-encompassing, even the first time.

But Becca had a decision to make.

She could whine, or she could go with what Cleo was saying.

She could fight, or she could cave.

She glanced up into Cleo's watery eyes and that's when it hit her: she didn't really have a choice. Whatever Becca decided, it was an impossible situation workwise, and Cleo had already made up her mind.

They'd shared one brilliant, unforgettable night, but that was now packaged up in a box marked, 'the past'.

If Becca wanted any future with Cleo in it, that was where last night would have to stay.

She gave a deep sigh, before sucking in her left cheek. "Okay," she said.

Cleo frowned. "Okay?"

Becca nodded. "Yes, okay. I agree with you. Last night was incredible, but..." She shrugged. "I get what you're saying, we have to leave it here. What happened in Boston stays in Boston. I get it."

Cleo didn't take her eyes from her, taking her hand in hers. "Thank you," she replied. "It was incredible, on that we agree."

Becca didn't reply, not trusting her voice. It would probably come out raspy, inaudible, broken. Just like her heart.

She inclined her head, blowing out a breath and seeing it float in a grey cloud all around her. "I'm going back in, then I'll go to my room and pack up." She checked her wrist, before realising her watch was on the bedside table. She tapped the empty space. "I'm not sure what time it is, but I know we need to check out. Meet you in reception at noon?"

Suddenly, Becca couldn't wait to get back to her room, to lie on her own bed, to stare into space at the twists and turns this week had thrown at her.

If she couldn't be with Cleo, then she needed to be very far away.

Cleo nodded, her gaze searching Becca's face. "Yes, see you down there."

Becca turned to leave, determined not to look back. But just as she got to the door, Cleo cleared her throat.

"Becca?"

She turned and when she laid her eyes on Cleo again, it was as if it were for the first time. Becca's heart dropped as Cleo's beauty floored her once again. This wasn't going to be as easy as Becca wanted, was it?

A shiver of want slid down her as Cleo held her gaze.

"I just want you to know, I don't regret last night. I kinda think I should, but you're right, we were consenting adults and it was amazing. I hope we can work through it."

Becca took a deep breath, gave a brief nod, before dropping Cleo's gaze.

Back to work colleagues and occasional friends.

Could she do that? She was about to find out.

Chapter Twenty-Seven

Cleo lit another cigarette as soon as Becca left. She didn't want to fall back on her old crutches, but this was one time when she knew she needed to.

What a fucking mess she'd made of this trip. The thing was, she wasn't even sure how it had happened. Yes, she knew in reality how it happened. She'd had too much vodka and let her guard down. Then, her true feelings for Becca — the ones that had been bubbling under the surface — had slipped free.

And what a glorious night it had been. For a few hours, she'd forgotten all the reasons it couldn't work. Last night had been a break from reality. A sexy, freeing, astounding trip to a place she'd long forgotten.

Even standing here, looking out across Boston's rooftops, she could feel the fire under her fingertips, on her tongue, in her very core.

Connection.

She'd forgotten what a powerful force it was.

In the past two years, she hadn't had sex. When Sara had left her and gone travelling round the world, putting as much distance between them as she possibly could, it had felt like a kick in the guts, a rejection of everything she was and everything they had been.

Being a fan of order, Cleo had boxed up her feelings and shelved them, coming away from their five-year marriage with a new set of rules to live by. The key points being: younger women and her were not compatible; and sex, no matter how good, didn't necessarily equate to a great relationship. She and Sara had great sex their whole time together, it hadn't gone the way of most of her friends in long-term relationships. But it hadn't been enough. So sex was put on the back burner, too, along with relationships.

But Becca had fabulous sex game, and it had made Cleo sit up. Literally and metaphorically. Her inside walls took a breath just thinking about it. How she'd missed touching someone, and having someone touch her. How she'd missed kissing someone. The touch of a tongue on her back. The feel of a hand on her inner thigh. The strong push of a hand inside her.

She closed her eyes.

This wasn't like her. She normally played by the rules, and she'd known the rules with Becca almost since they'd met. Almost. And perhaps that was the key word.

Because that first night, there had been frisson, and there had been a kiss, a connection, a brief flicker of something. And yet, the age gap was too much to bridge. Even before she knew Becca worked with her, there was that.

Nonetheless, Cleo had allowed the flicker, had allowed

a brief fantasy to play out. She'd allowed her lips to roam where they shouldn't, there was no harm.

Last night, harm had been far away. When she'd licked Becca's lips and thrust three fingers inside her, harm had been the opposite of where her head and heart had been. But it was a mirage, a temporary plane.

Now, harm had crept in. She'd seen the harm written on Becca's face.

They had to call it what it was: a one-night stand.

She sucked on her cigarette. If that was all true, why did her heart feel so raw, exposed, bruised? Why did her chest ache, physically? She'd been honest; she'd done the right thing.

Cleo walked into her room, the emptiness a large neon sign above the bed.

The sheets were still creased with their learning curve.

She could smell Becca in the air. She took a deep breath in and closed her eyes.

Being responsible and adult was so overrated.

Chapter Twenty-Eight

Becca's head wasn't the clearest, but she was hoping to get some sleep on the flight. Sleep was the best option at the moment, giving her some respite from thinking about Cleo and the feel of her hands on her body.

She closed her eyes and laid her head on the rest behind her, trying to clear her thoughts. Easier said than done. Especially when the object of her affection was sat beside her, typing efficiently on her laptop, not even giving Becca a second glance.

Maybe this was a well-worn routine for her — perhaps Cleo slept with all her new recruits, a rite of passage. But somehow, she doubted it. After all, Cleo wasn't just her boss — she knew her from that first night together, too.

When Cleo had aired her fears about putting herself back out there.

When Becca had told her she was taking a break from women and sex.

She had been, too, apart from when it came to this weekend, and especially when it came to Cleo.

Becca glanced down at Cleo's fingers, currently dancing

around her keyboard. So long and strong, yet they contained infinite finesse, too.

Stop it. She was only winding herself up.

But where would it leave them? Would she have to resign if they couldn't work together anymore? She supposed it was a possibility, and that made her wince.

Don't shit on your own doorstep: it was a motto to live by, and popular for a reason.

Why had she broken her vow of celibacy with Cleo of all people?

But when she glanced up at her strong face, her cute chin, her inviting mouth, Becca knew why.

Because she couldn't not. Because all roads had been leading to this since they'd met. And yes, it might not have happened so quickly in the UK, but they'd been thrown together here in the US, and as soon as they were left alone, things had shifted.

But now they had to shift back, she understood that. She wasn't naive, she knew the rules of the game, even if she found the rules cruel and outdated.

So what if Cleo was her boss? So what if she was 16 years older than her? None of that mattered to Becca. All she knew was the connection they'd had was out of this world.

She wanted to go on another trip with Cleo as her co-pilot.

But Cleo and her long fingers were strictly off-limits.

That was a very bitter pill to swallow.

She glanced left again, and this time, Cleo's gaze was already on her, watching her, too.

When their eyes locked, it was as if time paused. Just stillness all around.

And then Becca felt like she was being sucked into a void from the inside out. She clung to her armrest and waited for it to be over.

Cleo swallowed hard, her jaw moving from side to side, the skin around her eyes crinkling.

Boston never happened — it was a mirage.

If Becca wanted to keep her job, she knew this was the mantra she had to live by.

Chapter Twenty-Nine

Cleo texted Heidi when she got in — no baby pains as yet. She'd had horror images of Heidi going into labour when she was in the US, and if that had happened, Duncan had promised to step in and drive Heidi to the hospital. He'd drawn the line at being present at the labour, which Heidi had agreed with wholeheartedly. However, Cleo was back now and not going anywhere.

She was glad to have Heidi in her life, an anchor she needed right now when her libido was threatening to throw her under a bus. She hadn't told Heidi what had happened yet because she knew she'd get Heidi's 'I told you so' look.

It was true, she *had* told her so, but Cleo had thought she was stronger, more in control than she was. It was always a little perplexing to see your image of yourself shattered like that, with no prior warning. To the outside world, she was still who she'd always been: ordered and in control. However, behind the curtain, she was wobbly at best.

Becca had given her cause to wobble.

And to come with some ferocity.

How she'd missed having orgasms with someone else.

The front door slamming threw her from her thoughts, and in walked Duncan, his tie loose around his neck, his trousers just that little bit too short for his legs, like they had been when he was six. He gave her a wide grin, his stubble gone, his face now smooth. He'd even had a haircut in her absence.

She'd been amazed to come back and see the washing-up done and the kitchen tidy. Perhaps her nagging was sinking in. Or perhaps he'd realised if he wanted to stay, he might have to start pulling his weight.

Duncan gave her a hug before sitting on the chair opposite. "The wanderer returns." He yawned, stretching his arms above his head.

"I do indeed."

"How was it?"

"Boston-y."

"You're wasted in events — you should take up copywriting."

Cleo gave him a grin. "What about you? You've shaved and the kitchen's tidy. It's making me suspicious. Next thing you know, you'll be telling me you've spoken to Michelle." She raised a single eyebrow as she waited for his answer.

Duncan gave her a grin. "I have — she called me, actually. One of her friends saw the *Metro* and showed it to her."

"I bet she was thrilled."

"She wasn't bowled over, but we're going to meet for a coffee to chat. I think she was at least impressed I wasn't just sitting around feeling sorry for myself."

Cleo leaned over and patted his arm. "That's great news. Especially if it means I get my flat back soon."

"Thanks for the support." He got up, getting a beer from the fridge and popping the cap. "You want one?"

Cleo nodded. "Yes please."

Duncan sat back down, giving her a bottle of local craft beer and taking a sip of his. "But seriously, I do hope to be out of your hair soon. I need to change and I need to show Michelle I want to as well. It's all very well saying stuff, but actions speak louder than words."

"Very grown-up talk. What's happened to you in the week I've been gone?"

He shrugged. "You can't fix love like a mortgage deal, that's what I'm starting to realise. Our five-year fix ran out and I forgot to renew."

Cleo's brain hurt. Her brother was making sense when talking about his marriage all of a sudden, and that was perplexing. "By the way, has Mum seen the *Metro* article?"

He rolled his eyes and drank more beer. "Yes, her neighbour showed her it. She called me and told me to sort it out and to stop airing all my dirty laundry in public. It's unmanly. She wasn't surprised, though. Apparently, I've always been the child who was more slushy, more romantic. The girl of the family, as she so charmingly put it."

Cleo let out a hollow laugh. "What does that make me?"

Duncan shook her head. "I didn't dare ask."

Cleo thought back to leaving Becca at the airport earlier; the awkward, stilted goodbye.

Perhaps her mother had a point.

But then her mind plunged back to Saturday, when they'd fucked the night away. That set off a chain of images in her head and she could feel her cheeks heating as she tried to shut them down. She didn't need to be thinking this with Duncan sat beside her.

"Anyway, how was Boston and living the dream of corporate America?"

She kept her face as straight as she could manage. "It was good. Becca got to meet everyone and we had some productive meetings. It's all systems go for the summer party."

"Great news. And how was spending more time with Becca? I assume you hung out on the Saturday, if that's allowed with bosses and employees?"

Cleo nodded. Hung out — that was a good way of looking at it. "We did. We went to a baseball game."

"How very lesbian of you," Duncan said, smiling.

"We thought so. And then we had dinner, a few drinks, you know." The heat in her cheeks went up another level and her gaze bounced all around the kitchen — anywhere but Duncan.

The trouble was, he knew her too well. He sat forward, never taking his eyes off her. "Hang on, I know that look." A raised eyebrow, one that needed some serious tweezing. "You slept with her, didn't you?"

"No!" she said, her voice too shrill, her reaction instinctive.

How the hell did he know? If her cheeks weren't the colour of aubergines by now, she'd be surprised. Had the blush spread to her neck, too? She didn't want to see a mirror anytime soon.

Her brother sat back, his arms folded. "You did — you sly dog. Although I have to say, a boss sleeping with her much-younger employee is a bit clichéd, even for you." He gave a little chuckle.

Cleo closed her eyes and shook her head. "Am I sleazy? Be honest. I don't feel like I am, but the signs after this weekend point the other way. If my boss found out, she probably wouldn't look too kindly on it. I'm pretty well thought of, I don't know why I'd risk it all to sleep with Becca."

Duncan reached over and squeezed her arm. "Because you're human and sometimes your judgement lets you down." He sat back, giving a little shrug. "Plus, everyone knows that sex appeal addles the brain and makes you make dumb decisions. But sometimes, those dumb decisions prove to be the right ones. Remember, Michelle was my boss when we started sleeping together, too."

"I'd forgotten that. Maybe we have a gene that makes this inevitable. And you're six years younger than her."

Duncan gave a laugh. "Or maybe it's pretty damn common and happens all the time. By the law of averages, you're more likely to meet your eventual mate at work than anywhere else, did you know that?"

Cleo nodded. "I always thought it was bullshit because I've never fucked anybody I've worked with."

"Till now."

She nodded. "Yes, till now."

"So welcome to being common and in the majority — but remember, it's just a small understandable hiccup and you'll get over it. When they were creating these clichés, it was generally about middle-aged men sleeping with their secretaries and the men normally had potbellies and were balding." He swept his hand up and down in front of her. "You hardly fit that stereotype — your silky hair is all your own and your potbelly is invisible. No wonder Becca fell for your charms."

"Yes, but it shouldn't have happened."

"But are you glad it did?" He was looking at her with a mix of concern and curiosity.

"Yes, because it was glorious; no, because it can't go anywhere, can it?"

He gave her a slow shrug. "Not unless you want it to."

"What does that mean?"

"Exactly what I said. If you want it to, you'll find a way to make it work. Just like I intend to do with Michelle."

What had Duncan been drinking while she was in Boston? Some kind of truth serum?

"Well, I'm her boss, so it can't." Cleo had been banging that drum all the way home in her head, she knew the tune by heart.

"So did you have to play bad cop and let her down gently?"

"She was on the same page, mainly. I mean, she understood. We've agreed to shelve it, to put it down to a one-night thing, but we're both a bit sad about it. It took everything I had not to fuck her again on Sunday morning."

He reached over and punched his sister lightly in the arm. "Well done, you've always been a strict rule-follower and disciplinarian, and it's good to know that plays out even across your sex life."

"It doesn't mean I like it." Cleo put her head in her hands, before peeking through her fingers. "It was pretty special while it lasted — all of 12 hours, but you know, they were a quality 12 hours. Now we're back to being work colleagues. I hope that goes better than it did today."

"You didn't speak today?"

Cleo shook her head. "Only when we needed to. It was awkward enough on the plane. I swear those seats are getting tighter every year."

"Or maybe you've just never sat next to someone where the sexual tension was so ramped up, you could slice it up and serve it for breakfast, piping hot." Duncan's face was loving that analogy. He sat back, very pleased with himself.

Cleo frowned, before taking a slug of her beer. "You make a very good point." The plane journey home would surely go down as seven of the most excruciating hours of her life, even though she'd tried to fill them with work and watching *When Harry Met Sally*.

Duncan gave her an exaggerated pout. "I am the oracle of love these days, haven't you realised that? Seriously, I've done a lot of soul-searching over the past few weeks. And you know what I've realised?"

Cleo shook her head. "Tell me."

"That we're all hardwired to need love. We crave it. If you want something bad enough — Becca, or whatever — turn your life upside-down for it. Otherwise, you might miss the boat. Your life hinges on the decisions you make, good and bad."

It was like Duncan had been possessed by the spirit of a self-help guru. He took another tug on his beer bottle, before cocking his head.

"One other thing," he said. "If the only chat you had with Becca was pretty soon after you had sex, it would have been heated. You need to spell out where you stand now things have cooled down."

"I would have thought that was obvious. Back to being work colleagues."

He crossed his arms. "I'd still point it out, even if you think it's obvious. You know as well as I do, once you've slept with someone, you should never assume things."

Cleo sighed, folding her arms and echoing her brother's stance. "I've got to call her in and have 'the talk'?"

He nodded. "I'd say for your work safety, yes."

Cleo flung her head backwards. He was right, of course, which was the most annoying thing. "I think I liked the older, more stupid Duncan better, you know that?"

Chapter Thirty

"How are you doing?" Tracey could hold a full-on conversation while they were running, too. It was a very irritating trait.

"Still alive." Becca kept her eye on the line of trees to her right, just beginning to fill out again as April strode on.

"How was work today?" Tracey asked. "Your life in a tabloid drama, sleeping with the boss and all that jazz."

Becca huffed. "Are you saying I'm a hussy?"

Tracey's feet pounded the concrete in a steady rhythm as she replied. "I'd never say that, apart from behind your back." She gave Becca a grin. "I just wondered if you'd had any more dealings with your hot-but-sleazeball boss?"

"Is she not a hussy?"

They turned left onto a smaller path that led up to the main hill, where Becca knew lay two minutes of pain as Tracey made her run up the whole incline. When she did it herself, she tended to walk-run in a half-hearted effort. But Tracey never let her do that. Still, at least when they were running up the hill, Tracey wouldn't be able to talk about Cleo. That was a definite plus point.

"It doesn't work that way."

Really? "So, what? She just gets to be Miranda Priestley while I'm poor little Andi, at her beck and call?"

Tracey gave me a sly smile. "Miranda Priestley? Wow, does Cleo have layers I didn't know about? She seemed far too nice for that when we met."

She *was* far too nice, that was the problem.

Hot. Nice. Unforgettable.

At the top of the hill, they both slowed, jogging out the exertion, before falling into step at the top of the park. Up here, tennis courts stood idle, and the roses and peonies were in full bloom, a riot of white, lemon and pink. It made Becca think of the icing Jess and Lucy had chosen for their cake, and their big day would be here sooner than they thought. She was glad she was focusing on that this week, too, because work had been hard. She'd been civil to Cleo, of course she had, and they'd even had a couple of meetings together and told everyone how productive their Boston trip had been. They weren't lying.

And yet, every time it was brought up, every reference to it just made Becca gulp, and made her insides cringe with sadness.

Because the night they'd spent together had been next-level good, and they hadn't even talked about it. Cleo had shut that down the following morning, she didn't even get to wake up with her, see her sleep-creased face. She'd been deprived of a morning-breath kiss. All the things that cemented something like that, made it real.

So much so, that now, back in London, it didn't seem real. It had only been a snapshot of time, after all, with none of the usual bookends. They hadn't gone on an official date, and they hadn't kissed leisurely the next morning, lain together with every inch of skin touching, fingers sliding where they were most needed.

They'd just fucked. That was it. And that was all it was ever going to be.

So maybe Tracey was right. Maybe she was a hussy.

Maybe that's what Cleo had reduced her to.

She swallowed down hard as she kicked back up to speed with Tracey, the early morning clouds looming ahead.

Fuck Cleo — she wasn't going to define who she was. Not now, not ever.

Becca made a decision there and then. She was going to do the festival better than anyone had ever done a festival before. She was going to show Cleo just how brilliant she was. And when that was done, she was going to put some feelers out for a new job.

Life was too short for angst where it didn't need to be. She was doing well now, and she could do well elsewhere.

Becca was going to get another job and start all over again.

Chapter Thirty-One

"Take a seat," Cleo said, biting her lip nervously as Becca followed her instructions. "Everything coming along okay with the music contracts?"

Becca nodded, her face stilled with concentration.

She could be business if that's what Cleo wanted.

Although that figure-hugging white shirt Cleo had on wasn't doing anything to help her. "I chased them with the US, and they all seem to be going through. And I confirmed the bar staff for all three days with the agency, so that's all booked in."

"Great job." She was nodding her head more than she needed to, and her hands were wavering in the air, like she wanted some papers to shuffle.

That was the peril of the paperless office — not so many things to hide behind.

"So we've been back a few days now and I just wanted to have a quick word, make sure things were okay with you." She cleared her throat. "Make sure you're okay."

Was that a blush on her cheeks?

"After everything that happened in Boston."

Wow. She wouldn't have taken Cleo for someone who stuttered so much and made their liaison sound like a business deal, but that's how she was coming across.

"You mean after we slept together?" Becca wasn't in the business of euphemisms. She was going to call this what it was.

Cleo looked her straight in the eye when she replied. "Yes," she said. "That."

Becca bristled. "I just think we should be clear. You might be able to think of it as a transaction — and if your language is anything to go by, that's what you do — but I prefer to think of it as more than that. I thought we had more than that." She held up a hand as Cleo went to say something. "But I know — it can't go anywhere. I know all the reasons, you made them very plain." Pause. "So I'm not sure why you're bringing it up again. You closed the case the morning after. Shut it down completely."

She knew she was young and hadn't had the life experience Cleo had, but as long as she lived, she hoped she never had to go through that kind of frosty reception again. She was pretty sure she didn't deserve it.

Cleo was staring at her now, her features softening. She closed her eyes and got out of her chair, walking around to stand in front of Becca and her desk. When she realised how much closer she was, she backed away, clearing a photo of her and Heidi skiing along with a pot of pens, so she could perch on her desk.

She looked anything but comfortable.

"This hasn't been easy for me, either." She moved her top lip one way, her bottom lip the other. "And I'm sorry if I gave you the impression that I didn't care, that this was something I could write off as a business transaction. It's not, believe me."

She rubbed her hands up and down her tan trousers, and Becca was drawn to her long fingers.

Fingers she knew all about.

She shook herself.

"But even though Boston can't happen again, I don't want to lose the friendship we had." Cleo paused, looking Becca in the eye. "Have."

Becca's jaw tightened.

Cleo cleared her throat. "I enjoyed spending the time with you in Boston."

"Don't forget the blue-cheese olives."

Cleo smiled. "My world is forever saltier. And changed." She gulped. "And not just by the olives — by you. I know I was a little abrupt the morning after, but I panicked. I didn't know what to do. I wasn't setting a very good example to you or to myself."

Becca frowned. Cleo was making it sound weird again. "That's the thing — you set a brilliant example to me every day. Look at you." She waved a hand in Cleo's direction. "You're what I aspire to be."

"And you're well on your way, and I want to help you get there."

"But I'm also attracted to you and you're attracted to me."

Cleo didn't respond.

"Did I get that wrong?"

A shake of the head.

"So what happened was probably going to happen. Neither of us are attached, we were in a foreign city, we were in a hotel. All these factors heighten the equation."

"But it shouldn't have happened." A tight-lipped smile. "I just hope you're okay and we can carry on working together. I thought about resigning, but then I thought that might be an over-reaction."

Becca bit her lip. "I think working together is getting harder."

With every day that passed, Becca knew this wasn't the only job in the world. The recruiter she'd spoken to the other day had made that very clear.

Her heart was bruised, but their liaison had been so brief, it was almost as if it hadn't happened. This had been her dream job, but it was turning into the very opposite before her eyes. She was going to take back control and start again.

A clean slate. Like Cleo never even happened. Like those shapely legs, those broad shoulders sitting in front of her were never on top of her, pressing down on her, making her scream with pleasure.

Cleo fixed Becca with her gaze, went to say something else, but then thought better of it. She stretched her hands out in front of her — did she really have to keep drawing attention to them? — and then jumped off her desk, standing up, her head tilted.

Becca's audience with Cleo was over.

A knock on the door interrupted their chat and Mika walked in, a smile on her face. "Just the two I wanted to speak to," she said, glancing from one to the other. Then she paused. "Everything okay? I haven't just gate-crashed some strange meeting, have I? Only there's weird energy in this room. Nothing's gone wrong with the festival, has it?"

Cleo sat back in her chair, shaking her head. "No, nothing. Becca was just telling me security is good to go, and the music contracts are nearly there."

"Perfect," Mika beamed. "Just thought I'd let you know, all systems go on the cash machines and pay points for the festival, too."

Becca stood up, sweeping her tongue along the top of her bottom teeth. Still there. "I better get back to it."

She smiled at Mika, then walked out, not looking back.

Chapter Thirty-Two

They were back at the clinic for another lesson in childcare for Heidi's as-yet-non-existent baby. Heidi was sick of her size now, wanting nothing more than to get the baby out of her body and into the world.

"You should see how people look at me, like they've never seen a pregnant woman before," she said. "Honestly, I'm not some weird science project, but people actively cross the street to avoid me."

"It sounds like Becca at work with me," Cleo replied.

Ever since their talk, Becca had been all business. Mrs Business. Business with a capital B.

Cleo didn't blame her — she was just protecting herself after all — but she missed their easy banter, replaced with false jollity. But whatever else, Becca was still brilliant at her job. If anything, she'd stepped up her game, as if to prove something to Cleo.

Cleo got the message loud and clear.

Heidi gave her side-eye. "Can you blame the poor girl? You take her abroad, sleep with her, then tell her nothing can happen and even if you weren't her boss, nothing could happen anyway because she's too young." She rolled her eyes. "I used to think you understood women, but being that you are one, sometimes you have a pretty poor grasp of the female kind."

Cleo threw up her hands. "I was just being honest, putting all my cards on the table. Isn't honesty always the best policy?"

Heidi spluttered. "Honesty is *rarely* the best policy."

"When did the rules change? I give up."

Heidi poked her in the arm with her index finger. "The rules didn't change, you did. You need to get back in touch with reality and with what women want. Telling someone whatever they do it's never going to work when you've just slept with them is never smart." She paused. "Plus, you're still too hung up on the age-difference thing — and I'm not just talking about with Becca. You need to get over everything to do with Sara. It's been two years."

Cleo gave Heidi the look that deserved. "Do I need to show you a picture of my first marriage?"

"Becca's not Sara. And if you sleep with a younger woman in six months' time, she won't be Sara, either. Becca and Sara have got the same hair colour, but you're not sworn off dark hair just because of Sara, are you?"

"That would be stupid."

Heidi gave her the face. "I rest my case, your honour. You need to get over the 'she's younger than me' excuse." She sucked on her teeth. "I think you're just scared of getting involved again after getting hurt last time, which is understandable." She shrugged. "But if I can take a chance like this," Heidi pointed to her belly, "surely you can put yourself out there, too?" She puffed out her cheeks.

"Anyway, enough about you seducing your staff — back to the business at hand." She patted her protruding belly as they walked into the clinic. "Baby A is due any minute and today we're going to be learning how to care for him or her in the first few weeks of their life."

Cleo put a fingertip to her forehead in salute. "Think of me as your eyes and ears for the day." She held up a notebook. "I've even come prepared to take notes."

"Good," Heidi said as they entered the class and Cleo held out a chair for her. Ali and Jayne were already there, giving them a wave from across the room. Ali was huge, due two days after Heidi.

"I cannot wait to get this out," Ali said, with a shake of her head.

"I know the feeling," Heidi replied.

The walls in the room were covered in posters offering antenatal and post-natal yoga and Pilates classes, and Cleo nudged Heidi.

"You should sign up for a yoga class after you've given birth. It'll keep you zen in the face of all your new baby's screaming."

Heidi frowned. "I'm having the amazing silent baby, remember?" She shifted in her chair, an action that required supreme effort. She sighed as she settled. "And if you think I'm doing a yoga class when my vagina might have been split in two by said non-screaming baby and then sewn up, you've got another thing coming."

Cleo winced, then crossed her legs. She reached over and took Heidi's hand, stroking her palm with her thumb. She could hear the wobble in Heidi's voice even though she was making light of it. Who wouldn't be scared?

It was a trip into the unknown, but then, weren't all the best things you did in life? Going beyond your comfort zone was the only way to grow. Cleo had told her staff that enough times at work. In giving birth and having a baby, Heidi was going way outside her comfort zone, which only made Cleo admire her more.

Should she have gone out of her comfort zone with Becca? It was a question she was constantly asking.

"Earth to Cleo, come in Cleo!" Heidi was clicking her fingers in front of Cleo's face.

"Cleo reporting." She sat up in her chair.

"Where's your head?"

Cleo blinked. "Right here," she lied.

Heidi raised an eyebrow. "You're nearly convincing, too."

The room began to fill up, and Innes appeared, clapping her hands and producing a baby doll. Apparently they were going to learn how to bathe the baby, burp it and feed it, using this doll. If Cleo hadn't known better, she might have thought this was a practical joke. However, after last time with the horrors of birth, if she had to pretend to burp a plastic doll, she was happy to do it.

"So ladies and gents, your baby might seem like precious cargo to you, and of course, they are. However, they will not break so easily, so don't be afraid of them. I've seen some parents too afraid to pick up their baby, to cuddle their baby, so don't fall into that trap. Your baby has just come into this world and he or she needs human contact. Remember, the first three years of a baby's life set the tone for everything that follows. Make these first days and weeks count, because the clock is ticking."

Cleo glanced. "Wow, I had no idea. I'm going to pay special attention to that doll now."

Heidi smiled. "I hope you do — and then to the baby when he or she arrives." She sighed. "You know, I always thought when I did this, I'd have a partner. And now I'm having a baby, I'd say the chances of that happening are slimmer still. Thank you for doing this with me, it means the world."

Cleo rubbed Heidi's shoulder. "Of course, I'm going to be right there with you. You and me, just like always."

Cleo's thoughts drifted off to Sara, who'd said something like that to her right before bailing on their marriage — that she'd always be there for her. She'd lied. But friendships were built on more solid foundations, and she knew Heidi would do the same for her if the positions were reversed.

What about Becca? Would their friendship survive this test? She hoped so, but she wasn't sure, because they hadn't known each other long. Was Heidi right? Should she entertain having a relationship with someone younger again? Give Becca or whoever a try?

But Cleo was all about self-preservation, especially with one failed marriage behind her. After Sara, she'd pushed aside relationships because if she couldn't control them, she wasn't interested.

However, Becca had come along and she was a variable Cleo couldn't control. And when she let her mind wander, it just kept drifting back to their night together, to the way Becca had made her feel.

And then her mind clouded over.

Chapter Thirty-Three

It was almost three weeks since their trip to Boston, and Becca was learning to live with her new reality. It didn't help having to see Cleo every single day, but what could she do? The job was the most important thing, and she was focusing all her energy on that. Plus, if one of her recent interviews worked out, she could be gone soon.

But this morning, she was over in Woolwich, meeting Jess and Lucy. They lived in one of those new developments by the river, and their ground-floor flat had bifold doors that opened out onto a patio with room for a dining table and barbecue.

This morning, the patio was being shown off to its best with April sunshine glinting off the tabletop, which also showed the embers of the rain shower that had stopped around half an hour ago, just before Becca got off the train. Looking around at their stylishly modern home, Becca was struck with flat envy. When she grew up, she wanted to be just like them. Most of the time, she was happy to be her, living in the moment. But when she saw happy couples in flats like this, she wanted to hit fast-forward on her life.

"Tea? Coffee?" Lucy asked, ushering her onto the sofa, their French bulldog, Spinach, yapping at her heels.

Spinach jumped up at her, but Lucy shooed him off. "He's showing off, trying to prove he's top dog." She bent down to pet Spinach. "Which you are, aren't you? My top dog!"

"And that right there is why we have a very confused dog." Jess strolled in from the kitchen and kissed Becca's cheek, before sitting down on the other end of the sofa.

"Did you say coffee?" Lucy called, walking to the kitchen.

"Yes, please!" Becca said, before turning to Jess. "So things are hotting up. How long till the big day?"

Being the wedding planner, she knew the answer, but she'd learned from organising parties before that this was what got people into the mood for chatting. It worked like a charm.

"Less than three months till I'm a married woman," Jess said, rubbing her hands together. "Me! I can't believe it." She shook her head. "When I was growing up, I never thought I'd get married as it wasn't legal." She paused. "I guess you've never had that, have you?"

Becca shook her head. "Marriage equality has been law ever since I can remember. Civil partnerships came in when I was nine, so to me, it's always been law."

Jess sat back, shaking her head. "Crazy to think. Imagine never having to worry whether or not you'll get married — it's just always been an option. That's the way the world should be."

"I'm lucky, I know. Although I've got some way to go before it happens. Like finding someone who wants to marry me, for one." Becca tried a smile, but even she knew it was fake.

Lucy scuttled in with a tray full of white mugs filled with coffee the colour of mud, just the way Becca liked it. The tray also held a biscuit selection, including Becca's favourite when she was growing up: jammy dodgers. Just looking at them took her back to Saturday mornings in front of the kids' channel in her family home, always sneaking another biscuit when her mum wasn't looking.

"You've got plenty of time to find someone, you're young. We didn't meet till we were in our thirties, did we?" Lucy said.

Jess shook her head. "And our story had hiccups, but we got there in the end. And now we have a wedding planner — another thing I never thought I'd have."

"You do," Becca said. "So you met with the photographer and all good?"

"Better than good." Lucy grinned. "And we loved the flowers, too, and the cake."

Becca got out her iPad and called up her trusty list. "Great. So today I need you to think about a seating chart. Don't leave it till the last minute, it really is something that you'll be thankful you got done early."

Nods from both Lucy and Jess. "Jess's mum has been trying to get involved with it, but we've told her it's our wedding and we're doing the seating plan." Lucy shook her head. "Is it normal that parents go a little crazy at this stage and try to take over?"

Becca let out a snort. "Very normal, if my family are anything to go by. Three of my sisters have got married and my mum ran them all like military operations. It was like she'd been in training for this her whole life, and she'd just been waiting to spring into action."

Jess smiled. "Yeah, I remember it with my brother's wedding, but somehow, I never expected my mum to pull the same shit with me. She was so weird about me being gay for so long, but now she's all over it." She sat forward and sipped her coffee. "I blame Lucy. It's her fault for being so damn lovable that my mum finally thought me being gay wasn't such a bad thing."

Becca grinned. "You do have that look about you," she told Lucy. "Parent-friendly. If you'd have turned up on a motorbike with a bar through your nose, things might have been different."

"I've got a motorbike," Lucy offered. "Doesn't that count?"

Jess leaned over and kissed her cheek. "Not when you look as gorgeous as you do," she told her fiancée. "Anyway, Becca didn't come all this way to hear us swoon over each other, and I need to get back to the café by midday, otherwise your sister will kill me. What else is on the list?"

"Rachel's covering for you? I thought I was picking her up from her flat after this."

Jess shook her head. "She's helping Sophie out for half an hour — she told me to tell you to get her from the café. We can walk over together after this."

"Sounds like a plan." Becca tapped her screen. "Okay, next is DJ playlist. The guy I've booked is great, but if you want only stuff you love played, tell him and he'll do it. The mistake most people make is assuming everything will be okay, and then moaning when it's not. Be proactive."

"My middle name," Lucy said.

Becca held up her index finger. "And first dance — are you having one?"

Firm nods from both of them.

"Great, so you'll need to give the DJ that. Plus ceremony music, too. What you're walking into, walking out to, what's being played when the register is being signed."

"Wow, there's a lot of shit to think about, isn't there?" Jess got out her phone and began to note things down.

"Have we told you about our first dance?" Lucy asked, putting a hand on Jess's knee.

Becca smiled. She'd only met Jess and Lucy through Rachel a few months ago, but if she'd had to pick the perfect couple to kick off her wedding-planning business, she'd have chosen them. Just being around them made Becca's heart soar.

Jess and Lucy made her believe in love, and it was a reminder she could do with today. She might have been in relationships for most of her adult life, but none of them had been *the one*. None of them had made her look at her partner the way Jess looked at Lucy and vice versa. It was the same way that Rachel looked at Alice, although because that involved her sister, Becca didn't find that quite as appealing. Rachel and Alice just made her want to shout 'Get a room!'

Which is exactly what she'd done with Cleo in Boston. They'd got a room and they'd taken advantage of the time and space afforded to them. Of being somewhere else, somewhere away from their lives. And in those brief, special moments, Becca and Cleo had shared a look, one that had burned into Becca's soul and kept it warm for days after.

The way Cleo had looked at her that night was something she didn't think she'd forget in a long time. The depth of her stare when she was just about to come had been a moment so intimate, Becca had almost felt as if she should look away. But she hadn't. She'd forced herself to hold Cleo's gaze, and it had been terrifyingly personal. As if Becca had just unlocked the key to Cleo's soul.

"Becca?"

She turned her head, pulled from her thoughts, feeling her cheeks begin to burn.

"Sorry, miles away."

Lucy smiled. "No probs. We were just saying about our first dance. We want to do it to that cover of Katy Perry's *Teenage Dream* — the slowed-down version."

"I love it, it's perfect," Becca said.

"We're having dance lessons — but it's a secret, so you can't tell anyone. We want people to be gobsmacked on the day."

Becca tapped her nose, making a note to find out the name of the artist. "Your secret's safe with me."

What would Cleo think? Cleo, who was still so sad about her own wedding dance — or lack thereof. Becca was sure she'd appreciate the effort and love Jess and Lucy were putting into theirs; it might even make her cry again. Watching Cleo watching that couple in the Boston bar had been supremely intimate, and the hurt she'd expressed made Becca want to go back in time and shake Sara. She hadn't deserved Cleo one bit.

Despite everything that had happened between them, and Cleo's resolution that nothing more could happen, Becca would love to dance with Cleo. Just a casual dance, but she was sure the look on Cleo's face would make any night her best one yet.

An email popped up on her iPad — it was from Kylie, the photographer.

But Becca didn't like the title one little bit. She glanced up at Jess and Lucy who were still laughing about their wedding dance. Becca clicked on the email and felt her heart slump in her chest.

Kylie was pulling out, and she was very sorry.

Becca bit the inside of her cheek, as her stomach began to plummet. She knew this wedding had all been going too smoothly.

Jess looked up and cocked her head. "What's wrong? You've gone a very strange shade of purple."

Becca took a deep breath. "Don't panic, I will sort this out. But I've just had a message from Kylie the photographer."

Lucy gripped Jess's knee.

"She's got a family issue and she's cancelling all her jobs for the next three months. Which means she's not going to be able to do your wedding." Becca held up a hand. "Before you swear, the good part is she's given us three months to get a replacement."

"But the bad news is we have three months to get a replacement, and surely all the good photographers are already booked?" Lucy's voice was far less calm now.

Becca shook her head, exuding a chilled vibe even though she felt anything but on the inside. Dealing with stuff like this was all part of the job. "Not necessarily. Just leave it with me and I'll find you someone you like just as much as Kylie, I promise."

* * *

Becca walked back to Porter's with Jess, who was taking the photographer situation in her stride.

"You know some other people? I can ask around, too, if you like."

Even though she was doing this as a favour, Becca wanted to be professional. "Leave it with me. If I seriously draw a blank, I promise I'll let you know. But I'll try to get some options for you this week."

Jess seemed satisfied with that. "How's your new job going? Rachel said your new boss is a friend of your cousin's — what are the chances?"

"A thousand to one," Becca said, a snapshot of Cleo on top of her springing to mind. She'd thought after three weeks that would be happening less, but it seemed not.

"And it's going okay?" Jess asked as they walked up to the glass-fronted café, the inside full of Saturday morning coffee drinkers and breakfasters.

"It's going really well — Cleo's a great boss."

Her tongue wrapped itself around the delicious and shapely consonant and elegant vowels of Cleo's name, which only made Becca roll her eyes at herself. She pushed all thoughts of Cleo to the back of her brain, sweeping the floor clean.

When she walked in, Rachel's best friend Sophie was behind the counter with a woman she didn't know, and her sister was clearing a table near the door.

"Hey, you didn't need to do that. I thought you were on food duty in the back." Jess took a plate and mug from Rachel.

Rachel shrugged. "They were swamped and it needed doing." She leaned over and kissed Becca's cheek. "Gimme two minutes and I'll be ready?"

Becca nodded. "Sure thing."

"Everything good with the wedding of the year?" Rachel's tired eyes flicked from Jess, to Becca, and back.

"It will be," Becca replied.

Chapter Thirty-Four

They hadn't made plans for what to do, but as the sun was shining, Rachel suggested hopping on the train from Woolwich to London Bridge. From there it was just a short walk to London's premier foodie destination, Borough Market. The undercover thousand-year-old market was bustling with tourists and locals alike when they turned up just after 12.30, with most of the crowd on the lookout for something delicious for lunch — not hard to find in this food heaven.

Being a chef, Rachel loved sampling the food at the rows of stalls and food vans, the air thick with competing food smells: seared chorizo rolls, bubbling red curry, sizzling Padron peppers. The cuisine came from all around the globe, and whatever taste you wanted, there was sure to be something to suit.

Their parents had brought them here as children as a weekend treat, and coming back always evoked those memories. Becca recalled reaching up to grab some Turkish Delight from one stand, but not being tall enough. She was plenty tall enough now. She let Rachel stroll along the rows of stalls, touching the food, breathing in the vibrancy of the venue.

April sunshine streaked through the iconic Victorian glass and ironwork roof, and the shouts of stallholders pierced the air. Two well-groomed men walked by, one carrying a massive French baguette, the other a huge stick of fresh horseradish.

"Horseradish sandwich?" Rachel asked with a grin, before stopping to buy freshly squeezed orange juice from a stall. She took Becca's arm and steered her to some wall space on the right to stop and drink.

"What's going on with you?" Rachel pressed her body against the wall, the sole of one foot flat against it, too. With her jet-black hair and piercing blue eyes, she looked like she was doing an advert for juice drinking. "Something's up, because you're not laughing at my jokes. Normally the horseradish joke would have provoked a smile, but nothing." She raised an eyebrow. "This is not the sister I know and love."

Becca grimaced. "You know how you were making jokes about me and Cleo a few weeks ago?"

Rachel sipped her drink, giving Becca a slight nod of her head.

"Well, they might have come true. We might have slept together when we were in Boston."

A slow sliver of understanding overtook Rachel's face. Tellingly, she wasn't surprised.

"You're giving me the Rachel look."

Her sister frowned. "What's the Rachel look? This is news to me."

"The 'took your time' look'."

Rachel grinned and dropped her bent foot to the ground, standing up straight. "If anybody had seen you at that wedding, they'd have given you the same look. There was a spark there, a thing. It was pretty evident."

"Was it? We hardly said two words to each other at dinner."

"But then you chatted for ages, you danced and went on to Soho. It doesn't take a top-line sleuth to work it out." Rachel sucked in a breath. "More to the point, I thought you were taking a year off women?"

Becca winced. "I am. I was. In the UK at least."

"Boston doesn't count?"

She shrugged. "It just happened. I mean, I didn't expect it, but at the same time there was a kind of inevitability about it. Until it happened, and then Cleo freaked out."

"And nothing's happened since?"

Becca shook her head. "It can't really, can it? Plus, she's made it abundantly clear it can't. It was just a one-night holiday thing." Becca sighed, taking the juice from Rachel and having a slurp. "An *incredible* one-night holiday thing, but nevertheless, just that."

"And how's that left you feeling?"

Confused. Sad. Wanting more. Over it. "I'll survive. I'm a big girl and I know this comes with the territory."

Rachel studied her for a few moments, letting the words

drift away in the air, making friends with the aromas of roasted coffee and fresh toasted bread.

"For what it's worth, leaving it is probably the best thing you can do. If you don't, chances are it would interfere with your work, and then maybe one or both of you would have to leave. And you don't want to leave, do you?"

She shook her head. "It's the only job I've ever truly given a shit about, and that's the rub. I mean, I love it there, but having to see Cleo every day is a bit rough." She paused. "Precisely because she's the exact opposite of rough." She didn't want to tell Rachel about looking for another job just yet.

Rachel tipped her head to one side before she replied. "I know it's tough, but sometimes, things just aren't meant to be."

"Even if we had a scorching connection in the bedroom?"

"That doesn't always translate into real life. Plus, it was while you were away, when everything gets strung up and reality ceases to exist. Anything can seem magical when you're abroad. And hotel rooms have that aura about them, don't they? Sex always seems that little bit more daring in fresh sheets that you don't have to wash."

Maybe she was right. Maybe it was all a load of smoke and mirrors and they hadn't really had the connection she'd thought.

But even as she let herself think that, she knew it wasn't true. They'd had more than just good holiday sex. They'd had a night of passion, a night of surrender, a night she *so* wanted to repeat. And if it meant nothing to Cleo, too, why was she so careful around her at work? Why was it that every spare thought Becca had was elbowed out the way with a memory of Cleo?

"Maybe you're right," Becca said, swallowing down her true thoughts.

Rachel hooked Becca's arm with hers and led her back into the crowds. "I'm always right, you should know that by now," she said, with typical big-sister authority. "But your face has gone all sad, so to cheer you up, how about I buy you lunch." She waved her free arm through the air. "Your choice from the wide spread before you."

Becca gave Rachel a grin, and they both set off walking towards the café on the other side of the market with outdoor tables that served a delicious mezze plate, plus excellent coffee. The same café their parents had always taken them to as children.

Rachel leaned in, squeezing Becca's arm with hers. "And remember, you said you didn't want an older woman next, and Cleo is that. Chalk this one up to experience and meet someone your own age."

If only it were that easy. However, Becca nodded, because she knew it would please her sister.

Sure enough, Rachel cracked a smile.

Chapter Thirty-Five

Cleo rubbed her hands together and sat back in her office chair. It'd been a crazy week, and the festival was happening in three days. All their hard work over the past few months coming to fruition in a handful of hours. This was the moment where she dreaded what was going to happen, but it was also the moment where she revelled in the anticipation of what might happen. She knew from running similar staff events that it could range from the sublime to the crazy. She was using this moment to take a deep breath. The calm before the storm.

A knock on her door. She looked up. Becca was standing there, her head partly in the door. "Got a minute?"

Cleo nodded, holding out a hand. "Course."

"It's just about these stage times. Paloma needs to get away from here by 10.30 as she's got a plane she needs to catch to get to Madrid the following day for another festival."

Cleo leaned back in her chair. "What a life to have," she said. "That's fine though, isn't it? She can come off by ten, do an encore, and get away. She's the headliner so we can't have her finish any earlier than that."

Becca sucked on her top lip. "Okay. I'll ring her management and suggest that, for a slight fee reduction in return." She paused, looking Cleo in the eye.

It took all her core muscles to keep Cleo upright, because Becca's exquisite blue eyes still had power over her, even though she'd been trying not to look into them of late. But at times like these, when she walked in being all gorgeous and so fucking capable, it made Becca's eyes that little more difficult to miss.

"I guess you've been dealing with them this whole time with Mika, so speak to her. Whatever she thinks."

"She's had to go — family emergency again. That's why I came to you."

Damn it, she had seen an email come in from Mika, but she'd made a pact with herself she wasn't going to look at her emails and get distracted till she'd done her morning's work.

"Right," Cleo said. "Then yes, go with your gut. If they need something, they have to give us something in return. That's how business works."

Becca gave her a firm nod. "Great. It's what I did at the Brighton festival with the headliner, and it worked a treat."

So capable… and such smooth skin.

Cleo ground her teeth together as a tingle ran down her spine.

She'd tried to push it away all these weeks, tried to pretend Becca meant nothing to her. For the most part, it had worked.

But today, not so much.

Becca's phone beeped and she glanced at it, a frown crossing her face.

"Everything okay?"

She sighed before giving Cleo a tired nod. Now she looked a little closer, Becca's young face, while still beautiful, had a few worry lines streaked across it. She hoped she hadn't put them there.

"Nothing to do with work, just this wedding I'm organising. The photographer dropped out at the weekend and being that it's happening in under three months, finding a replacement is proving difficult. I have a few options but they're not what I had in mind."

Cleo's thoughts danced a little, before she replied. Should she say the first thing that sprang to mind? Probably not. Yes, her best friend was a wedding photographer, but she was also just about to give birth and didn't want any added headache in her life.

Okay, mind made up. She was going to keep schtum.

Cleo arranged her face in a sympathetic way, letting Becca know she felt her pain.

And then, before she could stop her mouth moving and her vocal chords cranking into gear, she blurted out, "Heidi's a wedding photographer."

Also very pregnant, her internal voice shouted. But if

she could help Becca solve her problem, it'd put a gold star on her day.

If she couldn't make Becca smile in a more intimate setting, she could at least try to help her in other ways.

"Your friend who's hugely pregnant?"

"The very same. When's your wedding planned for?"

"Middle of July — just under three months. Won't she be giving birth then?"

Cleo shook her head. "She's due imminently, and Heidi is always on time. So if her baby is anything like her, he or she will be, too."

"I don't think that's how babies work," Becca replied with a smile. "My mum's always on time, but I was three weeks late. I really didn't want to come out, they had to drag me out kicking and screaming. My mum attributes that start to the reason I never want to get out of bed."

A vision of Becca lying in her hotel bed unrolled like a banner in Cleo's mind, and she blinked to banish the thought. When she looked back at Becca, she was staring right at her, a strange look in her eye.

Had she been thinking the same thing, too? She'd love to be able to ask, but it wasn't in their unspoken pact. The one that said they couldn't go back to the night they'd shared, no matter what.

No matter how much Cleo might like to.

Cleo cleared her throat before picking up her phone. "I can text her and ask if you like. I know she hasn't taken on any bookings during the first couple of months, but she might bend a little for me." Cleo grinned. "I am her best friend, so I might have some sway. But if she doesn't want to do it, she might know someone who does. She's always recommending photographers when she can't do a job. Either way, she might be able to help."

Relief spread across Becca's face. "You'd be totally saving my life if you could just ask her that — even a recommendation would be great. I know a few, but they're all booked up. I don't want to let my first-ever clients down. I need their testimonial for my website and getting the photographer is crucial."

Cleo tapped out a quick text to Heidi and pressed send. "There." She held up her phone. "Done. Hopefully something positive will come out of it. Can't have you worrying about that when you need to be focused on the festival, can we?"

Smooth — passing off her concern as a work thing. She could even impress herself at times.

Becca blew out a breath. "Thank you. I've been waking up worrying about it. It's proving to be the problem that can't be solved."

"I'm pleased to help the ultimate problem-solver for once."

Becca tilted her head as she looked at Cleo, her intense stare not wavering from hers. "If only every problem could be solved with a quick text." After she said the words, Becca broke their gaze and uncrossed, then recrossed her legs.

She was flustered.

And she wasn't the only one.

Cleo gulped down her emotions before assessing Becca coolly. What should she say to that? How should she respond? By shutting Becca down.

But the way Cleo's insides were now pulsing, the way the hairs were standing up on her arms, she wasn't going to do that. She wasn't going to tell Becca off for her boldness. Because it was boldness she applauded; boldness she'd love to have the guts to say, but she simply couldn't.

It would go against every grain of professionalism in her body.

It would also go against everything she'd decided she wanted from the next woman in her life: namely, that she be older. Because Becca did not represent that at all.

However, her body was begging to differ.

Cleo's body was telling her quite the opposite.

A text arriving on her phone snagged her attention and she was grateful for the distraction.

Had Heidi come back already? She had.

Cleo smiled at what she'd written. She wasn't sure if Becca could see through her intentions, but her best friend definitely could.

'Helping Becca out? Do I have a choice when it involves your future happiness? Tell her if I can get a babysitter, I'll do it. And you owe me. x'

"Heidi says she can do it — so long as she can get a sitter. But her parents are so excited about this baby arriving, I'm sure they'd help out no problem. It looks like your problem is solved."

Relief oozed from Becca. "Seriously, thank you so much. I really do appreciate your help."

Cleo waved a hand like it meant nothing. "Making sure my workforce are happy and focused is what I'm all about."

Becca winced. "If I can do anything in return, let me know."

Cleo's mind wrote her a quick list and presented it, none of it safe for work. She mentally ripped up the list and turned her smile on Becca. "No need. Just put all your focus into the festival and we'll take it from there."

Becca licked her lips as she stared at Cleo, before giving her a firm nod. "Now that's off my list, consider me laser-focused. 24/7, it's all I'm going to think about."

"Starting with the US meeting this afternoon — you ready for that? If Mika's gone again, you might need to step up."

Becca nodded. "Absolutely, she's kept me in the loop the whole way through just in case she needed to step away."

"Awesome." Cleo searched for something else to say to keep Becca in her office, but there was nothing. Plus, she had work to do. But it hadn't escaped her notice that when she and Becca were breathing the same air, she felt calmer, supported in more ways than one.

Becca had a way of looking at her that, if pushed, would probably make Cleo agree to anything she desired.

She closed her eyes. The problem with sex was that if you didn't have it for a while, the impetus to do it went away. However, the opposite was also true. If it then slipped back into your life with such a fanfare — and the person on the lead trumpet kept turning up in your office with a stare that pierced your defences — you couldn't help but want more.

Cleo wanted more. She'd tried to put it on the back burner, but where Becca was concerned, there was no backburner. It was full blast or nothing.

Becca was standing now, clutching her notepad, staring at Cleo again.

"It's going to be great, you know," she said, giving Cleo another killer smile.

Cleo's heart stumbled. What was going to be great? Their future? Today's meeting?

"The festival," Becca confirmed, as if reading her mind.

Cleo nodded, her stomach doing somersaults. "How can it fail with us in charge?"

Chapter Thirty-Six

They'd just waved Paloma off to the airport, and the crowds at the staff festival were still in high spirits — not least because of the free bar that had been running for the whole three days. The event had run like clockwork, and nobody had experienced a broken limb or fallen into one of the chemical toilets. Cleo was totally taking that as a win.

She gulped from her water bottle as Mika walked past, high-fiving her as she went. It was now just left for Cleo to go onstage and give the closing speech. She gripped the mic and took three deep breaths, just as Becca walked up beside her. She didn't even need to see her anymore; Cleo sensed Becca's presence by her perfume. It lingered in the air long after Becca had left, and it had quickly become one of Cleo's favourite smells.

Just like always when she was around Becca, a sense of calm swept through her, followed by a rattle of nerves. She turned to be greeted by one of Becca's traffic-stopping smiles.

"Ten more minutes, and then I'm going to buy you a drink." Becca put an arm on her shoulder. They'd been getting on a whole lot better during the festival, pulling together and working as a team. It was almost back to the days before they'd slept together, which had done nothing but warm Cleo's heart.

"From the free bar?"

Becca squeezed her shoulder. "Unless there's a secret one you haven't told me about."

The company founder and CEO said her name from the stage, and Cleo took a deep breath, gave Becca a tight smile and walked onstage.

Wow. The lights and the heat hit her like she'd just walked into a wall, and the crowd stretched almost as far as she could see. There were 5,000 staff packed onto this site, flown in from their hubs all around the globe to share in one big festival of learning, sharing and simply being together. It hadn't been her initial idea, but she'd taken the reins, and now the success of it was thrumming through her veins.

Cleo took a second to breathe in the moment as the crowd cheered and whistled; they'd been thoroughly sated and entertained. It had been a success, and it had her name written all over it. Her and her brilliant team.

She held up a hand and waved, wondering if this was what it felt like to play Wembley Stadium. The adrenaline rush was immense, her blood thundering in her ears, her pulse almost leaping out of her neck. But it was a good rush, the rush of a job well done.

"Thank you so much, and I'm going to keep this brief." More cheers, which made her smile. "This festival has been six months in the making, far more in the dreaming. I hope you enjoyed the fruits of my team's work over the past few months. We wanted to be together to share, collaborate, learn and, most of all, have fun. I hope we achieved our aim!"

Huge cheers from the crowd. "I'd like to thank everyone who's had a hand in this — the US team, the Australian and the German teams especially. But principally my team who led the whole thing. Come on out to the stage please: Mika, Nadia, Damian, Becca and Daniel." She glanced over and beckoned them all onto the stage.

"Without all these people and everyone else in the crowd, we wouldn't be standing here today, a more united company. So thanks for coming, thanks for enjoying and have a fabulous last night!"

Cleo punched the air as the crowd whooped once more. Then she turned to the DJ, nodded her head and the music came back on.

She gathered her team together and they had a group hug, arms encircling, heads together. The arm to her left anchored itself to her waist and curled around her middle. When Cleo turned to see who it was, Becca's face was inches from hers, a grin lighting it up.

She felt her grin everywhere, but Cleo was already too red in the face from her speech — nobody was going to notice Becca's effect on her. She glanced up at all the faces in close proximity. "Seriously," she said. "Thanks for everything, guys. As a bonus, with tomorrow being Bank

Holiday Monday, I'm giving everyone Tuesday off work, too. Enjoy your day and make it count. You deserve it. Now let's all go and get a well-earned drink!"

The team whooped and walked off stage, high-fiving each other as they went.

It didn't escape Cleo's notice that as they walked, Becca's hand left her waist, but at one point landed on her back. It was the briefest of touches, but Cleo was highly attuned. When she turned, she was snagged in Becca's gaze.

She wasn't quite sure how she managed to keep walking, but she did.

Between the high of the festival ending, her speech and her team's success, she didn't think life could get much better.

But perhaps Becca's hand on her back had spoken of one possible way.

***

Cleo left the bar with Becca just after 1am. Champagne pulsed through her veins after her team had ordered bottle after bottle to celebrate, but she hadn't drunk too much. Just enough to enjoy this blissed-out feeling that had filled her ever since she took the mic in front of her colleagues. She could totally understand the lure of performing, and it only made her want to do it more and more.

"So how you feeling?" Becca's voice was like honey, sweet and smooth.

Cleo glanced at her, flashing a smile. "Pretty fucking awesome. A job well done feels amazing."

Becca's hand was on her back again, but then just as quickly off it.

Cleo stilled, but then resumed walking across the field, a short stroll to where they were sleeping.

"It really does. I wanted to say again, thanks so much for taking a chance on me and then giving me such an opportunity. I've really enjoyed it."

The smell of damp grass and earth underfoot wafted into Cleo's nostrils; for the beginning of May, they'd been super lucky with the weather.

"You make it sound like this is your first and last festival with us."

Becca didn't say anything, just looked away.

That was weird, but Cleo decided to ignore it. She couldn't be leaving, could she?

"You're welcome, and you weren't such a chance to take. You impressed me the first night I met you at the wedding, and you haven't stopped impressing me since."

Right, she'd meant to *think* that, not say it out loud. Shit. She might have only had three glasses of champagne, but they'd had the usual effect of loosening her tongue.

But fuck it: her tongue might have been loosened, but it was what she truly thought. She was tired of squashing her emotions and feelings into an illogical shape as she had for the past two months. It was exhausting and it wasn't her. After Sara, she'd sworn she wouldn't do that again. So much for her promises.

They drew up outside Cleo's yurt, with Becca seemingly lost for words at her last statement.

She was glad she wasn't the only one. "You want to come in for a nightcap?"

She couldn't show her appreciation as she wanted, but she didn't want to leave Becca just yet.

At least, that was the story she was telling herself.

Becca stared at her, her lips sparkling in the moonlight, before nodding. "I'd love to."

Her words caressed Cleo's ears as she held open her wooden front door and ushered Becca in.

"Whoa," was her first word once inside. Closely followed by, "Shit, me."

Cleo bit down a comment about millennials and their extensive vocabulary.

"This is just a bit better than my tent," Becca said, raising an eyebrow to underline her sarcasm. She sat down on the two-seater cream sofa in one corner, glancing around the rest of Cleo's temporary home.

The yurt was furnished with low lighting, a furry white rug on the floor, and a high inflatable bed with bedside tables on either side. Plus, she'd set up her Bluetooth speaker on the side table in front of the couch. The whole effect was homely, which is what Cleo needed after 14-hour days on-site.

"You can tell you're in charge."

Cleo gave her a grin before sitting down beside her. "If I had to live in a field for five days, I wanted somewhere nice." She paused. "Your tent's okay too, though, isn't it?"

Becca nodded. "It's great, just not quite so… palatial. Do you have room service?"

Cleo snapped her fingers. "Next year, I'll work on that."

Becca leaned forward, and just the mere act of her moving, Becca's thigh coming into contact with hers, made Cleo's breathing speed up. If her heart had been keeping a steady beat, now with the door closed and Becca inside, it had stepped up into a samba rhythm.

Becca picked up her phone and gave it to her. "You want to log in, then I can put some music on, seeing as you have speakers."

Cleo nodded. Oh how she wished she'd been so confident at 23. Before she knew it, old-school Madonna was filling her ears, and she grinned as Becca sat back.

"Really? Do millennials listen to Madonna? I thought you'd be all about grime or something."

Becca scrunched up her face and patted Cleo's knee. "I like all sorts of music, and remember, I'm the youngest of five. Madonna is a firm favourite with all my sisters, she was the soundtrack to my childhood." She grinned. "Plus, I'm playing to my audience."

Cleo laughed. Cheeky. "Ouch."

Becca grinned. "You do know you're a millennial, too, right?"

"I was born in 1979. I hardly think I qualify," Cleo scoffed. "I'm a xennial."

Becca pulled her phone from her pocket and brought up the definition of millennial. "According to this website, you fall into that category if you were born between 1977 and 1995."

Cleo put a finger to her chest. "I'm a millennial?" She could scarcely believe it. "I can't be! Try another site."

Becca did; same result on 90% of the five she tried.

"You're on the cusp like me — I was born in 1994. But we both fall into the millennial bracket. Some definitions say you're a xennial, but most say you're a millennial." Becca put her phone down, then placed the same hand on Cleo's denim-clad thigh. "What I think we can both agree on is we're not so different, after all. Yes, there's an age gap, but we share a generation."

If Cleo's heart had been striking out in Latino beats, it was now in training for the Olympics, its pace creating a thunder clap in her body that exploded in her ears.

"Becca," Cleo said, her voice holding a note of caution. However, once she'd said her name, she had no idea how to finish that sentence. How could she? Cleo was about to admonish Becca for doing something her body was screaming for.

Becca removed her hand and sat back, shaking her head, blowing out a deep breath. "I know," she said. "This can't happen, even if we didn't work together. I'm too young, it would never work, ya-di-ya-di-ya." She paused. "The thing I've been thinking lately, though, is that if that's true, why is it I can't get you off my mind? That every day, seeing you and not touching you gets that little bit harder?"

She twisted her body towards Cleo, sitting upright,

her blue-hued stare penetrating Cleo's defences. "It's not just me, right? Tell me you haven't been thinking about that night we had, too?"

There was such open honesty in Becca's tone, Cleo couldn't deny it.

But then, she didn't want to. Not tonight, when they were sitting in this yurt which felt otherworldly, somewhere exotic. Almost as if she'd gone to all this trouble to create a hotel-like environment, because that was where the magic had happened first.

She'd be lying if she said it hadn't crossed her mind the night before, as she lay on her cotton sheets, knowing Becca was sleeping not far away.

Tonight, though, Becca was right beside her, looking into her eyes.

Before Cleo could say anything else, the first bars of Madonna's 'Crazy For You' filled the yurt.

Becca pushed herself up, hands on her thighs as leverage, holding out a hand to Cleo.

"Dance with me?" Becca's voice had dropped an octave lower, and Cleo was helpless in its wake.

Becca wanted to dance with her, and that was all she needed. As she leaned down, Becca's cleavage winked from inside the V-neck of her black T-shirt. Cleo gave in to the moment. One dance couldn't hurt, could it?

Becca guided her away from the sofa and as Madonna sang about swaying in the dark, they swayed in the semi-dark.

They were both hesitant at first, not knowing where to put their limbs. That was, until Cleo's body took over, demanding that she take control and get what she needed from this. *What she desperately needed from this.*

What Cleo had been craving from someone for far too long.

The opportunity to dance like she meant it.

To dance like this was their song.

Just like that couple in Boston all those weeks ago.

She wrapped an arm around Becca's lower back and pulled her close, until their breasts were touching, their bellies clamped together.

When Cleo raised her eyes, Becca's were smiling right back into her own.

This was a perfect moment, the two of them, in private, bodies locked together. Cleo pushed all her objections aside and melted into it, her muscles slowly unclenching, one by one. First her shoulders, then her arms, then her heart.

As Becca circled her arms around Cleo's neck, raising her chin to her before doing so, Cleo shuddered. She had to hold it together, or Becca might think she wasn't worth the bet.

She had to hold on, at least until the end of the song.

As the chorus hit, Becca's lips moved to within inches of hers.

Cleo's body shook, as the tension flamed orange.

"You know the other thing that makes your yurt better than mine, as well as the home comforts?"

Cleo shook her head, her gaze wandering to Becca's lips as they moved, as if she'd never seen them do that before.

"It's got you in it, and now you're in my arms."

What had Cleo said before about Becca's boldness? She should run a course on it.

"Cleo?" Becca's breath was hot on her lips now, and Cleo didn't dare move her gaze from them as she answered.

"Yeah?" Her voice was hardly audible, unlike her heartbeat.

"I'm crazy for you."

Chapter Thirty-Seven

She knew it was a cheesy line, but she thought it was worth a shot.

Turned out, she was right. As soon as she uttered it, Cleo's lips covered hers, and it was everything Becca remembered and more. Everything she'd been thinking about since their first encounter all those weeks ago.

Her head spun with the enormity of it, as she pressed her fingers into Cleo's firm body, pulling her as close as possible. Her tongue danced along Cleo's lips, before sliding into her warm mouth and Becca held in the groan that was longing to escape, because she didn't want to break this spell, and she didn't want to jolt Cleo out of it, either.

Because if she did, there was a chance she might change her mind, remember she was Becca's boss.

Right now, she wasn't Becca's boss; she was just a woman in the arms of another woman, and Becca hoped she longed to be loved as much as she did. She was focusing on that, and not on any other outcome.

There couldn't be any other outcome.

Not if she still had a breath left in her body.

Their kiss broke eventually, and Becca leaned back slightly. What was Cleo thinking?

She kissed her again to bring her back to this moment, to now. When she pulled back again, Cleo was smiling.

"You know, I did a course of mindfulness last year, when I was trying to find myself, get back to what was important."

Where was this going?

"I did meditation every day for nine months — quite some commitment." Cleo paused, brushing Becca's lips once more before continuing, her eyes never leaving her. "I haven't done it for a while, though, but the one thing I took away from it was appreciating the moment, being present." One side of her lips quirked into a smile. "I want you to know, I'm fully appreciating this moment."

"I know you love dancing."

A slight nod of the head. "I do. I especially love dancing with a sympathetic partner, one who understands, who fits." She walked a finger to Becca's chest and pressed lightly. "You fit the bill, Becca Cramer. How did that happen?"

Becca let a slow grin slide across her face. "I don't know, but I'm glad you think so."

They were still swaying, still holding each other, still letting the music guide their actions.

A hand wandered down to Becca's butt and squeezed.

Becca replied by sliding her tongue back into Cleo's mouth, and this time, it was Cleo that groaned.

Becca smiled into the kiss.

They staggered to the airbed, moving as one.

Cleo backed Becca onto it, but as her body hit it, it almost bounced off, too, in one seamless motion.

Cleo followed her down, their bodies colliding mid-air.

A thwack, then both their laughter split the air.

"You okay in there, Cleo?"

A voice from outside the yurt.

It was Gayle, their boss.

Becca froze, her heartbeat slamming in her ears. If Gayle walked in now with Cleo on top of her, Becca had no idea how they'd explain it or what implications it would have for their jobs.

Cleo put a hot finger to her lips, then responded. "All good, Gayle, just tripped over — too much champagne!" Her voice was jaunty, sounding light and credible.

Becca still wasn't breathing fully, the hairs on the back of her ears standing on end, her pulse in her throat.

A laugh from outside. "Hope you're okay!" The yurt shook as she patted it.

Neither one of them spoke until they were sure Gayle had left, and then grins all round.

"Fuck," Cleo said. "This really isn't good for my heart."

"On the contrary," Becca said, reaching down and putting her hand between Cleo's legs. "It's the ideal heart workout. I promise to get your blood circulating perfectly."

A tangle of lips and tongues soon led to clothing discarded, and then they were naked under the rented duvet, Becca on top of Cleo, taking Cleo's fingers in her mouth, gently sucking them one after the other.

Under her, Cleo sank her head back into the soft pillow, screwing up her face as she did.

Becca was sucking the fingers that had done so much damage last time. The ones she'd been staring at in the office for weeks. Now she was in control, her hot breath on them.

Just the memory of them inside her was enough to make Becca quiver. And then, she knew she had to be inside Cleo again, to feel the texture of her, remember the taste of her.

Yes, especially the taste.

Becca pressed a thigh between Cleo's legs to force them open, giving the tips of her fingers a final suck, before letting her tongue snake its way up Cleo's neck, then down her stomach.

She'd wondered before if giving up control was something Cleo might have trouble doing, seeing as she was so in charge in her day-to-day life. However, watching Cleo shake beneath her, eyes closed, hair tussled, Becca had no such qualms. Cleo was giving herself to her fully, their normal roles and routines erased.

And in giving herself over to Becca, she was utterly, devastatingly beautiful.

Becca closed her eyes and gulped in some air, tinged with the smell of damp earth. Sex in a yurt — she'd never done this before.

She shuffled down the unsteady bed, smiling as she nearly fell off again, kissing her way down Cleo's flat stomach, her ultra-trimmed hair, her soft inner thigh.

When she looked up, her mouth poised over Cleo's

very centre, their gazes locked and Becca gave Cleo a slow smile. "You're beautiful," she said, knowing the effect her breath would have on Cleo.

"Oh god," was Cleo's reply, as Becca flicked out her tongue and pressed it into Cleo, licking her way slowly up, then down, before getting lost in Cleo.

She remembered this from last time, recalled Cleo's wants, the things that made her sigh with pleasure. Sure enough, when Becca curled two fingers into Cleo while her tongue still roamed free, the moan from her was epic.

As Becca began pushing a slow, gentle rhythm, her tongue and fingers combined, Cleo moaned again, and a tingle of pleasure worked its way from Becca's eyeballs to her core. She lavished everything she could onto Cleo, moaning into her now, too. Moments later, Cleo gripped Becca's short hair in her hands as her walls gripped her fingers and she came in a rush that filled Becca to the brim, almost making her come, too.

Damn, she loved making love to this woman. And the feel of bringing her to orgasm? Becca couldn't describe it — but she could feel it. Cleo was taking over every sense and every nerve ending she possessed, and Becca *so* wanted to feel her, too.

As if sensing the moment, Cleo pulled Becca up the bed, flipping their positions before Becca could say a word.

And then it was Cleo's tongue on Becca, Cleo's fingers inside her, and that surge of emotion that had been swelling in her turned into a tidal wave.

As Cleo swiped her tongue through Becca with a heat she'd never felt before, Becca slammed her head back into the pillow and came undone in a matter of minutes, thrusting up, wanting more of Cleo, more of this moment, more of it all.

What was it Cleo had been saying about being present? She was totally down with that. As Cleo withdrew her fingers, then ever so slowly slipped them back in, Becca screwed up her eyes and groaned.

Oh god, she was never going to be able to contain herself back in the office now. Not when she knew she could do this to her.

Becca was shaking, on the edge again, and Cleo knew it.

As she teased, kissing her thighs, licking her from top to bottom, Cleo pulled back, looking up into Becca's eyes.

"I know you already did, but come for me again. And this time, give it all you've got."

Every thought in Becca's brain was washed away by those words, every ounce of energy and focus plunging south. As Cleo's tongue and fingers swarmed all over her in a symphony of lust, Becca caved, drowning in the sweetness of it all.

She'd touched this before, but then just as swiftly, it had been withdrawn. But now she had it again, she wasn't letting go.

Apart from when she did let go, which was going to be very soon.

"Don't stop, that feels amazing," Becca said, arching into Cleo as she brought her to the peak.

Everything she'd been feeling over the past few weeks exploded like dynamite as she came, a shower of lust and happiness cascading down her skin, raindrops of hope soaking through her body. She heard herself groan out loud, not caring in that moment who heard, just wanting Cleo to know how she was making her feel.

Like she was the most desirable woman in the world. Cleo didn't let up, making her come again, until all Becca could see were bright lights and stars. Like Cleo had lit up the universe for her, presented her with a whole new world view.

Cleo stilled, waiting till she got her breath back, kissing her way up Becca's stomach, her nipples, her neck and then her cheek.

Becca opened her eyes, taking a little time to focus fully on the woman who'd just performed magic on her.

When she did, their gazes locked — and boom.

There it was again.

That connection, that longing, that indefinable thing that was so rare.

If she'd been flying before, now she was soaring, being taken to a place she'd never been, the height of ecstasy. Cleo's mouth was back on her, claiming her as her own, before she pulled back, staring at Becca, her pupils dark with longing.

Intense didn't even go close.

This wasn't just sex. This was something else altogether.

Chapter Thirty-Eight

The following morning, Cleo woke up and wondered where she was. Then she remembered.

The festival. The yurt. With Becca. The hot sex.

A full grin.

She stretched, waiting for all the objections to pop up in her mind. But as she lay there in the inflatable bed, her thoughts weren't telling her the things she'd thought they would.

That this was ridiculous. That she had to nip it in the bud. That they couldn't be together.

Because she'd tried that for the past few weeks, and it hadn't really got her anywhere, had it? And if last night was anything to go by, Becca had felt exactly the same way, too.

They'd been adult about it, been professional, carried on working well together. But last night when she was on a high after the festival, who had she wanted to celebrate with?

Becca.

Because somehow, Becca had become important to her since they'd met nearly three months ago, and she had to deal with that. It wasn't going anywhere and, if she was honest, Cleo didn't want it to.

Sensing her inner turmoil, Becca rolled over and in one smooth motion, kissed Cleo's shoulder before rubbing her eyes.

"Morning."

Becca gave her a grin. "Morning." She yawned. "What time is it?"

"Just gone 8.30. Nobody in this neighbourhood has got up for the early-morning yoga class. At least, I haven't heard anyone."

She rolled over, nearly falling off the bed.

Cleo grabbed her before she hit the deck, loving the warmth of her body.

"I'm glad I don't have to sleep on one of these every night — not that we did that much sleeping."

Cleo drew her in, circling her arm around her. She leaned down to kiss Becca's mouth, the familiar sense of perfection rolling through her.

Becca was perfection. She couldn't walk away from perfection, could she?

Becca rolled backwards, eyeing Cleo's face. "You're kissing me, but you look like you're planning your escape." She sighed. "Please tell me you're not going to run off again like last time. Let's at least talk about it first."

Cleo kissed her lips once more, before shaking her head. "It's just complicated. I mean, you're here, but so is everyone we work with."

"Maybe they're all shagging each other too, and having similar conversations. Gayle could right at this moment be in bed with Alicia. You just never know."

Cleo let out a rattle of laughter. "Now that's something I really can't imagine, but thanks for putting that visual in my head." She paused, taking her arm back and sitting up. "I'm not running away, not a second time. But what I'm clear about is that things can't continue as they are if we're going to carry on. I can't be your boss if we're going to be a thing. So I need to think about how this can work. How we can work. Make a decision." Just like Heidi had told her.

She glanced to her left, where Becca's face was creased with concern.

"You know, I want this, too. It's not all on you. I've started looking for another job—"

"What?" She didn't want that. "I wouldn't dream of asking you to do that. If anybody is resigning it'll be me, but let's not jump the gun before we figure things out." She kissed Becca's lips, before stroking her soft cheek. She could so get used to waking up like this every day. "Last night meant a lot to me, but can I ask a favour?"

She nodded. "Sure."

"I'd rather not set the rumour mill going today, so you think you can slip out and back to your tent without anyone seeing?"

Becca frowned, then sighed. "I get it. Stealth is my middle name. So long as it's just this once and not forever. I'm nobody's dirty little secret."

Cleo shook her head, fixing Becca with her gaze. "You're not, believe me."

When Becca ran a hand up Cleo's arm, she shook from the force of the touch. Those fingers had been inside her last night, and how she wanted them back inside her again. She was going to do everything in her power to make it happen.

"Just don't go radio silent on me, okay? We have tomorrow off, so maybe we could meet up?"

Cleo nodded, then groaned.

"What's wrong?"

She shook her head. "I have plans with Heidi tomorrow. We're choosing colours for the baby's room and I can't leave a hugely pregnant woman to paint a ceiling, can I?"

"I'd say it's probably a criminal offence."

"But soon, I promise, okay?" Cleo leaned over and kissed her, hoping that kiss conveyed what she was feeling. "And I'm sorry to make you run out with your knickers in your hand."

"Keeps me on my toes."

Cleo leaned in and pressed her lips to Becca's, marvelling at them all over again. Their softness, yet their force. Their sweetness, yet their intensity.

When her lips were on Becca's, nothing else existed. They were cocooned in their own little bubble, where nothing in the outside world could touch them.

Until it did.

A sound nearby infiltrated their moment. The hairs on

Cleo's neck stood up, but she ignored it. Nothing was going to interrupt kissing Becca. Not today.

"Cleo? Are you decent?" A knocking sound. Was that her door? Cleo's mind was moving in slow motion, all her energy taken up by Becca and her warm lips.

More knocking, then rattling. Was someone trying to come in?

No, they couldn't be.

Cleo stilled her lips, a gust of fear whooshing through her.

She jerked back, breaking the embrace.

When she glanced over, the door was opening.

Someone *was* coming in.

"Cleo? Sorry to bother you, but we've got an issue with the ATMs and Mika said you had the guy's number."

She was still seeing everything through a fog, but when she finally focused, her eyes went wide.

Because Gayle was stepping through the yurt door, dressed in jeans and a blue hoodie.

And when she did, her words stopped mid-flow, her eyes almost popping from their sockets.

Fucking hell.

Cleo winced, untangling herself from Becca pronto, panic rushing down her in waves.

OMG, her boss was standing in front of her and she was naked with Becca. Her 23-year-old employee.

What should she do? Jump up? Slide under the covers? Try to summon up her super-powers to disappear? If only.

Eventually she sat up, grabbing the duvet to cover her naked breasts. However, as she pulled the covers, she unbalanced Becca, who'd never been comfortable on the blow-up bed when it was stationary. Never mind when there was sudden movement.

In the blink of an eye, Becca let out a yelp, before toppling off the bed. Naked. Landing in a crunch of limbs and bare flesh, sprawled on the white furry rug Cleo had laid there days earlier. She knew she'd bought it for a reason.

"Fuck," Becca said, before grabbing the rug and wrapping it around her in a last-ditch attempt to save her dignity.

Cleo couldn't help but think it might be a little late for that, but she admired Becca's attempt at decorum.

She wanted to throw the duvet to Becca, but that would leave her exposed. She hadn't meant to boot her out of bed and leave her naked on the floor, but that was what had happened.

Becca pulled the rug closer around her, and Cleo did the same with the duvet.

Why hadn't she locked the door? First rule of camping. More to the point, why had Gayle just walked in? What was so important it couldn't wait?

A stillness descended as three pairs of eyes looked at each other, nobody quite knowing what to say.

What was the protocol in these situations? Cleo had no idea.

She decided she'd go first, give it a go. "Gayle, this is not what it looks like," she began, before stopping.

Because actually, this was exactly what it looked like. Those were not the words she needed.

Cleo shut up, glancing at Becca, then at her boss. She pulled the duvet closer.

"I think it probably is," Gayle began, before shaking her head. "We'll talk about this later." A sigh. "Can one of you get dressed and let me have the number for the ATM guy? We've got some irate customers that need attention."

Cleo nodded. "I'm on it," she said, not moving an inch. She glanced up at Gayle. "Only, I'm naked under here, so I need you to leave so I can move." Why did she keep having to draw attention to the fact she was naked in front of her boss?

Time crawled by, every second an hour.

One day she'd laugh at this, she was sure.

One day.

Just not today.

Gayle nodded. "Come and find me in my yurt." She gave Cleo a look. Disgust? Disappointment? Admiration? Cleo couldn't quite tell, and right at that moment, she didn't quite care. What she did care about was her and Becca.

When Gayle finally left, both she and Becca flopped down where they were, breathing out with some force, taking a moment to gather themselves once more.

"Well, fuck a bloody duck," Cleo said, putting a hand over her eyes. "This morning started out well with you in my bed, but it's taken a turn for the worse." She sighed. What would this mean for her now? Was she fired? Would Gayle weed her out giving some other reason? She had no idea. Yes, there were workplace policies to protect employees getting fired for sexual orientation. But this was nothing to do with that.

This was a case of a senior employee fucking someone very much their junior.

Fucking hell.

Becca climbed back into the bed with stealth-like prowess and lay down next to Cleo, burrowing under the covers. Her naked body next to Cleo's still felt good. However, when she woke up, Cleo had thought this was the best morning ever. Now, it faced getting buried under a slurry of unease and tension.

"So much for you sneaking out and nobody seeing."

"Uh-huh." Becca paused. "I really don't want to go out there and do the morning clean-up now." She kissed Cleo's shoulder.

Cleo turned to her, a sad smile on her face. "I don't think she'll say anything, so just try to avoid her. I'll speak to her later." She shook her head. "This was the conversation I really wanted to avoid."

Cleo took Becca's hand in hers and laid a gentle kiss on it.

"You think you'll get fired? You think we'll both get fired?"

Cleo shrugged. "I have absolutely no idea. This is

unknown territory for both of us." But just holding Becca's hand was steadying her racing heartbeat.

Becca said nothing for a few moments.

All the possible permutations ran through Cleo's mind. A chill settled on them, which Becca seemed to sense.

"I'm going to get up and give her the guy's number, anyhow. The longer we leave it, the worse it gets. I have it in my tent." Becca swung her legs out of bed, before starting to get dressed.

"Give it to me and I'll do it. I need to talk to her anyway."

Cleo's phone ringing interrupted the conversation. She picked it up, glancing at the screen.

Duncan.

Should she pick up? She really didn't need Duncan this morning, but something made her press the green call button.

"This better be good, because my morning so far hasn't been stellar."

"Hey sis."

Something in his tone was off, and not for the first time this hour, dread snaked up Cleo's back.

"Are you at home?"

"No, I'm at the staff festival, in a field."

"Right," he replied. "The thing is, no biggie, but I've been arrested. I'm in Southwark police station. I tried Michelle but she's not answering."

Cleo pinched the bridge of her nose between her thumb and forefinger.

What had she done so wrong to deserve today? Had

she used up her quota of happiness and joy last night? It seemed like it.

"What the fuck? Why have you been arrested?"

She glanced over at Becca, who was mouthing something at her she couldn't understand. In response, Cleo shrugged, raising her free arm in the air.

"It's a long story, but the long and short of it is, I tried to give Michelle a grand gesture by lighting up our roof with fairy lights that spelt out I love you. But we have new neighbours in the two months I've been away, and when they saw me on the roof, they called the police. The coppers came and I tried to explain I lived there, but my key didn't work because Michelle changed the locks in a fit of pique when I left. We tried the neighbours on the left, too, but they were out. As were Sue and Luke opposite. Bank holiday, apparently. So I was arrested as Michelle wasn't in and she's not answering her phone."

He really did take stupidity to new heights. "You didn't think to check she was home before doing your grand gesture?"

"She's always in on Sunday night! It's her favourite TV night."

"Apart from when she's away for a bank holiday weekend?"

"Apparently, yes." He sighed. "Can you come and rescue me? This is the last call they're allowing me."

Cleo got up, rolling her eyes at Becca, who was now fully dressed. It was a shame to cover such beauty with clothes, but hopefully she could see the unwrapped version again soon. Her insides wobbled anew, but she brought her focus back to the present.

Her idiot brother had landed himself in jail.

And she might not have a job anymore.

She had other things to contend with.

"Southwark police station?"

"Yeah," he said. "Thanks sis, you're a superstar." With that, he hung up. Visions of Duncan standing by the phone waiting his turn came to mind. But she doubted that Southwark police station was much like the prison in *Orange Is the New Black*.

"And you're a fucking idiot." Cleo put her phone on the bed. She really didn't have the brain space for this today.

"What's happened?" Becca came round and held out her hands.

Cleo took them, pulling herself up, putting her arms around Becca's neck and giving her a kiss. "You taste so good," she said. "Almost enough for me to forget that call was from Duncan, who's in jail after being mistaken for a burglar trying to break into his own house."

Becca let that sink in for a moment, before she burst out laughing. "He's done what?"

Cleo sighed. "I know. Listen, give me that guy's number and I'll give it to Gayle, as well as explaining why I have to leave so quickly. Which is bound to go down like a lead balloon. If I had any good will from pulling this weekend off, I'm sure it's disappeared."

Becca squeezed her hand. "It's going to be fine. At least until tomorrow, it will be."

Cleo kissed her again. "I'm sorry about all this."

"I'm not," Becca replied.

Which made Cleo smile. "I'm not sorry about you." Pause. "But I have to go." She pulled away. "Can you help with the wrap of the festival? I'll come back as soon as I possibly can, but I better go and get him otherwise he might start crying."

"Of course," Becca replied.

Cleo kissed her again, before drawing back. "I know this is complicated, but it feels right."

"Even after getting busted like teenagers?"

Cleo shook her head. "Don't remind me. But yes, even then."

Becca smacked her naked arse. "If you have to get going, you better put some clothes on, don't you think?"

Chapter Thirty-Nine

"You know, you've got some fucking timing." Cleo turned to Duncan, who was peering into the see-through plastic bag he'd left the police station with. It contained his phone, watch, Fitbit, Oyster card and wallet, and he was fascinated by it. You'd think it was the first time Duncan had ever seen each of those items in his life.

"Look, it's just like I'm in a US cop drama." Duncan waved the bag at Cleo, his watch rattling against the other objects and scraping the air of the car's interior. "I got put in jail and then was handed a bag with my personal possessions in. I've officially fucking made it."

Cleo snorted as she flicked the ignition, checking her mirrors before pulling out. "You should put a post on Facebook. Better yet, if there's a school reunion coming up, you should rush along and tell them about your stint in jail. Sure to make you a hero. Along with that ridiculous top you're wearing." She paused. "When did you get that done?"

Duncan was wearing a black T-shirt with the words 'Team Love' emblazoned on the front in the style of the

Superman logo. He'd paired it with a red cape, just in case anyone had any doubts about his superhero status.

"I got it online last week. You've been too busy with the festival and brooding over Becca to tell. Anyhow, I knew if I told you about my stunt, you'd try to talk me out of it and I didn't want that to happen."

"You're damn right I would. Or at least make sure you checked Michelle was home."

Saying it out loud made her see how ridiculous this morning really had been. She'd woken up with a gorgeous woman in her bed, got busted for that by her boss, and then picked up her brother who'd been arrested for trying to break into his own home dressed as a superhero.

She really was going through the gamut of emotions this morning — the ecstasy and the agony — and it was still only 10.30.

Duncan put the bag in his lap and sighed. "You don't understand. Maybe it's a man thing. Although you're a lesbian, so we share some of the same genes, surely."

"We share the same genes because we're brother and sister. But other than that, I don't think there's a lot of crossover. I'm a project manager. I check things are prepared before I act."

Apart from where Becca was concerned.

Duncan tapped his fingers on the dashboard. "You're impressed though, aren't you? It took a lot of organisation."

"I'd imagine." She pulled up at some traffic lights, as two women walked over the crossing hand in hand, one of them whispering something in the other's ear, the second kissing her lips briefly as she smiled at her.

Just that brief action took Cleo back to last night, to this morning, to just a couple of hours ago when Becca had shown her just how efficient she could be with her fingers and lips. Cleo closed her eyes briefly to just sit with the feeling, washing around her body and lighting it up. She didn't want Duncan or anything else breaking the moment.

A car horn shook her from her reverie, and she snapped open her eyes, shifting the gear and moving forwards.

She was back in the car with Duncan. She was still mad at him.

"This is the new Duncan who's going to take his marriage seriously and do things. Michelle has to be impressed with that, surely?"

She hoped it was a rhetorical question as she didn't have an answer.

"So how did the festival go? Sorry I had to call you, but I figured it was done now. I tried Michelle first, but she must be away somewhere remote as she keeps going to voicemail."

"Either that, or she's avoiding you."

"I'm trying to ignore that option."

Cleo shook her head. "Piece of advice, brother. No more stunts — just talk to your wife, give her flowers, take her out for dinner. There's a reason that shit is popular, because it works. Take the energy you've put into this and put it into getting your marriage back on track." She glanced to her left. "You got dumped because you got complacent. So man up and sort it out." She glanced down at the red cape currently at Duncan's feet. "You don't need a cape to be a superhero. I thought you would have worked that out by now."

Her brother fidgeted in his seat, slumping down, not looking over at Cleo.

She decided to finish what she'd started. "And my festival isn't over — it's the last morning, my bosses are still there, so I have to get back as quick as I can. Luckily they're understanding, but explaining this particular story to them wasn't ideal."

Especially on top of what had already happened this morning. When Cleo had given Gayle the details she'd needed earlier, she'd also tried to address the situation with her and Becca. Gayle had told her in no uncertain terms she didn't have time this morning, and that she wasn't in the office Tuesday, either.

"I'm flying back tonight, working from home tomorrow, so we'll talk about it Wednesday. I expect you to Skype me first thing. I need some time to think about next steps."

So now Cleo had two days to stew on what might happen. She frowned. She wasn't going to think about that this morning.

She glanced at Duncan.

He gave her an unsure smile. "Sorry for being a pain and dragging you away."

She decided to lay the guilt on a little thicker. "On top

of all that, I slept with Becca again last night and my head's fucked because of it, just like my body." She gave the sigh of a person who'd been up all night fucking. A satisfied, happy sigh. "I mean, it was a fabulous night, but it doesn't solve any of the previous issues."

When she glanced left this time, Duncan was looking sheepish, but also triumphant. It came across in the form of a weird smile that made him look oddly sinister. "You slept with Becca again?"

Cleo concentrated on the road as rain splashed onto her windscreen. They really had been lucky with the festival weather, it hadn't rained the whole weekend. A bit of rain on the morning they were packing up she could totally handle.

"I did, so your timing was shit."

"And for that, I apologise. I'd never want to get in the way of your love life." He sat up, rubbing his hands together, clearly happy to have the focus shift away from him. "So it turns out we both had an interesting weekend. You were off shagging your young assistant, and I was getting arrested. What a life we lead!"

Cleo sat back. "Please don't say that, it makes me sound like a sleazeball, as I believe we've discussed." It was true what she'd said: none of the original problems were solved, but this time, she knew she couldn't walk away from Becca. It wasn't physically possible. Would it mean she'd have to walk away from her job?

She gulped, shaking her head, battling with herself. She

couldn't think about that today. Today, she had to get rid of Duncan, wrap up the festival, then come home and think.

Her cheeks heated as memories of last night assaulted her psyche. Happy memories. Sexy memories.

Unlike the ones from this morning.

Cleo pulled up outside her flat and turned to Duncan. He was grinning from ear to ear and in his ridiculous T-shirt, she couldn't help but smile at him. He might be a dumb arse, but he was her dumb arse.

"You look ridiculous, you know that?" She stabbed his chest with her index finger. "Team Love. Please let me take a picture and send it to Michelle."

"Be my guest, she seems to approve of the new version of me." Duncan's phone beeped in his bag, and he fished it out, grinning as he did. When he read the message, his grin only got wider. "It's Michelle. I texted her earlier. She says I showed more gumption climbing on our roof than I've done in the entirety of our marriage. And she finds me sexy in a cape." He raised both his hands in the air. "I knew I was doing this for a reason. She wants me to call her when I get in."

"There's a reason she married you."

"It's a good time for love in the Nightingale family. You've got your girl and I've nearly got mine. When all this is done and dusted, we can double-date!"

Cleo smiled at him as he unclipped his seatbelt and stumbled out of the car into the rain, whistling a happy, if off-key, tune.

Because that was the reality, wasn't it? When things fell into place, it didn't matter if the tune was a little off-key — so long as it was your tune in the first place.

Cleo and Becca didn't have a tune yet, but Cleo hoped it was close. She didn't have her girl just yet, but she was prepared to kill herself trying.

Chapter Forty

The flat smelt of laksa when Becca got home, which was one of her favourite smells. Even though she was as British as Becca, Tracey had inherited some awesome recipes from her Malaysian background, and laksa was one of them. When Becca walked into the living room, Tracey was standing beside the cooker in the kitchen at the far end of the open-plan room, stirring her pot of deliciousness.

"Hey, favourite flatmate," Becca said as she dumped her bags on the sofa, and then slumped on the familiar grey fabric. It'd been a very long five days under canvas including the two days they'd spent setting up — even though it had a pretty spectacular ending.

"Hey, stranger," Tracey said, walking over, taking Becca's cheeks in her hands and squeezing. "Man, you look fucked. Did you get any sleep at this ridiculously long staff party?"

Becca could only grin. "Not much, but it's part of the remit if you're in charge." If only Tracey knew the full story. "How are you? Did you survive without me?"

Tracey wriggled one eyebrow on its own, a trick that

never failed to impress Becca. "I did. I had a very good weekend, if you get my drift."

Becca stretched her arms over her head. "Do tell," she said through a yawn. "I promise to try to stay awake while you tell me."

Tracey frowned. "We're still on for tonight, right? The gig with the boys?"

Becca nodded. She might be exhausted, but a quick shower and she'd be fine. "Of course. I know this is a big deal for you, what with Justin being involved."

Tracey grinned. "Good. I even cooked your favourite dinner so you couldn't possibly turn me down. Or at least, if you did, you'd feel endless guilt for days."

"I wouldn't want that."

"You would not." Tracey nodded at her. "Well, aren't you going to ask me why I had such a stellar weekend?"

"I assumed you were going to tell me."

"You're such a killjoy sometimes." Tracey's mouth curved into a smile. "I saw Justin while I was out on Saturday, and we laid the groundwork for tonight. Flirted, he bought me a drink, we kissed, then I brought him back here."

Becca choked on some of her own saliva. It was a very unappealing habit. "You slept with him?!" she manged to choke out eventually. She was still coughing, but most of the fit had subsided.

Tracey grinned. "Well, you know. I was planning on moving in for the kill this week, but then we ran into each other on Saturday and one thing led to another." She paused.

"And he's really lovely. We stayed here on Saturday and he went out to get breakfast in the morning. How many people are that considerate?"

Becca cast her mind to Cleo, who so far had not scored high on the morning-after stakes. The first time, she'd shrugged Becca off; the second, they'd got busted naked by their boss and things had swiftly gone downhill.

Still, those were weird times with weird circumstances. She was hoping that if they began doing this for real, things might change for the better. She had to believe they would, or their relationship was dead in the water before it even started.

Had it even started yet? Becca was fucked if she knew. When Cleo had got back this morning, she'd hardly said a word to her until they were ready to leave. Becca wanted to believe it was all fine, but their track record so far was hardly stellar.

Tracey was waving her index finger in front of her face. "Hello? Earth to Becca? Where were you just then? You looked really spaced out, then a bit like you'd just eaten something that tasted really weird."

Becca shook her head, then cleared her throat. "You weren't the only one who got lucky this weekend. I did, too. I slept with Cleo again last night."

Tracey let out a scream. "Oh my god, and you let me prattle on about Justin and didn't even say a word! How? Where? When? Wait, did you have sex in a tent!?"

She grinned. "A yurt, but let's not split hairs." Becca's

mind filled with images of Cleo last night, ending with her naked on the floor this morning when Gayle had made her impromptu entrance. Her face must have curdled, because Tracey was eyeing her with some concern.

"Why have you got that face on?" She circled a finger in front of Becca's face.

Becca closed her eyes, shaking the image from her head. "Our US boss caught us in bed together this morning. And while Cleo was trying to cover up, I fell out of bed in front of Gayle. Naked."

When she put it like that, she wondered if she still had a job. Good thing she was close to getting another. But what about Cleo? Becca put her head in her hands. She couldn't think about that, on top of everything else.

"Oh. My. Fucking. God. Your big boss saw you naked?"

Becca nodded. "Although, there was a lot to look at, so I don't presume she focused on me."

"Shit the bed."

"I know." Becca's heart was thudding in her chest just recalling this morning. During the clean-up today, she'd put it to the back of her mind and avoided Gayle as much as she could. But now, it was all falling back on top of her with some force.

Shit the bed was pretty accurate.

Tracey shook her head. "This was on the cards, though, wasn't it?"

Becca raised an eyebrow. "Gayle seeing me naked?"

Tracey gave her a look. "No, sleeping with Cleo. There

was too much between, too much left undone." She paused. "But what happens now?"

Becca sighed. What happened next hadn't been top of her agenda last night. That only came into clear focus this morning. "I don't know. We haven't chatted, but she told me this morning she knows this is something we can't ignore. She even talked about giving up her job, but I don't want to be the cause of that."

Tracey frowned. "I still don't like the sound of this. I'm playing the protective friend, but so far as I see it, the practicalities are still the same. She's still your boss who shouldn't be shagging you. You're sure she didn't just do it for another roll in the hay? Because she liked it before and wanted to do it again?"

Becca moved her mouth one way, then the other. "I don't think so." She hadn't, had she? Panic slid down her body like a bucket of cold water. "She seemed very genuine this morning. Just before she kicked me out."

Tracey threw up her hands. "For fuck's sake, does this woman get off on doing that?"

"It's not like it sounds—"

"I think it's exactly as it sounds! She's shagged you twice and kicked you out twice. Are you sure you know what you're doing?"

Becca sighed. No matter what she did, when she scrubbed her skin every morning, the name showing up was Cleo. She was all-in, whether she liked it or not. Now she just had to wait to see which way Cleo jumped. And after this morning, she was pretty sure the answer wouldn't take too long.

"I really like her, but I've no idea what's going to happen."

Her comment hung in the air between them.

"She won't use this against you at work, will she?"

Becca shook her head. "She's not like that."

"So you keep saying. Can I make a suggestion?" Tracey's face was etched with concern.

"Shoot."

"You need to tell her what you want, and how you feel. The way I see it, she's got the power in this. But I don't want you walked over. So will you speak to her and let her know?"

"I will. But she's not a bitch. She's the total opposite of a bitch." Becca knew her face had gone dreamy.

"You see, this is my worry. You're a little bit loved-up already." Tracey's face softened. "So go on then, tell me. How was the sex second time around? Still as good?"

Becca's smile extended across her face, scaffolded for all to see. "It went beyond sex. It was the best sex I've ever had."

Tracey smiled then, too. It was clearly infectious. "In that case, you better get the finer details worked out, hadn't you?"

Chapter Forty-One

Cleo hadn't slept well, and now she was up a ladder at Heidi's, painting the nursery a colour the paint can told her was Cheesy Grin. Not for the first time, she wondered how you applied for the job of chief paint namer? The key requirements appeared to be smoking as much wacky backy as possible before magicking up a slew of crack-pot names. She'd be perfect for the job and she might need a new one soon.

Heidi walked into the nursery carrying two mugs of coffee. "You missed a spot," she said, as had been their joke all morning.

"I'll paint your bump if you're not careful," Cleo replied. She got off the ladder, placing her roller carefully in its tray and took a sip of her coffee. She knew it would burn her tongue, but she did it anyway. The pain took her mind off Becca, Gayle, her job and what was going to happen. It was a welcome distraction, just like painting the nursery today.

Heidi fished in the pocket of her over-sized green cardigan and pulled out a packet of ginger nuts, pushing one up and offering it to Cleo. She took it gratefully.

"Seriously, though, you've got a lot done even in the last ten minutes. I should leave you alone more often. When I'm here, you just keep going on about Becca, how you might lose your job, and staring into space. I disappear, and suddenly a wall is painted."

Cleo grinned. "It was therapeutic. Every time I thought about Gayle standing looking at us naked, my painting speed picked up a treat."

"Use the experience, that's the spirit." Heidi sat on her paint-flecked wooden chair, rubbing her bump. She really could give birth any minute now.

She grinned up at Cleo. "But show me again the look on Gayle's face when she clocked you both." She began to giggle.

"Fuck off," Cleo said, laughing despite herself. "I know you find this highly amusing, but I could get fired. This is an American company, after all. You know how litigious they can get. Sleeping with a junior employee is not looked on favourably for any number of reasons."

"They need to lighten up. It's two people who like each other getting it on. They should be all in favour of a happy workforce."

Cleo smiled. Heidi's way of looking at things was simple, but maybe it was also true. "I've played it round and round in my head and I still don't know how it's going to play out. I don't want to walk away from Becca; but I've worked hard for my career and I don't want to walk away from that either. Not when Gayle's been making noises about taking early retirement and saying I might be in line for her job."

Heidi cocked an eyebrow. "She's a bit young to retire even if it is early, isn't she?"

"She is, but I get the impression she wants to do something else. Employ her skills for the greater good."

"Good for her," Heidi said. "But it still doesn't solve your problem. You want to keep your job and you want things to carry on with Becca."

"Yes, but that's impossible."

"So what are you prepared to do?"

That was the hundred million dollar question. What was she prepared to do? Should she choose her job or a possible love match? She could get another job she was sure of that. But could she get another Becca?

"I don't know." Cleo took a deep breath in, putting a hand to her head.

Heidi got up, moaning as she did, and put a hand on Cleo's arm. "You know, this little person in here," she said, pointing at her belly. "He or she might need moral guidance one day from you."

Cleo laughed. "Really? Moral guidance from me? Tell them they've knocked on the wrong door."

Heidi let out a gurgle of laughter. "I know, I find it hard to believe, too. The thing is, though, they will. And when they come to you because they hate my guts because I'm their mother — you know that'll happen, so don't try to say otherwise — I want them to know they can trust you. That you did the right thing." She paused, eyeballing Cleo. "What's the right thing here? What does your gut tell you?"

"That I want to give Becca and I a try." When she put it like that, it sounded simple.

Maybe because it was.

"Even though she's a lot younger?"

Cleo nodded. "Even then." She couldn't ignore the pull of her heart.

"Thank god for that, you're over your Sara block. You've finally worked out it wasn't Sara's age that was the problem."

Heidi didn't pull punches, did she? "Perhaps it wasn't."

"And what if being with Becca involves getting another job?"

Cleo winced. "I'd rather not, but if it does, it does." The words weren't as thorny as she thought. In fact, once she said them, they sounded right. Fully formed. What she'd been struggling to conjure up since yesterday.

Heidi gave her a soft smile. "You almost sounded convincing, but it's a start. I know your job's important, and I know how hard you've worked over the past two years, but think about what really matters. Real life is what really matters. Happiness is what really matters." Pause. "Does Becca make you happy?"

Cleo took another deep breath. "I think she could."

"Then maybe she needs to jump to the top of your queue."

Cleo swallowed. Heidi had a point, didn't she?

* * *

Becca performed 20 jump-squats, then bent over, catching her breath. That was the final exercise of their 45-minute circuit class, and she could feel every second in her muscles as they wheezed to a halt. It was just what she needed today to get over her hangover, and to stop thinking about Cleo. For a while, at least.

"I think my core just imploded." Tracey was bent double, exhaling into the exercise mat as the crowd began leaving the room. The instructor was barking orders at them about hydrating and drinking protein shakes after class, but Becca wondered why he bothered. Unless you were trying to build muscle, no woman was going to ingest that many calories voluntarily through a protein shake.

"At least it did it quietly," Becca said, putting an arm around her friend as they walked out of the class. The air in the large gym was crisp compared to the circuits room where they'd left everything on the mat. "Where's Justin tonight?"

"Working — he's got a big job on this week." Justin worked as a music technician in a recording studio, so kept unconventional hours. "But he texted before to say he was missing me." The grin Tracey gave her was broad.

Becca was pleased for her, but it just showed up the discrepancy between Tracey and her. Tracey had a partner who communicated and for whom their relationship was straightforward. Whereas Becca… well, she had no idea what she had. Mind-blowing sex and not much else?

They showered and changed, and then went to the café in the gym, as was tradition. A run and a class was always followed by an energising coffee. Tonight was Tracey's turn to buy, and Becca checked her phone while she waited, seeing an email from the recruitment company.

She clicked, holding her breath: the start-up she'd interviewed for were offering her a job. It was more money and a more fancy job title, but those weren't the things Becca was concerned about. If she accepted this, it meant she wasn't working with Cleo, and then she could truly see if what they had could stand on its own. She was pretty sure it could, but she wouldn't know until the dust had settled. And until she'd told Cleo, put all her cards on the table and asked Cleo to do the same.

Tracey sat down, groaning as she did. "My stomach is going to hurt tomorrow. Those last sets were killers."

"But you're still alive, and what doesn't kill you makes you stronger." She gave Tracey a grin. "And guess what?"

"What?"

Becca held up her phone. "I've just been offered a job."

Tracey stopped stirring sugar into her flat white. "Really? Awesome. Are you going to take it?"

She nodded. "More money, more responsibility, and it means I'm not working with Cleo. So long as she's not sacked for sleeping with me, it works out, doesn't it? And then maybe I can have a relationship where the other person texts me on a regular basis."

Tracey eyed her as she sipped her drink. "I hope you

can. I know I've been down on Cleo, but I'm just looking out for you. But this is clearly what you want if you're prepared to switch jobs, so I'm behind you." She paused. "But if she breaks your heart, I'll break her face."

Becca almost spat out her coffee. "Thank you, there'll be no need for you to flail your fists."

"I've been learning some moves in boxing class." Tracey demonstrated with a couple of jabs to the air.

"I can fight my own battles."

"I hope you won't need to."

Becca did, too. Just at that moment, her phone lit up. She looked down, and couldn't stop a grin gliding onto her face. It was from Cleo. A slurry of relief poured down her. Cleo was thinking about her, too.

'Just to let you know, I'm working from home tomorrow to prepare for my big meeting with Gayle at 2pm. I'll let you know what happens, I promise. Cx'

Becca let out a breath and picked up her coffee, eyeing Tracey over the rim.

"Well? From the look on your face, I assume that was her?"

"It was. She's having her meeting with the big boss tomorrow. And after that, I can tell her I'm leaving and try to sort this out." She put a finger to her chest. "Sort us out." Pause. "God, I hope there's an us." She could feel the blood flooding her cheeks.

Tracey cocked her head. "What happens if you have a new job and she's lost hers?"

Becca recoiled. “I don’t think she’s going to lose her job. A rap on the knuckles, maybe. But if I leave, everything’s made easier, isn’t it? That’s truly putting my cards on the table, showing her where I stand.”

Tracey gave her a slow nod. “It is. And maybe she might come through with her side of the bargain, too. This text is a good start.” She sat forward. “I’ll allow you to be 50% hopeful now. Who knows, she might even reach the heights of Justin, soon.”

“That would be some elevation,” Becca replied with a smile. “First of all, I just need the meeting to go well tomorrow to smooth the way for later. Something has to start going right for us soon, right?”

Becca had everything crossed: her fingers, her hopes, and her heart.

Chapter Forty-Two

"Cleo, good to speak to you." Gayle was readjusting her screen and clearing her throat, trying to get settled. This wasn't, after all, a run-of-the-mill meeting. Not after what had happened at the festival. "Sorry I couldn't chat earlier. It's been manic since I got back and I wanted to speak to HR to get our official position."

Cleo's skin prickled all over. HR were involved? This was reaching levels she hoped they would avoid. Her heart was beating at double-speed, and she was sure a rosy hue was creeping up her neck. She should have put more foundation on.

Gayle peered closer at the screen. "Nice tiles by the way — my sister has the same ones. Isn't that crazy that you're in London, she's in Florida, yet you have the same tiles?"

Cleo nodded, even though the tiles weren't her doing and she hated them. They'd just been part of the flat when she'd bought it two years ago, and she hadn't got around to replacing them yet. Maybe that's something she could do when she was unemployed. Which was going to be very soon.

"Before you give the HR verdict, I just want to say I'm sorry you had to find out about Becca and I the way you did." She kept her face straight, her hands still. "It was unfortunate and I apologise. It hasn't been going on long, but I understand there's a conflict of interest, being she's in my department. I'm not sure what that means, but I know it might not have the outcome I want." She cleared her throat, sitting up. "However, this thing between Becca and I isn't going away, so I'd like to see if we can find a way to make it work. But if I need to resign, I understand that, too."

Cleo had talked about resigning with Heidi last night, but her friend had told her not to jump the gun, to wait and see what her boss said first. As Heidi pointed out, Cleo had worked hard to get to where she was over the past few years; there was no need to shoot herself in the foot if it wasn't necessary.

Gayle poked her tongue into the side of her cheek, and then adjusted the screen again, tilting her head to one side. "I won't lie by saying you sleeping with one of your staff is ideal, but we don't want to lose you. It's not like you do this every day, after all, and you're highly regarded."

Cleo blew out a long breath. Okay, perhaps this wasn't going to be as bad as she thought. Tendrils of hope began to spring inside her. Perhaps Heidi had been right. She normally was.

"I want you to know that Becca and I met the weekend before she started, and something happened. When she turned up in my department, I was gobsmacked. I had no idea she'd be working with me. We both agreed nothing further could happen, and she's been incredible, as I'm sure you know."

Gayle nodded. "I do. All my dealings with her have been superb."

Cleo could feel another blush seeping into her cheeks, along with pride at how awesome Becca was. "However, the night of the festival, we were on a high and one thing led to another."

Gayle smiled. "You're both adults and I'm not here to pass judgement on who you get together with in your private life." She paused. "However, if that impacts on the business, it's no good. Do I think you can carry on in your role with Becca under you?"

Cleo tried not to focus on her turn of phrase. She didn't quite manage it.

"It's not ideal. If you're involved at all in her expenses, holiday or pay, we prefer there to be nothing personal between employees." She paused. "However, you're not her line manager, and if we could put some other barriers between you, perhaps that would work. So your paths truly didn't cross much at all."

Cleo frowned. "What do you mean exactly?"

"You've been climbing the ladder in this company ever since you arrived. You know you're well thought of, and the festival has only sent your star into orbit." She tapped her finger on her desk before looking directly at the camera.

"I don't want you to leave just because of this. It's not the 1900s and you can sleep with whoever you want to, but I understand you might not want to be seen to be having favourites."

"Exactly that. I don't want anybody questioning my choices based on who I'm in a relationship with. Hence doing this call from home as nobody else knows yet." Cleo hadn't wanted to run the risk of Mika or anyone else walking in on her Skype call.

"Apart from the other person, right?"

Cleo smiled. "Apart from one." An image of Becca laughing and throwing her head back swooshed through her vision, but she ignored it.

"So what if I offered you a promotion? Took you off this team entirely and moved you into the upper echelons. I know you report in to me now, but this would be a step up, I promise you. It would also mean me moving sideways a little, which I'm very happy to do — so you'd be taking on more responsibility. More staff. You'd also get a place on the board. It would mean more travel for you, which is why I was going to ask if you would consider moving here. But that part is completely up to you. It would be easier, but I know it's a big ask. If you decide not to, it would mean coming to Boston for longer stints." She paused. "What do you say?"

What did she say? Cleo's head was spinning. A wave of emotion crept up her and she suddenly had the thought she might cry.

She couldn't cry, she had to hold it together. She took a deep breath before replying.

"Wow," she said. "I'm flattered, really. Of all the things I expected you to say today, giving me a promotion wasn't on the list. Sacking me was right up there, though." She'd been fully prepared for that option, and she would have understood completely.

"If this was a regular thing, maybe. But I know you, Cleo, and this isn't your normal style. I was going to offer you this promotion next year, because you've earned it. But after Monday, I knew you might resign — you're principled, after all — so I decided to move up my offer to get your attention and make you think. This way, you'd still have a job, Becca would still have a job, and then things between you could carry on as you see fit."

She looked embarrassed by saying the last bit, taking a drink of water. This was an odd situation for Cleo, but it was equally odd for Gayle.

Cleo blinked, as her insides began leaping around, twirling batons and performing high-fives. This was the promotion she wanted, the one she'd had her eye on for a while. However, she'd thought it was still a couple of years off. Apparently she'd been wrong.

"I'm a bit stunned, but my initial tentative answer is that I'm interested, of course I am. I'd be mad not to."

Gayle grinned for the first time today. "That's what I was hoping you'd say. I've told you before I have other things I want to do while I'm still young enough, and I wanted to talk to you about this next time you were over. But hell, we can speed things up a little. My plan is to oversee you getting comfortable in the job, but within a year or so, I'll be gone and my job will be yours."

Yep, Cleo was still stunned.

"But does this sort out the issue completely? I mean, I'd still be in the same department."

Cleo had been avoiding Becca since the festival, wanting to sort everything out in her own mind and with Gayle before she spoke to her.

Gayle held up her hand and waved it left, then right. "You won't have any direct contact, that'll be down to whoever you put in charge. Mika, if you think she's ready. With that in place, just get Mika to make any decisions that involve Becca. Bottom line is, I know relationships start at work, it happens. Apparently yours started before that. I'm not going to say this one didn't surprise me, but it's none of my business as long as you don't make it so." Gayle gave Cleo a smile. "And she must be quite special if you were prepared to put your job on the line."

Cleo couldn't help the smile that spread across her face. "It's early days, but she is. I know there's an age gap and we might surprise people, but this wasn't something we did lightly. But I have to give this a try, to see where it goes. She's totally worth it."

As soon as she said it, she knew it was the truth. Becca *was* worth it. Worth losing her job over. Worth losing sleep over. Worth it, so long as she was back in Cleo's arms again soon.

"Good for you, then I'm right behind you." She paused. "But can you keep it under wraps till this all goes through the board? Once you're officially promoted, I don't see an issue. Workplace relationships are more common than you think."

Cleo nodded. "Understood. And thanks for your understanding and your faith in me."

Gayle gave her a wink then. *An actual wink!* "I have complete faith in you and have been singing your praises since we got back. Everyone experienced the festival, so they know as well. Wait till you see the compensation. Look out for an email from me, soon."

The call ended and Cleo sat back, flipping her head backwards and staring at the ceiling. In her wildest dreams, she couldn't have expected the call would go so well. She still had a job, she even had a promotion. She was still trying to wrap her head around that.

Now she just had to hope that Becca approved of her new situation and wanted to give them a go.

She'd never wished for something so much in her entire life.

Chapter Forty-Three

It'd been two days since they woke up together in a cloud of bliss, but that cloud had turned grey and was threatening to engulf her now. Becca knew the plan, knew what she had to say, but it was easier said than done. She'd run through the conversation in her head a few times, but now she hadn't heard from Cleo and it had been two hours since her meeting with Gayle.

Was she at home, newly unemployed, lying on her bed and staring at the ceiling? Was she wondering how she'd ever let herself get to this stage in her life? Was she thinking it wasn't worth the hassle, and at this moment, planning to run away to Bali for three months? All these thoughts and more had been pulsing through Becca's brain all day long. All of which meant, she hadn't been as productive as she usually was.

Now, Becca just wanted to see Cleo or speak to her. Tell her she was leaving. Get the words out, finally.

Just when Becca was starting to give up hope, her phone pinged at 4.30pm. It was a text from Cleo.

'The meeting is done. A drink tonight so I can fill you in? Cx'

So now, Becca was waiting in a tapas bar near to where they lived, twisting her Spanish beer in her hand, knowing tonight could change everything. She really hadn't gone into this job thinking she'd meet someone who mattered, but that's what had happened.

And now she had to leave that job and take another so it could come true.

Everyone told her she couldn't have it all, but Becca begged to differ. When she saw Cleo round the corner and walk into the bar, all thoughts of 'what if' fled her mind.

All Becca could see was this stunning vision walking towards her, and she noticed now what she'd noticed the moment they'd met at the wedding: the flash of autumn in her eyes, the confident smile, the way she could wear anything and it looked incredible. Although, having seen her naked, that was pretty incredible, too.

Cleo's gaze was all on her when she arrived, and their lips met with no hesitation, Becca lingering for a few seconds afterwards to breathe in Cleo's sweet smell, the shape of her.

"You look amazing," Becca said, as Cleo sat down opposite her.

The waiter came and she ordered a glass of Merlot, then turned back to Becca.

"Although I was starting to wonder if I was ever going to see you again."

Cleo gave her a dazzling smile. "I know and I'm sorry. I had a lot to work out and I wanted to do it in my own space, get things clear in my head first."

The muscles in Becca's neck stiffened. What did that mean?

Cleo leaned forward and rested a hand on Becca's leg. "It's a good thing, so stop looking so worried."

Becca stared at her hand. She never wanted her to move it. Okay, deep breath in. "I have news, too," she said. "But you go first."

Brace, brace. Whatever came out of Cleo's mouth, she had to remain calm.

"I got promoted today."

Becca blinked. "What?" Those weren't the words she'd expected to fall from Cleo's mouth. "After catching us both naked, Gayle promoted you? What the actual fuck?" This might even top her resigning news.

"I know." Cleo shook her head. "I mean, I was expecting the worst. She consulted HR, and I didn't know which way it was going to fall. I even told her I was prepared to resign. But then she told me she'd been intending to promote me next year, but after this came out," Cleo waved a finger between the pair of them, "she stepped up her offer. If we're involved, it's not ideal for us to be working so closely. Now we won't be."

Wow. The past two days Becca had been thinking the worst, when all along Cleo had been taking huge steps to secure their future. She was even prepared to give up her job for her.

Suddenly, Becca's heart was wearing a smile. Whatever happened from now on, she knew Tracey had been wrong.

Cleo wasn't a game-player. Thank fuck.

"I'd say you need to buy Gayle a bottle of single malt at least. It's what she drinks, right?"

Cleo nodded.

Becca sat back, shaking her head, a grin on her face. "But… congratulations. It might be unexpected, but it's pretty epic."

"It is," Cleo replied. "It's still sinking in, it's not quite real yet." She glanced up at Becca, and held her stare, her eyes shining.

A tide of lust fizzed down Becca, and she swallowed hard. "You deserve it."

Cleo blushed and looked away, clearing her throat. "But you said you had news, too?"

Becca took a deep breath. "I do." She cleared her throat. "I'm resigning." Becca pressed her finger to her chest. "I've got a new job lined up to convince you to give us a go."

Now it was Cleo's turn to look confused. "What? No, we don't want to lose you."

"It's not your decision."

Cleo shook her head. "But you don't have to. Me getting promoted means we won't be working together on a daily basis." She leaned forward. "I was candid with Gayle, I told her we wanted to be in a relationship, but she already had this plan up her sleeve so that we could both still keep our jobs and not have a conflict of interest." She paused. "It's kinda batshit-crazy my boss would do this for me. I almost wanted to cry."

"It *is* crazy," Becca said, smiling. "Did Gayle say anything else?"

Cleo blew out a long breath. "She was supportive. Surprised, but supportive." A pained smile. "It also might mean moving to the US, but not necessarily. That bit's up to me." She paused, looking Becca in the eye. "And maybe you, if you want it to be."

Becca took a sip of beer, her head now totally spinning. Up to her, too?

"But it solves the issue of us working together." Cleo paused. "If you stay."

Becca shook her head. "It doesn't really. We'd still be in the same company, in the same department. What solves it is me leaving."

Cleo furrowed her brow. "How much contact do you have with Gayle? The run-up to the festival wasn't normal."

"Enough," Becca replied. "Enough to know that if you're the new Gayle, any promotion I got would always be bathed in what I might have done to get it. Which is why I've accepted a job with a new start-up, and I'm officially resigning." Saying the words to Cleo made her feel more in control. "I was going to tell you this morning, but then you weren't in the office."

"I don't want you to leave."

"Do you want us to happen?" Becca had no idea where this steel was coming from, but she liked it. Even though her heart was thudding in her chest.

Cleo took a deep breath, then gave her a slow nod. "More than anything."

"Then I need to leave. And deep down, you know that."

So far, there had been far too much talking and not enough kissing. Becca moved her chair towards Cleo and pulled her closer, kissing her lips.

If their sentences so far had been stuttering, this was language that had no disconnect. When Cleo's lips were on hers, the whole world made more sense. But would she be sticking around long enough to press them to Becca's lips for good? Becca pushed her negative thoughts aside and sank into Cleo's kiss: its warmth, its strength, its connection.

Cleo pulled back, her conker-brown eyes still caressing Becca's skin. "We're kinda like Romeo and Juliet, both falling on our sword for love. Both trying to resign, and our bosses fighting for us."

"Are you not accepting my resignation?"

Cleo gave her a stare, then shook her head. "I'll do whatever you want me to."

"Then accept it."

Her phone ringing broke the moment. Cleo glanced down at the screen, then answered immediately.

"Uh-huh," she said, sitting up straighter. "Just now?" Brisk nodding. "Are you at home?" Pause. "No, I'll come to you, just wait there. No, don't call an ambulance, it'll be quicker if I pick you up. Just stay put, the cavalry is on its way."

Cleo was standing before she'd even hung up, fishing in her pocket and giving the passing waiter £20 and telling him to keep the change.

"That was Heidi. Her water's broken, so I've gotta go."

Becca stood up, too. "I'll come with you. I've had experience of women when they're about to give birth with my sisters, so I'm a useful ally to have."

Cleo paused. "I don't know, Heidi might just want it to be me. Plus, it's going to be a lot of waiting around."

"I'm not planning on coming into the birth with you; I'll just come to support you. If I don't come, I'll just be wondering what's happening, and I can be company for you, too. Plus, I'm very good at getting coffee." Becca paused. "And this is the kind of thing you do in a relationship, by the way. Support each other."

Cleo weighed that up, then gave her a curt nod and a quick kiss. "Come on, then," she said, taking her hand.

They ran down the High Street, the slap of their feet on the hard concrete mingling with the smells of the fried chicken shop where they'd shared their first meal, and the roar of the pub crowd as somebody scored a goal on TV. They ran past the local estate agents, crossed at the green man and then raced through the park, Cleo grinning at Becca as her breath came in short, dragging gasps. Becca liked to think she was fit, but this was testing her sprinting skills.

When they got to Cleo's flat, she fished out her car keys and they both climbed into her silver Lexus. It was only when Becca clicked her seatbelt into place she realised there was a problem.

Cleo was pressing the ignition but nothing was happening.

"Come on," she said, her breathing still ragged, her patience shortening.

Becca kept quiet.

Cleo pressed the ignition again. Still nothing. She slammed the wheel with her palms. "Godammit, why is this playing up now?"

She was grinding her teeth together, then checked her phone. "Fuck. Heidi's going to be freaking out, and my very expensive car isn't playing ball."

Becca took her phone out and dialled Tracey's number, while Cleo frowned at her.

"Trace — you at home?"

"Yep."

"Emergency situation. Can we borrow your car and you?"

"Of course," she said. "Now?"

Becca nodded. "Can you be in the driving seat and ready to go in five minutes? We're running from Cleo's. Her friend's in labour."

"Fuck," Tracey said. "Sure, let me grab my keys."

Becca hung up. "Sorted — we'll run round to mine and Tracey will drive."

Cleo stared at her. "You're fucking incredible."

"Remember that," she said, leaning over for another kiss.

They raced down the street, the brisk May evening closing in around them, dusk settling on the rows of tall mansion houses. When they rounded the corner, Tracey was leaning against her blue Fiesta, her arms resting on its roof. When she saw them, she grinned, as they skidded to a halt in front of her.

"Ready? This is like some kind of comedy film, isn't it?"

"It doesn't feel very comedic right at this moment," Cleo replied, breathless.

Becca went to get in the back seat of the car, as did Cleo, their bodies colliding, arms encircling until they ended up in an impromptu dance.

When Becca realised what was happening, she couldn't help but laugh. "I know you're keen on dancing, but I'm not sure this is the time."

Cleo laughed now, too, and Becca could see some of the tension seep from her body. "You're right. We'll save it till we get to the hospital."

Somewhere nearby, a throat was being cleared. "Whenever you two are ready," Tracey said, sarcasm drenching her words.

Becca smiled so hard her face clicked.

"Get in the front seat," she told Cleo.

Cleo raised an eyebrow. "Bossy. I like it."

Chapter Forty-Four

They raced round to Heidi's flat in record time, Tracey knowing all the back roads and ignoring speed limits like a boss. Cleo told her if she ever tired of being an accountant, racing driver could well be her back-up plan. Tracey seemed pretty pleased with that summation.

When Tracey cut the engine, Cleo jumped out of the Fiesta and ran up the path to Heidi's building, closely followed by Becca. She rang the doorbell and waited patiently, but nothing. She hopped from foot to foot, blood rushing about her body — why wasn't she answering?

"You wanna ring her?"

Cleo nodded. Heidi answered in two rings.

"Why aren't you answering — we're outside and ringing the doorbell."

"Because I can't fucking move!" Heidi replied, her voice cracking. "Something is going seriously wrong, this isn't how they described it in those classes we took."

Panic slithered through Cleo. "Okay, calm down." Which was obviously the worst thing she could possibly say.

Cleo wasn't calm, so why would Heidi be? "Tell me what's going on. Why can't you get to the door?"

"Because it's too painful, the contractions are coming too quickly… Owwwwww!"

Cleo held the phone from her ear as Heidi's voice bled out of it. She covered the receiver. "She's having very close contractions and she can't get to the door," she told Becca, before sizing up the door. "You reckon we can break it down?"

Becca grimaced. She didn't look confident. "We could try." She pulled herself up to her full height, and with a small run-up, crashed the side of her body against the door. It didn't budge, and Becca came away holding her shoulder. "Ouch," she said.

Cleo put the phone back to her ear. "Heidi?"

"Yeeeeeeeeees?"

"We're going to try to force the door, so I'll call you back in a minute, okay?"

Cleo stuffed the phone into her pocket, then braced herself, before crashing her body against the door. She cried out as pain shot down her right side. The door wasn't budging, was it?

Think, what should we do?

"Should we call an emergency locksmith to come out and undo the lock?"

Cleo processed Becca's suggestion, still clutching her shoulder. Then she grinned at Becca, before taking her face in her hands and kissing her lips. "You're a fucking genius, you know that?" Cleo called up Google on her phone and searched emergency locksmiths.

Footsteps coming up the path made her look up from her task.

It was Tracey. "Are you trying to force the door?"

Cleo nodded. "But after nearly breaking both our shoulders, we're looking up locksmiths."

Tracey reached in her back pocket and pulled out a Swiss Army Knife. "No need." She stepped up to the door, popped out the small nail file option, and within seconds it was open, Tracey standing back with a butter-wouldn't-melt look on her face.

Becca was gaping at her friend. "Where the fuck did you learn that?"

Tracey gave her a shrug and a grin. "I once dated a slightly shady lady, and I picked up some tricks. Let's leave it at that."

Becca was shaking her head. "Oh no, I want the full story. But let's deal with Heidi first."

Cleo ran past them and up the stairs to Heidi's first-floor flat, and began banging on the door, but then stopped. When Tracey arrived, she worked her magic once more — to more bemused looks from Cleo and Becca — and then they were inside, Cleo leading the way to the lounge, but Heidi was nowhere to be seen.

"Heidi!" Her voice echoed around the lounge. She wasn't in the kitchen, either, so Cleo sprang down the hallway to her bedroom, calling her name again.

She wasn't in there either. Which only left the bathroom.

She knocked on the closed door. "Heidi?"

"Yes, I'm in here!"

Cleo tried the handle: it wasn't locked. But when she walked in, Heidi was lying on the floor, stark naked, legs apart, clutching her stomach.

Cleo's stomach dropped as she looked a little closer. Hang on, was that the baby's head already popping out? It looked like it.

She turned back to Becca and Tracey, who were right behind her. "She's naked, so give us a second, okay?"

Nods as they both stepped back, both blowing out long breaths as if they were the ones in labour.

Cleo slipped inside and closed the door, kneeling beside her friend, who was screaming out again.

"It really fucking hurts!" Heidi scrunched her face in total pain.

Cleo put an arm around her, Heidi's nakedness blurring into the background. The most important thing now was making her friend comfortable and getting her to a hospital. But then it dawned on Cleo as she looked down once more.

It was too late to go to a hospital, wasn't it?

Fuck a bloody duck.

"Okay, remember your breathing. Remember what Innes said? Smooth motions, concentrate on just your breath, nothing else."

"Fuck Innes, what did she know? How can I concentrate

on my breathing when I've got a bowling ball coming out of my vagina?"

It was a fair point.

"Just try, okay?" Cleo stroked Heidi's brow. It was covered in sweat.

She had another contraction.

More groans.

"Why are you on the bathroom floor naked, though?"

Heidi winced, and cradled her bump. "I wanted to clean up after my water broke, but then the contractions just started coming. This is not how it's meant to be... Oooooooooooooooooow!"

A knock on the door.

"Yes?"

"Can we do anything?" It was Becca's voice.

Could they? Cleo had no idea. She turned to Heidi. "Becca and her flatmate Tracey are here, just to let you know. You want them to get you a top?"

Heidi grimaced. "They could. In my chest of drawers, second drawer down. Get them to get a T-shirt."

"Is it okay if they come in?"

"I'm sure they've seen a naked woman before."

Cleo's heart lurched. "Everything's going to be fine, you know. I love you and your baby is going to be fine."

Heidi clutched her arm. "I'm scared."

Cleo kissed the top of her head. "I know. But just be calm, remember to breathe and we'll get through this together, okay?"

Heidi looked into her eyes, then nodded as her face screwed up again and she screamed. "Fucking hell, this kid's in a fucking huuuuuuuurry!"

Cleo tightened her grip on Heidi, calling out to Becca to open the door. She popped her head around it, her eyes widening when she saw the scene.

"So, here's the plan. Can you get a T-shirt from Heidi's second drawer of her chest in her bedroom, and also get water, and towels. And call an ambulance." She looked down at Heidi. "Your towels are where?"

"Boiler cupboard in the hallway." She glanced up. "Hi again, Becca."

Becca gave a little wave. "Hi," she said, before turning back to Cleo. "Okay, I'm on it. How's she doing?"

"She's having contractions every few minutes, so I'd say we're very close to having a baby. I'm crossing everything the ambulance gets here before that happens, but it's a long shot." She blew out a breath. "Make the call and hurry back, please?"

Becca nodded. "I'll be back before you know it."

She gave Cleo a heart-stopping grin, and a flood of contentment rushed through Cleo.

She was beyond glad she'd gone against her first instincts and had let Becca come with her, because now she had backup. She didn't have to do this alone.

Plus, without Tracey, they'd still be standing on the street.

***

The ambulance team arrived with minutes to spare, saving Cleo and Becca from delivering Heidi's baby on her bathroom floor with their bare hands. Instead, Heidi's head was propped on Cleo's thighs as she gave her final push, delivering a baby girl into the world at 8.04pm — just 20 minutes after Tracey had performed her door-jacking magic.

The screams from the baby's tiny lungs pierced the air in the bathroom and made everyone still and silent for a moment, before Heidi burst into tears, closely followed by Cleo.

It was Becca who snipped the umbilical cord — Heidi not wanting Cleo to move — and then Heidi's baby was placed on her chest, now covered in a PJ Harvey T-shirt. Heidi kissed her still-sticky head, proclaiming her perfect.

Cleo exchanged a glance with Becca, her emotions so whipped and thick, they could stand up on their own. Cleo had experienced many things in life, but never this. Never a birth.

She'd always considered it messy and not something for her. Her stance hadn't shifted, but looking at Heidi's new baby, she could see how you could get carried away and want to keep experiencing this over and over again. She was currently in the birth bubble, where everything seemed incredible and where she was only experiencing joy.

They all piled into the ambulance, with Tracey saying she'd follow in her car. Heidi wanted Cleo close, and Cleo didn't want Becca going anywhere. The doors slammed, and the sirens blared as they sped through the London streets, the three of them with smiles so wide, it was like they were in a secret cult of their own. A baby cult.

Heidi was laid on the trolley, an insane grin on her face. "Oh my god, I've got a fucking baby!"

"Yes you do. Now you just need to decide on a name," Cleo said. "Obviously after one of us. Or perhaps Tracey, seeing as without her, you'd have had this baby on your own."

"Don't," Heidi said, shaking her head. "I've got a few ideas, but I wanted to see what she looked like first." Heidi peered down at her tiny head, moving up and down as she slept. "Does she look like a Maya to you?"

Cleo smiled. "After your mum? You know what, she does."

Heidi sighed. "That's it, then. Welcome to the world, Maya Jessica Hughes."

Chapter Forty-Five

Two hours later, Cleo and Becca were stood outside the hospital, staring up at the inky night sky. An ambulance pulled in somewhere close by; Cleo could hear its siren call. There were no stars out tonight, London's population cancelling them out. Cleo remembered being in Spain with Sara years ago, somewhere remote near the south coast, and being able to see the whole Milky Way. It had been incredible. She'd love to take Becca there one day.

Cleo sucked on her cigarette and blew out the smoke. She had to give up again soon, she knew that. However, normality was on hold today. So far, she'd feared the worst but been promoted, got her girl and witnessed a birth. It wasn't your typical Wednesday.

Cleo put one foot flat against the brick wall of the hospital behind her and squeezed Becca's hand tight.

Beside her, Becca shivered.

"You want my coat?" Cleo asked. "We could share it, five minutes each."

Becca shook her head. "I'll be fine, I'm used to it."

"So this wasn't quite the evening I had in mind, just so you know."

Becca smiled. "No? It's pretty unique, I'll give you that. I haven't delivered a baby before on a first date."

"Our relationship so far doesn't really seem to have followed convention though, does it?"

Becca laughed. "You could say that."

"I was just thinking about when it might settle down, when we might be able to have a normal date."

Becca turned her body towards Cleo, and Cleo did the same, stubbing out her cigarette.

"When you give up, I'll talk."

Cleo's eyes widened in surprise. "I thought you liked me smoking?"

A shake of the head. "I like it occasionally, but not all the time. And it's getting to be more of a habit lately."

"Not my fault. Blame Heidi. And the stress of us." Cleo paused, looking Becca in the eye. "But that's all gone now, hasn't it?"

"Depends," Becca replied. "Are you accepting my resignation?"

Cleo squeezed her hand, her heart booming. "Of course I am. I want to keep you, and if that's how I do it, resignation accepted."

"And you're sure you want to get together with someone younger than you? You were dead set against it when I met you. If we're getting involved, I want to be clear."

Becca was frowning, and Cleo wanted to change that,

pronto. "Have I mentioned you're so wise and also very bossy?"

That made her smile, and Cleo brought Becca's fingers to her lips and kissed them one by one before replying. "You're not Sara, I get that now. I was avoiding younger women because of her, but you're *you*. Gorgeous, intelligent, sexy *you*. The fact you're younger is irrelevant. So yes, I'm over it."

"Okay," Becca replied, sounding almost convinced. "But you still might be moving to Boston."

Oh yes, that. "We'll talk about it. Just know, I want you to be my girlfriend." Cleo coughed. That sounded a bit formal, like she was going to ask for her hand in marriage. Nevertheless, it needed to be said. Too much had been left unsaid, and she wanted to change that.

"Do you want to be my girlfriend?"

A soft smile crossed Becca's face. "Of course I do."

"Then I promise, I won't make any decisions without consulting you. And I'm not about to run off to Boston anytime soon. If I do, it'll most likely be in a year, when Gayle leaves. And by then, who knows? You might want to come, too."

Becca smiled at that. "We haven't even gone on a proper date yet and you're moving me to the US?"

Cleo gave her a grin. "What can I say? I like to plan ahead. Do we have a deal? I won't run away and you agree to be my girlfriend? Say yes, otherwise I sound really desperate and sad."

Becca's hand skated up Cleo's body and drew her in, finally cracking a proper smile. "I don't want you being desperate or sad, so okay," she said. "I'll be your girlfriend." Pause. "Do I get a promise ring or something?"

Cleo laughed. "Maybe in a year if you play your cards right."

Becca gave her a grin, before leaning in and placing a kiss on Cleo's lips. She followed that up by sliding her tongue along Cleo's bottom lip, making Cleo's head spin. Becca did things to her she'd forgotten were even possible. How could she have forgotten how good it felt to be kissed like this? Kissed so that her whole body lit up; kissed until every hair on her head swayed with the ferocity of it.

Kissed until all semblance of sense had long since fled her body, rendering her a jumbled mess.

When Becca pulled back and gave her that special smile, the one she liked to think was just for her, Cleo's heart wanted to burst with joy.

And then it hit her. She was falling in love, wasn't she?

Fuck a bloody duck.

Chapter Forty-Six

Becca handing in her notice had caused a stir at work, particularly after such a successful first three months. Mika took it personally, so much so that Cleo had to call her into her office to explain the situation. Apparently, Mika was completely blindsided and thought Cleo was joking at first. It was only when Cleo insisted, and told her she'd tried to resign, too, that Mika finally took her seriously.

However, a couple of weeks later, Becca knew it had been the right move. She hadn't realised how tightly wound she'd been until the weight had been lifted. They still hadn't told everyone else about their relationship, but Becca was far more relaxed at work now she knew she was leaving. She couldn't wait till they could come out completely. Becca wanted to shout it from the rooftops.

Today, she was introducing Cleo to her family officially as her girlfriend, and she was surprisingly nervous as they walked up to her parents' house. She had no idea why. She'd introduced women in the past, but perhaps never one this solid, even though they'd only been together two weeks. Becca felt like she'd known Cleo far longer, that this was someone who truly mattered. What that meant in the bigger picture she hadn't truly pondered just yet.

"Ready to face your clan with me by your side?" Cleo asked as they waited for the door to be opened. She was looking gorgeous again, in white trousers and a crisp lemon shirt — suitably summery for May.

"As I'll ever be," Becca said, as her mum opened the door and gave them both a welcome hug. "There you are, guests of honour!" she said. "Your brother's already here, charming everyone," she told Cleo.

Since the wedding, Duncan had snuck onto everybody's invite list. He'd finally moved out of Cleo's spare room, but there was no way she was getting rid of him that easily.

"And his wife is just delightful. I'm so pleased they're back together again."

"She's a glutton for punishment," Cleo replied, giving Martha a bottle of Pinot Grigio and a box of Heroes. She'd pondered getting posher chocolates, but then decided everybody loved Heroes.

"My favourite!" Martha declared. "I'll keep those to eat while I'm watching my Sunday film later. I might even let Roger have one."

They went through to the garden, where the sisters were gathered, Duncan holding court. When he saw Cleo he rushed over, scooping up first her, then Becca.

"My two favourites!" he said. "How are you getting on without me in the house to chaperone? Having sex on the kitchen table and the hallway, I hope."

Heat sprang to Becca's cheeks. They hadn't done the hallway, but the kitchen had been well and truly crossed off their list a couple of times. She exchanged a knowing smile with Cleo, which Duncan caught.

"I knew it!" he crowed, just as a woman Becca didn't know drew up beside him. "This is my wife, Michelle. This is Cleo's new partner, Becca," he told her.

Michelle gave Becca a warm smile and a firm shake of the hand.

Becca liked her instantly. "Lovely to meet the woman who inspired Duncan turning into London's favourite love hero."

Michelle let out a bark of laughter. "Turning into a lunatic, more like. Still, I knew that when I married him. I'd just forgotten he had it in him. He hasn't stopped going on about you since he came home, so it's lovely to meet you, too."

Cleo stepped forward and gave Michelle a hug. "Thanks for taking him back. You'll never know how grateful I am."

"I was hoping we could make this a regular arrangement? You can have him for two months every year from now on?"

Cleo was shaking her head before Michelle had finished her sentence. "No thanks. But work on Martha — she's got a spare room and she loves Duncan."

Michelle grinned. "I hear Heidi had her baby."

"Little girl. She called her Maya, which is pretty cool."

"It is." Michelle paused. "How's she coping?"

"She's doing well. The baby's not sleeping, which she's pretty upset about as she ordered a non-screaming one, but after some persuasion she's decided to stick with her and not send her back."

"Good start," Michelle replied, taking Duncan's hand in hers. "We might even think about having a baby now we're having sex again, won't we?"

If they'd discussed this beforehand, Duncan was doing a good job of hiding it. His face was a picture, and both Becca and Cleo struggled to hold in their laughter.

"A baby Duncan in the world. Are we ready for that?" Cleo asked, taking Becca's hand in hers.

Michelle reached up and squeezed Duncan's pink cheek. "I think it'd be so cute, just like Duncan." She turned back to Cleo and Becca. "Duncan tells me Becca's resigned so you can be together? I think that's so romantic."

Becca nodded. "One more week till I leave and then I can totally relax. It's weird waking up with Cleo in the morning, then pretending there's nothing between us all day."

"I'm going to miss you, though," Cleo said, with a pout. "Nadia simply isn't such good eye candy."

"You'll have to hire a suitable replacement then, won't you?" Becca told her, leaning in to graze her lips. "Although not too suitable, obviously."

Cleo pulled her closer, kissing her again. "Nothing compares to you," she said.

"Get a room, Sinead," Duncan replied.

* * *

The family Sunday lunch went well, the usual mix of jokes, noise and inappropriate comments — including one from Siobhan about Cleo's age. She really needed to know when to shut her mouth, but Becca guessed it wasn't going to happen any time soon. Luckily, her new girlfriend was taking it all in her stride.

Girlfriend. Becca liked the sound of that a lot. After months out of the game — and then months in limbo — finally getting to be open and honest with Cleo was a breath of fresh air. And now they were back at Cleo's, where they'd been spending a whole lot of their time ever since Duncan moved out, seeing as it was a space that was just theirs.

Tracey had told her she was fine with the arrangement as it gave her time with Justin, so it suited everybody. Becca and Tracey had now taken to arranging dates of their own so they saw each other regularly, now they were irregular flatmates.

The talk at lunch had turned to Jess and Lucy's wedding and how that was going — Becca had confirmed that after a few false starts, things were back on track. Just six weeks to the big day, and she couldn't wait for it to happen so she could show off all her little touches.

But there was still one outstanding box to close, and for some reason, Becca was shy to do so.

No time like the present.

"Cleo," she began, clearing her throat as Cleo turned to her.

"Tea? Beer? Wine?" Cleo clearly wasn't in a decision-making mood today.

"Wine," Becca said. They'd only been together a couple of weeks, but she was already accustomed to the cadence of their relationship roles. Cleo offered choices, Becca chose. Becca was fine with that.

"So you know Jess and Lucy's wedding?"

Cleo nodded. "I think your mum wants an invite, by the way. She knows all the details and she's dying to come to a lesbian wedding."

"Don't you start. What is it with calling it a lesbian wedding. It's a wedding, Mother!" Becca had tried to drill that into her mum, but it didn't stop her using the incorrect term time and time again.

"Anyway, I've been meaning to ask — I have a plus one for it, and I'd love to take you if you're interested."

Cleo turned, the warmth of her smile bathing Becca's face. "You sure you wouldn't rather take Martha?"

Becca grinned. "I could, but I have plans for a slow dance later, and I'm not sure she'd be up for it."

That turned Cleo's smile up to a ten. "Well if there's dancing, count me in," she replied, grabbing the wine from the fridge. "White?"

Becca nodded, sitting down at Cleo's kitchen table, relief running through her. She wasn't sure why she'd been so bothered about asking — perhaps because it would be their first public outing as a couple? Or because she was working?

"I might be absent for a lot of the day, but Jess and Lucy were insistent I have a seat and bring somebody. I'll get them to sit you with Rachel and Alice, so you know other people."

"A table full of lesbians will be fine. We can play drinking games — it'll be just like the day we met."

Becca smiled. "I'm kinda fond of that day." She paused. "I've been meaning to ask something else." She held up one of the placemats on Cleo's table along with a coaster. "What age did you start using these?"

Cleo turned from where she was uncorking a bottle of Chablis, and eyed her with a quirked mouth. "What is this? The Cramer family assault my age day? I can't help that I'm 39 and like a placemat."

Becca shrugged. "I just want to know what age this need occurs. It hasn't happened to me yet, and I want to put it in my calendar."

Cleo walked over and kissed her on the lips, which was the reaction Becca had hoped for. She smiled into the kiss, drinking it in, her whole being full of happiness.

"You'll see." Cleo was wagging a finger as she walked back to the wine. "One day you're sitting drinking wine, the next, you're thinking, 'this glass could use a coaster'. And when that day happens, you won't have to panic-buy as I'll already have them. One of the many plus points of going out with a more mature woman."

Becca got up and spun Cleo round, pushing her up against the counter. "One of many, I agree." She pressed her lips back to Cleo, who yielded willingly. When Becca enveloped her soft mouth, the only sound was the whimper from Cleo, which only made her smile that little bit more.

"So what age?" Becca asked when she broke away.

"Huh?"

"For the coasters, what age?"

"I dunno. I was born a coaster child, but for you." She tilted her head. "Thirty?"

Becca raised both eyebrows. "And we're still going to be together?"

The skin around Cleo's eyes crinkled as she smiled, one of the many sexy things about her.

"So long as you don't goad me about my age or my coasters too much. Do that, and I might try to find a younger model."

"Oh really?" Becca licked her lips, staring back at Cleo's inviting mouth. It was far too distracting. "I better behave then." She paused. "Now about what Duncan was saying earlier about the kitchen table." Becca turned to stare at it, then back to Cleo. "Shall we sweep those placemats onto the floor like we just don't care, so I can fuck you on top of it?"

Cleo wilted in her arms. Literally.

"You're such a placemat abuser," she said, her voice scratchy.

"You love it," Becca said, spinning Cleo around and pushing her towards the table.

Chapter Forty-Seven

Cleo had already done a spin class and touched up a deck that finance had sent to her this morning, so when she turned up to Jess and Lucy's wedding on a gorgeous mid-July Saturday, she was already awash with accomplishment — and her swagger told everyone so.

The happy couple were getting married in an old stately home in Berkshire, and the weather gods were being kind. The lawns their room looked over were immaculate, with giant versions of Connect Four, chess and Twister all set up to play. To her left, a bouncy castle was inflated and ready; to her right, a covered bright white stage was bathed in sunlight, with rows of fresh white chairs waiting for guests.

Cleo allowed herself a smile as she breathed it all in. They'd had dinner with Jess and Lucy so Cleo could meet them before their big day, and she'd warmed to them immediately. Cleo could already see they had that elusive ingredient that had eluded her and Sara. Whereas she'd got married on a wing and a prayer, Jess and Lucy's marriage was based on far more solid foundations.

When they looked at each other, it was what Cleo hoped for in her relationship.

What she hoped for with her and Becca, whose relationship had only got stronger since they'd cemented it just over two months ago. Now Becca was working elsewhere, Cleo admitted it had a positive effect, too. It had allowed them room to breathe, space to be something else. Now, when they sat down to dinner, they could surprise each other with stories, and not know the outcomes before the other had even begun. Cleo hadn't realised what a difference it would make, but Becca had been right.

Cleo was finding that was a common theme in their relationship.

Rebecca Cramer was a keeper.

A knock on the door startled her, and she opened it, to be greeted by her girlfriend and an almost instant kiss placed on her lips.

Cleo smiled. She was still getting used to the daily assaults on her by Becca, not that she was complaining. "Good afternoon to you, too," she said.

"I just thought I'd come and say hi — and now I've got to run. People are starting to assemble in the bar, so go down whenever you're ready. Rachel and Alice should be there soon."

"Okay." Cleo ran a hand up and down Becca, sensing she needed it. "Everything going alright?"

Becca took a deep breath. "So far, so good. But it's early days." She rubbed her hands together.

"You look gorgeous, so that's half the battle," Cleo replied. "See you later."

***

The bar was full of wedding-goers when Cleo arrived 45 minutes later — half an hour till the ceremony. She spotted Rachel and Alice immediately and went over, getting kisses from them both.

"You look amazing," Alice said, sizing up Cleo's outfit. She'd gone for her classic black suit with matching shirt again, seeing as it had worked its magic on Becca the first time around.

"You, too," Cleo replied. She had a lot of time for Alice, who was still brimming with life having fallen in love with Rachel last year. Just being around her made Cleo feel uplifted at the power of love and truly finding yourself.

It was a feeling she was just plugging back into after losing it somewhere along the way.

They were standing with a bunch of people Cleo didn't know, but was soon introduced to. Kate and Meg were old friends of Jess and Lucy, as were Tanya and Sophie. Tanya's face rang a bell with Cleo, and she could see Tanya sizing her up, too.

"Do we know each other from somewhere?" Cleo said.

"Kinda feels like it," Tanya replied. "The gym? One of the old bars in town?"

"You didn't sleep together, did you?" Sophie asked, a grin on her face.

"If we did, it wasn't very memorable." Cleo gave them a grin.

She was also introduced to Julia and Tom, Andy and Jason who'd come in matching suits and beards, and a sandy-haired man named Matt. Matt had started the original Porter's, the café Jess worked in years ago, before she opened her own site in Woolwich with his help. Matt had baked the wedding cake, and he kept looking at it nervously. His wife, Natalie, kept squeezing his arm, reassuring him it would be okay.

"Becca won't let anything happen to it," Cleo assured him. "She's the wedding planner — also my partner."

Matt liked that sentence. "Can you point her out to me? It's a bit warm and I'd like to keep the cupcakes in the fridge as long as we can so the icing doesn't melt right off them."

Cleo looked around and spied Becca across the room, talking to a man in a navy shirt. "She's over there — in the blue trousers and white shirt?"

He nodded, and scampered across the room.

Next to Cleo, Jason rubbed his stomach, looking mournful. "I'm starving — when do you think they're going to start serving food?"

Cleo laughed. "Not till after they're married — kind of a tradition."

"You're always bloody hungry," Andy told him. "You do this at every wedding we go to. You did it at Julia and Tom's wedding all those years ago." He paused. "Do you remember that?" he asked Julia.

She shook her head. "I was a bit busy getting married."

"Fair point," Andy said, turning to pat his partner's stomach, which was pretty flat. "Dust!" he added. "Dust is your friend. Eat dust."

Jason gave him the look that comment deserved. "You really should retire that joke, you've been using it since we got together a million years ago."

"Still funny," Andy told him, bumping his hip with his own.

Cleo decided she liked Jason and Andy, too. So many gays, so little time.

"I just checked the seating chart and we're all on the same table, so hurrah," Kate told the group. "No having to make smalltalk with a stranger, so this wedding is already scoring highly on the chart."

Cleo smiled and thought back to Fionn's wedding, where she'd met Becca just five short months ago. That wedding had seemed a bit of a bust back then, until Becca showed up and changed it — and her life — forever. Was it really only five months ago? It was another lifetime to Cleo, and one she didn't want to look back on too much.

Her life then had been cloudy with a chance of thunder. Now, it was a little like this wedding: sun-splashed and full of anticipation. She had a girlfriend, a new job and perhaps a whole new life waiting in America next year. But that was a discussion for another day.

Tanya snapped her fingers and pointed at Cleo. "Did you used to hang out at Temptation back in the day?"

Cleo nodded. "Blast from the past — I knew Sandra who ran it pretty well." Temptation had been an underground lesbian bar and she'd been a regular in her twenties.

"That's it, then — I used to go, too. There used to be some real casualties there." Tanya looked around. "Who knew back then we'd be able to get married one day? It's a very different life today, isn't it?"

Cleo smiled, thinking back to that time in her early twenties. Yes, today was a very different life, and one she was more than happy to be living.

"Cleo!"

She turned to see Heidi, camera in hand, giving her a wink. "Squidge in with your new friends and let's get a photo. All natural ladies, like you don't even know I'm here!"

They all posed for their lives as Heidi snapped.

"Perfect!" she said, grabbing Cleo's arm. "I'll look for you later."

Chapter Forty-Eight

Cleo was chewing her main of sea bass in a delicious beurre blanc when she felt a hand on her knee, and Becca slid into the empty chair beside her. She hadn't realised quite how much she'd missed her presence until then. She'd had brilliant company all day with Rachel and Alice and the rest of Jess and Lucy's friends and family, but Becca was the one that counted.

With every passing day, that was becoming more and more apparent.

"How's it going?"

To the outside world Becca probably looked calm — this was her bread and butter, after all. Becca lived and breathed events, and problem-solving was her middle name. Plus, after the staff festival, a wedding for 100 was a doddle. Still, when you were in the middle of it, the pressure was on.

"Good, I think. How's it going from a guest perspective?"

"Awesome. The food's delicious and the staff have been great."

Becca blew out a breath. "Good," she said. "They're

bringing me over some food so I've got half an hour to eat and squeeze your leg."

She did just that, and when their gazes met, Cleo's heart wobbled. She loved this woman. She should probably tell her soon.

Jess's brother, Jack, tapped Becca on the arm. "Are you Becca, the wedding planner?" His hair was so thick and black, it was almost Lego hair, and he was wearing the pinkest tie Cleo had ever seen. He'd told her earlier it was to support LGBT solidarity, which she'd thought was touching.

Becca nodded. "That's me. Unless something's gone wrong."

He grinned. "Nothing I know of. Just thought I'd say hi. Jess and Lucy speak very highly of you, they say you've made this a breeze."

Becca sat up a little taller. "I'm pleased," she said, reaching over and pouring Jack more wine. "You get extra-special service for being nice."

Cleo leaned in. "The last wedding we went to, my brother got drunk and started telling everyone love was shit," she told Jack. "You're a much better brother."

Jack pointed to the top table. "And here's my lovely sister to do the first speech. It's a good one."

Sure enough, Jess got up, clutching her smart phone and giving the room a massive grin. Cleo's heart went out to her. She looked nervous.

In front of Jess, Heidi was on one knee, capturing the moment with her camera perfectly.

Jess rolled her shoulders, stood up straight and addressed the room. "On behalf of my wife and I," she began, then paused. Huge cheers all round the room and she bent to kiss Lucy. They'd both opted for white suits for the wedding, and they both radiated happiness.

"Seriously, thanks for coming. Thanks for taking the time to celebrate with us, because without you all, it would just be Lucy and I and a whole lot of wasted food."

"Don't forget the booze!" Kate called from their table. Apparently Jess and Kate had been flatmates for a couple of years before they'd got coupled up.

"Booze would never go to waste, you know that, Kate," Jess shot back, quick as a flash.

Cleo listened intently to Jess's words about the start of their relationship, about how they had a few false starts before finally getting together properly around the time Julia and Tom got married. She stopped her speech and made them take a bow for getting married and reminding both Jess and Lucy of the power of love.

"Because ever since that day and that great wedding, we haven't looked back. The seeds to our love story were sewn before that, but it wasn't until we drank a shitload of tequila at Julia and Tom's wedding and did that 'YMCA' arm dance that I knew she was the woman for me."

Becca put her lips next to Cleo's ear. "That's us later, dancing to 'YMCA'," she said, squeezing her hand.

"So today, if there are couples out there who are in the beginning stages of their relationship, I hope our wedding can be a catalyst for your relationship, too. Because the power of love, as Huey Lewis knew only too well, is very real. And if you do come out of today feeling the love, and telling someone you love them, we want an invite to your wedding, please. Where you can make us stand up and be embarrassed just like we did to Julia and Tom."

Jess held out a hand to Lucy, beckoning her to stand beside her, which she did.

"I just want to say to Lucy, my gorgeous wife, thanks for the past few years, thanks for sticking with me, and here's to our love growing more and more every day, just like it has over the past six years." She kissed her lips and they stayed like that for a good few seconds, to wolf whistles all around the room.

Cleo gulped, goosebumps breaking out all over her arms.

Jess could have been talking directly to her. Directly to her heart. Directly to her and Becca.

When she glanced Becca's way, Becca's eyes were already on her, her stare so intense that for a few seconds, everything else in the room dialled back, and it was just the two of them.

Jess's voice burst back in as she toasted. "To love!"

The whole table stood as one, holding up their glasses of fizz.

"To love!" they responded, as Jess and Lucy fed each other their drinks, before kissing again.

Cleo's heart hammered in her chest as she turned to

Becca, pressing her lips to hers. She held up her glass and Becca clinked it.

"To love," she said, gathering all her courage as her heartbeat roared in her ears. "And to falling in love with the wedding planner extraordinaire." She held Becca's gaze for a few beats, before leaning forward and placing her lips next to Becca's ear. "I love you, Becca Cramer."

It took a few moments for Cleo to register she was holding her breath, but she was.

Becca was staring at her, her eyes wide. Had she heard what she said?

The grin that spread across Becca's face told her she had. She reached out and put a hand on Cleo's cheek.

"And I love you," she said, brushing her lips against Cleo's again. "How could I not?"

Chapter Forty-Nine

Later that evening, after the cake was cut and Becca had officially finished her duties, she and Cleo sat at one of the tables in the main room with Rachel, Alice, Kate and Meg. Meg was a florist who'd done the beautiful wedding flowers, and it turned out Cleo needed a new florist for WorkPlace!.

"The one that supplies us now keeps giving us dead flowers and it's been winding me up for a couple of weeks," Cleo said. "Can you supply to central London?"

Meg nodded, her short blond crop not moving. "Of course."

"Then consider yourself hired." Cleo snapped her fingers. "You know, you remind me of a young Sharon Stone. It's uncanny."

The microphone being tapped snagged their attention, and Cleo glanced at Becca.

"First dance," Becca said, slipping a hand into Cleo's. This was the part of the evening she'd been looking forward to the most — but her nerves were jangling, too. She couldn't wait to see Cleo's reaction to Jess and Lucy's dance. After that, there was the small matter of what followed next.

As the opening bars of *Teenage Dream* rang out and Lucy spun Jess out from her, the crowd cheered.

Kate turned to the group, her mouth open. "I didn't know Jess could dance," she whispered.

Becca grinned. "They've been taking lessons."

"Wow," Cleo replied, giving Becca a wobbly smile before turning back to Jess and Lucy, concentration creasing their faces as they covered the floor.

Becca watched Cleo, and then Jess and Lucy. They were doing well, the crowd right behind them as the chorus hit. However, it didn't matter if they got the steps right — they'd got their relationship right, and that was what counted. They'd always have this moment to share, this song to last throughout their lives.

She knew Cleo would be thinking the same.

When the song ended, Jess and Lucy wrapped themselves around each other in triumph, and the crowd cheered.

Then the DJ was back on the microphone. "This next song is a special request from the wedding planner which Jess and Lucy love, too. I'd like to invite you all — but especially Becca and Cleo — to the dance floor. This one's for you."

A stunned expression crossed Cleo's face as Becca escorted her to the dance floor, curling an arm around her waist and pulling her close. As she did so, the opening chords of Nat King Cole's *Unforgettable* rang out through the air.

Cleo stopped, her breath stilling. “You didn’t,” she whispered.

Becca put her lips beside Cleo’s ear. “I did. This one’s just for you, because you deserve a dance all of your own. And I hope, maybe one day, it might become our dance, too.”

Cleo pulled back and stared into Becca’s eyes, shaking her head. “You’re amazing, you know that? And this song — it’s already ours.”

Becca gulped, loving the feeling that was flowing down her body, and never wanting it to stop.

Love, hope, happiness — everything Jess had talked about earlier. Perhaps this was their time, who knew?

She just knew she wanted to keep this blissed-out look on Cleo’s face at all times, because she couldn’t get enough of it.

As the song came to a close, Cleo spun Becca out, then back again.

When they came face to face again, Becca grinned. “How was gatecrashing someone else’s first dance?”

Cleo kissed her. “A good warm up for the real thing,” she said, her eyes never wavering, never missing a beat.

Damn, this was intense, but in a righteously good way.

Becca gulped down the rising tide of emotions threatening to consume her, and nodded to the terrace. “Shall we get some air?”

Cleo nodded and took her hand.

The terrace was below their room, overlooking the lawn. It was strewn with guests, laughter and joy coating the air.

Becca breathed it in, bringing Cleo's hand up to her face when they came to a standstill. Sitting a little way along from them was Jack, talking to a woman they didn't know, who was smoking furiously.

Becca nodded at her. "You need a cigarette tonight?" she asked. It was 8pm and the sun was dipping in the pink-flecked sky — it was going to be another scorcher tomorrow.

Cleo shook her head. "Nope, I've given up after someone asked me to." Pause. "Plus, I'm not stressed anymore, am I? I have everything I need, right here."

She placed another kiss on Becca's lips, making her head swim.

"There you are!" Heidi's voice broke the moment, as she barrelled up to them, one camera round her neck, another massive one in her right hand.

"Hello, you." Cleo gave her a hug. "You almost done?"

"I said I'd do till nine and then I'm done. So, another," she checked her watch. "Hour or so. First wedding back and I'm out of practice. I've only been off two months, but I forgot what a lot of squatting was involved. I'm going to be aching tomorrow." She paused, holding up her camera. "The plus point? Having had a baby, these cameras don't seem that heavy anymore." She grinned at her own joke.

"How is Maya? Still screaming 24/7?"

Heidi nodded. "Yes, but she's doing it for my parents tonight — so when I'm done, I'm getting a drink. Although two wines and I'll probably be under the table as I'm out of practice with that, too."

"Thank you so much again for stepping in, you saved the day," Becca said.

"You can invite me and Maya round for dinner to thank us," Heidi replied.

"Name the date," Cleo said, smiling at Becca.

Heidi stood back, holding up her camera. "You two," she said. "All these coy looks — is the wedding magic rubbing off on you?"

Becca laughed, then kissed Cleo again. "Might be."

Heidi waved her hand. "Let me take a photo of the happy couple," she said, waiting for them to get comfortable. "Now look like you like each other, stop standing like statues."

Becca burst out laughing, as did Cleo, and Heidi clicked a few times.

"Done. They were some good ones — I'll send you them tomorrow. And I'll see you for a drink in an hour!"

She walked away and Becca watched her go. "You know, my mum was convinced you and Heidi were a thing. She warned me when I told her we were getting together." She paused. "You never were a thing, were you?"

Cleo shook her head. "Nope. We met at uni, we know too much about each other. We crossed into the friend zone very quickly, which I'm more than happy about."

"I am, too," Becca said. "Otherwise, you might be married to Heidi with a baby."

Cleo frowned. "That's a very weird thought." She paused. "Plus, if I'm marrying anyone, it's not Heidi."

Becca raised an eyebrow, leaning in to Cleo till their noses touched. "Who is it?"

"That'd be telling," Cleo said, before kissing her lips.

Just then, the opening bars of Whitney's *I Wanna Dance with Somebody* came on, and Becca felt Cleo jolt.

"This is one of your favourites, isn't it?"

Cleo nodded, her eyes lit up. "In my top five."

At that, Becca took a step back and held out her hand. "In that case, would you do me the honour of this dance?"

Cleo gave her a heart-stopping smile. "You sure you want to dance with such an old bird?" A raised eyebrow.

"Age is just a number. Plus, I happen to be quite partial to this old bird."

"I only wanna dance with somebody who loves me, though." Cleo was already moving towards the dance floor, her hand in Becca's.

Becca laughed, turning her head to Cleo. "In that case," she said, leaning in to kiss her. "You're in luck."

THE END

Want more from me? Sign up to join my VIP Readers' Group and get a FREE lesbian romance, **It Had To Be You!** *Claim your free book here: www.clarelydon.co.uk/it-had-to-be-you*

Would You Consider Leaving Me A Review?

This book was brought to you by a mixture of emotion, perspiration, hard work and love. A great novel needs all of these things to succeed, and I try to put all of them into everything I do, because you deserve the best. Lesbian fiction is a small genre, but it's growing. The fact you chose to spend time with my book means the world, and I want to give you a rich, immersive story experience you won't forget.

But that doesn't mean every book I write will be a commercial success, because every creative endeavour is a gamble. Sometimes you win, sometimes you lose. But if you enjoy what I do and want to see more of it (fingers crossed if you're reading this, you do!), there is something you can do to make this book a success.

So if you have two minutes to spare now, would you consider hoping over to wherever you bought this book —

Amazon, Apple Books, Kobo, Bella Books, Barnes & Noble or any of the other digital outlets — and writing me a review? It doesn't have to be long, just a sentence or two is fine. Every review left reinforces the fact that I can tell a story, which in turn makes it more likely someone else will take a chance on me.

So if you want more books from me, please support me by reviewing my books. If you do, you'll make this writer very happy indeed.

Thank you, you're the best.

Love,

Clare. x

Also by Clare

London Romance Series

London Calling (Book 1)

This London Love (Book 2)

A Girl Called London (Book 3)

The London Of Us (Book 4)

Made In London (Book 6)

Other Novels

The Long Weekend

Nothing To Lose: A Lesbian Romance

Twice In A Lifetime

Once Upon A Princess

You're My Kind

All I Want Series

All I Want For Christmas (Book 1)

All I Want For Valentine's (Book 2)

All I Want For Spring (Book 3)

All I Want For Summer (Book 4)

All I Want For Autumn (Book 5)

All I Want Forever (Book 6)

Boxsets

All I Want Series Boxset, Books 1-3

All I Want Series Boxset, Books 4-6

All I Want Series Boxset, Books 1-6

London Romance Series Boxset, Books 1-3

Printed in Great Britain
by Amazon

33289244R00203